결혼 상대 찾기

老人與酒

교보설림
貓步說林
___008

결혼 상대 찾기

리스장 지음

박희선 옮김

找對象

글항아리

차례

노인과 술

1

샤오왕小王은 집 안으로 들어섰다. 얼굴에 개똥이라도 묻은 것처럼 냄새가 지독했다. 그는 곧바로 방으로 걸어 들어가면서 경찰 제복을 벗어 옷걸이에 던졌지만, 빗나가서 제대로 걸리지 않았다. 제복은 녹초가 된 영혼처럼 카펫 위로 떨어졌다.

샤오왕은 신경 쓰지 않고 재활용 불가능한 쓰레기 봉지를 던져버리듯 자기 몸을 침대 위로 던졌다.

주방 안에선 한 여자가 연기 속에서 격렬한 전투를 벌이고 있었다. 그녀는 쉬徐 씨로, 샤오왕의 어머니이자 퇴직을 눈앞에 둔 중등 교사였다. 그녀는 라조육辣椒肉과 몇 차례 악전고투한 끝에 마침내 고추를 굴복시켰다. 고추는 한데 뭉쳐져 더 이상 즙과 매운 연기를 내뿜지 않게 되었다. 샤오왕이 들어오는 소리를 들은 그녀는 앞치마 자락으로 눈가에 고인 눈물을 훔치고는, 재빨리 방문 앞까지 가서 방 안을 살펴보았다. 그녀는 물기가 흥건한 손으로 제복을 주워들어 옷걸이에 걸면서 말했다. "집에 오자마자 침대에 드러눕는 꼴 하고는. 무슨 최전방으로 출근하는 것도 아니면서……." 음식이 눌어붙는 냄새가 풍겨 오자 그녀는 엉덩이에 불이라도 붙은 것처럼 주방으로 돌아갔다.

샤오왕은 꼼짝도 하지 않았다.

십 분 후, 어머니는 벌써 몇 가지 음식을 식탁 위에 적당히 차려놓고는 다시 방으로 들어가 그가 일어나기를 재촉했다. "얘, 일을 너무 힘들게 하는 것 아니냐? 혁명이란 건 하루 이틀에 되는 일이 아니잖니. 살날이 아직 한참인데 너무 그렇게 목숨 걸고 하지 마렴."

샤오왕은 기절이라도 한 것처럼 꼼짝달싹하지 않았다. 숨까지 멈춘 것 같았다.

샤오왕은 스물여섯 살이지만, 어머니는 그가 여섯 살짜리 어린아이였을 때 그랬듯이 참을성 있게 그의 팔꿈치를 어루만지고 토닥거리며 부드럽게 타일렀다. "일어나. 지금 밥 안 먹으면 배가 너무 고파지잖니. 젊을 때 식사를 불규칙하게 하면 나이 들어서 고생……."

"어머니는 밥밖에 몰라요? 저 좀 혼자 가만히 놔두시라고요." 샤오왕은 목 안쪽에서 지뢰라도 터진 양, 갑자기 이를 악물고 소리쳤다.

샤오왕의 어머니는 깜짝 놀라서, 발작을 하듯 온몸을 부르르 떨며 뒤로 펄쩍 물러나서는 가슴께를 쓸어내렸다. "깜짝이야, 너 정말……. 그래, 너 참 잘났다. 경찰이 된 지 며칠이나 됐다고 성질만 나빠졌구나. 라오왕老王, 이리 와서 당신 아들 성미 좀 봐요. 이거 당신이 물려준 거 아니에요?"

샤오왕의 아버지 라오왕은 막 퇴직해서 은퇴 생활에 적응하는 중이었다. 그는 공부차工夫茶를 몇 번이고 우리고 또 우리느라 애를 쓰면서 차를 우린 첫 물과 두 번째 찻물, 세 번째 찻물의 미세한 맛의 차이를 구별하고 있었다. 아내의 말은 그의 왼쪽 귀로 들어가 그대로 오른쪽 귀로 나가면서, 아무런 반응도 이끌어내지 못했다.

샤오왕의 어머니는 아들과 남편이 둘 다 상대를 해주지 않자 머리끝까지 화가 나서 베란다로 나오며 소리를 질렀다. "여보, 당신 아들이 하는 말 못 들었냐고요. 쟤 좀 혼내봐요. 난 어려서부터 쟤를 저렇게 가르친 적 없어요!"

라오왕은 호박琥珀 빛으로 우러난 정산소종正山小種 한 잔을 아내에게 건넸다. "한 잔 마셔봐. 청량하면서 고구마 맛이 나고, 혀끝에 단맛이 오래 남잖아. 이게 바로 제대로 된 정산소종이라고."

샤오왕의 어머니는 찻잔을 밀어내며 말했다. "지금 당신 아들 얘기하잖아요. 못 들었어요?"

라오왕은 끈질기게 찻잔을 아내에게 내밀었다. "차 한 모금 마시고 속을 좀 씻어내, 응? 젊은 애 귀찮게 굴지 말고."

남편이 이렇게 온화하게 나오니 계속 퉁명스럽게 굴기도 좀 무안했다. 그녀는 찻잔을 받아들고, 배 속의 불을 끄려는 듯이 꿀꺽 하고 한입에 다 마셔버렸다.

"어때, 내가 잘 우렸지?" 라오왕은 고개를 들고 칭찬을 바라는 표정으로 물었다.

"뜨물만도 못한 맛이네!" 샤오왕의 어머니가 딱 잘라 말했다.

"당신 정말, 입맛을 좀 고급으로 길러야겠어." 라오왕은 좀 민망해하며 자리에서 일어났다. "자, 밥 먹으러 가자고."

노부부는 식탁에 앉아, 음식의 영혼에게 묵념이라도 하는 것처럼 아무 말도 없이 식사를 했다. 젓가락질을 몇 번 한 후, 샤오왕의 어머니는 미간을 찌푸렸다. "내가 보기엔 쟤가 좀 이상해요."

"오늘은 쇠고기 볶음이 연하게 됐네. 불 조절이 딱 맞게 잘됐어. 당신 퇴직하고 나서 요리 연습을 좀 더 하면 프로 요리사를 해도 되겠어."

어머니는 쇠고기 볶음을 잠깐 노려보고는 젓가락을 내려놓고 샤오왕의 방으로 갔다. 샤오왕은 엎드려서 얼굴을 베개에 묻은 채로 아무 소리도 내지 않았다. 그녀는 손가락을 샤오왕의 코밑에 갖다 대보았다. 숨은 쉬고 있었다. 화가 식자 어머니의 마음속에서는 온정이 샘솟았다. 그녀는 손을 뻗어 샤오왕의 얼굴을 어루만졌다가, 전기 플러그에 손이라도 댄 것처럼 갑자기 손을 움츠렸다. "너 왜 그러니?"

어머니는 스탠드 불을 켰다. 어두컴컴한 방 한쪽에 불이 들어오자, 그녀는 아들의 얼굴이 눈물 콧물 범벅이고, 베갯잇도 푹 젖어 있는 걸 볼 수 있었다.

"우리 아들, 누가 널 속상하게 했어?" 어머니는 아들이 세 살이었던 때로 돌아간 것처럼 그의 머리를 껴안아주었다.

샤오왕은 원래 소리 없이 울고 있었지만, 어머니가 다정하게 안아주자 무슨 스위치라도 켜진 것처럼 흐느껴 울기 시작했다. 그는 우느라 말도 제대로 하지 못했다. "나…… 나보고 개래…… 개새끼래!"

어머니는 듣자마자 어떻게 된 일인지 알아차렸다.

오후에, 기차역 근처에 있는 주셴 마을九仙村 사람들 한 무리가 관청 문 앞에서 시위를 벌였다. 관청에서는 질서 유지를 위해 무장 경찰을 배치했는데, 인원이 모자라 임시로 각 파출소에서 민경民警*들을 차출했고 샤오왕도 그중 하나였던 것이다. 마을 사람들은 감정이 꽤 격해져 있었으니, 무례하고 거친 말이 나오리라는 건 예상 가능한 일이었다. 하지만 사람들한테 욕을 좀 얻어먹었다고 집에 와서 홀쩍거리고 우는 건, 그 사람들이 천박하게 군 걸 탓하기보다는 본인 마음이 너무 약한 걸 탓할 일이었다. 어머니의 교육철학으로 봐서는 사실 아들이 좌절을 좀 겪어보는 것도 좋은 일이었다.

"에이, 욕 좀 먹은 게 뭐가 대수라고 그러니. 네가 일 시작한 지 얼마 안 돼서 너무 예민해서 그래. 앞으로 계속 욕먹고 그러다 보면 익숙해질 거다. 예전에 너희 아버지는 뭐라고 욕을 먹었는지 알아? 너보다 더했어. 아버지한테 거북이烏龜**라고 욕을 했단다. 거북이가 개보다 더한 욕이잖아? 그런데 아버지는 어쨌는지

* 인민 경찰의 약칭
** 중국에서 욕할 때 쓰는 말로, 근본도 모르는 놈이라는 뜻

아니? 그런 욕을 듣고도 태연하게 대꾸도 안 하셨어. 우리는 절대로 거북이 같은 인간이 될 리가 없으니까."

샤오왕은 어머니가 그를 달래느라 하는 이야기를 들으며 온 얼굴을 잔뜩 찌푸렸다. 그는 얼굴에 홍수라도 난 것처럼 흠뻑 젖어서는 훌쩍거리며 말했다. "그…… 그래도 어머니는 모르잖……."

어머니는 그의 말을 잘랐다. "나도 안다. 요즘 사회가 어지러워서 먹고살기 힘들잖니. 지난번에 우리 학교에서 있었던 그 일도 나랑은 아무 상관이 없었지만, 그래도 겁이 나서 며칠 동안이나 힘들었어. 그러니까, 우리 모두 더 꿋꿋하게 버텨야 되는 거야."

몇 달 전, 샤오왕의 어머니가 재직하고 있는 제5중학교의 2학년 학생 하나가 담임 선생님에게 야단을 맞은 후, 심리적으로 견딜 수 없어서 학교 건물에서 투신한 사건이 있었다. 그 학생의 부모가 사람들을 데리고 학교로 몰려왔을 때, 담임은 이미 줄행랑을 놓은 뒤였다. 학부모들은 교장을 희생양으로 삼아 교장실 안에 몰아넣고는 힘을 합해 그를 창문 밖으로 집어 던져버렸다. 하지만 교장은 신묘하게도 건물 벽을 타고 기어 내려가 몸 성히 도망쳤다. 이걸 본 학생들은 너도나도 교장을 '스파이더맨'이라 부르며 사인을 해달라고 졸랐다. 이 대사건은 비록 샤오왕 어머니와는 아무 상관도 없었지만, 사건의 자초지종을 지켜본 그녀는 혹시나 자신도 부주의하게 학생들에게 미움을 살까 두려움에 떨게 되었다. 그런 나머지 악몽에 시달리다 잠에서 깨면 남편인 라오왕이 아침까지 위로해줘야 안심이 되었다. 거의 두 달 동안이나 우황청심환을 먹고서야 두렵던 마음이 가라앉았다.

샤오왕의 어머니는 이 세상이 바싹 마른 가을날의 숲처럼, 자칫 잘못하면 큰불이 나게 된다고 생각했다. 사회생활을 하려면 조심해야 할 일이다.

샤오왕은 건장하게 잘 자라긴 했지만 마음속은 여자처럼 아주 여리고 예민해서, 좀 거친 일을 겪으면 곧잘 마음에 걸려 하곤 했다. 어머니는 이 점을 잘 알고 있었고, 아들이 남자답게 성장하려면 반드시 경험해야 할 고난이라는 건 더 잘 알았다. 그래서 어머니는 미소를 지으며 아들을 계속 달랬다. "남이 너를 욕할 때마다 집에 와서 울 것 같으면, 앞으로는 경찰 하지 말고 양갓집 규수나 하면 되겠구나."

샤오왕은 한 손을 들어 얼굴을 닦더니 코를 훌쩍거리며 말했다. "남이 욕한 게 아니라 추 삼촌이 그런 거란 말이에요."

순간적으로 어머니의 머릿속에 익숙한 얼굴이 떠올랐다. 만면에 부드러운 주름이 가득한 부석부석한 그 얼굴은, 그녀를 볼 때면 얼굴 가득한 심술이 순간 야비한 웃음으로 바뀌곤 했다.

"아, 그럼 더더욱 속상해할 것 없다. 그 인간은 천성이 남 욕하기 좋아하는 인간이니까! 게다가 넌 공무 집행 중이었던 거지, 그 사람한테 뭐라고 한 것도 아니잖니."

샤오왕은 고개를 끄덕이며 마음을 추스르는가 싶더니, 갑자기 다시 큰 소리로 울음을 터뜨렸다. "그런데 그 말이 바늘처럼 제 마음을 찔러서 너무 아프단 말이에요!"

"악랄한 노친네 같으니. 우리가 저한테 과일을 얼마나 갖다주고, 직장에서 고기를 받아오면 꼬박꼬박 절반씩 나눠줬는데. 제가 쓰는 그릇까지 네 아버지 직장에서 받아다준 건데, 정말이지 옛정은 하나도 생각을 못 하는구나!" 어머니는 진심으로 화를 냈다.

"어머니, 어머니가 삼촌을 욕할수록 제가 더 속상해요." 샤오왕은 눈물을 쏟고 나자 오히려 좀 진정한 것 같았다. "나가서 점심 드세요. 전 잠깐 더 있다 나갈게요."

어머니는 한숨을 한 번 쉬고 다시 식탁으로 돌아와서는 가만히 중얼거렸다. "알고 보니 그 사람한테 욕을 먹어서 운 거였구먼. 그놈의 늙은 건달 같으니."

라오왕은 마침내 좀 궁금해졌다. "늙은 건달이라니 누구 말이야?"

샤오왕의 어머니는 퉁명스레 대답했다. "라오추老邱 말이에요. 자기 집이 철거돼서 이주해야 하니까 그 화를 애한테 풀었다잖아요. 얘가 어릴 때부터 자기한테 정이 들어서 그런 심한 말을 못 견딘다는 걸 저도 모르는 게 아니면서."

라오왕은 음식을 한 젓가락 집어 입에 넣으려다가 공중에서 멈춘 채 말했다. "남한테 건달이라고 하면 안 되지."

"건달이 아니면 뭐예요? 제대로 된 일도 안 하고, 제대로 된 말도 안 하고, 평생 그렇게 못나게 살잖아요."

"그 사람이 뭘 어쨌다고 건달이라는 거야. 당신은 타의 모범이 돼야지."

"흥, 뭘 어쨌냐고요? 그런 소릴 하고도 당신이 사내예요!"

라오왕은 들고 있던 음식을 아예 밥그릇에 내려놓고 탄식했다. "주셴 마을이 철거된다니 나도 마음이 불편한데, 그 사람 심정은 어떻겠어."

샤오왕이 마침내 방에서 나왔다. 경찰 제복을 입고 몸을 곧게 세운 모습이, 좀 전까지 훌쩍거리며 울던 사람과는 전혀 딴사람 같았다.

"밥도 안 먹고 어딜 가려는 거니?" 어머니는 샤오왕에게 음식을 다시 데워주려고 했다.

샤오왕은 인상을 쓰며 자기 가슴팍을 가리켰다. "이 가시를 뽑아버릴 거예요!"

"가시? 이런, 너 진짜로 거기 가시가 있다고 생각하는 건 아니지? 그건 비유일 뿐이잖아." 영어 교사인 샤오왕의 어머니는 그런 비유를 반평생 입에 달고 살았지만, 비유와 현실을 혼동하는 사람이 정말로 있을 거라고는 생각지 못했다.

"아뇨, 진짜로 가시가 박혀 있어요. 삼촌한테 뽑아달라고 할 거예요!" 샤오왕은 고집스레 말했다.

"아들, 왜 그래? 내일 나랑 같이 병원에 검사라도 하러 갈까?" 어머니는 그만 어리둥절해져버렸다.

샤오왕은 어머니의 말에도, 식탁 가득 차려져 있는 음식에도 전혀 신경 쓰지 않고, 경찰견 같은 눈빛으로 집 안 구석구석을 훑어보았다. 어머니는 깜짝 놀랐다. "너 왜 그러니? 뭘 찾는 거야?"

샤오왕은 갑자기 장식장 쪽에 시선을 고정하며 물었다. "추 삼촌이 술 좋아하세요?"

"그 사람이야 술 좋아하기로 유명하지. 무슨 생명수라도 되는 것처럼 마셨으니까. 그런데 절대로 그 사람이 술을 마시게 하면 안 돼. 고혈압에 뇌혈전까지 있어서, 의사가 술을 마시면 안 된다고 해서 끊은 지 벌써 몇 년은 됐단다." 어머니는 샤오왕의 질문에 대답하면서 그가 머리가 어떻게 된 건 아닌지 살폈다. "라오추 일은 그냥 좀 털어버려라!"

샤오왕은 벌써 라오추에게 홀려버린 양 다시 물었다. "그럼 다른 건 뭘 좋아하세요?"

"시골 영감인데 뭐 별 생각도 없고 열정도 없고, 달리 뭘 좋아하겠니. 남 욕하는 거나 평생 못 버리고 좋아했지……. 얼른 밥이나 먹어, 다 식겠다."

"저 오늘 당직이라 야식 먹을 거예요." 샤오왕은 잠시 망설이다가 장식장에 놓인 마오타이주 한 병을 집어 들었다.

어머니는 그 마오타이주가 크게 쓸모 있는 물건이라는 걸 재빨리 눈치채고는 벌떡 일어나 말했다. "응? 너 뭐 하려는 거니? 그 술은 리민李敏 아버지 드릴 거야."

리민은 샤오왕의 여자 친구로, 샤오왕의 어머니가 고르고 고른 끝에 선택한 예비 며느리였다. 소개를 통해 만나기는 했지만 연애를 시작하고 나서는 그런 기색이 전혀 남지 않아, 요즘 둘의 관계는 아주 안정되어가고 있었다.

샤오왕은 술병이 든 상자를 툭툭 치더니 피식 웃었다. "어머니도 참, 이런 가짜 술을 리민 아버지한테 드리다니, 우리가 헤어지게 만드실 셈이에요?"

"가짜 술이라고?" 어머니는 그 말에 경악했다. "가져왔을 때 왜 가짜란 말을 안 했니?"

"생각 좀 해보세요. 이런 마오타이주가 매년 몇 병이나 나오겠어요. 특별히 공급하는 데만 보낸다고 해도 모자랄 텐데, 우리 집처럼 작은 데까지 돌아오겠어요? 이런 술은 병이 보기 좋으니까 선물용으로나 쓰는 거예요. 선물로 받으면 또 다른 데 선물하고 해서 결국 아무도 실제로 마시지는 않는 거라고요." 샤오왕은 자신만만하게 설명했다. 어머니의 표현에 따르면, 샤오왕의 입은 오랫동안 수리하지 않은 수도꼭지 같아서 때로는 막으려 해도 막을 수가 없고, 때로는 물 한 방울도 짜낼 수가 없었다.

어머니는 반신반의했다. "네 말도 일리가 있긴 하다만, 그래도 나라에서 지정한 품질 검사소에 가져가서 감정을 받아보는 게⋯⋯."

샤오왕은 마치 몸에 있는 스위치라도 켜진 것처럼, 재빨리 신발을 신고는 문 밖으로 훌쩍 뛰어나가 문을 쾅 닫더니 모터라도 달린 양 계단을 뛰어 내려갔다. 시장바구니를 들고 2층에서 3층으로 올라오던 궁龔 씨네 집 아가씨가 샤오왕을 보고 깜짝 놀랐다. "샤오왕, 뭐가 그렇게 급해? 지진이라도 난 건 아니지?"

"아니에요, 누나. 우리 어머니 좀 붙잡아줘요." 샤오왕은 뛰어 내려가면서 큰 소리로 말했다.

그녀가 샤오왕의 집이 있는 층까지 올라가보니, 샤오왕의 어머니는 계단 아래쪽을 내려다보며 샤오왕을 부르고 있었다. "그만 부르세요, 벌써 한참 갔어요."

"허 참, 말도 안 듣는 놈 같으니, 휴대전화도 안 가져갔네. 파출소에서 나오는 야식 가지고 시장기나 달랠 수 있을지!" 어머니는 손에 샤오왕의 휴대전화를 쥔 채 다시 집 안으로 들어갔다.

샤오왕은 아파트 현관에서 택시를 한 대 잡았다. 택시 기사는 키가 작고 마른 청년으로, 꽃무늬 셔츠를 입고 있었다. 할 일 없이 빈둥거리다가 최근에 택시를 몰기 시작한 것이 분명했다.

"경찰 나리, 어디로 갈까요?"

"주셴 마을이요."

"확실합니까?"

"주셴 마을."

"주셴 마을은 전부 철거돼서 이주하고 이젠 사는 사람이 없는데요. 모르세요?"

"주셴 마을 가자고." 샤오왕은 성가시다는 듯이 소리를 질렀다.

깡마른 청년은 깜짝 놀라 찍소리도 없이 액셀을 밟았다. 폐차 직전의 산타나 승용차가 한 차례 노성을 지르고는 길을 쌩쌩 달려, 십오 분 만에 주셴 마을 입구에 도착했다. 청년은 여전히 아무 말도 없었다. 샤오왕은 차에서 내려, 차창 밖에서 안쪽으로 10위안짜리를 던져 넣고는 곧장 가버렸다. 청년은 차창 밖을 향해 소리를 질렀다. "경찰 나리, 양심 있으시네!"

엄밀히 말하면 이곳은 이미 마을이 아니라 폐허였다. 노란색 포클레인 한 대가 기다란 목을 쳐들고, 노을 속에서 마치 강철로 된 공룡처럼 호시탐탐 노려보고 있었다. 이 폐허는 그의 걸작이었다. 그는 다시 한번 폭발한 후 끝을 맺기를 기다리고 있었다. 문득 이 광경을 보게 된 샤오왕은 마치 세상이 선사시대로 되돌아간 것처럼 느껴져, 마음속이 차갑게 식었다.

불도저의 정면, 즉 마을의 중심에는 아직 작은 집이 한 채 남아 있었다. 담장은 이미 무너졌지만 그 안의 조그만 집 한 채는 여전히 살아남아 있었다. 집의 바닥 부분은 오래된 푸른 벽돌로 되어 있었다. 목재로 된 집의 위층 부분은 나중에 증축한 것으로, 바깥쪽으로 이어져 있는 목재 복도의 난간은 이미 떨어져버리고 없었다. 샤오왕의 눈앞에는 한 소년이 계단 바깥쪽에서 원숭이처럼 타고 올라가, 2층 난간 바깥에서 한 손으로는 난간을 잡고 한 손은 밖으로 비스듬히 뻗은 채 이리저리 돌아다니며, 영화에 나오는 날아다니는 듯한 경공을 연습하려 하는 장면이 펼쳐졌다.

이 소년은 바로 여덟아홉 살 때의 샤오왕이었다.

샤오왕은 상념을 거두고, 깨진 벽돌이 가득한 좁은 길을 따라 걸어갔다. 울퉁불퉁한 길을 지나 마당에 들어서서 문을 열었다. 집 안은 요괴의 소굴처럼 흰 연기가 맴돌아, 요괴가 어디에 숨어 있는지 알아볼 수가 없었다. 샤오왕은 앞을 뚫어지게 쳐다보았다. 부뚜막의 수증기가 흩어지자, 정수리는 눈 내린 후지산 같지만 그 주위엔 머리카락이 그럭저럭 빽빽이 남은 머리 하나가 드러났다. 바로 때마침 끓는 물에 마른 국수 가락을 넣을 준비를 하고 있던 라오추였다. 고개를 돌린 그는 샤오왕을 발견했다. 두 사람은 연기 속에서 결투하는 적수처럼, 수증기를 뚫고 서로 마주 보았다.

라오추의 얼굴은 예전보다 좀 더 험상궂게 변해 있었다. 그는 냉혹하고도 적의가 가득한 눈빛으로 샤오왕을 위아래로 한 번 훑어보고는, 양쪽 입가에 늘어진 살덩이를 부르르 떨며 천천히 한 마디를 뱉었다. "꺼져!"

샤오왕은 공격을 당한 투사처럼 풀이 죽어 비틀거렸다. 뭔가 말하고 싶었지만, 본드로 입을 붙인 것처럼 열 수가 없었다. 그는 억울한 심정만 가득 품고 그저 술병이 든 상자를 문가에 내려놓고, 막 눈에 고인 눈물을 머금고 돌아서서 가려 했다.

"거기 서!"

라오추는 성큼성큼 걸어 나와 소리를 지르더니, 상자를 집어 들어 샤오왕에게 내밀었다.

샤오왕은 어색하게 얼버무렸다. "사……삼촌…… 드리는 거예요."

"고양이 쥐 생각하는구만." 라오추는 경멸하는 투로 코웃음을 쳤다. 상자를 들어 올려 내던지려던 그의 눈에 순간 '구이저우 마오타이주貴州茅台酒'라는 상표 속 글자가 들어왔다. 그는 흐릿하던 눈을 번쩍 빛내더니, 갑자기 온화해진 목소리로 물었다. "이거 마오타이주냐?"

샤오왕은 구명줄이라도 잡은 듯이 급하게 대답했다. "네, 맞아요. 마오타이주요. 진짜 마오타이예요. 삼촌이 술을 좋아하신다기에 일부러 드리려고 온 거예요."

라오추는 술을 뚫어지게 바라보았다. 그의 목젖이 아래위로 움직였다. "그 술은 두고 넌 가봐라. 일하러 왔던 사람들도 전부 내가 욕을 해서 쫓아보냈다."

샤오왕은 다급히 설명했다. "추 삼촌, 전 일을 하러 온 게 아니라 사과를 드리러 온 거예요."

"사과?" 라오추는 골동품을 감정하기라도 하듯 샤오왕을 자세히 뜯어보았다. "사과할 게 뭐 있는데?"

"오후의 그 일은 그냥 직장에서 파견 나간 거예요. 제가 가고 싶어서 간 것도 아니었고, 삼촌을 마주칠 줄은 더더욱 몰랐어요……."

그때, 샤오왕은 경찰 제복을 입고 무표정하게 경계선을 지키고 서 있었다. 노란 테이프 너머, 집회에 참가한 사람들이 파도처럼 밀려오자 무장 경찰들은 바위처럼 몸으로 그들을 밀어냈다. 라오추는 샤오왕을 맨 먼저 알아봤다. 자기를 밀친 경찰이 샤오왕이라는 걸 알아본 라오추는 쌓일 대로 쌓인 모든 울화를 참지 못하고 터뜨렸다. 그는 두서없이 몇 마디 욕을 하다가, 맨 마지막엔 "개새끼!" 하고 한 마디를 내질렀다. 그 순간 라오추의 눈에 들어온 샤오왕의 모습을 표현할 말도 사실상 이 한 마디 말밖에는 없었다. 라오추의 예상대로 이 욕설은 상당한 효과를 발휘했다. 샤오왕은 화살에라도 맞은 것처럼 경찰로서의 사명감도 한순간 잃어버리고, 넋을 잃은 채 사람들 사이에 멍하니 서 있었다.

라오추는 경계심 어린 눈으로 문밖을 내다보았다. 적막한 마당을 본 그는 그제야 샤오왕이 동료와 같이 오지 않았다는 걸 확신하고 경계심이 갑자기 수그러들었다. "그럼, 들어와라!"

외로이 서 있는 이 집은 예전에 샤오왕이 장난치고 놀기를 좋아하던 곳이었다. 집 안에는 아궁이와 위패를 모셔놓은 감실, 연기에 누르스름하게 그을린 삼나무 벽과, 1980~1990년대 배우의 사진들이 있었다. 그리고 라오추가 예전에 술을 마실 때 썼던 주석 주전자와 항아리, 깨진 사발 등이 있어서 집 안에 늘 희미하게 시큼한 냄새가 가득 차 있었다. 샤오왕은 아궁이를 보자 어린아이가 엄마를 만난 것처럼 마음속이 따뜻해졌다. 아궁이를 바른 황토는 연기에 그을려 쇠처럼 단단해져 있었다. 샤오왕은 곧잘 밖에서 고구마를 하나 훔쳐 와서는 아궁이 안의 재 속에다 던져 넣어 굽곤 했다. 그러면 고구마 껍질은 타서 까맣게 되고, 안쪽은 금빛으로 구워졌다. 샤오왕이 손으로 부채질을 하면서도 허겁지겁 껍질을 벗길라치면 라오추가 타일렀다. "다 먹고 나면 입 잘 닦아라. 안 그러면 네 엄마가 또 나한테 뭐라고 할 거다." 그 지역은 토양에 열기가 많은데 고구마를 구우면 열이 꽤 올라와서 어린아이가 먹을 경우 편도선에 염증이 생기곤 했기에 샤오왕의 어머니는 절대로 먹지 못하게 했다. 어머니는 샤오왕이 라오추의 집에서 나오는 걸 볼 때마다 한쪽으로 데려가 조용히 주의를 주곤 했다. "추 삼촌은 위생에 신경을 쓰지 않으니까 절대로 삼촌네 집에서 뭘 먹지 마. 먹었다간 배탈이 날 거야." 하지만 샤오왕은 그렇게 생각하지 않았다. 그는 추 삼촌의 집 안에 있는 물건들은 모두 생명을 가지고 있다고 생각했다. 지금 보니, 부뚜막 위에는 어느새 흰 타일이 깔려 있어 몰라보게 달라져 있었다. 더 이상 아궁이에 나무로 불을 때지도 않았고, 부뚜막 위에 나무판을 펴놓고 그 위에 가스레인지를 올려두고 있었다.

라오추는 마오타이주 상자를 탁자 위에 올려놓고 직접 술병을 꺼냈다. 그는 오래전에 잃어버렸던 아들을 자세히 살피듯이 술병을 눈앞에 두고 감상했다. 국수를 삶으려고 불 위에 올려둔 냄비 속의 물이 벌써 끓어오르는 건 전혀 신경 쓰지 않았다.

샤오왕은 망설이며 말했다. "삼촌이 예전에 술을 좋아하셨다는 건 아는데, 어머니가 삼촌은 몸이 안 좋아서 술을 드시면 안 된다고 하더라고요. 술을 가져온 건 제가 예전과 다름없이 삼촌을 존경하고 있다는 마음을 표현하려고 그런 거예요. 드시든 안 드시든 상관없어요."

샤오왕은 라오추의 성격이 별로 안 좋은 데다 지금 처지도 좋지 않다는 걸 알고 있었다. 그는 아부를 하려다가 실수해서 라오추가 "나한테 술을 주다니 나더러 죽으라는 거냐" 하고 오해할까봐 걱정됐다.

냄비 속의 물이 너무 끓어서 집 안은 바다의 파도가 노호하는 양 시끄러웠고, 공기 중엔 수증기가 가득했다. 그러나 라오추의 눈에는 술밖에 보이지 않는 듯, 바다의 노호는 전혀 신경 쓰지 않다. 끓어 넘친 물에 가스레인지 불이 꺼지면서 피식 하는 소리가 나더니 가스 냄새가 집 안에 차오르기 시작했다. 샤오왕은 가스에 질식해 쓰러질까봐 급히 가스레인지를 꺼버렸다.

"마셔야지, 안 마실 수 있나!" 라오추는 술병을 실컷 자세히 살펴보고 나자 갑자기 신이 나서는, 거친 손길로 재빠르게 병뚜껑을 땄다. "나랑 같이 마시자."

"어머니가 삼촌은 뇌혈전이 있으셔서 술 드시면 몸에 해롭다고 하던데요." 샤오왕은 주저하며 말했다.

"그게 뭐 어때서." 라오추가 시원스레 대답했다. "내가 팔 년이나 금주를 한 건 조금이라도 더 오래 살려고 그런 건데, 그렇게 오래 살아봐야 뭘 할 건지 난 아직도 모르겠다!"

그가 이렇게나 흥이 오른 걸 보자, 샤오왕은 차마 분위기를 깰 수 없었다. 샤오왕도 들뜬 목소리로 말했다. "그럼 저도 삼촌이랑 같이 마시면서 주량을 좀 늘려보죠, 뭐."

샤오왕의 주량은 사실 주량이랄 것도 없는 수준이었다. 술을 못 마시는 그는 동료들과 모이는 자리에 나가면 그냥 멍하니 있는 편이었다.

라오추가 몇 년 동안이나 술을 마신 적이 없어서인지, 탁자 위에는 잔은 없고 사발뿐이었다. 샤오왕은 사발 두 개를 가져왔다. 라오추는 사발 두 개에 모두 술을 가득 따르고는, 그중 하나를 코밑에 대고 눈을 감더니 깊이 숨을 들이마셨다. 술 냄새가 그를 과거로 되돌아가게 했는지, 오랫동안 눈을 뜨려 하지 않았다. 그러고는 사발 가장자리를 입술에 대고 한 모금을 들이켜, 입 속에 잠시 머금고 있다가 목구멍을 따라 넘겼다. 술은 갑자기 마법이라도 부린 듯이, 두 줄기 눈물로 화해 그의 눈가를 타고 흘러내렸다.

샤오왕은 사발을 들어 올려 함께 마시려다가 그가 눈물을 흘리는 걸 보고 깜짝 놀랐다. "추 삼촌, 혹시 몸이 안 좋으신 거 아니에요?"

라오추는 고개를 저었다. 눈물이 그의 갈색 얼굴 위로 두 마리 투명한 지렁이처럼 기어 내려왔다. "몸이 안 좋아서 그런 게 아니라 너무 좋아서 그러는 거다. 샤오왕, 너무 좋아서 말이야. 내가 평생 별의별 술을 다 마셔봤지만, 마오타이는 마셔본 적이 없었어. 아, 마오타이라니!"

"그래도 삼촌, 우셨잖아요!"

"그래. 요즘 나는 계속 내 몸에 뭔가 모자라다는 생각이 들었다. 그게 나를 겁먹게도 만들고 걱정하게도 만들었어. 천하에 무서울 거라곤 하나도 없던 옛날의 내가 아니었지. 이제야 알겠구나. 술이었어. 술을 끊었더니 내가 배짱이 작아져서 그 포클레인을 보고 겁이 났던 거야. 이 술 한 모금을 마셔보니 알겠다. 내 배짱이 돌아와서 기뻐서 그러는 거란다."

샤오왕은 그 말에 한숨 돌렸다. 창밖으로 포클레인이 보였다. 그것은 쇠로 된 팔뚝을 구부리고, 움직일 기회를 엿보고 있었다.

"마을 전체에 삼촌 집밖에 안 남았네요!" 샤오왕은 깊은 수심에 잠겼다.

라오추는 자기 배짱을 탁자 위에다 꺼내 보여주려는 듯이 탁자를 내리치고는, 창가의 벽 위에 걸려 있는 엽총을 가리켰다.

"저게 있는데 뭐가 무섭겠냐! 내가 저걸로 예전에 새를 잡았지. 새들이야 다 좋은 놈들이지만, 사람 중엔 좋은 놈이 몇 없어. 그러니 사람을 쏘는 게 더 알맞겠지."

라오추는 젊었을 때 엽총 한 자루를 숨겨뒀다가 가끔 몰래 사냥을 하곤 했다. 나무로 된 부분은 이미 닳아서 나무라는 걸 알아볼 수도 없을 정도였고, 총신은 새까맣게 변해 이 총을 아직도 쓸 수 있을지 어떨지 아무도 모를 지경이었다.

라오추는 사발을 들어 샤오왕과 마주치고는 시원스럽게 한 모금 더 마시더니, 호기롭게 말했다. "포클레인 유리에 구멍이 하나 나 있는데, 내가 총을 쏴서 낸 거다. 그놈들이 공격하면 내가 물리치는 거지. 이 추 삼촌이 만만치 않다는 걸 너도 알잖냐."

하지만 샤오왕은 라오추처럼 낙관적이지는 않았다. 그는 엽총 한 자루로는 아무것도 막을 수 없다는 것도, 그리고 라오추의 천진한 영웅의 꿈이 머지않아 깨질 거라는 것도 알고 있었다.

"추 삼촌, 보상금이 너무 적어서 그러시는 거예요?" 샤오왕은 아주 조심스레 물었다.

라오추는 술을 한 모금 더 마셨다. 이번엔 좀 많이 마신 모양인지, 미간을 살짝 찌푸렸다. 그는 담의 토대를 가리키며 말했다. "이것 좀 봐라. 이 벽돌과 돌들은 내 할아버지 때부터 있던 거란다. 나는 이 집에서 태어났고, 우리 아버지는 이 집에서 돌아가셨지. 저기 우리 아버지 위패가 있잖냐. 아버지의 혼이 여기 살고 계시니 내가 지켜야 하지 않겠니. 이 집에서 나는 시를 여러 편 썼다. 내 인생과, 내 이상을 적었어……."

라오추는 술이 배 속에 들어가자 신들린 양 청산유수로 이야기를 했다. 샤오왕은 눈이 번쩍 뜨였다. 이 사람이 정말로 내가 알던, 얼굴은 퉁퉁 붓고 성격은 나쁜 그 농민 라오추가 맞단 말인가?

"어, 추 삼촌, 시를 쓸 줄 아세요?" 샤오왕은 깜짝 놀랐다. 그는 추 삼촌이 문맹에 비해 몇 글자쯤 더 아는 정도인 평범한 농민인 줄만 알았다. 그의 입에서 나온 '시'라는 말은 꼭 세상에서 제일 말이 안 되는 소리처럼 느껴졌다.

"이건 비밀이다." 몇 년 동안이나 술을 마시지 않았기 때문인지, 아니면 58도짜리 마오타이주가 좀 독했던 탓인지, 라오추는 술을 몇 모금 마시자 코끝이 빨개지고, 푸르뎅뎅하던 얼굴에도 붉은빛이 돌았다. 그는 오만하게 말했다. "부뚜막에 가서 자차이 榨菜 좀 가져와라. 내 시 공책을 가져와서 보여주마."

그는 자리에서 일어나 전통 가곡의 곡조를 흥얼거리면서, 낡은 발을 걷고 침실로 들어가더니 서랍 속에서 공책 한 권을 꺼냈다. 녹색 코팅지로 된 공책 표지에는 아름답고 씩씩한 모습의 의기양양한 청춘 남녀가 군복을 입고 군모를 쓰고서, 동경과 자신감을 가득 품고 먼 곳을 바라보는 그림이 그려져 있었다. 오래되어 빛이 조금 바랜 탓에 씩씩하고 아름다운 청춘 남녀도 세상 풍파를

겪은 모습이었다. 샤오왕도 부뚜막에서 자차이를 찾아냈다. 이 외로운 집을 사수하는 동안, 라오추는 아무래도 거의 국수와 자차이만 먹으며 지내온 모양이었다. 샤오왕은 자차이를 사발에 덜어놓았다. 라오추는 공책을 탁자 위에 척 내려놓고 자차이를 한 젓가락 집어 먹더니 말했다. "좋구나. 백주에 자차이라니 끝내주는구만. 오늘 술을 가져오길 참 잘했다. 샤오왕, 이 삼촌이 옛날에 너를 아껴서 손해보진 않았구나."

샤오왕은 정말로 기분이 좋아져서, 별 볼 일 없는 주량이나마 라오추와 건배를 했다. 라오추는 공책을 샤오왕 앞으로 밀어주었다. "펼쳐서 읽어봐라. 삼촌이 시인인지 아닌지 한번 봐."

공책에는 모든 페이지에 시가 적혀 있었다. 몇 편은 고시古詩라서 행마다 다섯 글자씩 줄이 잘 맞춰져 있었고, 몇 편은 현대시로 글자 수가 행마다 각기 달랐다. 네 구절로 된 구호 같은 것도 있었는데, 기세가 넘치며 박자가 맞는 것이 공농병工農兵 시대의 강렬한 분위기가 느껴졌다. 샤오왕은 시에 대해 잘 알지는 못했지만, 일반적인 시각에서 이것들을 시라고 하기에는 너무 억지스러웠다. 하지만 아는 글자가 몇 없는 농민에게는, 이건 정말 굉장한 성취였다. 그는 저도 모르게 칭찬을 했다. "추 삼촌, 저 정말 놀랐어요. 삼촌이 쓰신 시가 진짜 놀랍네요. 저는 삼촌이 아시는 글자가 몇 개 없는 줄 알았어요."

술기운이 돈 데다가 샤오왕이 이렇게 치켜세우기까지 하자, 라오추는 아주 우쭐한 표정으로 고고하게 말했다. "역시 샤오왕 네가 교양이 있구나. 온 마을 사람들이 전부 내가 공부를 한 적이 없어서 문맹인 줄 안다. 우리 아버지까지도 그렇게 생각했지. 내가 사실은 시인이라는 걸 너만 알아주는구나. 하하하, 이건 정말 엄청난 비밀이란다."

"그런데 추 삼촌, 저희 어머니는 삼촌이 글을 배우신 적이 없다고 하던데요." 라오추와 함께 술을 몇 모금 마시고 나자, 말이 없던 샤오왕도 머리가 아주 쌩쌩 돌아가게 되었다.

"하하, 너희 어머니도 잘 모르는 거야. 나는 너희 어머니랑 같이 입학을 했는데, 학교에 나간 지 사흘 만에 홍역에 걸려 집에서 치료를 했단다. 죽을지 살지도 모르는 지경이었다가 간신히 살아난 다음에는 다시 학교에 간 적이 없어. 나중에 생산대에서 일할 때 글자를 많이 배웠지. 그 당시에 생산대에서 보고서 같은 걸 쓸 일이 있으면 전부 내가 써서 쓸 줄 모르는 글자가 거의 없었어. 쓸 줄 모르는 글자가 있으면 글자를 반쪽만 썼지만 그래도 알아볼 수는 있었지. 더 신기한 일은, 어느 날 갑자기 내가 시를 쓸 수 있다는 걸 알게 됐다는 거야. 하룻저녁에만도 시를 몇 수나 쓸 수 있었어. 고시며 사언시四言詩며, 나오는 대로 쓸 수 있었지. 그렇게 쓴 시를 생산대 대장한테 읽어줬단다. 대장은 문맹이긴 하지만 아주 수준이 있는 사람이라 듣자마자 좋다고 하면서 나보고 지식인이라고 그랬지. 에휴, 그렇게 이치를 잘 아는 사람이 안타깝게도 너무 일찍 굶어 죽었어. 내가 그만큼 지식이 있어서 나중에는 마을의 통신원이 됐단다. 어느 해엔가 현 정부에서 간부를 모집하기에 나도 지원을 했어. 나한테 무슨 학교 졸업장이 있냐고 묻기에, 내가 시를 쓴 공책을 보여줬지. 학교 졸업장은 없지만 시를 쓸 줄은 안다고 말이야. 그런데 그 사람들은 졸업장이 있는지만 보고, 시는 안 보더구나. 뭘 아는 사람이 하나도 없었어. 그게 내 평생에 가장 좋은 기회였는데, 그렇게 지나가버린 거야. 나는 단념을 하고, 그냥 마을로 돌아와서 시인이 되기로 했단다. 건륭 황제가 시를 사만 수 넘게 썼다는 얘기를 듣고, 나는 그보다 더 많이 쓰고 싶어서 이 집 안에서 시를 썼다. 내가 황제를 넘어선다면 남들이 내가 교양이 있다는 걸 인정해줄 거라고 생각했거든. 그런데 아버지는 노상 나더러 노동 점수*나 따라고 하니, 내가 시를 쓸 시간이 있었겠냐. 에이, 난 시를 열 권밖에 못 써서 황제가 쓴 것에 비하면 아직 한참 멀었어. *부끄럽구나, 이렇게 늙어서까지 다들 내가 그냥 농민일 뿐이라고 생각하다니……*"

라오추는 상당히 흥분해서 쏟아지는 말을 멈출 수가 없었다. 평소에는 말이 없는 편이었는데 지금은 갑자기 하소연쟁이가 된 양, 젊었을 때 가졌던 꿈 얘기까지 죄다 풀어놓으려 했다. 샤오왕은 라오추가 시를 공책 열 권이나 썼다는 말을 듣고 부끄럽기도

---

* 1950년대에서 1980년대 초까지. 중국의 농촌 집단 경제 조직에서 노동자의 노동량과 임금을 계산하는 단위

하고 아주 놀랍기도 했다. "와, 전부 삼촌이 쓰신 거예요?"

이 말이 도화선에 불이라도 붙인 것처럼, 라오추는 피식 웃더니 말했다. "못 믿겠어? 허, 지금 이 자리에서 당장 한 수를 지어 읊어주마. 술을 끊으니 영감이 더 이상 찾아오지 않았는데, 오늘 마신 술이 하도 좋아서 영감이 왔다. 잘 들어봐라……."

라오추는 눈을 감고 숨을 몰아쉬더니, 뺨을 손으로 괸 채 사색에 잠겼다. 샤오왕은 밥도 안 먹고 라오추와 대작하며 공복에 술을 반 사발이나 마신 탓에 눈꺼풀이 자꾸 감기려 했다. 그러나 차마 라오추의 시흥을 깰 수 없어서, 억지로 눈을 부릅뜨고 그가 사색을 마치고 시를 읊기를 기다렸다. 하지만 라오추의 감은 눈은 뜨이지 않았다. 거친 숨소리가 코 고는 소리로 바뀌더니, 손목에 힘이 빠지면서 그의 머리도 탁자 위로 무너지고, 코 고는 소리도 더 길어졌다. 라오추가 꿈나라로 떠난 걸 본 샤오왕도 무거운 눈꺼풀을 닫아버렸다.

2

샤오왕은 자기가 코 고는 소리에 잠을 깼다. 정신이 멍한 가운데 라오추가 그를 부르는 소리가 들렸다. "샤오왕, 샤오왕. 너 갔냐?"

샤오왕은 눈을 떴다. 주위는 칠흑같이 새까맸다. 고개를 돌려 보니 창밖에 하늘 한쪽이 약간 밝은 게 보였다. 날이 완전히 저문 것이었다. 샤오왕은 얼른 대답을 했다. 라오추가 다시 물었다. "불 있냐? 라이터가 어디 있는지 잊어버렸다."

샤오왕은 주머니 속에서 라이터를 꺼내 탁자 위에 놓인 둥그런 유리 등잔에 불을 붙였다. 집 안에는 벌써 오래전에 전기가 끊겨, 라오추는 이 등잔 하나에 의지해 집을 지켜오고 있었다. 폐허가 된 마을은 쥐 죽은 듯이 고요했고, 포클레인은 짙은 그림자가 되어 있었다. 창밖으로 새어나간 등불이 마을 전체의 유일한 생기였다.

라오추는 한잠 자고 나자 갑자기 기운이 났다. "샤오왕, 좋구나. 정말 좋아."

샤오왕은 멍청한 얼굴로 물었다. "뭐가 정말 좋아요?"

"술 말이야. 진짜 마오타이주야. 마시고 나서 머리가 개운한 게 하나도 힘들지가 않아. 좋은 술이다!"

"처음엔 가짜라고 생각하셨어요?"

"그래, 처음엔 가짜 마오타이만 마실 수 있어도 괜찮다고 생각했지. 네가 이렇게나 정직한 녀석인 줄은 몰랐구나."

샤오왕은 칭찬을 듣자 쑥스러워졌다. "사실 저도 이 술이 진짜인지 가짜인지 몰랐어요. 장사를 하는 친구가 선물로 준 거거든요. 둘째 애를 호적에 올릴 때 사회부양비*를 좀 적게 내도록 도와줬더니 고맙다면서 이 술을 줬어요. 그 친구가 발이 넓어서 진짜 마오타이주를 구할 수 있었나 봐요."

"응, 이렇게 좋은 술을 마시고 시를 안 지으면 술한테 면목이 없지. 샤오왕, 아까 내가 지은 시가 어떻더냐?" 라오추는 낯빛이 더 붉어져서는 호기가 하늘을 찌를 듯했다. 마치 한밤중의 시골의 왕 같았다.

"아까 그 시요? 아, 아주 좋았어요." 샤오왕도 한잠 자고 일어나자 술이 깼다. 그는 그저 빨리 돌아가고 싶었다. "추 삼촌, 날이 이렇게 어두워졌으니 저도 그만 가봐야겠어요."

"가긴 어딜 가? 여기도 네 집이다!" 사발은 이미 바닥이 보이도록 비어 있었다. 라오추는 사발 두 개에 술을 가득 채웠다. "내가 아까 어떤 시를 지었냐? 한번 읊어봐라."

샤오왕은 워낙 성실해서 조그만 거짓말도 그냥 넘어가지를 못했다. 그는 정직하게 대답했다. "추 삼촌, 삼촌은 아까 시를 못 짓고 바로 잠드셨어요."

"아, 어쩐지 내가 시를 읊을 때 사람이 구름처럼 모여들더니, 그럼 그렇지. 꿈속이었구만." 라오추는 생각을 잠시 정리하더니, 검지를 세워 들고 손가락 끝을 쳐다보면서 샤오왕도 같이 보도록 하고는 입을 열었다. "이 집엔 내 조부가 사셨고, 이 집엔 내 손자

• 1가구 다자녀 정책으로 전환하기 전, 중국 정부가 가족계획을 위반한 가정에 징수했던 벌금

가 살았네. 이제 나를 쫓아내려 하니, 문조차 없어졌구나……."

시를 다 읊고 나자 라오추는 하느님처럼 침묵하며 군중이 자신을 떠받들기를 기다렸다. 샤오왕은 잠깐 기다렸다가 박수를 쳤다. 고요한 밤중에 단조로운 박수 소리가 아주 멀리까지 퍼졌다. 라오추는 샤오왕의 반응이 좀 부족하다고 느끼는 듯, 계속 아무 말도 없었다. 샤오왕은 고개를 끄덕이며 말했다. "추 삼촌, 이 시는 두보에 버금가네요."

라오추는 갑자기 눈시울이 뜨거워져서는 사자처럼 노성을 질렀다. "제기랄, 왜 다들 내가 무식하다고 생각하는 거야? 왜 나는 시내에 들어가서 일을 할 수가 없는 거냐고. 샤오왕, 이 삼촌의 글재주를 알아주는 건 너밖에 없구나. 젠장, 그런데 나는 평생을 이 집에 갇혀 있다니. 아, 난 이 집이 밉다."

라오추는 스스로를 제어할 수 없는 상태였다. 화약통에 화약이 차듯이 평생의 실의가 마음속에 맺혀 있다가, 깨끗하고 진한 술이 지금 거기에 불을 붙인 것이다. 샤오왕은 이러다가 그가 벽에 머리라도 박아버릴까 걱정이 되어, 황급히 사발을 들어 올리며 권했다. "추 삼촌, 자요, 한잔하세요."

술의 역할은 탁월해서, 제어가 안 되던 라오추를 붙잡아주었다. 눈물을 머금고 감개에 젖어 술을 한 모금 마시고 나자 그는 마음이 좀 안정된 것 같았지만, 울음을 완전히 참을 수는 없었다. "샤오왕, 나는 이 집이 밉다."

"어, 그럼 떠나시면 되겠네요. 나중에 재건축된 다음에 돌아오면 되죠." 샤오왕이 말했다.

"그래도 내가 어떻게 이 집을 버리겠냐. 내 평생의 울분이 전부 이 안에 들어 있는데. 난 이 집이 없어지게 할 수는 없다."

"삼촌, 국가에서 필요해서 이주를 시키는 거예요. 개인의 이익은 집단의 이익에 복종해야죠. 환경을 좀 바꿔보는 것도 나쁘진 않잖아요."

"국가는 무슨 국가. 여기가 바로 내 나라고 내 집이다. 내가 가기 싫으면 안 가는 거야." 라오추는 고집스레 말했다. "난 여기서 죽을 때까지 버틸 거다."

주셴 마을은 시의 교외에 있는 오래된 마을이었다. 맨 처음 이곳에 살기 시작한 선조들은 당나라 말기에 남쪽으로 피난을 온 사람들이었다고 한다. 명나라 때에 이르러 또 한 무리의 사람들이 주셴 마을로 이주해왔다. 전설에 아홉 명의 선인이 여기서 바둑을 둔 뒤 돌 의자 아홉 개를 남겼다고 하는데, 그래서 주셴九仙 마을이라는 이름이 붙었다. 이 마을은 시내에서 아주 가까운데도 불구하고 상당히 평온하고 조용한 마을이었다. 그런데 근처에 기차역을 짓기 시작한 후로는 갑자기 대단히 중요한 곳이 되었다. 시내에 완다* 상권이 들어서자, 다른 부동산 업체에서는 곧바로

---

* 중국의 엔터테인먼트 미디어 그룹

기차역 근처에 형성될 상권을 주시하기 시작했다. 회사는 재빨리 정부와 합의했고, 곧 주센 마을의 철거와 이주가 시작되었다.

샤오왕은 라오추를 설득할 수도 없었고, 집에 가고 싶지만 갈 수도 없었다. 그는 그저 묵묵히 라오추와 함께 술을 마셨다. 마오타이주의 향기가 집 안에 진동했다. 알코올이 라오추의 신경을 자극해 그의 생각이 야생마처럼 이리저리 내달리게 만들었다. 청년과 노년의 경계도, 꿈과 현실 사이의 경계도 완전히 깨져버렸다. 희미한 등불이 라오추의 얼굴을 비추어, 얼굴의 한쪽은 불꽃처럼 뜨겁고, 다른 한쪽은 어둠 속에 묻혀 있었다.

"네 부모는 여기를 잠시 거쳐 간 객일 뿐이지만 나는 아니다. 나는 죽을 때까지 여기서 살 거야. 참, 내가 예전에 너희 어머니가 온 가족이 이 집에 살고 싶다고 했을 때 그러라고 한 이유가 뭔지 아니?" 라오추가 화제를 바꾸었다.

샤오왕의 가족은 원래 난먼더우南門兜의 구시가에 있던 오래된 목조 건물에 살고 있었다. 샤오왕이 여덟 살 되던 해에 길가의 양복집에 불이 나서 크게 번지는 바람에 강가에 있던 열 채가 넘는 오래된 집들이 전부 깨끗이 타버렸다. 샤오왕의 어머니는 어찌할 방도가 없어, 온 식구를 데리고 교외로 돌아와 라오추네 집에서 살기로 했다. 라오추와 샤오왕의 어머니는 어릴 때부터 한마을에서 같이 자란 이웃이라 친분이 깊었다. 다행히 주센 마을은 시내에서 멀지 않아, 샤오왕의 부모는 자전거를 타고 출

퇴근하는 시간이 불과 이십 분 더 늘어났을 뿐이었다.

"삼촌이 좋은 분이셔서 우리가 살 집이 없는 걸 불쌍하게 여기신 거죠?" 샤오왕이 추측했다.

"아니야, 나만큼 성격이 나쁜 사람도 없지. 다른 사람이 내 집에서 살겠다고 했다면 절대로 허락하지 않았을 거다."

"그럼 왜 그러신 거예요?"

"내가 너희 엄마를 좋아했거든. 알겠니? 그 사람은 교양 있는 사람이니 내가 눈에 안 찼겠지만, 나는 네 엄마를 좋아했어. 이 얘기는 아무한테도 한 적이 없다. 내가 지금껏 결혼을 안 한 건 네 엄마처럼 교양 있는 아가씨를 찾고 싶어서였어. 그런데 남들이 소개해주는 아가씨들은 죄다 시골 처녀라, 네 엄마랑 비교하면 사람 같지도 않더구나. 그래서 나는 차라리 혼자 살기로 했다. 나는 평생을 홀아비로 살았지만 내 마음속에는 한 여자가 살고 있어. 그게 바로 네 엄마다. 하하하, 이건 세상에서 제일가는 비밀이다……."

라오추는 그 순간, 샤오왕의 어머니에게 직접 얘기하는 것처럼 생기가 넘쳤다. 하지만 이 얘기를 들은 샤오왕은 얼굴이 빨개졌다. "추 삼촌, 옛날 얘기잖아요. 그만하세요."

"아니, 난 이 비밀을 관 속에까지 가져가고 싶진 않다. 샤오왕, 넌 반드시 이 비밀을 이어받아야 한다. 이 비밀 속에는 사랑이 있어. 나 라오추의 사랑 말이야."

"알겠어요, 추 삼촌. 삼촌은 제가 이 비밀을 어머니한테 얘기하기를 바라시는 거죠?"

라오추는 즐거운 듯이 웃었다. "허허, 그건 네가 알아서 해라. 아무튼 내가 네 엄마를 좋아하는 건 확실한 사실이야. 네 엄마는 좋은 여자지만 네 아버지는 책벌레라 여자를 아껴줄 줄도 모르고 듣기 좋은 말도 할 줄 몰라. 나였다면 절대로 그렇게는 안 했을 거다. 나는 네 아버지가 정말 싫다. 도대체 네 엄마는 왜 그 사람이 마음에 들었는지 모르겠어. 뭐, 바보한테는 바보 나름의 복이 있다고 할 수밖에. 그래도 난 너를 싫어하진 않는다. 샤오왕, 나는 너를 참 좋아해. 계속 너를 내 아들처럼 생각했다……."

라오추는 행복한 환상 속에 잠겨 있었다. 샤오왕은 라오추가 이 다음에 "샤오왕, 너는 사실 내 아들이다"라는 말이라도 하는 게 아닌가 싶어 정말이지 두려웠다. 샤오왕의 기억 속에 어머니는 라오추를 좋게 보지 않았다. 그를 멸시했을 뿐만 아니라 싫어하기도 했다. 그래서 라오추의 말을 듣자 샤오왕은 마음이 불편해졌다. 그는 솔직하게 말했다. "그런데…… 어머니는 삼촌을 안 좋아하시는 것 같던데요."

라오추의 얼굴이 순간 딱딱하게 굳었다가 바로 다시 풀렸다. 그는 짐짓 호탕한 척 큰 소리로 웃었다. "나도 안다. 그 사람이 보기에 나는 그저 농민일 뿐이니까. 그래도 그게 무슨 상관이냐. 일생 동안 내 가장 큰 희망들은 전부 이루어지지 않아서, 나는 이미 익숙해졌단다. 그래도 나한테는 술이 있어. 술을 만나면 모든 희망이 살아나지. 남들은 다들 내가 평생 홀아비로 늙었다고 생각하지만, 그게 아니야. 나한테는 술이 있으니, 나 혼자 사는 게 아니지. 자, 자, 술한테 시중이나 받아보자꾸나."

라오추는 유쾌하게 술잔을 들어 올려 생기 있게 춤을 추는 여인의 모습을 감상하듯이 맑고 투명한 술을 바라보았다. 그의 양쪽 뺨에 늘어진 살 위의 땀구멍 하나하나에 모두 기쁨이 넘실대고 있었다. 그는 눈을 감고 다시 술을 한 모금 마셨다. 그의 모든 희망이 마음속으로 들어온 것 같았다.

"삼촌, 이렇게 술을 좋아하시는데 어떻게 팔 년이나 금주를 하셨어요?" 샤오왕도 이미 라오추에게 옮아서 술을 좋아하게 되었다. 그는 술이 아주 훌륭한 물건이라는 생각이 들었다.

"에이." 라오추는 한숨을 쉬었다. "내가 죽을 뻔한 적이 있거든. 바로 이 걸상에 앉아서 술을 계속 마시다가 쓰러졌단다. 그래도 내가 아직 죽을 때는 아니었던 모양인지, 밤에 이웃집 형님이 쌀을 꾸러 와서 캄캄한 와중에 들어오다가 나를 밟았다지. 그 형님이 당장 사람을 불러서 나를 병원에 실어다줘서 그길로 2주 동안 입원을 했어. 나는 천하에 무서운 게 없는 사람이니 술 마시다 죽는다고 뭐 큰일이겠냐. 그런데 때마침 네 엄마가 나를 보러 와서 그러더구나. 라오추, 당신 심혈관에 병이 있어서 다시는 술을 마시면 안 돼. 혼자 그러고 있다가 혹시나 쓰러지면 썩어서 냄새가 날 때가 돼서야 남들이 알아차릴 거야. 장례를 치를 때도 역겨워서 힘들겠지. 아, 그때부터 내가 주의를 하게 됐단다. 죽어서까지 네 엄마가 날 싫어하게 만들면 안 되잖니. 깨끗한 몸으로 죽어야지. 그래야 네 엄마가 내 장례를 치러줄 때 내가 과거에 잘했던 것들을 생각하면서, 이 사람이 그래도 괜찮은 사람이었구나 할 것 아니냐. 이걸 마음에 새기고 나는 술을 끊었단다. 잘 살지를 못했으면 잘 죽기라도 해야지. 안 그러냐? 그런데 솔직히 말하면, 술을 끊으니 나는 기력도 없어졌단다."

샤오왕은 이 밤에 라오추가 자기 어머니에 대해 이렇게 마음대로 얘기할 줄은 생각지도 못했다. 하지만 라오추가 이렇게까지 거리낌 없이 얘기하자, 샤오왕도 마찬가지로 거리낄 것 없이 흥미가 생겼다.

"삼촌, 후회하셨어요?"

"후회할 게 뭐가 있겠냐. 네 엄마는 내가 술을 끊게 만들었는데, 너는 또 오늘 제일 좋은 술을 나한테 가지고 왔으니 이게 다 인연인 게지. 사람은 인연을 좀 믿어야 돼."

샤오왕은 어머니와 라오추의 인연이 너무 균형이 안 맞는다고 생각했다. 라오추가 보는 어머니는 지극히 좋기만 해서, 심지어 온 가족이 와서 살라고 자기 집을 집세도 안 받고 내줄 정도였다. 하지만 어머니가 보는 라오추는 단점밖에 없는 듯, 그를 딱하게 여기면서도 한심한 모습에 화를 내곤 했다. 이런 생각을 하자 샤오왕은 좀 감상적이 되어 그를 위로했다. "추 삼촌, 걱정 마세요. 제가 꼭 삼촌 심정을 어머니한테 잘 말씀드릴게요."

샤오왕은 당연히 어머니와 라오추 사이에 무슨 관계가 있기를 바라지도 않았고, 물론 그런 관계가 있을 리도 없었다. 하지만 이건 정신적인 영역의 일이니 호응을 해줘야만 했다.

라오추는 고개를 저었다. "그런 건 전부 중요한 게 아니다. 네 엄마는 내가 진지한 말을 해도 이제껏 절대로 믿은 적이 없어. 그래도 한 가지는 얘기해줘도 좋다. 나는 진짜로 네 엄마가 목욕하는 걸 훔쳐보려고 한 적이 없다."

이 말을 듣자마자 샤오왕은 다시 기분이 뭐라 말할 수 없이 어색하고 곤란해졌다. 술의 세계에 빠져 있는 게 아니었다면, 예순여덟 살의 라오추 역시 이런 말을 뱉지는 않았을 것이다.

이 일에 대해서는 사실 샤오왕도 약간 기억이 남아 있었다. 그 당시 샤오왕은 아직 어렸기 때문에, 뒷얘기는 오가는 말 한두 마디를 끌어모아 알게 된 것이었다. 이 집의 동남쪽 가장자리에는 공용 욕실이 있었다. 욕실은 그 옆에 있는 변소와 통해 있어, 목욕을 한 물이 변소의 분뇨 통으로 흘러 들어가게 되어 있었다. 욕실은 나무판을 이어서 만든 것으로, 안쪽에는 비닐천이 한 겹 더 깔려 있었다. 문짝은 몇 년이나 계속 여닫은 탓에 벌써 오래 전부터 금이 가 있었다. 어느 날, 샤오왕의 어머니는 목욕을 하던 도중에 갑자기 문틈을 통해 안쪽을 바라보는 눈 두 개를 발견했다. 그녀는 소리를 질렀다. 마침 집 안으로 들어서고 있던 샤오왕의 아버지는 곧바로 라오추를 붙잡았다. 라오왕은 서류 가방으로 라오추를 때리려 했고, 라오추는 손에 잡히는 대로 삽을 집어 들었다. 평화를 사랑하는 라오왕은 더 이상 움직이지 못하고, 그저 "건달 같으니"라고 욕을 하고는 샤오왕의 어머니가 목욕을 마칠 때까지 욕실 문 앞을 지키고 서 있었다. 이 일로 샤오왕의 가족과 라오추는 몇 달 동안이나 냉전 상태였다. 하지만 아무튼 자랑할 일은 아니었기 때문에 아무도 다시는 그 얘기를 꺼내지 않았고, 그 기간이 지난 후에는 다시 왕래를 하게 되었다. 하지만 샤오왕의 부모님은 아주 오랫동안 라오추 얘기를 할 때면 '건달'이라는 말로 지칭하곤 했다. 나중에 라오왕의 직장에서 복지형 주택 분양을 받게 되어 마침내 시내로 이사를 하자, 라오왕은 "드디어 건달에게서 벗어났다"라고 한 마디 했다.

라오추는 샤오왕이 어색해하는 걸 보더니 말을 이었다. "사실 그날 나는 도대체 누가 거기서 그렇게 오랫동안 씻고 있는 건지 좀 보려고 했던 것뿐이야. 물 쓰는 것도 다 돈이니까 말이다. 난 그냥 누군지 보려고 한 거지, 여자가 목욕하는 걸 훔쳐보려고 했던 건 아니야……"

"누군지 궁금하셨으면 그냥 물어보면 됐잖아요." 샤오왕은 경찰관의 논리로 그의 말을 끊었다.

"에휴, 가끔 그렇게 귀신이 곡할 노릇이 생기는 법이야. 난 그때 누구냐고 물어볼 생각은 못 하고 그냥 직접 볼 생각만 들었거든. 그래서 이 오명이 나를 평생 따라다니는 거야. 샤오왕, 사실대로 말하자면 나는 어떤 여자랑 결혼할지를 몰래 생각해본 적은 있지만, 여자가 목욕하는 걸 훔쳐보는 그런 일은, 내 양심을 걸고 말하는데 나는 그런 저질스러운 짓은 못 한다. 어찌 됐든 나는 시를 쓸 줄 아는 교양인 아니냐. 다른 여자였으면 신경도 안 쓰겠지만, 그게 또 너희 엄마잖니. 에이, 하느님이 신경질을 부려서 내 머리 위에다 똥 한 덩어리를 던지는 바람에 그걸 어떻게 씻어도 계속 냄새가 나는 거야. 샤오왕, 너는 날 믿지?"

샤오왕은 이런 말도 안 되는 논리를 노상 듣고 사는 경찰관으로서 당연히 믿지 않았다. 하지만 눈앞에 앉은 사람이 라오추라서 뭐라고 할 수도 없어 그냥 그를 말렸다. "다 지나간 일이잖아요. 저희 부모님도 다 잊어버리셨을 거예요. 삼촌도 그냥 잊어버리고 다시 얘기하지 마세요."

"아니, 이 일은 내 마음속에 낙인으로 찍혀 있어. 난 억울하단 말이다. 나는 지금까지 오랫동안 계속 기회를 봐서 네 엄마한테 얘기를 하고 싶었는데 차마 말을 못 했어. 샤오왕, 지금이 오해를 풀 제일 좋은 기회 같구나. 네가 날 좀 도와줘야겠다."

"저야 도와드리고 싶죠. 그런데 그런 논리를 가지고는 오해를 푸는 걸 도와드릴 방법이 없어요." 샤오왕은 직업적인 습관 탓에 논리를 따졌다. 그는 라오추에게 그 일을 설명할 수 있는 다른 이유가 있어서 자신이 그를 도울 수 있기를 바랐다.

"논리가 뭔지 난 모른다. 그냥 네가 네 엄마한테 설명을 좀 해 다오. 이 라오추는 네 엄마한테 그렇게 무례한 짓을 할 리가 없다 고. 절대 그럴 리가 없다고 말이야." 라오추가 애원했다.

샤오왕은 확실히, 경찰관으로서 일한 그리 길지 않은 시간 동 안 논리에 맞지 않는 수많은 사건을 처리해왔다. 애초에 사실이 라는 건 논리에 맞지 않는 법이다. 논리에 따라 일을 처리해도 어 쨌든 억울한 누명이 생긴다. 그래서 결국은 술에 취해서 그랬다 거나, 멍청해서 그랬다거나, 아니면 감정이 작용해서 그랬다거나 하는 식으로 정리할 수밖에 없었다.

"혹시 삼촌, 술에 취해서 그러신 거예요?" 샤오왕도 라오추가 오명에서 벗어나게 할 만한 이유를 궁리했다.

"아니." 라오추는 머리를 땡땡이 장난감처럼 저었다. "술은 좋 은 거야. 술을 탓하면 안 되지."

"그래도 어쨌든 납득할 만한 이유가 있어야 돼요." 샤오왕은 증 거에 집착했다.

라오추는 온갖 꾀를 다 짜내보다가 갑자기 자기 머리를 손으 로 치며 말했다. "인품은 어떠냐? 내 인품으로 보증을 하는 거야. 시인의 인품으로 말이야."

"좋아요." 샤오왕은 속으로는 쓴웃음을 지으면서도 단호하게 말했다. "삼촌의 인품이 이렇게 드러났으니, 어머니도 못 믿으실 이유가 없을 거예요!"

"그래, 샤오왕, 난 널 믿는다." 라오추는 무거운 짐을 벗어버린 것처럼 술 사발을 들어 올렸다. 그는 샤오왕이 벌써 그의 오해를 풀어주기라도 한 듯이 신이 나서 말했다. "내가 시인이라는 걸 네 엄마가 믿게 만들 수 있다면 더 좋을 텐데 말이야."

"그야 오히려 더 쉽죠." 샤오왕은 고개를 끄덕였다. "시도 삼촌이 쓰신 거고 필체도 삼촌 필체인데, 의심할 구석이 없잖아요."

"정말 잘됐다. 샤오왕, 난 꼭 건륭 황제를 뛰어넘을 거야. 원래는 그날까지 기다렸다가 네 엄마한테 말하려고 했는데, 그러다가 맥이 빠져버렸지. 그런데 지금은 다시 용기가 나는구나."

"건륭 황제를 뛰어넘느냐 못 넘느냐는 중요한 게 아니에요. 중요한 건 삼촌이 확실히 주셴 마을 근방에서 제일가는 지식인이라는 거죠." 샤오왕은 아부를 했다.

"아니, 네 엄마를 빼면 그런 거지. 네 엄마는 마을 밖에 나가서 공부를 했으니 제일 유식한 사람이야. 나는 밖에 나가 공부한 적 없는 사람들 중에선 제일 유식한 거고. 이건 확실하지. 문제는 아무도 안 믿는다는 거지만."

밤은 마치 거대한 자석처럼 낮 동안의 시끄러운 소리를 끌어 당겼다. 경쾌한 벌레 울음소리만이 끌려가지 않고 어둠 속에서 때때로 울려 퍼졌다. 두 사람의 말소리와 등불의 불빛이 망가진 창살 사이로 뚫고 나와 폐허의 미물들과 서로 어울렸다. 갑자기 창밖에서 벽돌이 부딪치는 소리가 들려왔다.

"누구냐?" 라오추는 반사적으로 자리에서 일어섰지만, 다리에 힘이 풀려 온몸이 장의자 위로 무너졌다. 샤오왕은 무거운 두 다리를 끌고 가서 그를 부축했다. 라오추는 힘겹게 걸어가 엽총을 집어 들고는 창밖을 향해 소리쳤다. "누구야? 죽고 싶냐?"

소리는 단 한 번 들려왔을 뿐, 그 후로는 조용했다. 샤오왕은 라오추의 무거운 몸을 부축하며 말했다. "들고양이겠죠."

라오추는 그제야 엽총을 다시 창가에 내려놓았다. 샤오왕은 라오추를 다시 장의자 옆에 데려다놓았다. "추 삼촌, 취하셨어요. 이제 들어가서 주무셔야죠."

"아니, 난 여기서 지키고 있을 거야. 술에 취한 느낌이 참 좋구나. 아무런 금기도 없고, 내 즐거움을 막는 것도 아무것도 없어."

라오추는 사발에 남아 있던 술을 단번에 다 마셔버렸다. 그가 술병을 다시 가져와 술을 따랐을 때는 병 속에 술이 삼분의 일밖에 남아 있지 않았다. 하지만 라오추는 이미 술기운을 견딜 수 없어 술병을 사발 옆에 놔둔 채로 잠시 쉬다가 눈 깜짝할 사이에 잠들어버렸다. 샤오왕은 라오추가 술에 취한 걸 보고는 집으로 돌아가야겠다 싶어서 자리에서 일어나 비틀거리며 문 쪽으로 걸어갔다. 그의 손이 문짝에 닿았을 때쯤에는 먹구름이 그의 머리를 내리누르는 것 같았다. 샤오왕은 그대로 땅바닥에 늘어졌다. 그 순간, 자는 것보다 더 중요한 일은 없었다.

3

샤오왕은 목이 말라 잠에서 깼다. 술기운이 최고로 올랐던 순간이 지나자 머리를 내리누르던 그 무거운 먹구름도 흩어졌다. 머리는 꽤 맑아졌지만 목이 심하게 말랐다. 그는 침을 삼키고는 미간을 찌푸리며 눈을 떴다. 눈앞에 드문드문한 불빛이 보였다. 이상한 일이다. 술을 마시면 눈앞에 별이 보이기도 하나? 그는 다시 눈을 뜨고서야 눈앞을 제대로 보았다. 눈앞에 별이 번쩍거리는 게 아니라 진짜로 별을 보고 있는 것이었다. 정말 아름다운 밤하늘이었다. 맑게 갠 이 밤하늘에, 별들이 각자 영원히 변치 않는 자리에서 빛을 보내며 반짝이는 모습이 너무나 평온했다. 아, 아니지, 세상에. 샤오왕은 마침내 어떻게 된 일인지를 확실히 보았다. 집의 지붕이 어느샌가 깨끗이 벗겨져, 샤오왕은 그 자리에 그대로 드러난 하늘을 보고 있었다.

샤오왕은 식은땀을 흘리며 힘겹게 몸을 일으켰다. 라오추는 여전히 탁자 위에 엎드려 있었다. 코 고는 소리에 나무판이 떨릴 정도로 진동하는 게, 그야말로 한 마리 사자 같았다. 지금은 정말로 웅장한 꿈을 꾸고 있는 그를 깨울 때가 아니었지만, 샤오왕은 다가가서 그의 머리를 흔들어 깨웠다. "추 삼촌, 좀 보세요." 라오추는 코 고는 걸 멈추더니 눈을 떠 사방을 살펴보았다. 지붕과 2층이 평평하게 깎여버린 것이, 꼭 하느님의 손으로 들어내버린 것 같았다. 그리고 원래 수십 미터 밖에 있던 포클레인이 어느새 지척까지 다가와, 벽 위로 손을 뻗은 채 조용히 서서 벽 안의 모든 것을 냉랭하게 지켜보고 있었다.

라오추는 우는 소리를 내더니 벽 쪽으로 달려가 총을 가져오려 했다. 하지만 총은 어느새 날개가 달려 도망간 모양이었다.

"총은?" 라오추는 적의 천군만마가 문 밖까지 들이닥친 양, 샤오왕에게 다급하게 물었다.

샤오왕은 입을 헤 벌린 채 이 모든 것을 멍하니 바라보았다. 그는 이게 현실이라는 걸 믿을 수가 없었다.

라오추는 뚫린 지붕으로 보이는 밤하늘에 삿대질을 하며 외쳤다. "하느님, 눈 바로 뜨고 좀 보시오, 이걸 좀 봐요!" 그러더니 고개를 늘어뜨리고는 정신을 잃고 쓰러져버렸다.

샤오왕은 구급 지식을 동원해, 그의 머리를 끌어안고 인중을 꼬집으며 큰 소리로 라오추를 불렀다.

라오추는 천천히 깨어났다. 그는 눈을 뜨자마자 샤오왕의 멱살을 잡더니 뺨을 두 대 때렸다. 샤오왕은 멍해져서는 그를 끌어안고 울먹였다. "추 삼촌, 왜 저를 때리세요?"

"그걸 나한테 묻냐? 그걸 감히 나한테 물어봐?!"

라오추는 그를 계속 때렸다. 샤오왕은 별수 없이 손으로 얼굴을 가리고 막으면서 자리에서 일어섰다. "왜 그러시는데요? 이유를 말해보세요!"

"나한테 술을 권해서 취하게 만들라고 그놈들이 너한테 시킨 거지! 그래서 내 집을 부수려고! 이 자식, 너 진짜로 그놈들의 개였구나!" 자리에서 일어난 라오추는 비틀비틀 샤오왕을 쫓아오며 계속 때렸다.

샤오왕은 다리에 힘이 빠져, 얼굴을 가린 채 휘청대며 라오추를 피하면서 애걸했다. "전 진짜 개가 아니에요. 삼촌, 저 좀 믿어주시면 안 돼요? 전 정말 진심으로 삼촌한테 술을 드리려고 가져온 거란 말이에요."

라오추는 탁자를 가운데 두고 주위를 빙빙 돌며 샤오왕을 쫓았다. 숨바꼭질이라도 하듯 탁자 주위를 두 바퀴 돈 끝에 라오추는 힘이 다 빠졌다. 그는 걸상에 주저앉아 탁자에 기대고 헐떡거리며 물었다. "네가 그런 게 아니라고? 아니라는 걸 어떻게 증명할 거냐?"

샤오왕도 마찬가지로 숨을 몰아쉬며 맞은편에 앉았다. "증명할 순 없어요. 삼촌이 우리 어머니가 목욕하는 걸 훔쳐보려던 게 아니었다는 걸 증명할 수 없는 것처럼요. 그래도 이건 아셔야 해요. 전 여기서 산 적이 있으니까, 여기는 제 집이기도 해요. 제가 어떻게 이런 개돼지만도 못한 짓을 하겠어요!"

슬프고 분하면서도 힘이 실린 샤오왕의 목소리를 듣고, 라오추는 깊은 생각에 잠겼다. 두 사람은 서로의 눈빛 속에서 탈출구를 찾으려는 것처럼 멍하니 서로 마주 봤다. 창밖에 선 포클레인은 이 모습을 무정하게 내려다보고 있었다. 포클레인의 그 신기한 손은 어디 있는지 알 수 없었다. 샤오왕은 갑자기 벽돌 한 개를 집어 들어 포크레인을 향해 던졌다. 앞 유리창이 쨍그랑 소리를 내며 깨졌다.

샤오왕은 가슴이 찢어질 듯이 소리를 질렀다. "빌어먹을 포클레인 같으니!"

그 소리는 밤하늘 멀리까지 퍼져 나갔지만, 메아리는 전혀 돌아오지 않았다.

라오추는 흐느껴 울면서 그를 불렀다. "샤오왕, 이리 오너라!"

샤오왕은 머뭇거리며 라오추의 곁으로 가서, 그가 공격하면 언제든 대응할 준비를 했다. 하지만 라오추는 손을 올리지 않았다. 그는 눈물 콧물로 범벅이 된 얼굴을 들고 물었다. "진짜로 네가 한 게 아니냐?"

"진짜 제가 그런 거 아니에요!"

"엽총은?"

"전 정말 몰라요. 저는 양심이 있는 사람이에요. 삼촌이 시인이신 것처럼요."

라오추의 머리가 탁자 위로 무너지더니 그가 울면서 말했다. "아버지, 뵐 낯이 없습니다. 저는 이 집을 지키지 못했어요⋯⋯."

그는 쓰러진 채 갓 태어난 아이처럼 몸을 웅크리고 무력하게 울었다. 집이 무너지자 그를 지탱하고 있던 힘이 물거품이 되어버렸다. 하지만 일부러 우는 건 오래가지 못하게 마련이다. 라오추는 비틀거리며 일어나, 집의 안쪽 벽 앞에 놓인 제상 위에서 아버지의 위패를 찾았다. 나무로 된 위패에는 고인의 영혼을 대신하는 부적이 그려져 있었다. 라오추는 위패를 끌어안은 채 샤오왕의 부축을 받으며 걸어와서는 탁자 위에 위패를 세워두었다. 그는 술을 한 사발 따라 위패 앞에 놓고 울며 말했다. "아버지, 이 술 드시고, 너무 화내지 마세요. 제가 그쪽으로 가면 그때 이 불효자를 혼내주세요."

샤오왕은 라오추가 이렇게 약해져서 울고 있는 걸 보고는 그를 부축하며 어린아이를 달래듯이 그의 어깨를 토닥였다. 힘이 다 빠져버린 라오추는 갑자기 수다쟁이가 되어, 샤오왕의 어깨에 기댄 채 구구절절 하소연을 했다. "우리 아버지…… 이 위패는 우리 아버지의 혼이다. 아버지는 굶주려서 돌아가셨어. 1961년에, 백토를 드셨다가 돌아가셨지. 돌아가시기 전에 아버지가 그러셨다. 아들아, 나중에 좀 살 만해지면, 제사를 지낼 때 음식 좀 많이 차려다오. 내가 고개를 끄덕였더니 그대로 돌아가셨어. 마을 사람들 몇이 아버지를 마을 변두리로 메고 가서 합장 무덤에 묻었지. 다들 배를 곯아 힘이 없어서 땅을 너무 얕게 파서, 며칠 지나지도 않아 개가 다 파내서 먹어버렸어. 그때 나는 아무것도 모를 때라 유골을 수습하러 가지 않았어. 나중에 사리 분별을 할 줄 알게 됐을 때 유골을 수습하러 갔더니, 다 없어졌더라. 온 데

뼈가 널렸는데, 어느 게 누구 뼈인지 알 수가 있나. 아버지 무덤이 없어서 나는 나중에 도사道士한테 위패를 하나 만들어서 아버지 혼을 거기다 불러달라고 할 수밖에 없었지. 아버지 혼이 정말로 돌아와서 이 집에 계시면서 내 꿈에 자주 나타나서 나랑 얘기도 하고 그랬단다. 매년 7월 15일에는 돈이 없으면 돈을 빌려서라도 제상을 차려서 아버지가 실컷 드시도록 하고, 지전을 산처럼 쌓아다 태워서 아버지가 돈도 실컷 쓰시도록 했단다. 그런데봐라, 이제 이 집이 무너졌으니, 나는 아버지의 혼이 어디로 날아가실지도 모르겠다. 아버지, 이제 지내실 곳이 없어졌어요⋯⋯."

라오추는 여인네처럼 울면서 하소연을 했다. 집이 무너진 일로그는 아주 심각한 타격을 받았다. 하소연하다가 지친 끝에, 두 사람은 넓은 바다 위를 떠다니며 구조를 바라는 사람들처럼 조용히 서로 기대고 있었다.

샤오왕은 조용히 눈물만 흘리다가, 갑자기 생각이 나서 품속에서 만년필 한 자루를 꺼냈다. "추 삼촌, 이 만년필은 삼촌한테돌려드릴게요."

라오추는 울음을 그치고 만년필을 살펴봤지만, 웬 물건인지 기억해내지 못했다.

"제가 대입 시험을 보던 해에 삼촌이 선물해주신 거예요. 잊어버리셨어요?" 샤오왕이 알려주었다.

"아, 기억난다. 그걸 왜 나한테 돌려주는 거냐?"

샤오왕이 경찰대학에 합격했던 그해, 추 삼촌은 합격 축하 선물로 '영웅'사의 만년필 한 자루를 주면서 말했다. "샤오왕, 경찰이 되다니 출세했구나. 장래엔 꼭 영웅이 되어야 한다. 주셴 마을엔 난폭한 좀도둑이 많아서, 밤중에 닭이나 오리를 훔쳐갈 때면 칼을 들고 집 문 앞을 지키고 서서 밖으로 나오는 사람을 죄다 찔러버린단다. 그래서 사람들은 그저 몇 마리만이라도 남겨놔달라고 도둑한테 빌 수밖에 없어. 네가 졸업하고 나면 꼭 이 도둑들을 잡아다오." 샤오왕은 당시에 두말 않고 그러겠다고 대답했지만, 졸업한 후로 주셴 마을에 한 번도 온 적이 없었다.

"전 삼촌의 기대에 부응하지 못했어요. 집 문을 나설 때부터 그런 생각이 들었어요. 저는 삼촌이 기대하신 대로 영웅이 되지 못했으니까, 꼭 만년필을 돌려드려야 돼요. 지금은 더더욱⋯⋯. 저는 이 집을 단 하룻밤도 지키지 못했으니까요."

라오추는 천천히 만년필을 받아 들고 잠시 살펴보았다. 만년필은 처음 샀던 당시보다 많이 낡아 있었지만, 파손된 곳은 전혀 없는 좋은 펜이었다. 라오추는 만년필을 샤오왕의 주머니에 꽂아 넣었다. "넌 아직 젊으니까, 이 만년필에 어울리는 사람이 될 수 있을 거다."

이즈음, 지붕이 없는 집 안으로 위에서부터 한기가 내려앉았다. 라오추는 고개를 들어 별을 보고는 다시 위패를 내려다보더니, 갑자기 샤오왕의 손을 붙잡고 목쉰 소리로 말했다. "샤오왕,

내 부탁 하나만 들어줄 수 있겠니?"

샤오왕은 깜짝 놀라서 라오추를 바라보았다. 그는 얼마나 막중한 임무를 지게 될지는 몰랐지만, 그래도 결연히 고개를 끄덕였다.

"내 아들이 되어다오." 라오추는 술기운에 슬픔까지 더해지긴 했지만 그래도 좀 겸연쩍은 얼굴로 말했다.

"네?" 샤오왕은 이게 무슨 말인가 싶어 멍해졌다.

"수양아들 말이다. 네가 성을 추 씨로 바꿀 필요는 없어." 라오추가 애원했다.

샤오왕은 순간적으로 무슨 말인지 알아들었다. "좋아요!"

라오추는 정신이 번쩍 들었다. "응? 정말이냐, 샤오왕? 그럼 아버지라고 불러다오."

"아버지!" 샤오왕은 다정하게 그를 불렀다.

라오추는 샤오왕의 살을 자기 살 속에 끼워 넣어 진짜 혈육이라도 되고 싶은 양, 그의 손을 꼭 붙잡았다.

별과 폐허와 곤충들까지도 이 순간에는 엄숙하고 경건하게 소리를 죽였다.

한참 후에 라오추는 위패를 들어 올려 샤오왕의 품속에 안겨주며 말했다. "내 아버지께 할아버지라고 불러보거라. 아마 들으실 거야."

샤오왕은 낮은 소리로 할아버지라고 불렀다.

라오추는 기분이 좋아졌다. "술을 다시 따르자. 우리 셋이 같이 마시는 거야."

한 사발은 샤오왕의 몫, 한 사발은 라오추의 몫이었고, 또 한 사발은 위패 앞에 놓았다. 라오추가 말했다. "아버지, 다음부턴 이 집을 찾아오지 마세요. 여기를 못 찾으시면 이 위패를 찾아가세요. 샤오왕이 위패를 지켜줄 겁니다⋯⋯."

샤오왕은 머리가 마비되어, 그저 라오추를 따라 술을 다시 한 모금씩 입 속으로 부어 넣었다. 라오추가 그와 술 사발을 마주치며 건배를 하지 않았더라도 아마 그는 멈추지 않고 한 모금씩 계속 마셨을 것이다. 한 모금 한 모금이 모두 열기로 화해 마음속에 녹아들어서 한밤중의 한기를 쫓아주었기 때문이다. 물론 그는 위패, 그러니까 영혼으로 화한 할아버지와도 술을 마셨다. 라오추의 고집스러운 진심이 통했는지, 샤오왕도 이 영혼이 정말로 주위를 맴돌면서, 이 순간 술을 마시며 즐기는 분위기를 만끽하고 있는 것처럼 느껴졌다.

샤오왕은 다시 술기운이 올랐다. 무수히 많은 따스한 거품이 머릿속에서 빙빙 돌면서, 그가 소망하는 온화한 정경으로 변했다. 그와 리민이 같이 사는 집의 거실에 라오추가 앉아서 북쪽 지방의 연극을 보고 있었다. 샤오왕은 주방에서 바쁘게 마지막 요리 한 그릇을 완성하고는 아버지, 식사하세요, 하고 그를 불렀다. 라오추는 즐겁게 소파에서 일어섰다. 샤오왕은 수납장 안에서 술을 꺼내 라오추에게 한 잔 따라주었다. 라오추는 아주 만족스럽게 이 모습을 지켜보다가 품속에서 나무로 된 위패를 꺼내며 말했다. 네 할아버지께도 한 잔 드리려무나. 그걸 보고 불쾌해하는 리민에게 샤오왕이 설명했다. 신경 쓰지 마. 이 위패는 갈 곳이 없는 영혼인데, 여기를 집으로 삼은 거야. 그 얘기를 듣더니 리민도 납득했다. 그들은 매일 이렇게 평온하게 지냈다. 마치 샤오왕이 어릴 때 주셴 마을에서 살던 날들처럼.

끊임없이 이어지는 닭 울음소리가 샤오왕을 꿈속에서 끌어냈다. 그는 몸을 일으키려 했지만 뻣뻣한 돌덩이가 온몸을 누르고 있는 것만 같았다. 가위에 눌려서 양손의 힘을 모두 빼앗긴 것처럼 벗어날 수가 없었다. 한참을 혼비백산해서 발버둥친 끝에야 가위에서 벗어난 그는 라오추가 자기 몸을 짓누르고 있는 걸 발견했다. 그는 라오추를 밀어내려 했지만, 라오추는 꿈쩍도 하지 않았다. 그의 몸은 이미 완전히 굳어 눈썹 위엔 얇게 서리가 내려 있었다. 샤오왕은 경찰 특유의 예민한 감각으로 라오추의 코밑에 손을 대어보았다가, 곧바로 사자처럼 울부짖었다. "추 삼촌!"

라오추의 온몸은 나무토막처럼 굳어서 숨이 완전히 끊어져 있었다. 얼굴의 일곱 구멍으로 새어나오는 술 냄새만이 이 사람이 얼마 전까지만 해도 살아 있었다는 걸 알려주고 있었다. 탁자 위에 놓인, 벌써부터 꺼져 있던 알코올램프 등이 피식 소리를 내며 다시 켜져서는, 두 눈이 굳게 감겨 다시는 일어나지 않는 라오추의 얼굴을 비췄다. 샤오왕은 가슴속을 칼로 베인 것처럼, 제대로 소리도 내지 못하고 울기 시작했다.

"내 혼은 술병 속에 묻어다오." 깊은 땅속에서 들려오는 듯한 목소리였다. 샤오왕은 사방을 둘러보았지만 아무도 없었다. 텅 빈 마오타이주 병은 어느새 추 삼촌의 딱딱하게 굳은 손안에 쥐어져 있었다.

견디기 힘든 외로움

1

몇 년 전 초겨울 즈음에 나는 생활과 감정에 좀 문제가 생겨, 베이징을 떠나 몰래 고향으로 돌아갔다. 나는 휴대전화를 꺼버리고 가끔씩 한밤중에만 켜서 문자를 읽어보곤 했다. 그 시기에 나는 사람과 접촉하는 걸 심하게 꺼렸다. 웃는 얼굴마다 전부 위선인 것만 같았다.

내 고향은 수산 양식업으로 부유해진 해변의 시골 마을로, 마을 사람들은 낯선 사람을 봤다 하면 한눈에 그 사람의 지갑이 두툼한지 얄팍한지를 알아보았다. 나는 거기서 부모님과 같이 지냈다. 부모님은 내게 명절도 아닌데 웬일로 돌아왔느냐고 물었다. 나는 잠깐 생각해보고, 좀 쉬러 왔다고 대답했다.

부모님은 내 생활에 대해 이해하지 못하고, 오랫동안 내가 뭘 하고 살았는지 알지 못했기 때문에 계속 캐묻기 거북해했다. 나도 마찬가지로 그분들이 도대체 뭘 하려고 사는 건지 이해하지 못했다. 나와 부모님과 형제자매들은 오랫동안 이렇게 서먹하게 지내왔다. 혈연적인 관계는 있지만 삶이나 정신적인 면에서의 소통은 없었다. 내가 대학을 졸업하고 일을 시작한 지 반년쯤 되었을 때, 어느 날 아버지가 갑자기 내게 물었다. "너 푸저우에서 무슨 일을 하는 거냐?" 나는 반문했다. "그건 뭐 하러 물으세요?" 아버지는 원망스러운 투로 말했다. "사람들이 자꾸 네가 뭘 하느냐고 묻는데 내가 대답을 못 해서 그런다." 나는 한숨을 쉬었다. "말씀드려도 모르실걸요." 아버지가 말했다. "내가 대충 뭐라고 대답이라도 할 수 있게 아무거나 얘기해봐라. 내가 모른다고 하면 사람들이 안 믿는단 말이다. 시골 사람들은 남의 소식 물어보길 좋아해서 귀찮다니까." 나는 아버지의 괴팍한 성격에 사람들이 자꾸 이렇게 귀찮게 굴면 확실히 성가시겠다는 생각이 들었다. "그럼 그냥 제가 잡지 편집 일을 한다고 하세요." 아버지는 잡지가 뭣에 쓰는 건지도 전혀 모르지만, 고개를 끄덕였다.

나중에 내가 푸저우에서 하던 일을 그만두고 베이징으로 간 뒤로는 부모님은 내가 뭘 하는지 더욱 모르게 되었다. 어느 해에 나는 책을 몇 권 내게 되어, 고향집에도 몇 권을 가져다두었다. 어머니는 아마도 남들이 이러쿵저러쿵 떠드는 얘기를 듣고 내가 글을 써서 먹고산다는 걸 짐작하신 모양인지, 좀 마음 아파 하셨다. 언젠가 시골에 대한 소설을 쓸 때 나는 그 일부를 집에서 지내면서 썼는데, 어머니는 내가 매일 말도 없이 답답해하는 걸 보다가 어느 날 다가와서 말했다. "이런 거 쓰지 말고 안정된 일을 좀 찾아봐라." 나는 갑자기 화가 나서 버럭 소리쳤다. "예전엔 저한테 신경 안 쓰셨잖아요. 그러니까 지금도, 앞으로도 신경 쓰지 마세요." 이 말을 뱉자마자 어머니도 나도 마음이 좀 안 좋아졌다. 내가 소리를 지르자 어머니는 무안해져서 자리를 떴다. 아버지는 반쯤은 고소해하고 반쯤은 무심한 태도로 어머니에게 말했다. "그러게 괜한 짓을 하고 그래."

어려서부터 다 큰 뒤까지, 가령 초등학교 때부터 대학교 때까지 부모님은 내가 학교에서 우등생인지 열등생인지도 알지 못했고, 사회에서 내가 좋은 사람인지 나쁜 놈인지도 알지 못했다. 나는 절대적으로 자유로운 환경에서 자란 탓에, 지금에 와서 그분들이 나를 구속하거나 내 인생에 참견하려 할라치면 알 수 없는 화가 치밀어 올랐다. 도대체 무슨 까닭으로 그러는지 나도 알 수 없었다.

그래서 내가 고향집에 사는 건 마치 한 덩어리의 수수께끼와 다른 한 덩어리의 수수께끼가 같이 사는 꼴이거나 혹은 한쪽 편의 첩자와 다른 편의 첩자가 같이 살면서도 서로 상대방의 정체를 밝혀낼 생각은 전혀 하지 않는 상태 같았다. 처음 며칠 동안은 누구의 방해도 받지 않아, 삶이 이렇게 단순하고 깔끔한 적이 있었던가 싶게 아주 즐거웠다. 그런데 어느 날 갑자기 알 수 없는 외로움을 느꼈다. 그래서 나는 아버지에게 베이징에 가서 안정적인 일을 찾아봐야겠다고 말했다. 부모님은 아주 안심하면서 기쁘게 나를 배웅해주었다. 나는 집을 떠나서 현 중심부에 살 곳을 구해 눌러앉았다.

이 도시에는 내 중고등학교 동창이 여럿 살고 있었다. 그중에는 아주 친한 친구도 몇 있었다. 나는 그중 한 명에게 연락을 해 불러내서 얘기나 좀 할까 하다가 그냥 그 생각을 눌러 참았다. 동창 한 명과 연락이 닿는다는 건 대부분의 동창과 연락이 닿는다는 거나 마찬가지였다. 그러면 내 생활은 또 소란스러워질 것이다. 나는 어렵게 얻은 이 고독한 시간을 소중히 여겨야 했다. 가끔은 고독이 이렇게나 사람을 괴롭힌다 할지라도. 나는 썩 편치 않은 낮잠을 자고 일어나 녹색 천으로 된 커튼을 열어젖혔다. 창 앞쪽에는 공장이 하나 있었는데, 소박하고 부지런한 여공들이 일을 하는 모습이 어렴풋이 보였다. 무슨 일을 하는지 확실하게 보이지는 않았지만, 슬리퍼나 넥타이를 만들거나 아니면 생선에 가미를 하는 것 같았다. 이 작은 도시엔 중공업이 없어 전부 이런 유의 일들뿐이었다. 나는 나 역시 뭐라도 해야겠다는 생각이 들었다. 그러지 않으면 공허함 때문에 울어버리게 될 것만 같았다.

거리에 나가 돌아다니다보면 기적을 만나게 될지도 모른다. 나는 줄곧 이런 환상에 빠져 있었다. 대학교 때, 식권이 떨어지면 나는 주말에 일어나서 거리에 돈을 주우러 나가곤 했다. 톄스쯔펀鐵獅子墳에서부터 신제커우훠커우新街口豁口까지 걸어가도 아무 수확도 없으면 신제커우 서점에 들어가 책을 좀 보다가, 기회가 되면 그대로 한 권 가지고 돌아오기도 했다. 그 당시 서점에는 전자 설비가 없어서 관리가 아주 허술했다. 그리고 나는 책에 나온 말을 맹신했기 때문에, '책을 훔치는 건 도둑질이 아니다'* 라는

• 루쉰의 단편소설 「공을기」에 나오는 말

말이 확고한 진리라고 생각했다. 기적에 대한 갈망은 궁핍한 시간을 보내기 수월하게 해주기 마련이다.

나는 도시의 중심 거리를 가로질러 걸었다. 몇 가지 기억이 떠올랐지만, 나를 흥분하게 만들 만한 일을 만나는 건 불가능했다. 기차역에 도착하자 등에 보따리를 진 사람들이 역을 드나드는 게 보였다. 나는 잠시 멈춰 서서 몇몇 사람의 생김새와 행동거지를 관찰하면서 그들이 뭘 하러 가는지, 좋은 사람인지 나쁜 사람인지 추측해보았다. 나는 심지어 그중 한 사람은 소매치기일지도 모른다고 생각했다. 아무도 내게 정답을 가르쳐주지 않았기 때문에 이 놀이도 재미가 없어져서, 몇 분쯤 해보고 나니 따분해졌다. 나는 충원제崇文街를 통해 도시의 다른 쪽으로 들어갔다. 충원제는 아주 비좁고 붐비는 거리로, 늘 느릿하고 부드러운 민난閩南 지방의 노래가 흐르고 있었다. 길 양쪽으로 빽빽하고 가지런하게 늘어선 이발소 안에는 흰 살갗을 드러낸 농염한 여인네들이 얼굴을 내밀고 있었다. 그들은 전혀 쌀쌀맞은 기색 없이 아주 다정하게 나를 불렀다. "동생, 좀 들어와!"

망할, 열아홉 살 때부터 서른이 넘은 지금까지 동생이란 말만 듣고 있다니. 이 좆같은 꼴로는 육십 칠십이 돼서까지도 동생이란 소리나 들을 것 같다. 나는 우울해져서 그들의 다정한 목소리를 무시하고 엄숙한 표정으로 길을 누비며 지나갔다. 갑자기 맑고도 간드러지는 목소리가 나를 불렀다. "오빠, 들어와서 좀 놀다가요!" 나는 순간 마음이 움직였다. 어딘가 낯익은 듯한 얼굴이 보였다. 나를 부른 건 알록달록한 민소매 옷을 입고 튼실한 팔뚝과 풍만한 가슴을 반쯤 드러낸, 얼굴도 그럭저럭 예쁜 젊은 부인이었다.

나는 과감하게 안으로 들어갔다. 그녀는 반쯤 남은 담배를 꺼버리고는 나를 이끌고 안으로 들어갔다. 발을 젖히자 안쪽에는 작은 방이 있었고, 그 안에는 마사지 침대가 하나 놓여 있었다. 그녀는 손가락으로 마사지 침대를 가리켰다. 그녀의 동작은 절차에 척척 맞는 게, 꼭 나이든 의사가 환자의 몸을 진찰하는 것 같았다.

"얼마예요?" 내가 물었다.

"50위안이요. 콘돔이 필요하면 5위안 더 주세요."

정말이지 합리적인 가격이었다. 여기가 노동자들의 천국이란 말은 전부터 익히 들었는데, 과연 명불허전이었다.

나는 그녀에게 50위안을 건넸다. "콘돔은 필요 없어요."

그녀는 좀 의외라는 듯, 하지만 단호하게 돈을 받더니 말했다. "벗어요. 빨리." 그녀는 선불로 일을 한 적이 아주 드문 모양인지, 최고로 빠른 속도로 이번 건을 끝내버리려고 결심한 것 같았다.

"안 해요. 난 그냥 얘기를 좀 하고 싶어요."

그녀는 좀 의아해하며 내 말뜻을 추측해보더니, 단호하게 말했다. "이리 와요. 부끄러워하지 말고. 한 번 오면 앞으로는 자주 오게 될걸요."

"진짜로, 난 그냥 그쪽이랑 수다나 좀 떨고 싶어요. 삼십 분 동안만."

"수다요? 삼십 분이나? 삼십 분이면 일을 몇 번을 할 텐데." 그녀의 표정을 보아하니 수다를 떠는 게 세상에서 제일 괴로운 일이라도 되는 것 같았다.

"허풍 떨지 마요. 이발소가 이렇게 많아서 경쟁도 치열할 텐데, 내가 보기에 그쪽은 하루에 장사 한두 번이나 겨우 할 것 같구만."

나에게 진상을 들켜버리자 그녀는 나를 좀 존중하는 태도로 홍정을 하려 했다. "한 번에 삼십 분이나 걸리는 장사는 해본 적이 없어요. 아니면 돈을 좀 더 주면 좀 오래 얘기를 할게요."

"아니면 그냥 환불해주든가요. 난 다른 사람이랑 얘기하러 갈 테니까."

그녀는 내키지 않는다는 듯이 자리에 앉더니 말했다. "그럼 빨리 시작해요."

이번에는 내가 난처해졌다. 한바탕 홍정을 하고 나자 이제는 수다를 떨어볼까 하던 홍미가 깨끗이 달아나버린 것이었다. 나는 마음을 가라앉히고 처음에 먹었던 마음을 되돌리려고 노력했다.

"봅시다. 혹시 내가 낯이 익지 않아요? 우리 초등학교나 중학교를 같이 다니지 않았어요?" 내가 물었다.

그녀는 나를 보고 잠시 생각하더니 고개를 저었다.

"다시 좀 생각해봐요. 내 이름은 리스장李師江인데, 친구들은 다들 날 리스스李師師라는 별명으로 불렀어요. 당시에 그쪽은 아마 교실 뒷줄에 앉아 있었을 텐데."

그녀는 고개를 젓더니 되물었다. "어느 학교 다녔는데요?"

"소학교는 제1소학교요. 인민 영화관 쪽에 있는 거요. 중학교는 제1중학교고요."

"아, 난 여기 사람이 아니에요. 푸안福安 출신이에요."

"그럴 리가. 푸안 말 한 마디만 좀 해봐요."

그녀는 푸안 사투리를 한 마디 했다. 나는 무슨 말인지 알아듣지는 못했지만, 푸안 사투리가 맞다고 확신했다.

"왜 이렇게 낯이 익지? 우리 분명히 어디서 본 적이 있을 거예요." 나는 깊이 생각에 잠겼다.

"이걸 물어보고 싶었던 거예요?"

"그래요. 난 아는 사람을 찾고 싶은데, 그쪽은 분명히 내가 아는 사람인 것 같아서요. 칠팔 년 전에 푸저우에서 일한 적 없어요?"

"아뇨, 난 이 일을 올해 시작했는데요."

"그러니까, 다른 일을 할 때요."

"아니, 난 푸저우에 살았던 적이 한 번도 없어요."

"이상하네." 나는 속으로 그냥 그녀가 흔한 생김새여서 낯익어 보이는 것일 뿐인지도 모른다고 생각했다.

"그만 생각해요." 그녀가 말했다. "아는 사람이면 더 어색하잖아요."

이 몇 마디 얘기로 끝내기에 50위안은 너무 비쌌다. 그래서 나는 인간적인 관심을 가진 오입쟁이들처럼 이 아가씨의 신세에 대해 물어보기 시작했다. 이런저런 얘기 끝에, 그녀는 아버지가 불치병에 걸렸는데 본인은 할 줄 아는 게 없어 어쩔 수 없이 이 일로 돈을 벌어 아버지의 병구완을 한다는 둥 제법 비참한 얘기를 털어놓았다.

"진짜 재미없게 그쪽까지 거짓말을 하는 겁니까? 젠장, 거짓말을 해야만 세상을 살 수 있는 것도 아니고!" 나는 허술하기 짝이 없는 얘기를 들으면 언제나 아주 화가 났다.

내가 잔뜩 화가 나서 이발소를 나가려 하자 아가씨는 나를 붙잡아 말리며 말했다. "들어와서 하지도 않고 가다니, 당신 같은 사람은 처음 보네요. 자주 오세요, 더 어린 아가씨도 있으니까!"

나는 화가 치밀었다. "성의라고는 하나도 없네. 다신 안 올 겁니다."

총원제를 지나온 나는 또 다른 골목을 따라서 한 바퀴 돈 뒤에 허우강後崗 쪽으로 향했다. 나는 교외로 나가보기로 했다. 자동차 정비소를 하나 지나치다가 나는 귀신에 홀린 것처럼 그 안으로 들어갔다. 수리 중인 제팡解放 화물차 밑에서 기름얼룩이 묻은 얼굴 하나가 쏙 빠져나왔다. 가늘고 긴 얼굴형에 콧대가 곧고,

쌍꺼풀이 없는 눈은 작지만 활기차 보였다. 그는 나를 보더니 웃으면서 탐색하는 듯한 눈으로 나를 살펴보았다. 나도 그를 향해 웃어 보였다. 그는 차 밑에서 완전히 빠져나왔다.

"리스장 맞지?" 그는 내가 그를 모르는 체할까봐 걱정이라도 되는 듯이 겸손하게 물었다.

"맞아. 잘 지내지?" 나는 고개를 끄덕였지만, 솔직히 그의 이름은 기억나지 않았다. 요 몇 년 사이에 기억력이 아주 나빠졌다. 특히나 내가 아주 잘 아는 몇몇 사람은, 얼굴을 마주했다 하면 그 사람의 이름을 잊어버리곤 했다. 의학 지식을 좀 가진 친구가 추측하기를, 두뇌가 노화하기 시작했기 때문이거나 아니면 어려서부터 자위를 너무 많이 해서 그런 것이거나, 그도 아니면 정신적으로 너무 큰 자극을 받았거나 혹은 걱정이 너무 많아서 그런 것이라고 했다. 중복 선택이 가능한 문제라면 나는 이 답들을 전부 골랐을 것이다.

"요새 뭐 하고 지내?"

"사업하고 있어." 나는 입에서 나오는 대로 대답했다. 사업을 했던 건 이 년 전의 일로, 지금은 이미 일을 접었다.

예전에 한번 고향에 돌아왔을 때 어느 이발소를 지나치는데, 이발사가 내 어릴 때의 학교 친구였다. 그날은 날씨가 아주 더워서 온 얼굴에 땀이 흘렀다. 그 친구는 날씨보다도 더 뜨겁게 나를 맞이하더니 한사코 내게 세숫물을 가져다주려 했다. 그는 물을 받아놓고 내게 줄 새 수건을 찾으면서 요새 뭐 하고 지내느냐고 물었다. 나는 그에게 아무것도 안 하고 놀면서 취직을 준비하는 중이라고 말했다. 그는 이 말을 듣자마자 나를 대하는 태도가 급변해서는, 수건은 찾지도 않고 받아온 따뜻한 물로는 자기가 손을 씻었다. 나는 순간 상처를 받았다. 이 작은 사건으로 나는 염량세태를 깊이 실감했다.

그 후로 나는 꾀가 생겨서, 그렇게 대충 아는 사이인 사람들이 내게 질문을 하면 그냥 내키는 대로 대답하곤 했다. 방송국에 있어. 중앙 방송국. 오, 그럼 「페이창 6+1」을 만드는 거야? 아니, 그건 예능 프로고, 난 국가 지도자에 관한 일만 전문으로 해. 와, 그럼 외국에도 자주 나가겠네. 그것 봐, 넌 출세할 줄 알았다니까. 뭐 이런 식이다. 어쩔 수 없는 일이다. 나는 그저 상처받고 싶지 않을 뿐이니까. 달리 말하면, 나는 인정이라는 걸 조금이라도 느끼고 싶었다. 그 인정이 좀 거짓된 것이라 할지라도.

"와, 사장님이구나." 그는 우리 사이의 거리가 아주 멀다고 생각하는 듯, 눈을 깜빡였다. "우리 예전에 같은 학교 다녔는데, 기억해?"

"그럼." 그의 이름을 잊어버렸기 때문에, 나도 더 무슨 말을 해야 할지 알 수 없었다.

그 후로는 어색한 침묵이 흘렀다. 아무래도 너무 오랜만에 만나다보니 그 사이에 낯설어진 것이다. 그는 좀 겸연쩍어했다. 친근한 분위기는 눈 깜짝할 사이에 지나가고, 그는 다시 자동차 밑으로 들어갔다.

나는 그곳을 나올 수밖에 없었다. 길가에 '다스제大世界' 국숫집이 있었다. 김이 무럭무럭 나는 쇠고기 국물 냄새가 풍겨오자 입 안에 군침이 돌았다. 나는 국숫집 안으로 들어가 텅 빈 의자 위에 앉았다. 가게 주인이 뭘 먹겠느냐고 묻기에 '아무거나'라고 대답했다. 나는 정신을 집중해서 생각을 그러모아 송곳처럼 날카롭게 만들어 기억 속의 깊은 곳을 찔렀다……. 찾았다. 나는 마침내 '신信'이라는 한 글자를 기억해냈다. 그의 이름에는 신 자가 있었다. 그렇지, 스신원史信文이었다. 우리는 그를 아원阿文이라고 불렀다. 아원…… 이 얼마나 친근한 호칭인가.

2

그 당시 우리 학년엔 여섯 반이 있었는데, 성적으로 순위를 매기면 내가 있던 3반은 맨 꼴찌였다. 다른 반에서 떨려난 학생들은 결국 우리 반에 다 모여들게 되었다. 담임인 주朱 선생님은 신경 쓰지 않았다. 그해에 선생님은 맞선을 보느라 바빴다. 오랫동안 끊임없이 선을 보면서, 뒷배가 되어줄 만한 장인을 찾기 위해 부지런히 노력했다. 그러느라 우리 반의 성적 순위는 그에게 그리 큰 문제가 아니었다. 하지만 열등생의 성적이 너무 심하게 떨어지는 것도 문제가 있는 일이라, 그는 선을 보러 다니는 사이에 방법을 하나 생각해냈다. 열등생과 우등생을 한 명씩 짝지어서 자리를 같이 붙여놓고, 서로 도와주게 만드는 것이었다. 그런 인연으로 나는 아원과 책상을 같이 쓰게 되었다.

나는 기숙사에 살았다. 여덟 명이 한 숙사를 썼기 때문에, 원래대로라면 매일 아주 시끌벅적해야 정상이었다. 하지만 나는 아버지의 괴팍한 성격을 물려받아 단체생활에 별 흥미가 없었다. 오히려 그런 것에 좀 반감을 가지고 있었기 때문에 나는 외로움과 공허함을 느꼈다. 그런 탓에 내가 흥미 있는 과목이든 흥미 없는 과목이든 상관없이 전부 시험을 잘 보는 것만이 내가 정신적으로 의탁할 만한 유일한 일이 되었고, 그래서 나는 우등생이되었다. 아원과 내가 책상을 같이 쓰게 되었다는 건 내가 그를 도와줘야 한다는 뜻이었다. 아원은 평소에는 도움을 필요로 하지 않았지만, 유일하게 시험을 볼 때만 내게 도와달라고 했다. 내답안지를 자기에게 몰래 보여주면 된다는 거였다. 학창 시절의나는 틀에 박힌 원칙을 지키는 사람이었기 때문에, 규칙을 어기는 나쁜 짓에는 절대로 물들 수 없었다. 훔쳐보는 것도, 남이 내답을 훔쳐보는 것도 안 될 일이었다. 그래서 시험을 볼 때마다 좋은 점수를 받아야 하는 것 외에도, 아원의 날카로운 눈빛을 막아야 한다는 새로운 임무가 하나 더 생겼다. 아원은 불만스러워하며 나를 탓했다. "선생님이 우리한테 서로 도와줘야 한댔는데, 넌 날 뭘 도와준다는 거야?" 나는 그 말에 반박했다. "평소엔 도와줄 수 있지만 시험 볼 때는 안 돼." 아원은 무시하는 투로 말했다. "평소엔 내가 못하는 게 없는데 도와주긴 뭘 도와줘. 시험 볼 때만 좀 도와달라니까!"

그럼에도 아원은 성적이 꽤 올랐다. 원래 10점에서 20점을 받던 것이 이제는 40~50점을 받게 되었다. 둘이서 같은 책상을 쓴다는 건 부부가 같은 침대를 쓰는 것과 마찬가지로 너무 가까워서, 아원이 훔쳐보는 걸 완전히 막는 건 불가능했다. 아원은 자기가 이룩한 성취에 고무되어 성적을 낙제점 이상으로 올리기로 결심했다. 그는 시험을 보기 전까지 애원하기도 하고, 위협하기도 하고, 매수하려고도 하는 등 별의별 방법을 다 써서 나를 미친 듯이 공격했다. 아원은 말솜씨가 아주 좋은 반면 나는 말이 어눌했기 때문에 말로는 그를 이길 수가 없었다. 하지만 나는 원칙이 있는 사람이었고 그의 성적을 낙제점 아래로 유지하기 위해 끝까지 버텼다. 아원이 낙제를 면하게 된다면 그건 내 죄일 거라고 나는 생각했다. 낙제를 하느냐 마느냐는 지옥으로 가느냐 인간 세상으로 가느냐를 가르는 문제였다. 학교에는 열등생을 상당히 차별하는 분위기가 있었기에 우리도 그런 등급 의식에 물드는 걸 피할 수가 없었다.

성적을 공개할 때나 좀 들뜨게 되는 것 외에는, 학교생활은 아주 지루했다. 그래서 나는 재밌거리를 하나 찾아냈는데, 바로 가위바위보 놀이였다. 나는 수업이 끝났다 하면 친구들과 함께 복도에서 가위바위보 놀이를 했다. 가위바위보는 수학적인 게임일 뿐만 아니라 심리학적인 게임이기도 했다. 나는 이 놀이에 몰입해서 기술이 점점 더 발전했는데, 그럴수록 놀이는 더 재미있어졌다. 그러던 어느 날, 이 놀이를 하는 걸 학년주임 선생님에게 들키고 말았다. 선생님은 엄하게 호통을 쳐서 놀이를 멈추게 하더니 우리를 꾸짖었다. "그런 사회의 나쁜 버릇을 학교에까지 끌고 들어오다니, 다음부터는 절대로 가위바위보 놀이를 하지 마라!" 학년주임 선생님은 우리를 직접 관리하는 선생님들 중에서 제일 큰 권력을 가진 사람으로, 위풍당당한 얼굴에 입가 양쪽에는 위엄 있는 짧은 수염이 가지런히 나 있었으며, 눈빛은 날카롭고 성격이 아주 엄숙해서 함부로 입을 열거나 웃지 않았다. 그의 유일한 단점은 키가 작다는 것이었다. 우리는 그를 탱크라고 불렀다. 탱크는 많은 사람 앞에서 나의 유일한 즐거움을 짓밟았다. 나는 호되게 혼나서 놀라고 무서웠던 마음이 진정되고 나니 그가 아주 미워졌다. 이 모든 걸 지켜본 아원은 웃으며 내게 물었다. "탱크 좀 혼내줄까?"

나는 고개를 저었다. 아원과 나는 서로 다른 무리에 속해 있었다. 한쪽은 우등생의 무리였다. 나는 거의 매년 모범 학생으로 뽑혀서, 팔뚝에 달아둔 가로로 세 줄이 그어진 모범생 표식이 오래되어 다 닳을 지경이었다. 아원은 열등생 무리에 속했다. 정치 교과서에서 말하는 것처럼, 나는 사회주의고 아원은 자본주의였다. 그는 한 단계 낙후된 비판의 대상이었다. 그와 나는 서로 대립하는 각자 다른 부류의 사람이었다. 공통의 적이 있다 해도 한패가 될 수는 없었다.

아원은 학년주임 선생님이 복도의 반대쪽 끝까지 간 걸 보더니 큰 소리로 말했다. "탱크!" 복도에 있던 학생들이 전부 웃음을 터뜨렸다. 선생님은 잠시 걸음을 멈추고 뒤를 돌아보았다. 우리는 그가 우리를 혼내려나 싶어 깜짝 놀랐다. 하지만 그는 곧바로 교무실로 들어가버렸다. 그 순간, 아원은 아주 의기양양했다. 아이들이 보기에 그는 영웅이었다. 나는 그의 도움을 받아들이지는 않았지만, 그래도 분하던 마음이 좀 풀렸다.

시험 때 쪼잔하게 구는 것만 빼고는, 아원은 다른 면에서는 항상 아주 대범해서 아이들에게서 주목을 받곤 했다. 그는 시빙細兵, 천충陳沖, 류샤오쥔劉小軍 같은 아이들과 함께 어울렸다. 그들은 모두 키가 커서 교실 뒷줄에 앉아 있었는데, 선생님과의 사이에 갈등이 생기면 벌떡 일어서서 얼굴을 굳히고 선생님을 똑바로 마주 봐서 결국은 선생님이 물러나게 만들 수 있는 아이들이었다. 나는 그들이 어떻게 그런 배짱과 능력이 있는지 정말이지 알 수 없었다. 나는 그저 그들과 나는 서로 다른 세상에 속한 사람들이라고 생각했다. 아원은 키가 크지는 않지만 그들 가운데서 아주 중요한 위치에 있었다. 그래서 탱크에게 도전한 그 일은 사실 아원이 했던 행동 중에서 제일 대단한 것은 아니었다.

3

수업을 마칠 때가 되면, 마단馬蛋을 파는 아주머니가 부드럽고 바삭바삭한 황금빛 마단이 담긴 깨끗한 대광주리를 들고 시간 맞춰 학교 앞에 나타나곤 했다. 마단은 찹쌀로 만든 간식으로, 크기는 사과만 하고 속은 비어 있으며 맛은 기름지고 달콤해서 먹으면 마치 구름 위에 타고 있는 것 같은 기분이 들었다. 새콤달콤한 걸 좋아하는 푸젠 사람 특유의 입맛을 가진 나는 이 간식을 대단히 좋아했다. 내 미식의 첫걸음을 열어준 음식이 바로 마단이었다. 하지만 하나에 2마오(10마오가 1위안)나 하는 마단은 내게 너무 사치스러운 음식이었다. 식당에서 아침을 먹으면 간단한 음식 한 접시에 5펀(10펀이 1마오)밖에 하지 않았고, 점심때는 보통 한 접시에 1마오나 2마오쯤 되는 음식을 먹었다. 간식은 그만큼 중요한 위치를 차지할 수 없었다. 나뿐만 아니라 평범한 학생들에게 있어, 만약 날마다 수업이 끝난 후에 마단을 하나 먹으며 복도에서 뽐낼 수 있다면, 그건 요즘으로 치면 아우디를 몰고 강의를 들으러 가는 것에도 지지 않을 정도의 과시라 할 수 있었다.

나는 가끔씩, 마단을 파는 그 아주머니가 우리 엄마라면 삶이 정말 아름다울 것 같다고 생각했다.

아원의 무리는 평소에 늘 마단을 한두 개쯤 구해서는 한데 모여서 앞다퉈 먹곤 했는데, 정말로 즐거워 보였다. 어느 날, 아원은 혼자서 마단을 하나 구해 와서는 나에게 먹을 거냐고 물었다. 나는 손을 내저었다. 아원은 마단 하나를 두 쪽으로 나누더니 내게 반을 건넸다. "먹어, 네가 안 먹으면 그 늑대 같은 놈들이 다 빼앗아 가버릴걸." 여기서 또 거절하면 너무 속보이는 짓일 것 같았다. 나는 쑥스러운 마음을 누르고 과감하게 마단 반 개를 먹어버렸다.

그다음 시간은 마침 정치 과목의 단원 시험이었다. 나는 습관적으로 답을 적은 부분을 가려서 아원이 쉽게 베껴 쓰지 못하게 했다. 하지만 아원은 당당하게 팔꿈치로 내 팔꿈치를 치면서 답안을 보여달라는 신호를 했다. 내가 상대도 하지 않자, 아원이 말했다. "너 방금 전에 내 마단 먹었잖아. 잊어버렸어?" 나는 순간 분노가 치밀었다. 마단을 먹은 일과 시험지를 훔쳐보는 일을 연관 짓다니 정말 염치없는 인간이라는 생각이 들었다. 나는 이 일로 나와 아원은 서로 다른 세계에 속한다는 걸 더욱 확신했다. 다시 토해낼 수 있었다면, 나는 그때 분명히 마단을 토해내서 그에게 돌려주었을 것이다.

하지만 마단을 받아먹은 이상 나도 떳떳할 수는 없었다. 내가 아무런 답례도 하지 않는다면 그것도 말이 안 되는 얘기였다. 나는 객관식 문제 몇 개의 답을 보여주었다. 아원은 단 몇 초 만에 단숨에 답을 베껴 썼다. 답안을 베껴 쓰는 일에 있어서는 확실히 아원보다 더 재빠른 사람은 없었다. 그는 하나를 얻고 보니 둘이 탐났던 모양인지, 나에게 객관식뿐만 아니라 빈칸 채우기와 서술형 문제의 답까지 보여달라고 했다. 나는 아주 화가 났다.

"난 마단 반 개밖에 안 먹었는데, 너한테 이 답안지를 다 보여줘야 되나?" 나는 이를 악물고 작은 소리로 말했다.

"이왕 보여주는 거 좀 더 보여주면 어때서. 쩨쩨하긴, 네가 손해 볼 일도 없잖아!"

"난 이런 나쁜 짓을 할 순 없어, 알았어? 난 모범생이란 말이야."

"마단을 더 먹고 싶어서 그러는 거면 그냥 말만 해. 한 개든 두 개든 줄 수 있어."

"네 그 망할 마단 다시는 안 먹어. 잘 들어, 훔쳐보는 것도 범죄고, 남한테 보여주는 것도 범죄야."

교실 맨 뒷줄에 서서 시험 감독을 하던 정치 선생님은 앞자리에서 소곤거리는 소리를 들은 모양인지, 조용히 하라고 경고를 했다.

"전부 다 베끼진 않을게. 난 낙제만 안 하면 돼." 그는 계속 나를 귀찮게 굴었다.

"어차피 넌 매번 낙제하는데, 한 번만 낙제를 면해봐야 무슨 소용이야." 나는 아주 무시하는 투로 말했다.

"소용 있어. 내가 한 번이라도 낙제를 안 하면 내가 받는 대우가 달라질 거란 말이야. 큰 소용이 있다고. 적어도 돈을 좀 받을 수 있어. 네가 먹고 싶은 건 다 사줄게."

아원이 이렇게나 애원하는 바람에 나도 경계를 좀 늦췄다. 더 중요한 건, 그와 계속 이렇게 옥신각신하다가는 내 성적에도 영향을 미칠 가능성이 크다는 것이었다. 물론 나도 아원이 답을 전부 그대로 베끼지 않을 거라는 건 알고 있었다. 답을 베껴서 성적을 너무 잘 받으면 전부 탄로날 거라는 걸 그 자신도 잘 알고 있었으며, 그 점을 나에게 분명히 얘기하기도 했다. 나는, 낙제를 면하는 게 그렇게나 중요하다면 한 번쯤 은혜를 베풀어주자고 생각했다.

내가 보기에는 추악하기 짝이 없는 이 거래가, 아원에게는 성공적인 패턴으로 보인 모양이었다. 그는 그 일로 낙제를 면하지는 못했지만 그래도 이미 합격선에 가까워져서, 좋은 날이 머지않아 올 거라고 믿었다. 그는 아주 흥분해서는 마단을 손에 넣을 때마다 내게 먹으라고 주곤 했다. 나는 거듭 거절했지만 아원의 친절함에 저항하기는 힘들었다. "그거 먹는다고 죽는 것도 아니잖아. 게다가, 이걸 준다고 꼭 네 시험지를 훔쳐보겠다는 것도 아냐. 내가 진짜로 훔쳐보려고 했으면 아직까지 낙제만 하고 있었겠어? 너처럼 90점 가까이 받고 있겠지." 나는 침을 꿀꺽 삼키며, 그 말도 일리가 있다고 생각했다. 그리고 마단을 받아먹는 건 친구 사이의 사치스러운 우정일 뿐이고, 시험지를 훔쳐보는 일과는 큰 상관이 없을 거라고 확신했다.

"너희는 그 많은 돈이 어디서 나서 마단을 사오는 거야?" 나는 아원에게 물었다. 내가 알기로 중학생은 저축을 할 수 없었다.

"흥, 우리가 마단을 먹는 데 무슨 돈이 필요해? 하하, 진짜 웃긴다." 아원은 내가 아주 기본적인 상식도 모른다는 듯이 호쾌하게 웃었다.

"왜 그런데?" 나는 그가 허세를 부리는 게 아닌지 의심했다.

"이 일대는 우리 구역이라, 우리는 뭘 먹든 돈이 필요 없어. 알겠어?"

나는 결단코 믿지 않았다. 내가 보기에 그건 너무 터무니없는 얘기였다.

"따라와." 그는 나를 등 뒤에 숨기듯이 데리고 내려가서는, 매점 문 앞까지 가더니 말했다. "기다려봐!"

그는 곧장 들어가서 물건을 사려는 학생들 틈에 끼어 계산대 앞에 나란히 서 있다가, 눈 깜짝할 사이에 바로 밖으로 나왔다. 그의 주머니 안에는 비닐봉지에 포장된 간식 몇 개가 들어 있었다. 그가 말했다. "난 돈 한 푼도 안 썼어!"

나는 눈이 휘둥그레져서는 깜짝 놀라 물었다. "훔친 거야?"

"쳇." 그는 나를 무시하는 투로 비웃었다. "사회란 이런 거야. 네가 뭘 몰라서 그렇지."

4

그 당시 내 친척 형이 막 학교에 역사 선생님으로 배정받아 왔다. 형의 숙사에는 큰 책꽂이에 책이 잔뜩 꽂혀 있었는데, 나는 그중 한 권을 골랐다. 『차라투스트라는 이렇게 말했다』라는 책으로, 니체가 쓴 것이었다. 나는 그 책을 내 가방 속에 넣어두고 수시로 꺼내서 읽어보았다. 나는 거의 이해하지 못하거나 혹은 이해하는 것 같기도 하고 아닌 것 같기도 했다. 하지만 나는 그래도 반드시 읽어야 했다. 그래야만 멍청한 다른 학생들과 내가 달라질 수 있었다.

나는 인생에 강렬한 회의를 품고 있었다. 나는 선생님이 얘기하는 그 진실하지 못한 세계를 의심했고, 교과서에서 온종일 강조하는 사회주의 제도의 우월성에 대해서도 의심했다. 책에 나온 이론들을 외울 때면, 나는 책을 쓴 사람이 수상한 목적을 가지고 썼다는 것까지도 느낄 수 있었다. 나는 심지어 화학 방정식이 믿을 만한 것인지조차 의심했다. 나는 책에 적혀 있는, 내가 이해할 수 없는 그 내용들을 믿었다.

아침 일찍 일어나면 나는 교사 기숙사의 담 모퉁이로 가서 정치 교과서를 외우거나 영어 단어를 외웠다. 학교 곳곳의 담 모퉁이에는 아침 일찍 공부하러 나온 학생들이 흩어져 있었다. 그들은 서로 방해하지 않기 위해 적당하게 거리를 두었기 때문에, 바둑의 고수가 둔 정석처럼 균등하게 분포되어 있었다. 그들은 대부분 시골에서 온 기숙 학생들로, 대학에 합격하지 못하면 시골로 돌아가 돼지를 먹여야만 했다. 그래서 그들은 단순한 목적을 가지고 부지런히 공부하는 것으로써 시골을 배반했다. 이런 탓에 깊은 밤에도, 학생들은 가로등 아래 혹은 화장실에까지 모여들었다. 덮어놓고 기계적으로 외우는 게 학교에서 가장 중요한 일이었다.

나도 이 기숙 학생들 중 하나에 속했다. 나는 아침에 정치 교과서를 외우러 나갈 때 『차라투스트라는 이렇게 말했다』도 가지고 나가서, 찐빵을 먹는 사이사이에 반찬을 집어 먹는 것처럼 교과서를 외우다가 중간에 잠깐씩 읽곤 했다. 나는 보통 아침을 먹지 않고, 일곱 시 반까지 교과서를 외우다가 바로 교실로 가서 이어서 공부했다. 아침을 먹으려면 줄을 서서 죽 한 그릇이나 찐빵을 사고, 반찬을 사려면 또 줄을 서야만 했다. 시간 낭비인 데다 귀찮기도 했기 때문에 이 과정을 생략해버렸다. 이 습관 때문에 위장병에 걸려 중고등학교 때 나는 계속 위통을 달고 살았다. 배가 고프면 위장이 아팠고, 음식을 먹으면 아프지 않았다. 나는 이 통증이 병이라는 걸 모르고, 모든 사람이 태어날 때부터 가지고 있는 신체적인 속성이라고 생각했다. 위통이 삼 년 동안 계속된 끝에 새벽에 공복일 때 배가 꼬이듯이 아파 참을 수 없을 지경이 되어서야, 나는 이게 병이라고 확신하고 집으로 돌아갔다. 어머니는 시골에서 도시로 옮겨 온, 잘 아는 사이인 초보 의사의 진료소에 나를 데려갔다. 의사는 간단한 기구를 써서 검사를 해보더니 십이지장 궤양이라는 진단을 내렸다. 그는 내게 한 달 치약을 처방해주면서, 공복에 배가 아플 때를 대비해 비스킷이나 간단한 과자 같은 것을 준비해뒀다가 허기를 달래라고 했다. 의사가 내게 이런 식으로 아픈 지 얼마나 되었느냐고 묻기에 나는 삼 년이라고 대답했다. 의사는 왜 더 일찍 얘기하지 않았느냐고 했다. 어머니는 '이 애는 나한테 아무것도 말을 안 해요'라고 말했다. 나는 아무 말도 하지 않았지만, 속으로는 냉소하며 생각했다. 아픈 게 그냥 몸의 속성인지 아닌지 내가 어떻게 알아!

아주 오랫동안, 나는 몸의 아픔도, 마음속의 고민도 모두 사람이라면 다들 가지고 있는 속성이라고 생각했다. 여자들의 생리통처럼, 다른 사람은 도와줄 수 없고 자기가 알아서 참아야 하는 것이라고.

삼 년 동안 위장병을 앓은 탓에 나는 청소년기에 영양 상태가 아주 좋지 않았다. 나는 나보다 키가 작았던 학생들이 하나둘씩 내 키를 넘어서는 걸 지켜보았다. 하지만 나는 장애 3급으로 규정된 키에 꼼짝도 않고 멈춰 있었다. 나는 외모를 가려 친구를 사귀지 않았고, 나 자신의 외모에 대해서도 따지지 않았다. 그저 나중에 여자를 만날 때 아주 불리하겠다는 게 유일하게 유감스러운 일이었다. 특히 키 큰 여자들에 대해서는 나는 어찌할 방법이 없었는데, 하필 나는 키 큰 여자들을 유난히 좋아했다.

인생에서 유감스러운 일들은 모두 청춘기에 그 씨앗이 뿌리를 내리는 법이다.

그날 오전에, 수학 과목을 가르치는 학년주임 선생님은 2교시에 4반에서 무협 소설책 두 권을 압수했다. 3교시에 우리 반에 수업을 들어온 선생님은 그 기세를 몰아, 책상 서랍 속에 교과서가 아닌 다른 책이 있는지 검사하겠다고 했다. 학년주임 선생님의 이 기습 검사는 아주 큰 성과를 거뒀다. 우리 반 아이들이 숨겨놓았던 무협 소설과 연애 소설이 학년 전체에서 가장 많았던 것이다. 선생님은 검사를 시작한 지 십여 분 만에 벌써 책을 대여섯 권이나 압수했다. 불행한 일은, 그중에 내가 가지고 있던 『차라투스트라는 이렇게 말했다』도 끼어 있었다는 것이다. 그런 책은 학년주임 선생님이 압수할 대상이 아니라고 생각했기 때문에, 선생님이 나에게 책을 꺼내놓으라고 할 때 나는 아주 태연했다. 하지만 선생님은 주저 없이 그 책을 압수했다. 나는 선생님에게 항변했다. "이건 소설이 아니에요. 공부에 도움이 되는 책이라고요." 이 말이 선생님을 화나게 했다. 그는 초록색 표지의 그 두꺼운 책을 넘겨보더니 차갑게 웃으며 말했다. "그럼 말해봐라. 어느 과목을 공부하는 데 도움이 되냐?" 나는 작은 소리로 대답했다. "정치요!" 선생님은 코웃음을 치며 픽 웃더니, 내 대답을 듣기 전부터 이미 할 말을 준비했던 양 나를 비웃었다. "너, 내가 수학 선생이라고 정치에 대해서 모르는 줄 알아? 이건 반동적인 책이야! 지금 압수하지 않았다가는 나중에 너를 아주 망치게 될 거다." 나는 학년주임 선생님이 이렇게 해박한 지식을 가지고 있으리라고는 생각지 못했다. 내가 아는 것은 선생님도 알고 있었고, 내가 모르는 것까지도 알고 있었다. 선생님은 공부와 관련이 없는 책은 무조건 압수한다는 규칙에 따라 책을 압수했다. 그래서 다른 학생이 가지고 있던 왕궈전汪國眞의 시집도 재난을 맞았다. 우리는 학년주임 선생님의 부인이 무협 소설을 즐겨 읽는다는 걸 알고 있었기 때문에 무협 소설이 가장 위험하다고만 생각했다. 그런데 이번에 단속 범위가 이렇게 넓을 거라고는 상상도 하지 못했다. 아마도 선생님 부인의 독서 범위가 더 넓어진 모양이었다. 이건 우리의 예상을 벗어나는 일이었다.

나는 완전히 풀이 죽었다. 책을 압수당한 것 때문만이 아니라, 더 중요한 건 그게 치욕적인 일이었기 때문이다. 교과서가 아닌 책을 읽다가 압수를 당하는 건 기본적으로 열등생들의 전매특허였다. 오랫동안 우등생으로서 세상을 살아온 나는 이처럼 갑자기 열등생의 꼬리표가 내게 붙을 거라고는 생각지도 못했다. 학교에서 매년 모범 학생으로 선발되다보면, 우월감에 휩싸여 연약하고도 민감한 자존심이 생겨나게 된다. 그러면 정서적으로 유리처럼 약해져서, 아주 작은 공격조차 견디지 못하게 되는 것이다. 만약 중하위권 학생이라면 그 이상 좋을 수 없다. 완강한 의지와 기회를 쟁취할 능력이 있으므로, 사회를 무대 삼아 능력을 마음껏 펼쳐 보일 수 있게 된다.

아원은 내가 이렇게 낙담한 걸 보더니 오히려 신이 났다. 그는 이 일이 기회라는 걸 알아차렸다. 수업이 끝나자 그는 나를 달랬다. "그렇게 속상해하지 마. 탱크가 검사 한 번 하고 나면 다 그런 거야. 자, 이리 와서 가위바위보나 하자." 그는 내가 가위바위보 놀이를 좋아한다는 걸 알고 있었다. 나는 그럴 마음이 전혀 들지 않아서 그냥 핑계를 댔다. "탱크 왔어." 탱크는 압수한 책들을 품에 잔뜩 안고 당당하게 교무실을 나와서는, 일부러 우리 앞으로 지나갔다. 마치 자신의 행동이 모두 우리를 위한 것이며 아주 정당한 것이라고 말하는 듯했다. 우리는 모두 그가 그 책들을 지금 당장 집으로 가져가려 한다는 걸 알고 있었다.

아원이 말했다. "탱크가 왔으니까 더 가위바위보를 해야지. 탱크한테 대들 만한 배짱이 있어야 하는 거야. 안 그러면 앞으로도 계속 널 괴롭힐걸."

그 순간, 나도 내가 도대체 무슨 생각을 한 건지 모르겠지만, 손을 들어 아주 신나게 가위바위보를 했다. 탱크는 우리를 쏘아

보며 입가에 잔인한 미소를 띠고 천천히 다가왔다. 나는 마음속의 공포를 억누르며, 탱크를 공기 취급하면서 계속 큰 소리로 가위바위보를 외쳤다. 마음속에서 복수의 쾌감이 솟아오르는 기분은 정말이지 상쾌했다. 아원의 표정을 흘끗 살펴보니 그는 정말이지 아무것도 거리낄 것 없다는 얼굴을 하고 있었다. 나는 그 모습에 내 공포심을 의지했다.

탱크가 아주 가까이 다가와서야 우리는 가위바위보를 멈췄다. 탱크는 무슨 마피아 보스처럼 가만히 지켜보며 말했다. "해봐, 계속해." 나는 그가 이다음에 어떤 식으로 광분할지 몰라 불안하고 초조했다. 아원은 그의 말 속에 숨은 뜻을 전혀 이해하지 못한 것처럼 대답했다. "선생님 가시면 할 거예요." 탱크는 더 이상 참지 못하고 말했다. "내가 몇 번이나 말했어? 사회의 버릇을 학교까지 가지고 들어오지 말라고 했지. 너희 둘은 귀가 없는 거냐!" 나는 할 말이 없었다. 탱크가 경고했던 말들은 아주 생생했고, 내게 있어 그 경고는 반드시 따라야 하는 것이었다. 하지만 아원은 그 말에 전혀 흔들리지 않았다. "가위바위보가 뭐 어때서요. 그걸 하지 말라고 누가 정했는데요?" 탱크가 말했다. "내가 정한 규칙이다. 난 학년부장이야!" 아원이 대꾸했다. "내가 선생님 아들도 아닌데 왜 선생님 말을 들어야 돼요?"

복도를 둘러싸고 구경하는 학생들이 점점 더 늘어났다. 학교엔 오락거리가 너무 적었기 때문에 이런 식의 충돌은 반드시 구경할 만한 가치가 있는 것이었다. 탱크는 화가 난 나머지 얼굴이 거무튀튀해졌지만 그대로 물러날 수는 없었다. 그는 책을 집으로 가져가기 전에 일단 이 일을 해결해야겠다고 생각한 모양이었다. 그는 나와 아원을 가리키며 말했다. "너희 둘 다 교무실로 따라와라."

아원은 그 말에 넘어가지 않았다. "왜 그러는데요? 내가 무슨 살인 방화를 한 것도 아니잖아요!"

학년주임 선생님은 일단 만만한 놈부터 혼내기로 했는지, 나를 가리켰다. "너, 따라와."

나는 지금 아원과 떨어지면 안 되겠다는 생각이 들었다. 싸움에서 전우가 있는 것과 없는 것은 완전히 달랐다. 선생님은 내가 아원을 본보기 삼은 양 겁내지 않는 걸 보더니 엄한 목소리로 말했다. "너 불량 학생이 되고 싶은 거냐?" 그는 손을 뻗어 나를 끌어당겼다. 이 상황에 나 하나도 혼내지 못한다면 그는 정말 체면이 서지 않을 것이었다. 나는 선생님 입장을 생각해서, 그를 따라가서 그가 이 상황을 벗어나게 해주려 했다.

그런데 아원은 나를 다시 끌어당기더니 탱크에게 말했다. "애 좀 그만 괴롭혀요. 성실한 애들만 골라서 괴롭히고, 선생님이 돼서 부끄럽지도 않아요?"

나는 단번에 탱크의 손에서 풀려났다. 마음속에 갑자기 따뜻한 기운이 솟아올랐다. 탱크는 잠시 아무 말도 하지 못했지만, 그러는 사이에 오히려 냉정을 찾았다. 그는 형세를 가늠해보더니 차갑게 웃으며 말했다. "그래, 너희까지 한패가 돼서 선생님한테 대들다니. 난 더 이상 말 안 하겠다. 너희 담임 선생님한테 얘기할 거야."

그는 물러날 방법을 찾고 나자 흥 하고 코웃음을 치더니, 냉담한 뒷모습을 남기며 가버렸다. 그 모습은 우리에게 폭풍이 곧 몰려올 거라는 느낌을 받게 했다.

나중에 담임 선생님은 우리에게 이 일에 대해 따져 묻긴 했지만, 그 일로 우리를 더 귀찮게 하지는 않았다. 우리 반에는 가위바위보 놀이보다 훨씬 심각한 사건들이 잔뜩 있었기 때문이다. 나는 불현듯, 세상을 살면서 좀 나쁘게 굴면 아주 속이 시원하다는 생각이 들었다.

5

이제 나는 아원이 교묘한 수단을 써서 내게 구해다주는 마단, 껌, 절인 매실과 자두 같은 간식들을 당연한 듯이 향유하게 되었다.

아원은 당연하다는 듯이 내 시험지를 훔쳐보았다. 나는 그의 점수에 대해서는 마음을 놓았다. 그는 점수를 합격점 근처로만 유지해서, 스스로 노력해서 발전한 것처럼 위장해 부모님과 선생님을 속이고, 담임 선생님으로부터 한 점의 의심도 섞이지 않은 칭찬을 몇 번이나 받았다. 아원은 정말로 스스로 노력한 결과인 양 그 칭찬을 태연히 받아들였다. 그렇고말고. 훔쳐보는 것도 따지자면 노력이 아닌가!

나는 학년주임 선생님에게 드러내놓고 반항하기 위해 니체의 책을 다시 읽었다. 뿐만 아니라 쇼펜하우어와 키르케고르의 책도 읽고, 칸트의 3대 비판서까지 읽었지만 그 책은 정말로 이해가 가지 않아서 결국 그만둬버렸다. 나는 그때부터 이해가 가는 듯 마는 듯한 책을 즐겨 읽게 되었다. 책을 한 번 읽어서 바로 이해가 가면, 나는 그 책의 작가를 아주 무시했다. 나는 그 당시에 진융金庸과 구룽古龍의 무협 소설들을 하나도 끝까지 읽지 않았다. 끝까지 다 읽기 전부터 벌써 더 읽고 싶지가 않았다. 다들 경쟁하듯 읽는 책들은 너무 천박하다고 생각했다. 품위 있는 사람은 아무도 이해하지 못하는 철학서를 읽어야 하는 법이다.

유심론적인 관념들이 내 마음속에서 자라나 내가 외로움과의 투쟁을 하는 데 무기가 되어주었다. 나는 고독한 옛사람들이 저작을 남긴 것은 그저 그들과 마찬가지로 고독한 후세 사람들과 마음을 터놓고 얘기하기 위해서라고 믿었다. 그들은 다른 시대 속에서 같은 감회를 토로하는 것이다. 아, 세상은 우리가 보는 모습이 전부가 아니다. 깊은 곳에서 우리의 영혼은 우연히 조우하는 것이다. 이 얼마나 깊은 인연인가.

하지만 주말에는, 특히나 주말 밤에는 이렇게 억눌려 있던 외로움이 한순간 폭발하곤 했다. 이 시간은 공부를 하지 않아도 좋다고 하늘이 정해놓은, 가만히 있을 수 없어 좀이 쑤시는 시간이다. 당시 우리에게 있어 가장 큰 즐거움은 옛날식 영화관에 있었다. 영화를 보러 가는 건 보통 일이 아니었다. 기숙사는 열한 시에 문을 닫는데, 이 말은 학생들이 영화를 보러 가는 걸 허가하지 않는다는 뜻이었다. 학교에서 허가하지 않으니 학생들은 더욱 신이 나서 영화를 보러 갔다. 영화관에 대해 훤히 알고 있는 학생들은 벌써 금요일 점심시간부터 도시락을 손에 든 채, 어느 영화관에서 무슨 영화를 상영할 예정인지 낱낱이 알려주곤 했다. 아마도 이미 정찰을 하고 온 것 같았다. 그들은 특별히 친한 친구들에게는 소곤거리며 귓속말을 하면서 음흉하게 킥킥거리곤 했는데, 그건 성인 영화를 상영하는 영화관이 어디인지 얘기하고 있다는 의미였다. 그들은 우리도 익히 들어 잘 알고 있는 유명 배우들인 예위칭葉玉卿, 예즈메이葉子楣, 리리전李麗珍 같은 이름들*을 곧잘 언급했다. 그 외에 공공연히 얘기할 수 있는 스타들 중에는 샤오후뒤小虎隊, 정즈화鄭智化, 마이크 타이슨, 에번더 홀리필드, 루드 굴리트, 마르코 판바스턴, 프랑크 레이카르트, 저우룬파周潤發, 류더화劉德華, 장쉐유張學友, 리밍黎明, 궈푸청郭富城 등이 있었다.

* 모두 포르노 영화로 유명한 여배우들

영화를 보는 것에 대해서도 내 심리는 모순으로 가득 차 있었다. 이때, 내 머릿속에서는 몇 개의 목소리가 서로 싸우고 있었다. 그중 하나는 아버지의 목소리였다. "영화는 학교 밖의 사회에 속한 물건이야. 선정성이 강한 데다가 교칙에도 위반되는 일인데, 왜 그런 걸 보러 가려고 하는 거냐?"

다른 하나는 어머니의 목소리였다. "영화를 본다고? 그런 건 불량 학생들이나 하는 짓이야. 너도 불량 학생이 되면 어떡하니? 게다가 너한테 그만한 돈이 있어?"

나 자신의 목소리도 있었다. "주말이면 긴장도 좀 풀어야지. 학교에서 금지하긴 하지만, 다들 보러 가는데 나도 좀 따라서 가면 어때. 꼭 성인 영화를 보려고 가는 것도 아냐. 그래도 우연히 보게 되면 어쩔 수 없지. 그렇다고 눈을 감고 있을 순 없잖아. 그건 돈 낭비니까."

사실 아버지와 어머니는 내가 영화를 보러 가는 것에 대해 간섭하지도 않았고, 이 일을 아실 리도 없었다. 내 머릿속에 있는 건 내 멋대로 상상한 집일 뿐이고, 이 집에는 내 행동에 신경을 쓰고 간섭하는 부모님이 있었다. 내가 나 자신의 아버지고 어머니인 셈이었다.

한번은 친구들이 내게 같이 가겠느냐고 물었다. 내 머릿속에서는 목소리들이 서로 싸우고 있었다. 나는 망설이다가 고개를 저었다. 친구들은 무리를 지어 학교 밖으로 나갔다. 마침내 나 자신의 목소리가 부모님의 목소리를 이겼다. 주말의 기숙사에 흐르는 적막함을 견딜 수 없었던 나는 혼자서라도 영화관에 가기로 결심했다. 사실 다른 친구들과 몰려가면 좋은 점이 있었다. 가령 무리를 이끄는 학생이 같이 간 학생들의 돈을 전부 모아서 표 검사를 하는 직원과 얘기를 잘 하면, 반액권이나 혹은 그보다도 더 싼 값으로 표를 사서 영화관에 들어갈 수 있었다. 하지만 안 좋은 점도 있었다. 영화를 고를 땐 다들 의견이 다르기 때문에 남들과 타협해서 볼 수밖에 없는데, 그랬다가 영화가 재미가 없으면 불만스러워서 주말을 다 날렸다고 생각하게 되는 일도 자주 있었다. 아니면 자기가 보고 싶은 영화가 있어도 같이 보자고 다른 사람들을 설득하기 힘든 경우도 있었다.

나는 보고 싶은 영화를 내가 선택할 수 있었다. 요즘엔 검열을 엄하게 한다고 하니 성인 영화를 상영하는 영화관이 있을 것 같지는 않았다. 성인 영화를 상영한다 해도 오히려 쑥스러워서 보러 들어가기 힘들 것 같았다. 나는 영화관에 걸린 제목들을 보고 어느 쪽이 재미있을지 판단했다. 마침내 나는 런민루人民路에 있는 어느 영화관을 골랐다. 거기서는 영화를 세 편 보여주는데, 내가 보기에 그중 두 번째와 세 번째 영화가 꽤 재미있을 것 같았다.

나는 목소리를 낮춰 검표원에게 물었다. "반액권 되나요?"

이건 꽤 무리한 요구였으므로, 작은 소리로 공손히 물어봐야 하는 건 당연했다.

표 검사를 하는 청년은 사교성이 좋은 사람이었다. 그는 내 머리를 쓰다듬으며 말했다. "네 키나 좀 보고 말해라. 네가 아직도 젖먹이인 줄 알아?"

나는 더 이상 아무 말도 하지 않고 한쪽 옆으로 서서 기다렸다. 영화가 시작되고 나면 기회가 있을 터였다. 솔직히 말하면, 검표원도 손님이 영화를 보려는 성의가 있는지 없는지 알아보려는 법이다.

나는 친구들에게 얼굴을 들키지 않기 위해 고개를 푹 숙였다. 이런 선정성이 있는 영화를 보려고 기다리노라면 언제나 좀 쑥스럽게 마련이다. 영화는 시작되지 않았지만 영화관 안에는 떠들썩한 유행가가 울려 퍼졌다. 오가는 사람들이 영화 제목을 보면서 어느 영화관의 영화가 더 볼만한지 따져보았다. 이 모든 것이 만들어낸 주말의 자유로운 분위기는 사람들을 모두 푹 빠지게 하기에 충분했다. 몇 년 후에 나는 이날의 정경을 떠올렸지만, 어떤 장면도 이날의 두근거리던 심정에 비할 수 없다는 걸 깨달았다.

누군가의 손바닥이 내 어깨를 팡 하고 쳤다. 나는 깜짝 놀랐다. "네가 여기 웬일이야?" 아원이 물었다. 그의 뒤에는 시빙과 그 무리가 낄낄거리고 있었다.

나는 얼굴이 빨개져서 우물쭈물하며 말을 하지 못했다.

그가 웃으며 말했다. "영화 보러 왔구나. 너도 이런 거 보러 와?"

우등생은 영화를 보러 나와서는 안 되는 법이다. 나는 부인했다. "아냐, 그냥 구경하러 왔어."

"보고 싶으면 보면 되지." 아원은 내 마음을 알아챘다. "왜 안 들어가고 있어?"

아원이 나를 영화관 앞까지 데려가자 검표를 하는 청년이 그에게 말했다. "얘가 반액권을 달라던데요."

아원이 말했다. "앤 어린애인데 무슨 표가 필요해요." 그는 그대로 나를 영화관 안으로 밀어 넣었다.

나는 그 기회를 틈타 사람들 사이로 들어갔다. 고개를 돌려보자 아원은 담배에 불을 붙이면서 검표원에게 친근하게 말을 걸고 있었다. 검표원은 아원이 조직에 속한 사람처럼 보였는지 그를 꽤 존중하는 태도였다. 영화관 직원들은 다들 조직 사람들에게는 상당히 대접을 해주었다.

그 순간, 나는 아원이 정말 능력 있다고 생각했다. 심지어 꼭 저우룬파처럼 멋있어 보였다. 학교 밖으로 나오자마자 그는 마치 큰 나무가 된 듯이, 그의 세상이 무한히 넓어진 것 같았다.

내 직감이 들어맞았는지 영화는 아주 재미있었다. 영화는 상하이탄上海灘*에 대한 이야기였다. 영화에 여자의 젖가슴을 클로즈업한 장면이 나왔는데, 아주 아름다웠다. 내가 선정적인 장면

• 상하이의 별칭

이 나오는 영화를 본 건 그때가 처음이었다. 나는 밤중까지 영화를 본 후에 학교로 돌아와 담을 넘어 들어갔다. 기숙사 안의 다른 학생들은 모두 잠들어 규칙적인 숨소리가 들렸다. 나는 조용히 침대에 누워 두근거리는 마음을 진정시켰다. 젖가슴을 클로즈업한 그 장면이 달덩이처럼 머릿속에 떠올랐다.

나는 아주 오랫동안 외로울 때마다, 비밀스러운 친구를 찾듯이 그 젖가슴을 떠올리며 그리워하곤 했다.

6

나는 이미 아원을 뻔뻔스럽게 시험지나 훔쳐보려는 녀석이라고만 생각할 수는 없게 되었다. 적어도 정신적으로는 그에게 의지하고 있었다. 나는 일단 교실 밖으로만 나가면 전부 아원의 세상이라고 생각했다. 하지만 나는 시험장에서만 자신이 있을 뿐, 밖으로 나가면 아무것도 모르는 사람이었다.

내 시험지를 훔쳐봐도 좋다는 보장이 생기자 아원은 점점 더 학교 수업 듣기를 게을리하게 되었다. 아원 같은 부류의 사람들은 수업 듣는 것에 천성적으로 반감이 있었다. 그건 그가 불법 조직에 천성적으로 호감이 있는 것과 마찬가지 일이었다.

아원은 수업을 듣는 동안 이런저런 걸 하기 좋아했다. 그는 심지어 수업을 들으며 필기하는 척하는 것도 좋아했다. 그가 싫어하는 단 한 가지 일은 진짜로 수업을 들으면서 필기를 하는 것이었다. 아원은 열심히 필기하는 척하면서 공책에 글 몇 줄을 적어서는, 선생님이 다른 쪽으로 돌아선 사이에 공책을 찢어 동그랗게 말아서 자기 뒤에 앉아 있는 셰추샤謝秋霞에게 건네주곤 했다. 셰추샤는 작은 소리로 그를 나무란 다음 그 종이를 펴서 내용을 읽었다. 그럴 때면 아원은 늘 히죽거리는 표정이었다.

그와 셰추샤의 관계는 애매모호했다. 그들 무리에서는 오래전부터 아원과 셰추샤를 커플로 보았다. 아원은 곧잘 셰추샤와 시시덕거리며 장난을 쳤고, 셰추샤는 아원에게 이건 해라 저건 하지 마라며 잔소리를 했다. 그 모습은 좀 연상 연하 커플처럼 보였다.

나는 이 일을 거들떠보지도 않았다. 첫째로, 어릴 때 이른 연애를 하는 건 부끄러운 일이므로 내 주위에서 그런 일이 일어났다 하더라도 멀리해야만 했다. 둘째로, 나는 아원의 취향에 문제가 있다고 생각했다. 이왕 위험을 무릅쓰고 이른 연애를 할 거라면 당연히 최고의 상대를 목표로 해야 할 텐데, 셰추샤는 우리 반에서 성적도 중하위권에, 얼굴이 아주 예쁜 것도 아니고, 키가 크지도 않았다. 그러면서도 무슨 엄마처럼 남에게 훈계를 했다. 유일하게 볼만한 건 피부가 꽤 희다는 거였지만, 분필도 아닌데 하얀 게 무슨 소용이란 말인가. 나는 아원이 연애도 공부처럼 건

성으로 하고 있다고 생각해서 그 일에 관심을 갖지 않았다.

더 어이없는 건, 셰추샤처럼 평범한 여자애를 좋아하는 사람이 아원 하나가 아니라는 것이었다. 린사오충林少聰이라는 남자애가 더 끈질기게 그녀를 쫓아다녔다. 사오충은 키가 커서 교실 맨 뒷줄에 앉아 있었는데, 흰 피부에 눈빛은 총명했고 귀푸청 같은 머리 모양을 하고 있었다. 객관적으로 말해 그는 미소년이었다. 사오충은 아원이 셰추샤를 좋아한다는 걸 알고 있었고, 그녀와 가까이 지내는 아원이 더 유리하다는 것도 알고 있었다. 그는 침착한 집념을 가지고 셰추샤를 쫓아다녔다. 나는 사오충의 취향에 대해서도 이해할 수 없었다. 우리 반에는 연애하는 학생들이 거의 없어 커플은 두세 쌍에 불과했다. 공략할 만한 대상이 얼마든지 많았는데 어째서 셰추샤에게만 이렇게 몰린단 말인가?

나는 아주 오랫동안 이 문제에 대해 고민했다. 서른 살을 넘긴 어느 날에야 나는 갑자기 깨달았다. 셰추샤는 우리 반에서 제일 예쁜 여학생은 아니었지만, 제일 여성스러운 여학생이었던 것이다. 여자에 대해 아는 게 전혀 없던 그 당시의 나로서는 절대로 알 수 없는 일이었다.

셰추샤는 아원과 사오충 모두에게 비슷하게 잘 대해주었고, 자기가 누구의 여자 친구인지 명확하게 밝힌 적도 없었다. 아원과 린사오충은 계속 음으로 양으로 다투고 있었다.

사오충은 아주 조용한 아이였다. 좀 수줍음을 타는 것 같기도 했다. 수업이 끝나면 그는 아마도 향수가 들어 있을 작은 상자를 품속에 품고 셰추샤에게 다가갔다. 볼 것도 없이 그의 아버지가 출장을 다녀오면서 사 온 것으로, 아마 그의 어머니에게 선물한 물건일지도 몰랐다. 그는 그 상자를 셰추샤의 책상 위에 내려놓고 작은 소리로 뭔가 말을 했다.

셰추샤는 아주 예의 바르게 한 번 사양한 후에 그것을 받았다. 아원과 사오충이 보이는 정성에 대해 그녀는 언제나 양쪽 모두에 아주 적절하게 대응할 수 있었다. 다른 여자애들은 그렇게 하지 못했다. 그들은 한쪽의 마음만 받거나 혹은 양쪽 모두 거절하곤 했다.

아원은 비웃음 띤 얼굴로 그 상자를 내려다보았다. 그는 영어라고는 한 마디도 읽지 못했다. 그는 상자를 휙 던졌다. "이깟 게 뭐야. 필요하면 내가 사줄게."

셰추샤는 애정이 담긴 목소리로 그를 나무랐다. "아원, 그러지 마. 사오충이 좋은 마음으로 준 거잖아."

셰추샤는 상자를 집어 들었다. 사오충은 차가운 분노를 담은 눈빛으로 아원의 도전적인 눈빛을 마주 노려보았다.

그들은 교실 안에서 싸우지는 않았다. 그랬다가는 양쪽 다 다치게 될 뿐이었다.

이 싸움은 그들이 각각 속한 무리에까지 번졌다.

사오충은 공안국 국장의 아들이었다. 그에게도 아주 친한 친구들로 구성된 무리가 있었는데, 다들 공안국 사택에 사는 직원의 자제들로 각기 다른 반에 흩어져 있었다.

한번은 아원이 나를 떠보듯 말했다. "우리 '사통팔달四通八達파'에 가입하지 그래?"

사통팔달이란 건 아원이 속한 무리의 이름이었다. 조직 생활을 하려면 인맥이 넓어야 한다는 의미로, 아원이 일통一通, 시빙이 이통, 천충과 류샤오쥔이 각각 삼통과 사통을 맡고 있었다. 이 네 명을 사대금강이라고 불렀고, 그 아래엔 여덟 나한이 있었다. 아원은 내가 가입한다면 일달一達이라는 지위를 주겠다고 말했다. 그는 사통팔달에 성적이 좋은 학생이 하나 있으면 앞으로 쓸모가 많을 거라고 생각해서 나를 꼭 영입하고 싶어했다.

나는 그 제안을 거절했다. 아원과 협력할 수 있는 일도 있긴 했지만, 이 무리에 가입한다는 건 내가 정말로 나쁜 학생이 되었다는 걸 증명하는 일이었다. 아원은 나중에 학교를 떠나게 될 때까지도 팔달八達 여덟 명을 전부 채우지는 못했다.

아원은 강요하지는 않았다. 하지만 그는 토요일에 일부러 교실에까지 와서 내게 같이 롤러스케이트를 타러 가자고 했다. 그 전에 나는 아원에게 초등학교 때 롤러스케이트를 탔는데 아주 재미있었다는 얘기를 한 적이 있었다.

나는 교실에서 자습 중이었다. 시골에서 올라온 기숙 학생의 대다수는 주말 시간을 놓치지 않았다. 그들은 고입시험과 대입시험이라는 외나무다리 길에 대해 조금이라도 더 파악해서 남들을 다리 아래로 떠밀어버리기 위해 주말에도 공부를 놓지 않았다.

햇빛이 찬란한 이 오후, 샤오녠궁少年宮 롤러스케이트장은 분명히 그 안에서 쌩쌩 달리는 청소년들로 아주 붐비고 있을 것이다. 롤러스케이트는 당시 가장 유행하는 운동이었기 때문에 여러 가지 기술을 배울 수 있었다.

나는 아주 잠시 망설이다가 아원을 따라나섰다. 시빙을 비롯한 그들 무리는 벌써 롤러스케이트장에서 기다리고 있었다. 그들은 그곳의 단골손님이라 꼭 제집에서 기다리는 것처럼 익숙하고 편안해 보였다. 이 분위기는 내게 아주 안전하다는 느낌을 주었다.

내가 전혀 예상치 못했던 건 셰추샤도 그들 사이에 끼어 있었다는 것이었다. 그녀는 우리를 향해 손을 흔들었다. "원, 여기야."

그녀는 이미 그를 아원이 아니라 원이라고 부르고 있었다. 이 호칭을 들은 나는 마음이 좀 흔들렸다. 나는 누군가를 부르는 방식이 이렇게나 친밀한 관계를 표현할 수 있을 거라고는 생각지 못했다. 그 당시 나는 누군가 나도 그런 식으로 불러주기를 바라기까지 했다.

아원은 나를 데리고 스케이트장 안으로 들어갔다. 그들은 뭘 하고 놀든 쓸 돈이 있는 것 같았고, 아주 공산주의적이기도 했다. 나는 그런 게 꽤나 부러워서 아원에게 물었다. "넌 웬 돈이 그렇게 많아?" 아원은 아주 신나 하며 대답했다. "내 용돈에는 너도 공이 있어. 내가 낙제만 안 하면 돈을 받기가 아주 쉽거든."

나는 스케이트장 안의 그 활기찬 광경을 영원히 잊을 수 없을 것이다. 가을날의 햇볕은 아직도 아주 뜨거워서, 한동안 놀다보면 외투를 벗어야 했다. 모든 이는 금빛으로 반짝이는 얼굴에 홍분한 기색을 띠고 있었다. 기교가 뛰어난 소년들은 뒤로 타기를 연습하며 놀았다. 스케이트를 타다가 지친 몇몇 소년은 금속으로 된 난간에 기대고 서서 오만한 눈빛으로 적수가 도전해오기를 기대하고 있었다.

스케이트를 타던 천충이 멈춰 섰다. 시빙도 멈춰 서더니, 난간에 기대어 누군가를 손가락질했다. 아원과 셰추샤도 그들과 함께 모여 섰다. 분위기를 보니 무슨 일이 생긴 것 같았다. 나는 비틀거리며 그들 곁으로 다가갔다.

"먀오량妙良이 날 박았어. 한판 하겠냐고 그래서 문제없다고 그랬지." 천충이 말했다.

먀오량은 옆 반의 키 큰 학생으로, 사오충과 아주 친한 친구였다. 그의 말투로 미루어 보아 사오충의 무리도 분명히 스케이트장 안에 있는 것 같았지만, 나는 사람들 사이에서 그들을 바로 알아볼 수 없었다.

"원, 사고 치지 마." 셰추샤가 말렸다.

안 말렸으면 모를까, 그녀가 말리자 아원은 더 신이 났다. "쳇, 쟤들이 감히 시비를 거는데 그걸 받아주지도 않으면 웃기는 노룻 아냐? 안 그래, 시빙?"

시빙은 이미 싸우느냐 마느냐를 생각하는 게 아니라 저쪽과 우리 편의 형세를 따져보고 있었다. "우선 쟤들이 몇 명인지 좀 보자."

셰추샤는 여전히 애교 섞인 목소리로 투덜거렸지만, 아원의 영웅적인 기개는 벌써 백 퍼센트 차올랐다. 그는 셰추샤를 살짝 밀며 말했다. "넌 먼저 가."

나는 폭풍 전야 같은 이런 녹슨 냄새가 풍겨오는 듯한 분위기가 조금 두려웠다. 일단 나는 그들과 한패가 아니기 때문에, 질투로 인한 이런 싸움에는 전혀 휘말리고 싶지 않았다. 그리고 나는 사람을 패는 일로 이름을 날리고 싶은 욕심도 없었고, 그렇다고 맞을 준비는 더더욱 되어 있지 않았다. 내가 정한 나 자신의 위치는 방관자였다. 내가 할 일은 바로 도망치는 것이었다.

"그럼 난?" 나는 아원에게 물었다.

아원은 어른이 어린애를 보는 것 같은 눈빛으로 나를 보더니 내 의도를 알아차렸다. "너도 가. 그렇지, 네가 추샤를 집까지 데려다줘."

여자애를 집까지 데려다주는 건 내게 가장 알맞은 임무였다. 이 순간 나는 마음속으로 추샤에게 약간의 호감이 생겼다. 그녀가 없었다면 내가 위험에서 벗어날 더 좋은 핑계가 없었을 것이다.

깨끗한 방이었다. 침대 위에 놓인 꽃무늬 이불은 가지런히 개켜져 있었다. 방 안에선 은은한 향이 나서 아주 따스한 느낌이 들었다. 서쪽 창으로 햇빛이 들어와 방 안을 금빛으로 물들여 마치 꿈나라처럼 느껴졌다.

내가 여자 방을 본 건 아마 이때가 처음이었을 것이다.

나는 셰추샤를 그녀의 방까지 데려다주었다. 나는 서둘러 학교로 돌아가려 하지 않았다. 이날 오후에 너무 많은 일을 겪었기 때문에 나는 놀라고 무섭기도 했고, 한편으로 호기심이 생기기도 했다. 특히나 그렇게 위험한 곳에서 빠져나온 직후에 이런 방을 보니 아주 안전하게 느껴졌다.

"부모님은?" 나는 그녀에게 물었다. 그녀의 부모님이 집에 계신다면, 나는 다시 이곳에 올 엄두가 나지 않았다.

"부모님은 헤어지셨어. 난 엄마랑 같이 사는데, 집을 자주 비우셔." 셰추샤는 이 집의 주인은 바로 자기라는 양, 대수롭지 않게 말했다.

그 당시 '이혼'이라는 말은 너무 어감이 강해 사람을 놀라게 만들었기 때문에 보통은 쓰지 않았다. 하지만 '헤어졌다'는 말도 내게 충격을 주기에는 충분했다.

나는 방 안에서 할 일 없이 책을 한 권 넘겨보거나 천으로 된 인형을 만져보거나 했다. 교과서 외의 책은 많지 않았다. 연애 소설 두세 권 정도만 있었는데, 추샤의 어머니가 보시는 거라고 했다. 천 인형은 몇 개가 있었는데, 모두 좋은 향기가 났다.

"네가 보기에 걔들이 싸울 것 같아?"

"몰라." 추샤는 심드렁하게 대답했다. "걔들은 맨날 나 때문에 싸우더라. 재미없어."

나는 그녀의 이 말에서 약간의 걱정 외에도 자만심을 읽었다. 나는 그 순간, 추샤는 사회에서 말하는 나쁜 여자거나 아니면 최소한 그렇게 될 싹이 보인다고 확신했다.

"둘 중에 넌 도대체 누굴 좋아하는 거야?" 내 논리에 의하면, 이건 답이 하나뿐인 객관식 문제였다.

"좋아하긴 뭘 좋아해? 연애하는 것도 아니고!" 추샤는 불만스럽게 말했다. "둘 다 좋은 애들이니까, 난 누구든 상처받게 하고 싶지 않아."

그녀는 아원을 '원'이라고 그렇게나 다정하게 부르면서도 자기가 이른 연애를 하고 있다는 걸 인정하려 하지 않았다.

추샤는 내게 다가와 내 옷깃을 가리켰다. "너, 옷이 너무 더럽다." 그녀는 깨끗한 게 세련된 유행이라도 되는 것처럼 말했다.

나는 그 말에 조금 부끄러워졌다. "빤 지 얼마 안 된 건데."

"치, 얼마 안 됐긴. 빨래는 제대로 한 거야? 여기 기름때 묻은 것 좀 봐. 몇 년이나 찌들어서 빨아봐야 그게 그거겠네. 네가 직접 빨래하는 거지?"

나는 고개를 끄덕였다. 평소에 나는 더러워진 옷을 통 안에 한데 모아서, 통이 가득 차면 십몇 분 만에 빨래를 끝내버리곤 했다. 이런 일을 할 때면 시간 낭비를 하는 것 같아 아주 귀찮았다. 말하자면, 인류가 옷 입는 걸 발명한 건 귀찮은 짓을 사서 하는 격이었다.

"넌 성적은 좋은데 빨래할 줄은 모르는구나. 다음에 내가 학교에 가서 빨래 좀 해줄게. 내가 하는 걸 보고 배워야겠다." 그녀는 자신의 특기를 발견했다는 듯이, 아주 열성적으로 나를 가르치려 들었다.

"그러면 안 되지. 남들이 보면 무슨 소리를 할지 모르는데!"

기숙 학생들 중엔 남 얘기를 즐겨 하는 학생이 아주 많아서, 아주 작은 일도 화젯거리가 되곤 했다.

"치, 그게 뭐 어때서. 그럼 그냥 네가 내 동생이라고 하면 되잖아."

"그걸 누가 믿겠어. 네가 나보다 키가 큰 것도 아닌데."

"누나가 꼭 동생보다 키가 큰 것도 아니잖아. 내가 너보다 성숙해 보이면 됐지."

나는 이렇게 관심 있는 얘기, 없는 얘기로 수다를 떨면서 미적거렸다. 이날 오후의 일은 아주 새롭고 신기해서, 나는 모든 게 규칙에 맞춰 돌아가는 학교로 서둘러 돌아가고 싶지 않았다. 이

제 그만 가야겠다고 생각한 그때, 아래층에서 아원이 부르는 소리가 들려왔다. 나는 한발 먼저 돌아가지 않은 걸 좀 후회했다.

나는 셰추샤를 따라 아래층으로 내려갔다. 아원은 나를 보더니 물었다. "넌 왜 아직 안 갔어?"

나는 우물쭈물하며 말했다. "내…… 내가 얘를 보호해줘야 되잖아?"

그들은 다들 웃음을 터뜨렸다. 비웃는 듯한 웃음이었다. 시빙이 말했다. "그러려면 와서 우리나 보호해주지." 이 말은 더 큰 비웃음을 이끌어냈다.

셰추샤가 말했다. "그렇게 놀리지 마. 얘는 세상 물정을 모르잖아."

셰추샤는 무슨 일이 있었느냐고 물었지만 아원은 웃기만 하고 대답하지 않았다. 그는 조금 전에 대단한 사건을 겪었지만 자기들에게는 아주 가벼운 일일 뿐이라는 듯한 표정을 하고 있었다.

나는 이런 분위기에 도저히 어울릴 수 없어, 아무 말도 않고 그 자리를 떠났다.

8

나는 한동안 아주 심란하고 정신이 사나웠다. 아마도 학교 밖의 생활을 너무 많이 접해서 그런 것 같았다.

하필 그런 때에, 나는 만남을 요청하는 편지를 한 통 받았다. 익명으로 쓴 그 편지는 봉투 안에 들어 있었지만 우표는 붙어 있지 않았다. 우리 학교 학생이 보낸 거라는 건 분명했다. 글씨체가 그리 보기 좋지는 않았지만 상당히 진지해서, 글자 하나하나가 엄숙하고 정중하게 적혀 있었다.

스장에게

네가 쓴 「고독」이라는 시를 읽었어. 정말 잘 썼더라. 읽고 감동했어. 나도 고독하다고 느껴졌어.

나랑 친구가 되어줄래? 네가 괜찮다면 토요일 오후 두 시에 교문 옆에서 만나.

−한 여학생이

이런 편지를 난생처음으로 받아본 나는 심장이 쿵쿵거리며 뛰었다. 나는 아무도 알아채지 못한 사이에 그 편지를 숨겼다.

한두 달 전에 나는 교원 기숙사 건물 아래에서 아침 공부를 하다가 이슬에 젖은 『중국 현대 서정시』 선집을 주웠다. 아마도 어느 선생님의 방 창문에서 떨어진 것 같았다. 나는 서슴없이 전부 읽어버렸다. 내가 보기에는 이 책도 교양 있는 양서에 속했다. 그리고 시라는 건 누가 봐도 이해가 가는지 안 가는지 모를 물건이기 때문에, 이해할 수 없는 책이어야 좋은 책이라는 내 기준에도 부합했다. 나는 다이왕수戴望舒의 「비 내리는 골목」이라는 시를 읽고 깊은 감명을 받아서, 그런 느낌을 모방해 아주 퇴폐적이고 자기연민으로 가득한 「고독」이라는 시를 썼다. 시를 쓴 후 일종의 해방감을 맛보았다. 마음속에 맑고도 텅 빈 듯한 희열이 느껴졌다. 나는 글이라는 것이 아주 오묘한 약물이라는 걸 깨달았다.

그 후로, 길고 긴 청춘기 동안 시를 쓰는 것과 자위를 하는 것은 내가 우울할 때 기분 전환을 하는 두 가지 명약이 되어주었다. 그것들이 아니었다면 나는 일찌감치 우울증에 걸렸을지도 모른다.

학교에서 발행하는 문학 신문인 『대해』에서 내게 원고 청탁을 했다. 신문에서는 각 반에서 작문을 가장 잘하는 학생들에게 원고를 청탁했다. 나는 「고독」을 보냈고, 그 시는 곧바로 학교 신문에 실렸다.

이 편지 때문에 나는 이틀이나 밤잠을 설쳤다. 내 머릿속에서는 또 목소리들이 서로 싸우기 시작했다. 약속 장소에 나간다면 분명히 연애를 하게 될 것이었다. 이건 절대로 허용될 수 있는 일이 아니었다.

그래서 나는 약속에 응하지 않기로 결심했다. 하지만 호기심이 한 줄기 샘물처럼 솟아올라 모래를 휘젓듯이 한밤중에 넘쳐

흘렀다. 특히나 '한 여학생'이라는 서명이 나를 진정하기 힘들게 만들었다. 이 얼마나 아름다운 이름이란 말인가.

이성과 감정이 삼백 합이 되도록 싸운 끝에 마침내 서로 타협하기에 이르렀다. 그녀가 그저 시를 사랑하는 여학생일 뿐이라면, 문학의 길을 가도록 격려해주면 그만이다. 제법 괜찮은 여학생이라면, 보통의 친구 사이가 되는 건 괜찮지만 연애에 빠지지 않도록 말리면 된다. 만약에 정말로 예쁜 여학생이라면, 일단 만나보고 생각하자. 학생 시절에 연애를 해도 아주 교양 있게, 서로 공부하는 데 도움이 되는 정도로 통제할 수도 있을 것이다……. 아무튼, 나는 일단 한번 만나보기로 했다. 그러지 않으면 그 여학생에게 너무 잔인한 일이 아닌가.

나는 불안하고도 설레는 기대감을 안고, 햇빛이 밝게 비치는 오후에 교문에서 멀리 떨어진 경비실을 향해 걸어갔던 걸 기억한다. 경비실은 꽤 어두웠기 때문에 자세히 눈여겨봐야만 사람의 얼굴을 알아볼 수 있었다. 확실히 봤다. 한 여학생이 교문 옆에 앉아 내가 반드시 올 거라고 확신하는 태도로 조용히 기다리고 있었다. 나는 그녀를 제대로 알아보자 가슴이 더 빨리 뛰었다. 나는 그녀가 나를 보지 못하도록 아주 빠른 걸음으로 교문 밖으로 나가버렸다.

그 순간, 나는 마음속이 너무나 괴로워 현기증이 날 지경이었다.

그 여학생도 나처럼 기숙 학생이었다. 작은 키에 허리는 나무 통처럼 굵었고, 얼굴에는 팽팽한 살이 잔뜩 붙어 화를 낼 때면 표정이 아주 포악했다. 종합하면 온몸이 둥그렇고 퉁퉁해서 몸에 곡선이라고는 하나도 없었다. 영양 과잉 때문에 그녀의 온몸은 몸 밖으로 넘치려는 기세가 흘렀고, 마치 언제라도 폭발할 수 있는 미사일 같았다. 여학생들의 우두머리인 그녀는 목소리가 커서 남학생 같은 기개를 가지고 있었다. 그녀는 식당에 줄 서 있는 내게 그다지 매력적이지 않은 추파를 보낸 적도 있었지만, 나는 그걸 마음에 담아두지 않았다. 나는 '한 여학생'이 바로 그녀일 거라고는 전혀 생각지 못했다. 만약 그녀가 편지에 '남자 같은 여학생'이라고 적었다면 아마도 그녀를 떠올렸을 것이다.

내가 손해를 본 건 아무것도 없었지만 나는 정말로 너무나 괴로웠다. 내가 이틀이나 뒤척이며 밤잠을 설치게 만들고, 내게 끝없는 상상과 용기를 불러일으킨 그 여학생이 학교 전체에서 제일 못생긴 여학생이었다니. 이건 그녀의 탓이 아니다. 아무리 못생겼어도 사랑을 고백할 권리는 있는 거니까. 물론 내 탓도 아니다. 누구든 사랑에 눈을 뜨는 순간이 있게 마련이니까. 그저 운명을 탓하는 수밖에.

이런 게 바로 숙명이란 것이다. 나의 길고 긴 청춘기 동안, 내게 먼저 고백했던 몇 명의 여학생은 모두 변변치 못했다. 내가 좋아했던 애들은 전부 오르지 못할 나무였다. 설마 진짜로 세상에

'추녀 킬러'라는 게 존재하긴 할까?

내 심미적 취향은 생생한 채로 짓밟혀서, 오히려 내가 사랑에 대해 환상을 품지 않게 만들었다. 나는 시각적으로만 잠깐 만족할 수 있는 정도만 해도 하늘이 도운 일이라고 생각하게 되었다.

9

가끔 셰추샤의 방을 떠올리곤 했다. 이불보는 깨끗했고, 햇볕 냄새가 났고, 그녀는 귀찮아하는 기색 없이 빨래를 깨끗하게 하는 비결을 얘기해주었다. 더 생각할 게 뭐 있을까? 아마도 그 풍경은 '집'이라는 이미지를 대표하는 것이었을 것이다. 그런 이미지는 내게 있어 낯선 것이었기에, 내가 그리워하는 것도 이해할 만한 일이었다.

아원과 사오충의 다툼은 계속 이어져, 우리 반에 용솟음치는 암류가 되었다. 다들 알고는 있지만 드러내놓고 말하기를 꺼렸다. 사실 이건 이미 단순히 두 사람 사이의 싸움이 아니라, '사통팔달파'와 '공안자제파' 중 어느 쪽이 상대방을 넘어설 수 있느냐 하는 문제로까지 번졌다. 심지어는 사회의 일반인이 공안 조직을 쓰러뜨릴 수 있느냐 없느냐 하는 문제에까지 닿아 있었다. 아무튼 문제가 아주 복잡해져서, 경험이 별로 없는 우리도 모두 느낄 수 있을 정도였다.

이 거대한 대립에 대해 가장 걱정하는 사람은 세추샤여야 마땅했다. 백번 양보해 그녀가 그 대립의 원인이 아니라고 하더라도, 최소한 도화선인 것은 맞았다. 그러나 사실상 그녀는 가장 걱정하지 않는 사람이었다. 걱정하지 않을 뿐만 아니라 양쪽이 규모를 키워가며 대립하는 것을, 그리고 두 사람이 애정을 표현하는 것을 오히려 즐기는 듯했다. 물론, 이런 건 나처럼 민감한 사람만 감지할 수 있는 것이었다. 표면적으로는 여전히 곧잘 "원, 소란 피우지 마"라거나 "샤오충, 그만해, 나 때문에 그러지 마" 같은 말들을 하곤 했다.

주말에 나는 학교 안에 붙어 있기가 힘들어졌다. 습관적으로 책을 잠깐 보다가, 나도 모르는 사이 학교 밖으로 나가 샤오녠궁 클럽 쪽으로 걸어갔다. 롤러스케이트장을 둘러봤지만 아는 얼굴을 찾지 못한 나는 휘파람을 불며 무작정 타이웨이太尉 골목 쪽으로 걸어갔다. 예전에 「전장의 휘파람」이라는 테이프를 들은 적이 있는데, 군인들이 심심할 때 혹은 기분이 좋을 때 노래를 휘파람으로 분 것으로 아주 듣기 좋았다. 나는 그 후로 휘파람 부는 걸 유난히 좋아하게 되었다. 구석진 모퉁이를 지날 때 청년 남녀 한 쌍이 자전거를 타고 나를 스쳐 지나갔다. 그런데 남자가 곧바로 몸을 돌리더니 나에게 소리쳤다. "거기 서!"

나는 깜짝 놀랐다. 남자가 자전거를 세우고, 여자도 뒷자리에서 내리는 게 보였다. 두 사람은 내 쪽으로 바싹 다가왔다. 나는 도대체 무슨 일이 생긴 건가 싶어 당황했다.

남자는 사발 주둥이만큼 굵은 팔뚝을 치켜들며 말했다. "이 자식, 방금 네가 집적거린 거야?"

방금 전에 나는 확실히 그 여자를 바라보긴 했지만, 흘긋 본 것 때문에 이런 귀찮은 일이 생길 거라고는 생각지도 못했다. 나는 안색까지 변해서 변명을 했다. "아니, 집적거린 거 아니에요."

그는 내 팔을 움켜잡았다. "집적거린 게 아니면 왜 내 여자 친구한테 휘파람을 불어?"

세상에, 이게 다 휘파람 때문이었구나. 나는 고집스레 말했다. "내가 휘파람을 불긴 했지만, 저 사람을 보고 분 건 아니에요…… 난 노래를 하던 거라고요…….'

나보다 몇 살 많아 보이지도 않는 그 여자도 아주 화를 냈다. "이렇게 어린애가 건달 짓을 하다니, 젠장, 세상에 좋은 사람이라곤 하나도 없네!"

남자는 내 변명을 듣더니 화를 내며 내 팔을 등 뒤로 비틀었다. "망할 자식, 그래도 인정을 안 해? 좆털도 안 난 게 벌써부터 여자한테 집적대다니, 죽여버릴 테다!"

뒤로 꺾인 팔이 아주 아팠다. 나는 두려움과 굴욕감에 사로잡혀 찍소리도 못 하고 몸부림쳤다. 남자가 여자에게 물었다. "한 대 패줄까?"

여자가 너그럽게 말했다. "그러지 마. 난 마음이 약하단 말야. 개 눈물까지 난 것 좀 봐. 그냥 놔줘."

남자는 내 엉덩이를 걷어찼다. 나는 비틀거리다가 크게 넘어질 뻔했다. 그들은 자전거를 타고 훌쩍 가버렸다. 나는 욕이라도 해 주고 싶었지만 결국은 하지 못했다. 나는 원래 그렇게 겁쟁이인 놈이었다. 하지만 내 마음속은 굴욕감으로 가득 차서, 한순간이 지만 죽고 싶은 생각까지 들었다.

나는 넋이 빠진 채 시청 입구 길가의 갓돌에 걸터앉았다. 그러고 있던 끝에, 내가 기대했던 바로 그 장면처럼 마침내 셰추샤가 내가 있는 곳을 지나쳤다. 그녀는 놀란 얼굴로 풀이 죽어 있는 나를 바라보았고, 나도 깜짝 놀라 거기 나타난 그녀를 마주 보았다. 나는 나중에야 내 잠재의식이 나를 이끌어 앉게 한 이곳이 그녀가 사는 집 현관이었고, 내 잠재의식 속에서 그녀가 나타나기를 기다리고 있었다는 걸 깨달았다.

나는 아무 말 없이 셰추샤를 따라 그녀의 집으로 올라갔다. 그녀는 이미 내가 우울해하는 걸 알아차린 것 같았다. 나는 그녀에게 사실대로 말할까 하다가 곧 그 생각을 버렸다. 털어놓기 힘든 내 굴욕적인 경험을 그녀가 알게 된다면 아윈이 알게 될 수도 있었고, 그랬다간 반 아이들 모두가 알게 될지도 몰랐다. 그러면 아이들은 모두 나를 쫄보라고 생각할 것이다.

"말 좀 해봐. 누가 널 괴롭히기라도 했어?" 셰추샤는 원래 좀 누나처럼 굴곤 했는데, 집에 오자 한술 더 떠서 꼭 엄마 같아졌다.

나는 고개를 끄덕였다. 재수 없는 일을 당했다는 건 감출 수 없었기 때문에 나는 그냥 애매한 투로 중얼거렸다. "누구랑 싸웠어."

"네가 어쩌다 싸움을 했어? 넌 모범생이잖아. 그런 나쁜 짓을 배우면 안 되지." 그녀는 정다운 투로 나무랐다.

"그래도, 그 사람이 먼저 날 때렸단 말이야." 나는 사건의 발단을 설명한 후에 말을 이었다. "그놈은 자기 여자 친구 앞에서 힘자랑을 하고 싶어서 나를 때린 거야."

"그 사람은 학교 밖의 어른이잖아. 그냥 무시하면 되지. 설마 너도 같이 때린 거야?"

"그럼. 나도 남자인데, 그놈 여자 친구 앞에서 망신당하면 안 되잖아."

"치, 남의 여자 친구가 너랑 무슨 상관인데? 그냥 피하면 되는데 굳이 싸움을 했다니, 학교에서 알면 네 모범생 표식을 떼라고 할걸."

"아무튼, 나도 손이 있고 발이 있는데, 겁쟁이가 될 순 없잖아?"

"그래, 그래, 잘했어. 다음부터 네가 누구랑 싸운다고 하면 안 말릴게."

말로 자기만족을 얻자마자 나는 곧바로 부끄러움을 느꼈다.

"알았어, 다음부턴 안 싸울게. 우리 다른 얘기나 하자."

"그래, 그래야지. 난 말 잘 듣는 애가 좋더라." 셰추샤는 손가락으로 내 얼굴을 살짝 쓸어내렸다.

햇빛은 여전히 창문을 통해 쏟아져 들어오고 있었다. 밝은 빛 속에서 먼지가 춤추듯이 떠다녔다. 내 마음은 마침내 굴욕의 진흙탕 속에서 빠져나와 평정심을 되찾았다.

셰추샤는 묶고 있던 머리를 풀어 내렸다. 방 안은 아주 더웠다. 그녀가 말했다. "나 치마 좀 갈아입으려는데, 잠깐 나가 있을래?"

상식적으로 보면 나는 당연히 알아서 밖으로 나가야 했다. 하지만 그 순간, 나는 셰추샤의 눈빛에서 '나갈 필요 없다'는 뜻을 읽어냈다. 젠장, 남자의 주먹 앞에서는 그렇게나 허둥거렸는데, 여자의 의도는 이렇게 신들린 듯이 알아차리다니. 난 설마 기둥서방이나 될 놈이란 말인가?

"갈아입어. 난 안 나갈래." 나는 그녀 대신 답을 내놓았다. 이게 바로 정답이었다는 건 곧 증명되었다.

셰추샤는 긴 바지를 벗고는 자기의 길쭉한 두 다리를 감상하더니, 돌아서서 내게 물었다. "내 다리 어때?"

나는 고개를 끄덕이며 말했다. "진짜 하얗다. 난 이렇게 하얀 다리는 처음 봐."

"하얀 거 말고는?"

"그거 말곤 별다른 특징은 없는데. 진짜 하얗네. 어떻게 그렇게 하얀 거야?" 나는 혼잣말처럼 중얼거렸다.

"그럼 안 예쁘다는 거야?"

"괜찮네." 나는 당연히 아직 사람의 몸을 감상하는 심미안이 없었기 때문에 뭐라고 말해야 할지 알 수 없었다.

셰추샤는 아쉬워하며 치마를 입더니 불만스럽게 말했다. "넌 아직 어려서 뭘 모르는구나. 다들 내 다리가 아주 예쁘다고 하는데."

내가 뭘 모르긴 해도 확실히 보기는 좋았다. 나는 영화관에서 봤던 클로즈업된 여자의 가슴이 생각나 갑자기 아주 대담한 요구를 했다. "그럼 위쪽도 좀 보여줘봐. 내가 전에 봤던 거랑 같은지 보게."

"부끄럽게 어떻게 그래." 셰추샤는 뾰로통하게 말했다. "그런 건 또 어디서 본 거야?"

"영화관에서."

"어, 그럼 분명히 성인 영화를 본 거겠네. 이제 보니 너 나쁜 짓을 많이 했구나."

"보여줘. 난 진짜는 아직 본 적이 없단 말야."

"다음부터 성인 영화 안 보겠다고 약속하면 보여줄게."

"알았어. 앞으로는 액션 영화만 볼게."

셰추샤는 브래지어를 위로 올려 내게 잠깐 보여주었다.

"봤어? 어때?" 그녀는 자신 있다는 투로 물었다.

"너무 작아." 나는 아주 실망했다. 영화에서 본 그 크고 둥근 가슴에 비하면, 그녀의 것은 생기다 만 것 같았다.

"짜증나. 너 진짜 싫어." 세추샤는 갑자기 못되게 굴었다.

나는 급히 그녀를 위로하며 수습하려 했다. "아냐, 더 자랄 거야. 나중엔 영화에서 본 그만큼 커질 거야."

"치, 넌 어려서 여자에 대해선 아무것도 모르는구나. 내가 너랑 무슨 말을 하겠어." 세추샤는 자조하는 투로 말했다.

세추샤는 치마를 입었다. 얘기가 잘 통하지 않았기 때문에 우리는 화제를 바꿔 우리 반의 자질구레한 일들에 대해 수다를 떨었다. 그런데 세추샤는 자기에 대한 내 평가가 계속 마음에 걸렸는지, 다시 지나간 화제를 꺼냈다. "넌 내가 예쁘다고 생각 안 해?"

"넌 그냥 하얀 것 같아."

나는 그때 아직 여자의 비위를 맞추는 법을 배우지 못했다. 게다가 나는 아주 정직해서 반드시 정확하고 솔직하게 말하려 했기 때문에 거짓말은 더더욱 할 줄 몰랐다.

"희면 안 예쁘다는 거야?"

"넌 온몸이 그냥 백지처럼 하얘. 백지는 예쁘고 안 예쁘고를 따질 게 없잖아."

"치, 뭘 모르네." 세추샤는 무시하는 투로 말했다. "당연이 안 하얀 곳도 있지."

나는 세추샤가 왜 이렇게 계속 이 문제를 신경 쓰는지, 그리고 이 얘기만 하면 왜 나를 그렇게 무시하는지 알 수 없었다. 나는 그녀의 말에 가타부타 대답하지 않았다.

"못 믿겠어?" 그녀가 도발적으로 물었다.

나는 고개를 저었다. 이 화제에 관심이 없다는 뜻으로 고개를 저은 거였지만, 그녀는 내가 자기 말을 믿지 않는 거라고 오해했다. 그녀는 도전적인 눈빛으로 차갑게 웃으며, 치마와 속옷까지 천천히 벗었다. 나는 반들반들하게 빛나는 작은 검은색 부분을 보았다.

나는 주먹으로 세게 맞은 것처럼 심장이 쿵 내려앉았다. "너이게 무슨 짓이야?"

"그러게 왜 안 믿어!" 셰추샤의 얼굴에는 복수를 해서 후련한 표정이 떠올랐다.

"너 진짜 저질이구나!" 나는 크게 소리쳤다.

"나가! 썩 꺼져!" 셰추샤는 낯빛이 변해 내게 고함을 질렀다.

나는 어쩔 줄 몰라 하며 그녀의 방을 나왔다. 등 뒤에서 그녀가 우는 소리가 들렸다. 나는 아주 우울했다. 그 작은 검은색은 내 뇌리에서 떠나지 않아, 나는 토하고 싶어질 지경이었다. 젠장, 소녀의 새하얀 몸 위에 어떻게 그런 거친 털이 자라날 수 있단 말인가? 이건 나의 유치한 미학적 관념과는 완전히 반대되는 것이었다. 아, 조물주여, 어떻게 이토록 서투르단 말인가!

그리고, 나는 모범생으로서 이런 건 절대로 봐서는 안 되었다고 생각했다.

나는 황급히 학교로 돌아왔다. 밥도 제대로 넘어가지 않았다. 마치 세상에서 가장 아름다운 것과 가장 추악한 것이 같이 있는 장면을 본 것 같았다. 내 마음은 답답하고 아팠다.

10

셰추샤는 나를 상대도 하지 않고, 교실에서는 뚱한 얼굴로 나를 대했다. 나는 내가 그녀에게 상처를 줬다는 걸 알았지만, 그녀가 정확히 어느 부분에 상처를 입은 건지는 알지 못했다. 나는 사과를 할 줄도 몰랐다. 그건 오랫동안 내 고질병이 되어, 무심결에 여자에게 미움을 사면 한참 후에야 내가 어떤 잘못을 한 건지 깨닫곤 했다. 말하자면 나는 시시때때로 셰추샤의 방에 그녀와 함께 있었던 그 오후를 그리워하면서도, 이런 문제에 대해서는 백치처럼 그저 그대로 내버려두었다.

마침내 결전의 날이 왔다. 나는 현장을 보지는 못했지만, 남들이 하는 얘기를 계속 듣다보니 꼭 눈앞에서 본 것 같은 기분이 들었다. 결전 장소는 운동장이었다. 프랑스 소설에 나오는 삼총사의 결투처럼 미리 준비되어 있었지만, 패싸움이었다는 것만 달랐다. '사통팔달파'와 '공안자제파'는 모두 상처를 입었지만, 전반적으로 보면 '사통팔달파'가 약간 우세했다고 볼 수 있었다. 그들은 강호에서 싸워본 경험이 더 많았기 때문에 더 충분히 준비했고, 더 독하게 싸웠다. 아원은 뜨거운 피가 끓는 전투 장면을 내게 얘기해주었다. "내가 비수를 이렇게 휘둘렀더니 새빨간 피가 막 콸콸 쏟아졌다고!" 나는 얘기를 듣고 무서워서 벌벌 떨면서, 어느 쪽에도 가입하지 않기를 잘했다고 생각했다. 그리고 나는 이 일로 결심했다. 맙소사, 평생 영웅호걸이 될 생각은 하지도 말고, 그냥 속 편하게 겁쟁이로 살자! 이렇게 결심하자 마음이 아주 편해졌다. 내가 휘파람을 불다가 괴롭힘을 당한 것도 당연한 일로 여겨졌다. 다만, 겁쟁이로 살면서 여자 앞에서는 어떻게 체면을 차려야 하는가가 내가 평생 연구하고 공략해야 할 난제가 되었다.

전투의 두 핵심 인물 중에서 아원은 가벼운 상처를 입어 팔에 붕대를 감고 있었다. 그는 그 영광의 상처를 과시했다. 사오충은 한 달 가까이 입원한 끝에 창백한 얼굴로 학교로 돌아왔다.

사오충이 학교로 돌아왔을 때쯤에는 아원과 시빙 등 '사통팔달파'의 중심인물들은 이미 퇴학을 당한 후였다. 이 패싸움 사건은 온 시내의 교육계를 경악하게 했다. 학교는 엄중한 경고를 받았고, 학부모들은 놀라고 두려워하며 혹시나 자기 자녀들이 이 두 무리에게 무슨 해코지라도 당했는지 학교에 문의해왔다. 학교에서는 이 사건에 대해 전에 없이 단호하게 대처했다. '사통팔달파'가 퇴학당한 후로 우리 반은 텅 비어버린 것 같았다. 수업 시간은 쥐 죽은 듯이 조용해졌다. 선생님의 뒤통수를 향해 분필 조각을 던지는 학생이 없어진 건 말할 것도 없고, 수다를 떨기도 아주 힘들어졌다. 반 분위기가 너무 좋아져서 적응하기 힘들 정도였다. 내 옆자리는 텅 비어, 시험을 볼 때 아무도 내게 시험지를 보여달라고 애걸하지 않아서 아주 공허한 기분이 들었다. 탱크는 수업을 할 때마다 무척 편안해 보였다. 그에게 트집을 잡는 학생이 없어졌기 때문에 분필을 던져 졸고 있는 학생을 깨우는 그의 버릇이 다시 돌아왔을 뿐만 아니라 조준도 더 정확해졌다. 탱크의 거만한 표정을 볼 때면 나는 나도 모르게 아원이 그리워졌다.

'사통팔달파' 학생들이 퇴학을 당하기까지, 그들의 학부모는 연이어 학교로 찾아와 선생님들과 협상을 하려 했다. 나는 시빙의 아버지를 담임 선생님의 기숙사까지 데려다준 적도 있었다. 하지만 '사통팔달파'가 학교에서 해온 나쁜 짓이 하도 많아서 너무나 많은 사람의 원한을 샀기 때문에 소용이 없었다. 가령 선생님의 자전거에 달린 요령을 훔쳤다거나 싫어하는 선생님의 자전거 바퀴에 구멍을 내버렸다거나 매점에서 파는 간식을 자주 훔쳐서 매점 주인을 심하게 괴롭혔다거나 하는 식이었다. 그들이 퇴학당할 거라는 얘기를 듣자 화장실 청소를 하는 아주머니까지도 진심으로 그 소식을 반겼다. 그들은 아주머니가 남자 화장실을 청소하는 걸 알게 되자 일부러 화장실 안에서 수다를 떨곤 했기 때문이다. 이런 탓에 퇴학 명령은 아주 단호하게 내려졌다. '사통

'팔달파' 학생들은 퇴학당할 날이 다가왔다는 걸 알게 되자 다들 풀이 죽었지만, 그러다가 다시 좀 들뜨기 시작했다. 그들은 자기들이 사회에서 굴러본 경험이 있다고 믿었기 때문에 남아 있는 우리보다 더 일찍 사회로 진입하게 되는 걸 겁내지 않았다.

아원은 마지막으로 나와 얘기를 했다. 말하자면 작별 인사인 셈이었다.

"이제 네 시험지를 훔쳐볼 사람이 없어질 테니까 너도 안심할 수 있겠네."

"아냐, 난 네가 시험지를 훔쳐보는 걸 신경 쓴 적이 한 번도 없어." 사람이 헤어질 때가 되면 말도 곱게 나오는 법이다. 나는 그에게 맹세했다.

"너 예전엔 이렇게 관대하지 않았던 것 같은데." 아원은 좀 비꼬는 투로 말했다. "앞으로는 답안지를 우리 집으로 보내줘도 난 안 볼걸. 그래도 내가 가고 나면 네가 꼭 해줘야 될 일이 있어."

나는 살집이라고는 하나도 없는 내 가슴을 탕탕 쳤다.

"나 대신 셰추샤를 잘 지켜봐줘!" 아원은 결연히 말했다.

"응? 어떻게 지켜보라는 거야?"

"사오충이 그 애한테 가까이 못 가도록 하라고."

나는 가슴이 무겁게 내려앉았다. 젠장, 이 임무는 너무나 막중했다. 내가 할 수 없을 것이 뻔했다.

"그렇다고 어떻게 가까이 못 가게 해. 난 그럴 능력이 없어!" 나는 미간을 찌푸리며 말했다.

"시끄러워. 그 앨 잘 지켜봐. 만약에 그 둘이 사귀게 되면 너랑 끝장을 볼 테니까." 아원은 성가시다는 듯 말했다.

나는 아원이 이런 식으로 구는 걸 처음 봐서 마음속에 두려움이 싹텄다.

"그럼, 내가 그렇게 못하면 어떻게 해?" 나는 울상을 지었다.

"망할, 내가 부탁한 일을 네가 시원스럽게 승낙하는 꼴을 못 봤다." 아원은 점점 더 사납게 굴었다. "걘 내 여자니까, 네가 나 대신 잘 좀 지켜보라고!"

그는 거의 버럭버럭 소리를 질렀다. 나는 눈물을 머금고 승낙했다. 내가 그의 말에 계속 토를 달았다간 그가 바지 주머니에서 칼이라도 꺼내 들까 싶어서 정말로 무서웠다.

그 순간 나는 깨달았다. 나에게 아주 잘해줬던 사람이라면, 그만큼 나쁘게 굴 수도 있다는 것을.

나는 이유 없이 내게 잘해주는 사람들이 너무나도 두렵다.

11

셰추샤는 양쪽 패거리를 싸우게 만든 도화선으로서, 퇴학을 당하지는 않았지만 담임 선생님으로부터 엄하게 꾸중을 들었다.

그녀는 늘 침울해 있었고, 좀 불쌍하기도 했다. '사통팔달파'가 건재했더라면 담임 선생님은 절대로 그녀에게 그런 식으로 굴 수 없었을 것이다. '사통팔달파'에게 복수를 당하는 걸 막으려야 막을 수 없었을 테니까.

나는 근심 걱정이 가득한 채로 매일같이 세추샤를 관찰했다. 나는 그녀가 퇴학당해버린 아원 무리와 계속 연락하고 있는 게 아닌가 하는 의심이 들어, 그녀에게 조금이라도 미움을 사고 싶지 않았다. 간혹 사오충이 그녀에게 다가가 말이라도 한두 마디 할라치면 나는 곧바로 긴장했다. 나는 내 명줄이 아원의 손아귀에 잡혀 있다고 생각했다. 아원의 경고가 등에 아주 무거운 짐을 지웠기에 나는 더 이상 공부에만 전력으로 몰두할 수 없었다. 얄미운 건, 사오충 이 사랑꾼 자식이 하는 걸 보아하니 지금껏 세추샤를 포기한 적이 한 번도 없었던 것 같다는 사실이었다. 자기 마음을 열렬하게 표현하지 않고 좀 느릿느릿하긴 했지만, 아주 굳건했다. 맙소사, 만약 그 둘이 잘되면 나는 끝장나고 말 것이다.

심지어 꿈속에 아원이 비수를 들고 나타나 내게 악랄하게 소리를 지르기도 했다. "넌 세추샤의 알몸까지 봤잖아, 이 나쁜 놈! 오늘 또 사오충이 세추샤랑 얘기를 했잖아. 젠장, 넌 왜 제대로 지켜보지 않은 거야!" 공포, 걱정, 경계심 등등 갖가지 감정이 내 머릿속에서 뒤섞여 내가 무슨 방법이라도 생각해내도록 몰아붙였다. 나는 마침내 내 인생에서 처음으로 여자에 대한 선택을 하기에 이르렀다. 내가 세추샤와 잘되어야만 그녀와 사오충 사이를 끊어버릴 수 있을 것이었다.

하지만 잘해보려는 생각을 하자마자 내 머릿속에는 '이른 연애'라는 단어가 떠올랐다. 이건 아주 큰 죄명이었다. 내가 이런 죄명을 뒤집어쓰게 된다면 모범생이니 뭐니 하는 호칭은 나와 인연이 없어지게 될 뿐만 아니라, 경고를 받고 퇴학을 당해 친구들 사이에서 고개도 들지 못하게 될지도 몰랐다. 나는 그녀와 잘되기만 하고 연애는 하지 말아야겠다고 생각했다. 연애를 하지 않는다는 건 즉 신체적인 접촉을 하지 않는다는 뜻이다. 손을 잡아서도 안 되고, 입 맞추는 건 당연히 절대로 안 되고, 다시는 그녀의 나체를 봐서도 안 되고, 개인적인 장소에 그녀와 같이 있어서도 안 된다. 그래도 그녀와 정신적인 소통을 하거나 혹은 절대로 사오충과 사귀지 말라고 설득할 수는 있다. 나는 기술적인 부분에 공을 들인다면 이런 선을 파악하고 유지할 수 있을 거라고 생각했다.

나는 내가 그녀에게 잘못했던 것을 세추샤가 아직 마음에 담아두고 있다는 걸 알 수 있었다. 하지만 한동안 생각해본 끝에, 나는 내가 어느 부분에서 그녀에게 잘못한 건지를 깨닫게 되었다. 그녀가 나에게 몸을 보여줬을 때 내가 '예쁘다'고 하지 않았던 게 잘못이었다. 나는 잘못을 만회하기로 결심했다.

나는 쪽지를 한 장 적었다. 사과의 편지라고 할 수도 있었고,

그녀를 칭송하는 편지라고 볼 수도 있었다. 나는 수업이 끝나고 아무도 보지 않는 때를 틈타 쪽지를 몰래 셰추샤에게 찔러 넣었다. 쪽지를 건네는 건 비밀스럽고도 불명예스러운 일이라, 셰추샤도 무턱대고 펴보지 않고 서랍 속에서 몰래 펴보았다. 나는 셰추샤 쪽을 곁눈질하다가 그녀와 눈이 딱 마주치고 말았다. 세상에, 그 순간 그녀는 너무나 매혹적이었다. 그녀의 눈 속에는 기쁨과 행복, 기대감 그리고 내 마음을 받아들여 감동한 듯한 물결이 일렁이며 전해져왔다. 나는 순간 마음이 움직여, 감정이 순식간에 터져 나오며 마음속에서 뜨거운 물결이 솟구쳤다. 그 순간, 나는 어째서 셰추샤가 남자들이 쟁취하려는 대상이 되었는지 알게 되었다. 그녀가 가진 여성스러움은 너무나 환상적이라 막아낼 수 없어서 일단 그 감정에 눈을 뜨게 되면 피할 수가 없는 것이었다. 그 순간, 나는 문득 이른 연애를 피할 수 없겠다는 예감이 들었다.

복수의 쾌감이 번개처럼 내 뇌리를 스치고 지나갔다. 셰추샤와 연애를 하는 건 자극적이고도 부도덕한 일이지만, 그렇게 한다면 나를 협박한 아원에게 복수를 할 수 있었다. 그 쾌감으로 인해 나는 깨달았다. 나는 아원이 미웠던 것이다. 나는 그가 내게 그렇게 잘해줬던 목적이 사실은 내게 그렇게 못되게 굴기 위해서였다는 것이 원망스러웠다.

우리가 잠시 눈빛을 교환하자마자 수업 시작종이 울렸다. 내 마음속은 용서를 받아 편안해진 기분과 여자아이와 마음을 주고받으며 느낀 달콤한 기분으로 가득 차서, 연신 셰추샤가 있는 쪽을 흘끔거렸다. 그녀의 표정과 앉은 자세로 보아, 그녀는 쪽지를 손에 쥔 채 책상 서랍 앞쪽에 숨겨두고 자꾸만 펴서 다시 읽고 있는 게 분명했다. 그녀의 얼굴엔 아름답다고 칭찬을 받았다는 만족감이 넘쳐흘렀다.

담임 선생님이 갑자기 말을 멈추고 엄한 표정을 짓더니, 백로처럼 기다란 두 다리로 걸어와 셰추샤 옆에 섰다.

"꺼내봐라." 선생님은 무표정하게 말했다.

인기가 많은 나머지 화를 불러와 주의를 받는 와중인 셰추샤는 전혀 반항하는 기색 없이 고분고분히 쪽지를 꺼냈다. 선생님은 단숨에 다 읽더니 물었다. "누가 준 거냐?"

셰추샤는 미안한 심정이 담긴 눈빛으로 나를 가리켰다. 내 얼굴은 순식간에 새빨갛게 달아올랐다. 머릿속에 쿵 하는 소리가 울려 나는 기절해버릴 뻔했다. 나는 손톱만큼 남은 정신으로 담임 선생님이 벌컥 화를 내며 말하는 소리를 들었다. "그 말썽꾸러기들을 쫓아낸 지 얼마나 됐다고, 이젠 네가 이어서 건달 짓을 하는 거냐? 이 학년은 정말 썩어빠졌구나. 리스장, 너는 착한 학생인데, 연애를 안 하면 못 살겠다 이거야?"

선생님은 소리를 지르며 그 쪽지를 조각조각 찢어버렸다. 어떻게 보면 그건 내가 난생처음 써본 연애편지였고, 내 인생에 처음으로 입에 발린 칭찬을 한 것이기도 했다. 내용은 이랬다. "셰추샤, 미안해. 예전엔 내가 보는 눈이 없었어. 난 네 몸이 아주 예쁘다고 생각해. 하얀 건 아주 예쁜 거야. 그리고, 작은 가슴도 사실 아주 예뻐. 풍만하게 자라지 않아도 넌 이미 참 예뻐. 내가 유치하게 굴었던 걸 용서해줘. 앞으로 너랑 마음을 터놓는 친구가 되고 싶어."

나는 체면을 완전히 잃었다. 내가 겉으로는 모범생이지만 사실은 이른 연애를 하고 있거나 혹은 하고 싶어하는 놈인 데다 여학생의 나체까지 본 적이 있는, 말하자면 겉으로만 점잔을 빼는 학생이라는 걸 우리 학년 전체의 선생님과 학생이 다 알게 되었다. 수치심과 자괴감 때문에 나는 아원에 대한 공포도, 셰추샤에 대해 했던 약속도 잊어버렸다. 나는 매일같이 목을 움츠리고 얼굴을 가리고서, 수전노가 돈을 긁어모으는 것처럼 더욱 죽기 살기로 공부만 해서 좋은 성적을 받으려 했다. 곧 고입시험이 닥쳐와서 나는 지망 학교를 결정하고, 시험 준비를 하고, 무더위 속에서도 긴장을 한 채 고입시험을 쳤다. 나는 중등전문학교에 떨어져서 그대로 고등학교로 진학했다. 고입시험이 끝난 후로 셰추샤의 행방은 알 수 없었다. 두 달의 여름방학 동안 이 사건은 옛날 일이 되어 완전히 잊혔다.

12

여기까지 기억이 났을 때쯤, 나는 '다스제' 국숫집에서 쇠고기면 한 그릇을 막 비운 후였다. 담배를 한 대 피우고 나자, 마음속에 쌓인 얘기를 털어놓고 싶은 욕망이 솟구쳤다. 나는 나도 모르게 다시 자동차 정비소로 갔다. 아원은 이미 차 밑에서 나와서 수건으로 손을 닦고 있었다. 그 모습을 보니 그 차는 이미 다 고친 것 같았다.

"무슨 일 있어?" 그가 웃으며 물었다.

"아, 아무것도 아냐. 한 대 피울래?" 그는 내가 건네주는 담배를 받았다.

"이 정비소는 내가 하는 거야. 차 고칠 일 생기면 와." 그가 말했다.

"그럼 할인도 해주겠네." 나는 딱히 할 말이 없어 농담을 던졌다.

"동창 사이에 할인하고 말고는 무슨." 그는 담배를 한 모금 빨더니 말했다. "너 옛날 일은 아마 다 잊어버렸겠지?"

"옛날 일? 무슨 일?"

"학교 다닐 때 내가 널 괴롭혔을지도 모르니까, 내가 미웠던 적이 없냐고 꼭 물어보고 싶었어." 아원은 웃으며 말했다. "그런데 아마 잊어버렸을 거야."

"응, 그러게. 기억력이 점점 나빠져서 말이야." 나는 고개를 끄덕이고는 손을 흔들어 작별 인사를 했다.

정비소를 떠날 때, 나는 정말로 "세추샤는 어떻게 됐어?"라고 물어보고 싶었다. 오랫동안 품고 있던 이 말은 혀끝까지 올라왔다가 다시 그대로 삼켜져버렸다. 옛일을 회상하는 건 자위를 하는 것처럼, 마음을 뒤흔들긴 하지만 아무 쓸모도 없다. 아, 외로움이여, 이런 창녀 같으니. 꼭 그렇게 다시 오지 못할 옛일 속에서 새순처럼 여린 소녀를, 그 불꽃같은 사랑을 건져내어 네 갈증을 만족시켜야 하는가? 천성적인 고독이여, 이쯤에서 그만하자!

결혼 상대 찾기

1

2월의 어느 날, 나는 거의 찢어질 정도로 너덜너덜해진 편지 한 통을 받았다. 이 편지는 베이징에서 출발해 푸저우에 있는 내 예전 직장으로 갔다가, 거기서 다시 베이징에 있는 현 직장으로 돌아오는 사이에 차마 눈 뜨고 볼 수 없을 만큼 소인이 덕지덕지 찍혀 있었다. 이틀 후, 나는 이 편지를 쓴 사람과 베이징 사범대학 동문에서 첫 번째 만남을 가졌다. 이 만남은 식사와 샹산香山* 등반, 그리고 서로 자기 얘기를 들려주면서 그 사이사이에 문학과 관련된 화제를 끼워 넣기도 하는 과정으로 이루어져 있었다. 그 만남 닷새 후에 그녀는 모래바람을 뚫고 우리 집에 와서 식사를 하고 같이 자고, 내 새로운 여자 친구가 되었다. 그녀의 이름은 우추화兀秋花였는데, 별로 듣기 좋지 않았기 때문에 나는 그녀를 샤오우小兀라고 불렀다.

그 만남을 가졌던 때, 나는 병원에서 퇴원한 직후였다. 동료들과 의사 그리고 나까지도 내 머리에 문제가 있는 게 아닌가 의심하고 있었다. 열흘 남짓 병원에 입원하는 동안, 의사는 내게 정밀검사와 유도 검사를 하고, 별의별 문제를 내면서 내 상태를 테스트했다. 검사 결과, 나는 아무 문제도 없을 뿐만 아니라 보통 사

• 베이징에 있는 산으로 단풍이 아름답기로 유명하다

람들보다 아이큐도 더 높다는 게 판명되었다. 이런 결과 덕분에 나는 그 의사와 상당히 친해졌다. 내가 퇴원할 때 그는 나를 배웅해주면서, 장사를 하든 과학 연구를 하든, 뭐든 열심히만 한다면 전도가 유망할 거라며 격려해주었다. 나는 그와 악수를 하면서, 그에게 당신은 내가 만난 의사 중 가장 좋은 의사라고 말해주었다. 퇴원한 후, 나는 이 만남을 내 머리가 정말로 현실을 견뎌낼 수 있을지 없을지 알아보기 위한 실험으로 삼았다. 이 만남이 전례가 없을 정도로 성공적이었다는 사실이 내 머리에 문제가 없다는 걸 증명해주었다. 이 점은 몇 가지 자료를 들어 설명할 수 있다. 내가 그녀를 처음 만났을 때부터 한 침대에 눕기까지 불과 닷새밖에 걸리지 않았고, 두 번을 만나면서 채 200위안도 쓰지 않았으며, 예전에는 종종 필요했던 꽃 선물이며, 연애편지며, 전화 통화를 하거나 카페에서 시간을 보내는 등의 자질구레한 수법도 전부 생략할 수 있었다. 물론 이 경험이 내가 장사나 연구를 해서 반드시 성공할 수 있다는 걸 증명해주지는 못하지만, 적어도 연애에 있어서는 지능이 높다는 걸 설명해줄 수 있었다. 그거면 충분하다. 모든 면에서 다 뛰어나면 하늘의 노여움을 사게 되는 법이다.

동료들은 내가 여자 친구에게 차였다는 슬픔에서 벗어나 이렇게 갑작스럽게 새 여자 친구를 만날 거라고는 생각지 못했다. 이 소식을 들은 그들의 얼굴에는 남의 불행을 고소하게 여기는 표정이 채 사라지기도 전에 이상하게 여기거나 혹은 시기하는 표정 등이 더해져서, 얼굴 근육이 아주 보기 싫게 일그러진 게 꼭 휴지통에 가득 쌓인 휴지 조각 같았다. 쉬나나許那那가 내게 새 여자 친구와 예전 여자 친구의 다른 점이 뭐냐고 물었다. 이건 한두 마디로 간단히 설명할 수 없는 일이라, 나는 세세한 부분을 비교하며 말하는 수밖에 없었다. 예를 들면, 샤오우가 덩리리鄧麗麗보다 콧대가 높다든가 하는 식이다. 쑨웨이웨이孫巍巍가 옆에서 끼어들었다. 리유첸李有錢, 큰일 났네. 여자가 콧대가 높으면 그쪽 능력이 강하다잖아. 덩리리를 상대로도 그렇게 고전해놓고 그보다 콧대가 더 높은 여자 친구를 만난다고? 쉬나나가 말했다. 본인이 그런 여자를 상대할 능력이 없다고 남까지 못한다고 하지 마. 쑨웨이웨이가 대꾸했다. 내가 상대 못하는지 네가 어떻게 알아? 시험해보기라도 했어? 쉬나나가 성가시다는 듯이 말했다. 또 그런 소리 하면서 치근대네. 그렇게 살이 피둥피둥 찐 것만 봐도 약골인 게 티가 나는데 뭘. 톈톈田恬이 말했다. 그만 싸우고, 리유첸 얘기나 계속 들어보자. 내가 말했다. 샤오우는 쓰리 사이즈도 덩리리보다 더 낫고, 키도 더 크고, 성격도 좀 더 좋은 것 같아. 톈톈이 말했다. 더 나은 것만 얘기하지 말고, 덩리리보다 못한 것도 말해봐. 내가 대답했다. 샤오우 이름은 우추화라고 하는데, 이름이 덩리리보다 좀 촌스럽더라고. 톈톈이 말했다. 이름 가지고 먹고살 것도 아닌데 좀 촌스러운 게 뭐 어때서. 그거 말고는? 내가 말했다. 샤오우는 피부가 좀 가무잡잡해. 그런데 계속 미백 크림을 발라서 지금은 꽤 나아졌어. 쑨웨이웨이가 물었다. 그 여자도 대학원생인 건 아니겠지? 내가 대답했다. 샤오우 학력은 잘 모르겠는데, 아마 대학을 안 나온 것 같아. 쑨웨이웨이가 말했다. 그것 봐, 그 부분은 훨씬 못하네. 내가 말했다. 못하긴 뭘 못해. 학력이 나한테 밥을 해줄 것도 아니고 나랑 같이 잘 것도 아닌데. 난 상관없어. 점심 때 나는 쑨웨이웨이, 쉬나나, 톈톈, 마오다파毛大發에게 밥을 샀다. 저우샤오웨周小悅는 지난번에 나와 말다툼한 적이 있었기 때문에 부르지 않았다. 나는 원래 주편을 맡고 있는 린젠서林建設에게도 점심을 대접하며, 그러는 김에 내 머리는 아무 문제가 없으니 일을 계속할 수 있다고 알려주려고 했다. 하지만 쉬나나가, 주편은 내 사생활에 대해 아주 못마땅해서 일찍부터 훈계할 기회를 노리고 있는데, 그런 사람을 부르면 괜히 사서 야단맞는 게 아니겠느냐고 했기 때문에 린 주편도 부르지 않았다. 식사 자리에서 동료들은 내 새 여자 친구와 예전 여자 친구에 대해 종합적으로 비교 평가를 한 뒤, 더 나아진 점은 없고 오히려 퇴보했을 가능성이 있다는 결론을 내렸다. 그들은 그제야 기분이 나아져서는 나와 건배를 하며, 폭이 1.8미터인 내 킹 사이즈 침대가 다시 쓸모 있어진 것을 축하해주었다.

2

토요일의 일이었다. 우리가 잠에서 깼을 때는 햇빛이 커튼 틈으로 들어와 내 커다란 침대 위를 따뜻하고 편안하게 비추고 있었다. 보기 드물게 좋은 날씨였다. 나는 샤오우에게 물었다. 몇 시야? 시계 좀 봐봐. 그녀는 책상 위의 전자시계를 자기 쪽으로 돌렸다. 열두 시 십오 분 전이야. 내가 일어나라고 말하자 그녀는 응, 하고 대답했다. 나는 그녀가 일어나면 그때 나도 일어날 생각으로 눈을 감았다. 하지만 몇 분쯤 기다려도 일어나려는 기색이 없었다. 눈을 떠보니 그녀는 다시 잠들어 있었다. 그래도 깊이 잠든 건 아니라서, 내가 속눈썹을 건드리자 바로 잠에서 깼다. 내가 말했다. 일어나. 너무 많이 자면 살 쪄. 그녀가 말했다. 응, 금방 일어날 거야. 그러더니 이렇게 대꾸했다. 내가 뚱뚱한 것도 아닌데, 좀 많이 자도 상관없잖아. 나는 그녀의 허리께 살을 만지며 말했다. 겨우 일주일 만에 허리에 살이 한 겹 더 붙었는걸. 그녀가 말했다. 살이 조금 찌긴 했지만 네 말처럼 그렇게 심한 건 아니잖아. 한 겹이 얼마만큼이야? 자동차 타이어만한 두께야? 나는 그녀 허리의 군살을 움켜쥐며 말했다. 내 손에 잡힐 정도인데 넌 못 느끼겠어? 자동차 타이어만큼은 아니더라도 적어도 자전거 타이어만큼은 되는 것 같은데. 내가 널 처음 만났을 땐 여기 살이 하나도 안 잡혔다고. 그녀는 잠깐 생각해보더니 물었다. 너 내 몸매가 좋아서 날 좋아하게 된 거였어? 나는 그녀의 허리 살을 다시 움켜쥐었다. 넌 네 몸매가 좋다고 생각해? 그녀가 말했다. 지금 말고, 우리 처음 만났을 때 말야. 그땐 내 허리에 군살이 하나도 없었다며? 내가 말했다. 난 너를 좋아한다고 말한 적이 없는데. 그녀가 말했다. 아니, 말한 적 있을걸. 내가 말했다. 진짜로 말한 적 없어. 난 스무 살 이후로는 그 표현을 안 썼으니까. 잘 생각해봐. 내가 어디서 그 말을 했는데? 그녀가 말했다. 나도 기억 안 나. 그래도 날 좋아하는 거 맞지? 내가 말했다. 그렇게 복잡한 건 묻지 마. 널 좋아한다고 하려고 보면 아닌 것 같고, 안 좋아한다고 하려면 그건 더 아니란 말이지. 항상 느끼는 건데, 좋아한다는 말은 정확하지가 못해. 그 말과 내 마음속의 감정 사이에는 편차가 있어서 난 즐겨 쓰지 않는다고. 그녀가 물었다. 그럼 어떤 말을 즐겨 쓰는데? 내가 말했다. 특별히 즐겨 쓰는 말은 없고, 그냥 정확하게 표현할 수 있는 말을 쓰는 거야. 예를 들어, 네가 우리 집에 처음 온 날 내가 널 원한다고 말했는데, 그건 좀 함축적인 표현이지만 기본적인 뜻은 전달이 됐지. 침대 위에서 너랑 하고 싶다고 말했던 건 꽤 정확한 표현인 거고.

그녀가 몸을 일으켜 앉자 맨 어깨와 가슴께가 훤히 드러났다. 감기에 걸릴까봐 외투를 가져다 그녀의 몸을 감싸줬다. 그녀가 말했다. 날 안 좋아하면 왜 나랑 잔 거야? 나는 고개를 저었다. 그건 인과관계가 성립되지 않는 일이야. 오히려, 내가 누군가를 좋아한다면 그 사람과 자려고 하지 않을 거야. 그리고 아무도 그 사람과 자려고 하지 못하게 잘 보호해주겠지. 물론 이건 가설일 뿐이고, 이런 가설이 내가 널 좋아하지 않는다는 뜻인 것도 아냐. 그냥 좋아한다는 표현이 별로 정확하지 않다는 말이지. 그녀는 생각에 잠긴 얼굴로 나를 보며 말했다. 네 얘기를 들으면 들을수록 무슨 소린지 모르겠어. 좋아하면서 자려고는 안 한다니, 그게 도대체 무슨 심리야? 머리가 너무 복잡해. 내가 말했다. 그러니까 우리 앞으로는 이렇게 복잡하고 심오한 문제에 대해서 토론하지 말자. 사람 심리 중에서 대부분의 것은 말로 표현할 수 없는 거야. 표현하면 오차가 생기거나, 심지어 완전히 틀리게 돼버린다고. 네가 받은 첫 느낌이 제일 정확한 거야. 뭔가를 느꼈으면 그대로 하면 돼. 그게 옳은 거니까.

그녀는 햇살이 비치는 쪽을 향해 하품을 하고 잠깐 앉아 있다가 손을 뻗어 내 아랫도리를 어루만지며 물었다. 우리 어젠 안 했지? 내가 말했다. 맞아. 내가 너무 피곤해서. 그녀가 말했다. 나 일어나기 싫어. 하고 싶어. 내가 말했다. 오늘 밤에 하자. 그녀가 말했다. 난 지금 하고 싶은데. 내가 말했다. 우리 지난번엔 목요일에 했잖아. 적어도 내가 이틀 밤은 쉽게 해줘야지. 난 서문경*이 아니라 리유첸일 뿐이라고. 그녀는 흥이 좀 깨진 듯이 나를 만지던

---

* 중국 고전소설 『금병매』의 주인공으로, 색욕이 강하기로 유명한 인물

손을 거뒀다. 진짜 쓸모없네. 나는 그녀가 손을 치우자마자 일어나서 바지를 입으며 말했다. 넌 도대체 남자들이 얼마나 힘이 좋을 거라고 생각하는 거야. 미국인이 우리보단 더 건장하겠지만, 그 사람들도 일주일에 두세 번밖에 안 해. 이건 아주 확실한 조사 자료야. 못 믿겠다고 하지 마. 난 지금 이 정도만 해도 꽤 괜찮다고 생각한다고.

내 잇새에는 가느다란 야채 찌꺼기가 끼어 있었다. 어젯밤에 알았지만, 그냥 아침에 양치를 해서 빼낼 생각이었다. 그런데 너무 가늘어서 칫솔로는 빼낼 수 없어 이쑤시개를 써서 빼냈다. 가늘고 단단한 이쑤시개가 잇몸에 닿자 잇몸 전체가 간질거려서, 나는 모든 이 사이사이를 이쑤시개로 쑤시고 싶어졌다. 어느 식사 자리에서 이쑤시개를 처음 써본 후로 내 이 사이의 틈은 점점 더 넓어졌다. 어느 날 거울을 보다가 나는 내 이가 꼭 동굴에 달려 있는 종유석처럼 변한 걸 발견했다. 가지런하던 이가 이렇게 망가졌지만, 이를 쑤시는 건 식사 자리에서 꼭 필요한 절차라 어쩔 수가 없었다. 이쑤시개로 잇새의 틈을 하나하나 쑤시자, 왼쪽의 어느 틈새에서 미처 발견하지 못했던 고기 조각이 하나 나왔다. 코에 대고 냄새를 맡아보니 약간 상한 듯한 불쾌한 냄새가 났다. 이 불쾌한 냄새는 내게 묘한 기쁨과 희열을 느끼게 했다. 자기 몸에서 역겨운 것들을 제거할 때면 언제나 이런 희열을 느끼기 마련이다. 귀지 덩어리나 코딱지를 파내거나, 냄새가 고약한 똥 덩어리를 몸 밖으로 빼낼 때 등등, 이 비슷한 일들은 얼마든지 많다. 세심하게 관찰하기만 한다면 이런 일들이 우리 삶에 불가사의한 즐거움을 가져다준다는 걸 알게 된다. 나는 마지막으로 그 야채 찌꺼기까지 빼냈다. 거기서는 이상한 냄새가 나지 않았지만, 그래도 그걸 손바닥에 놓고 자세히 관찰하니 상당히 만족스러웠다. 이십 분쯤 걸려서 입속을 깨끗하게 씻어내자 온몸이 상쾌해졌다. 방으로 돌아와 커튼을 열어젖혔다. 햇빛이 곧바로 쏟아져 들어와 샤오우의 몸을 비췄다. 그녀는 비스듬히 누운 채 아직 일어날 생각이 없어 보였다. 아마 내게 거절당해서 불쾌한 기분을 아직 털어내지 못한 모양이었다. 내가 말했다. 일어나. 아침이 점심때부터 시작하겠어. 그녀는 눈을 깜빡거렸다. 그 말 되게 익숙하네. 어느 작가가 한 말 같은데. 나는 너그럽게 그녀를 비웃었다. 그러고도 네가 문학소녀야? 이 말은 루야오路遙라는 사람이 한 말이야. 그녀가 말했다. 맞아, 루야오는 내가 제일 좋아하는 작가야. 넌 그 작가를 어떻게 생각하는데? 내가 대답했다. 별로야. 심혈을 기울여서 쓰긴 하는데 결과물은 변변찮은 작가랄까. 샤오우가 말했다. 결과물이 변변찮다니 무슨 소리야. 넌 『평범한 세계』가 별로였어? 내가 말했다. 응, 별로야. 하나도 좋지 않았어. 네가 능력만 좀 있다면 너도 『평범한 세계』 같은 걸 만들어낼 수 있을걸. 그녀가 말했다. 난 그렇게 생각 안 해. 난 루야오 같은 재능은 없어. 내가 말했다. 재능의 문제가 아니야. 내가 보기에 그건 그냥 노동이야. 고생하는 걸 견딜 수만 있으면 할 수 있는 일이야. 샤오우는 눈을 깜빡이며 말했다. 그럼 넌 누구 소설이 제일 좋다고 생각하는데? 내가 말했다. 제일 좋은 건 없어. 가끔은 내가 제일 좋은 작가일 거라는 생각이 드는데, 써낸 게 없을 뿐이지. 샤오우가 말했다. 넌 좀 나르시시스트인 것 같아. 내가 말했다. 아마 그렇겠지. 그녀가 말했다. 그래서 넌 남들을 객관적으로 평가할 수가 없는 거야. 내가 말했다. 네 말이 맞아. 난 언제나 주관적이야. 난 신이 아니니까, 나 자신만을 대표하는 것뿐이지. 샤오우가 말했다. 그러니까 네가 한 말은 죄다 헛소리야. 내가 말했다. 네가 그걸 헛소리라고 해도 난 전혀 불만 없어. 그녀가 말했다. 네 말이 헛소리라는 걸 인정하기라도 하니 다행이네. 안 그러면 난 내 생각이 전부 틀린 줄 알 뻔했잖아. 내가 말했다. 네 생각은 틀린 게 없어. 나도 틀린 게 없고. 네가 자꾸 남에게 공감하려고 하거나, 남한테 공감해주기를 바라는 게 틀린 거지.

이렇게 논쟁하는 중에 샤오우는 자기가 우위를 차지하기 시작했다고 생각했는지, 기분이 점점 나아지는 것 같았다. 그녀는 이불 속에서 빠져나와 침대 위에 서서 자기의 나체를 감상하더니, 양손을 허리에 얹고 내게 물었다. 너 내가 살찐 것 같다고 했지? 도대체 얼마나 쪘다는 거야? 나는 그녀의 몸매를 제대로 보기 위해 한 걸음 뒤로 물러섰다. 그러자 그녀의 음모가 햇빛 아래 반짝거리며 빛나는 게 보였다. 내가 말했다. 만져보니까 꽤 많이 쪘

것 같더니, 이제 보니 별로 안 쪘네. 그녀는 의기양양하게 말했다. 그러니까 네 말은 다 헛소리란 거야. 이제 너에 대해서 좀 알겠네. 네가 하는 말 중에 60퍼센트 이상은 다 헛소리야. 내가 말했다. 그걸 알았으면 됐어. 이젠 너도 다른 사람을 함부로 믿지 않겠지.

그녀는 침대 위에 선 채 허리끈을 매만지며, 자기 몸매가 여전히 쓸 만하다는 것에 기뻐했다. 나는 발돋움을 해서 그녀에게 입을 맞추려 했지만 그녀는 내 머리를 밀어내며 말했다. 네 입 너무 더러워. 내가 보기에 네 입이랑 엉덩이는 다를 게 없어. 왜냐하면 넌 그 입으로 헛소리만 하니까. 내가 말했다. 헛소리만 하는 입이라도, 지금은 아주 깨끗해졌잖아. 도대체 뽀뽀를 받아줄 거야 말 거야? 그녀가 말했다. 네 입은 절대로 깨끗해질 수가 없을걸. 네 이에 누런 때며 검은 때가 얼마나 많이 끼어 있는지 알아? 내가 말했다. 세상에 완벽한 사람은 없다잖아. 그러니까 이도 그렇게 완벽할 수는 없겠지. 만약에 이에 때가 전혀 안 낀 사람이 있다면 그건 분명히 틀니일 거야. 샤오우가 말했다. 그럼 난 차라리 틀니 낀 사람이랑 키스할래. 나는 그녀의 엉덩이를 끌어안고 그녀의 음모에 입을 맞췄다. 그녀는 곧바로 내 품에서 빠져나와 옷을 입으며 말했다. 나랑 잘 것도 아니면서 날 유혹하다니, 완전 사디스트야.

내가 하는 일은 그리 바쁘지는 않았지만, 토요일처럼 이렇게 시간을 낭비할 수 있는 날은 그리 많지 않았다. 우리가 점심을 다 먹었을 때는 벌써 오후 세 시가 넘어 있었다. 이때는 정말 어중간한 시간이다. 뭔가를 하려고 해도 의욕이 나지 않고, 만찬 모임에 나가기에는 또 너무 이르다. 점심 겸 저녁 삼아 먹다보니 좀 많이 먹는 바람에, 피가 머리로 쏠려서 약간 현기증이 났기 때문에 나와 샤오우는 어질러진 식탁을 앞에 둔 채 잠시 멍하니 앉아 있었다. 잠깐 뒤 샤오우가 말했다. 진짜 피곤하다. 나는 그녀가 말을 마치고 바로 일어나버릴 것 같아서 잽싸게 말했다. 설거지 좀 해. 샤오우가 말했다. 요리는 내가 했으니까 설거지는 네가 해야지. 그게 규칙이야. 내가 물었다. 누가 정한 규칙인데? 그녀가 말했다. 예전에 남자 친구랑 같이 지낼 땐 항상 그랬어. 내가 말했다. 예전 남자 친구랑 같이 정했던 규칙을 나한테까지 적용하려고 하지 마. 세상 남자들이 다 똑같은 줄 알아? 그녀가 말했다. 남자들이 다 다르다고 하더라도, 넌 예전 남자 친구보다 좀 더 신사적이어야. 그 남자만도 못해서야 되겠어? 내가 말했다. 나를 그 남자랑 비교하지 마. 난 어떤 남자하고도 비교당하고 싶지 않아. 내 예전 여자 친구는 요리랑 설거지를 전부 혼자 했지만, 난 널 그 여자와 비교하지 않을 거야. 사람과 사람은 서로 비교해선 안 된다는 거 알잖아. 샤오우가 말했다. 비교 안 할게. 그래도 일은 분담해서 해야지. 너 설마 가사는 여자가 해야 한다고 생각하는 거야? 내가 말했다. 난 절대로 여자를 그런 식으로 차별하지 않아. 언제나 남녀평등을 주장해왔다고. 생각해봐. 요리는 네가 했지만,

재료는 내가 씻었잖아. 어느 쪽이 일이 더 많았겠어? 일한 양을 평균으로 계산하자면, 설거지도 네가 해야 하는 거 아냐?

샤오우는 눈을 커다랗게 뜨더니 말했다. 치사하게 그런 것까지 따지다니, 그러고도 네가 남자야? 내가 말했다. 이건 내가 남자인 지 아닌지와는 상관 없어. 일을 분담하자고 한 건 너잖아. 그러니 까 정확하게 나눠야지. 내가 남자인지 아닌지는 침대에서 증명할 게. 샤오우가 말했다. 참 나, 어이없네. 난 잘 거야. 그녀는 방으로 뛰어 들어가더니 침대에 벌렁 드러누워 체조라도 하듯이 다리를 쩍 벌렸다. 나는 내가 설거지를 할 수는 없다고 생각했다. 그랬다 간 앞으로도 그렇게 버릇이 들어버릴 것이다. 나는 길게 하품을 하고는 침대로 가서 누웠다. 그러지 않으면 남자로서의 자존심을 잃게 될 것 같았다. 우리는 눈을 살짝 감고 짧게 십 분쯤 졸았다. 머리에 피가 몰려 잠깐 졸렸던 것뿐이지 진짜로 피곤해서 잠이 온 건 아니었기 때문에, 아주 얕게 잠들었다가 금방 완전히 잠에 서 깼다. 샤오우는 고개를 돌리더니 도발적으로 말했다. 네가 남 자인지는 침대에서 증명하겠다며? 내가 말했다. 하고 싶으면 솔직 하게 말해. 언제든 증명할 수 있으니까. 이쯤 되니 나도 마음이 동 해서 우리는 몸을 섞기 시작했다. 불과 오 분이 지났을 때 내 휴 대전화가 울렸다. 샤오우가 말했다. 받지 마, 받지 마. 나는 그녀의 말에 따라 전화를 받지 않고, 성실하게 하던 일을 계속했다. 그녀 의 혓바닥이 서늘해지고, 손바닥이 축축이 젖을 때까지.

3

받지 못한 부재중 전화를 살펴보았다. 만찬 모임에 참석하라고 라오황老黃이 건 전화였다. 라오황은 자기가 마련하는 자리와 다른 사람을 위해 인원을 불러 모아주는 자리까지 일 년에 100번은 넘게 만찬을 가졌다. 참석하는 사람들은 다양했는데, 언론계나 문예계 쪽 인사들이 대부분이었다. 라오황이 연 만찬에서 어떤 남자들은 이상형의 여자를 만났고, 어떤 여자들은 마음에 드는 남자를 잡았으며, 거래를 성사시키는 사람도, 명성을 얻는 사람도 있었다. 말하자면, 라오황은 어떤 서클의 중추라고 할 수 있었다. 나와 라오황 사이의 교류에 대해서도 얘기해줄 수 있다. 라오황은 사실 그리 늙지 않았다. 그는 토끼띠로, 나이가 나보다 십 년 위였다. 앞니가 드러나 보일 때는 정말로 토끼를 꽤 닮았지만, 입을 다물고 있으면 노숙해 보였다. 아마도 그래서 라오황이라고들 부르는 것 같았다. 사람들이 그를 샤오황小黃이라고 불렀던 당시에 그는 문학청년이자 출판사의 편집자였다. 라오황이라고 불리게 되었을 때는 이미 성공한 출판업자가 되어 있었다. 그는 엄청난 인기를 얻은 책 몇 권을 출판했는데, 이 책들은 나중에 세속적인 유행의 상징이 되었다. 한동안 그는 아황阿黃이라고도 불렸는데, 그가 육 년 남짓의 결혼 생활을 끝냈던 어느 날 이후로 그를 아황이라고 부르는 사람은 없어졌다. 그즈음 라오황은 벤츠가 한 대 늘었고, 마누라를 잃었다.

　나는 푸저우에 있던 당시부터 라오황을 숭배했다. 그가 대단한 작품을 썼기 때문이 아니라, 책을 대단하게 만들어내서 전혀 알려지지 않았던 작가를 온 세상에 알렸기 때문이다. 글 쓰는 일로 명성을 떨치고 싶은 사람들에게 라오황은 성지나 다름없었는데, 당시 나 역시도 이런 마음을 품고 있던 문학청년이었다. 나는 10만 자가 넘는 내 친필 원고를 라오황에게 보내면서, 아주 공손하게 편지를 썼다. 라오황 선생님, 문학은 제가 가진 유일한 이상입니다. 선생님은 저를 그 이상으로 이끌어주시는 마음속의 등불입니다. 제 미래는 선생님 손에 달렸습니다. 나는 그의 동정을 얻기 위해, 그에 대한 내 믿음을 느낄 수 있도록 아주 공손하고도 가련하게 썼다. 라오황 역시 내게 그저 좋은 말로 얼버무리지 않았다. 그는 특별히 장거리 전화를 걸어서는, 일단 내 글의 장점에 대해 칭찬한 다음 결점에 대해 얘기해주면서, 전체적으로는 아직 출판을 할 만한 수준에 이르지는 못했지만 잠재력이 꽤 크다고 말해주었다. 마지막으로 그는 베이징으로 올 생각이 없느냐고 물으면서, 올 생각이 있다면 자기 밑에서 일해도 좋다고 했다. 라오황은 세상을 놀라게 할 만한 글을 쓰고 싶다는 내 꿈을 이뤄주지는 못했지만 그래도 나는 감동했다. 내가 결국 베이징으로 오기로 결심한 것도 라오황과 무관하다고 할 수는 없었다.

　나는 베이징에 온 뒤 라오황 밑에서 일하지 않았을 뿐만 아니라, 그가 나에 대해 내린 평가를 개똥 같은 소리로 여겼다. 하지만 그의 개똥 같은 평가가 우리가 친구가 되는 것을 방해하지는 못했다. 지금은 그를 문학에 대해 아무것도 모르지만 열렬히 사랑하는 친구라고 여기고 있다. 라오황과 교류하고 나서야 나는 그가 책을 출판하는 일뿐만 아니라, 내가 알지 못하고 알고 싶지도 않은 별의별 수작질을 다 하고 있다는 걸 알게 되었다. 아무튼 그는 돈을 벌 수 있는 일이라면 뭐든 했다. 문학에 대해 전혀 모르기 때문에 날카로운 시장 감각을 기를 수 있었던 것 같았다. 그야말로 두 마리 토끼를 다 잡을 수는 없다는 옛말 그대로였다. 베이징에 와서 그와 문학에 대해 토론한 적이 몇 번 있었는데, 서로 얼굴을 붉혀가며 논쟁했다. 라오황의 목적은 내 마음속에서 그의 권위 있는 이미지를 유지하려는 것이었고, 내 목적은 그가 내 책을 출판해주지 않는 게 잘못이라는 걸 설명하려는 것이었다. 논쟁을 하다 질리게 되자, 라오황은 내게 두 번 다시 문학 얘기를 꺼내지 않았고, 대신 돈 버는 얘기와 여자 얘기를 하게 되었다. 그게 훨씬 나았다. 그 후로 우리는 훨씬 더 가까운 친구가 되었다.

라오황이 이번에 마련한 저녁 만찬은 단순히 그냥 모여서 노는 자리였다. 물론 자리를 시작하기 전에 란저우에서 올라온 어느 작가를 환영하기 위해 모였다고 서두를 떼기는 했다. 이 작가의 이름은 리더관李德慣이었는데, 사투리 억양이 너무 강해서 그가 자기소개를 할 때 나는 이름을 리다관李大瓘이라고 잘못 들었다. 정말 좋은 이름이라고 말하자 그는 내게 어디가 어떻게 좋은지 물었다. 나는 그에게 감히 다관*이라고 자청할 수 있는 남자는 많지 않을 것 아니겠냐고 말했다. 그의 설명을 몇 번이나 들은 후에야 나는 그의 이름이 다관이 아니며, 물건이 크다고 자랑하려는 뜻은 더더욱 없었다는 걸 알게 되었다. 그가 설명하면 할수록 다들 리다관이라는 이름이 리더관보다 훨씬 듣기 좋다고 생각했다. 그래서 앞으로는 리다관이라고 부르기로 일제히 결정해버렸다. 그는 여러 사람의 뜻을 차마 사양하지 못하고 말했다. 여러분이 이렇게 관심을 가져주시니 더 사양 않고 감사히 따르겠습니다. 그런데 여러분이 그렇게 부르기로 하신 거니까, 제가 그 이름에 부합하지 못한다고 비웃으시면 안 됩니다. 라오황이 말했다. 이름에 부합하는지 아닌지는 벗어서 보여주면 알 거 아냐. 사람들은 이제야 재미있는 일을 찾아냈다 싶었는지 다들 흥분해서는 큰 소리로 말했다. 리다관, 빨리 벗어서 보여줘. 원래 고동색이었던 그의 얼굴은 술을 몇 잔 마시자 돼지 간처럼 불그스레해졌는데, 바지를 벗으라는 말을 듣자 다급해진 나머지 얼굴색이 상하기 직전의 돼지 간 색깔처럼 변했다. 그가 말했다. 안 됩니다. 여기 여자 분도 계시잖아요. 게다가 제 물건은 진짜로 별로 안 커

---

* 현악기를 뜻하는 관瓘 자로 남자의 성기를 비유. 성기가 크다는 의미

서 볼 게 없다고요. 만찬 자리에는 여자가 딱 한 사람 있었는데, 샤오마오허우小毛猴의 여자 친구였다. 샤오마오허우가 그녀에게 말했다. 저분이 바지 벗을 동안 잠깐 나가 있어. 그녀가 말했다. 화장실 다녀올 테니까, 빨리 하시라고 해.

여자 친구가 나가자마자 샤오마오허우는 당장 리다관의 바지를 붙잡았다. 리다관은 야크 가죽으로 만든 굵은 허리띠를 온 힘을 다해 꽉 누른 채 말했다. 진짜 볼 것 없다니까요. 다들 비슷할 텐데, 뭐 볼 게 있다고 그래요! 샤오마오허우가 말했다. 다들 비슷하긴 뭐가 비슷해요. 교양이 없으시네. 남자 물건은 시베이 사람들 게 제일 크고, 둥베이가 그다음으로 크고, 남쪽 사람들이 제일 작다고 하니까, 우리 중에선 당신이랑 라오황이 제일 클 거고, 나랑 라오허老何가 그다음이고, 리유첸 물건 같은 건 볼 필요도 없는 거라고요. 내가 말했다. 망할 자식이, 남 얘기하기 전에 네 거나 꺼내보시지. 샤오마오허우가 말했다. 그래, 내가 먼저 벗지 뭐. 그다음엔 리다관이야. 그는 말을 마치자마자 의자 위에 올라가서 한참 동안 꾸물거리며 허리띠를 풀더니, 바지를 무릎까지 끌어내렸다가 잽싸게 다시 끌어올렸다. 시꺼먼 털 말고는 아무것도 보이지 않았다. 샤오마오허우는 리다관에게도 바지를 벗으라고 했지만 그는 여전히 벗으려 하지 않았다. 볼 것 없어요. 뭐 보기 좋게 생긴 것도 아니고. 당신 것보다 작을 수도 있다고요. 샤오마오허우가 말했다. 그렇게 겸손할 필요 없어요. 시베이 사람들

물건은 야크 것만큼 커서 아주 장관이라던데요. 내 건 기껏해야 나귀 것만 하겠지만. 내가 비웃었다. 거세한 나귀겠지. 방금 전에 아무것도 안 보이던걸. 샤오마오허우가 내게 반격했다. 그렇게 질투할 것까지 없어. 네 건 볼 생각도 안 드니까. 내가 말했다. 당연히 안 보고 싶겠지. 보면 깜짝 놀랄 테니까. 샤오마오허우가 말했다. 맞아, 난 콩만한 걸 보면 늘 깜짝 놀란다니까. 나는 성질이 급해져서 말했다. 이 새끼야, 못 믿겠으면 엉덩이 까봐, 시험해보게. 그러자 라오황도 샤오마오허우를 거들며 한 마디 했다. 리유첸, 이건 자네가 약한 부분이니까 괜히 허세 부리지 마. 내가 말했다. 라오황, 당신까지 날 무시하는 거예요? 당신 그 망할 물건은 고작 14센티미터밖에 안 돼서 합격점에도 못 미치잖아요. 라오황은 내 말을 예상했다는 듯이 대답했다. 그런 건 길이가 아니라 굵기가 중요한 거야. 뭘 모르는 걸 보니 경험이 없는 거 아냐?

우리가 이렇게 얘기하고 있는데, 샤오마오허우의 여자 친구가 들어오더니 물었다. 리다관이 바지 벗었어요? 아직이요? 난 이번엔 안 나갈 거예요. 리다관은 그녀가 들어오는 걸 보고 한숨 돌린 듯이 말했다. 이제 안 벗을 거예요. 앉으세요. 라오황이 말했다. 리다관, 안 벗을 거면 그 대신 뭐 다른 장기자랑 같은 거라도 해봐. 어떤 사람이 그에게 개 짖는 소리를 흉내 내보라고 했고, 다른 사람은 늑대가 짖는 소리를 따라해보라고 했다. 하지만 개나 늑대가 짖는 소리는 다들 이미 들어봤기 때문에 이 얘기는 곧 무산되었다. 샤오마오허우가 말했다. 그럼 나귀 울음소리를 따라해봐요. 내가 말했다. 나귀 울음소리 못 들어본 사람이 어딨어. 그런 건 네가 해도 되잖아. 그러지 말고 낙타 소리 어때? 샤오마오허우가 말했다. 낙타는 안 우는데 그걸 어떻게 흉내를 내. 라오허가 듣더니 낙타도 운다면서 그의 말을 반박했다. 그러면서 라오허가 낙타 소리를 흉내 냈지만, 나는 낙타 우는 소리를 들어본 적이 없기 때문에 진짜인지 가짜인지 알 수 없었다. 샤오마오허우가 말했다. 라오허가 따라했으니까 이젠 리다관한테는 더더욱 시키면 안 되지. 이리저리 얘기가 오간 끝에 결국 동물 울음소리를 흉내 내는 건 시키지 않고, 샤오마오허우의 여자 친구가 낸 의견에 따라 그에게 십팔모十八摸*를 불러보라고 하게 되었다. 나는 대학 시절 어떤 친구가 이 노래의 앞부분의 몇 모摸**까지 부르는 걸 딱 한 번 들어봤는데, 앞부분만 들어도 만질 만한 건 다 만진 것 같았다. 하지만 뒷부분의 가사가 계속 궁금했기 때문에 나는 이 의견에 적극 찬성했다. 리다관은 시베이 사투리로 노래를 불렀는데 정말이지 독특해서, 알아듣기 힘든 부분도 좀 있었지만 그래도 꽤나 들을 맛이 났다. 노래가 끝난 후에도 다들 그 여운에 잠긴 채로, 자기가 평소에 그 가사들 중에서 어떤 것을 자

• 중국 민요 중 하나로, 가사가 아주 길어서 끝까지 아는 사람이 거의 없는 노래
•• 만진다는 뜻

주 만지는지, 그리고 어떤 것을 아직 한 번도 만져본 적이 없는지를 돌이켜보면서 한편으로 아쉬워하기도 하고, 한편으로는 새로 알게 된 부분을 써먹어보고 싶어하기도 했다.

라오황이 갑자기 영감이라도 받은 듯이 내게 물었다. 오후에 전화했더니 안 받던데 혹시 '만지고撰' 있었던 거 아냐? 나는 정직하게 고개를 끄덕였다. 라오황이 물었다. 누군데? 자네 얼마 전에 여자 친구랑 헤어졌잖아? 내가 말했다. 새 여자 친구예요. 라오황은 점점 더 궁금한 듯 캐물었다. 내가 전화했을 땐 어딜 만지고 있었는데? 내가 말했다. 몰라요. 라오황이 말했다. 모르긴 왜 몰라. 그럼 십팔모 안에서 찾아서 대답해봐. 내가 말했다. 진짜로 잊어버렸어요. 벌써 술기운이 제법 오른 라오황은 눈이 풀린 채로 말했다. 거짓말 마. 남이 만진 것도 아니고 자네가 만진 건데 왜 잊어버려. 내가 말했다. 기억할 생각도 못 했어요. 그때는 아직 십팔모 가사를 다 몰랐으니까요. 라오황이 말했다. 좋아, 그럼 다음엔 새 여자 친구를 데려와. 그 아가씨한테 물어보게. 나는 고개를 끄덕였다. 만찬이 후반부에 이르면 다들 라오황의 억지를 좀 받아줘야 했다. 그는 주량이 보통 정도지만, 술에 취하지 않고는 돌아가려 하지 않았기 때문이다. 만찬은 보통 라오황이 술에 취해 눈이 풀릴 때쯤 끝나곤 했다. 그가 취해서 곯아떨어질 때까지 놔두면 계산할 사람이 없어지기 때문에 그대로 놔둬선 안 됐다. 라오황도 이 점을 잘 알고 있어서, 지폐를 제대로 구분하지 못할 정도까지 술을 마시지는 않았다. 게다가 차도 가져가야 했다. 거기 모인 사람들 중에서 라오황만 차가 있었고, 운전면허는 라오허까지 두 사람밖에 없었다. 하지만 라오허가 면허를 딴 건 전적으로 라오황을 위해서였다. 그렇지 않았다면, 그가 낸 교통사고는 만찬 모임 횟수보다 더 많았을 것이다.

4

나는 집에 돌아와서 라오황이 한 말을 샤오우에게 해주었다. 샤오우가 말했다. 그게 뭐. 다음에 그 사람한테 얘기해줘. 넌 내 여기쯤을 만지고 있었다고. 거기 점이 하나 있다는 얘기도 해줘. 그 사람이 설마 뭐 그렇게 저질스럽게 굴겠어? 내가 말했다. 사실 라오황이 그렇게 저질인 것도 아냐. 그 사람은 원래 술만 마시면 그런 식이라서, 하는 말이 죄다 하반신에 대한 얘기밖에 없거든. 사실 라오황만 그런 게 아니라 거기 모인 사람은 다 비슷해. 너도 거기 끼어서 같이 놀려면 그런 거에 익숙해져야 돼. 샤오우가 말했다. 알아, 베이징 사람이 원래 그렇잖아. 말로는 잘하는데 실제로 할 용기는 없지. 나는 나도 모르게 샤오우를 다시 보게 되었다. 베이징에 온 지 이 년도 안 됐는데 벌써 가장 큰 특징을 알아내다니. 샤오우가 말했다. 이런 특징은 회사 과장들이랑 같이 식사하다가 알게 된 거야. 뻔뻔하게 큰소리를 치다가도 마누라 전화만 받으면 꼭 놀란 쥐새끼 같아지더라고.

이 얘기를 하다가 나는 그제야 샤오우가 '모래바람'이라는 IT 회사에서 원미文秘*로 일하고 있다는 걸 알게 되었다. 나는 그녀에게 원미와 샤오미小蜜**사이에 어떤 관계가 있느냐고 물었다. 그러자 샤오우는 아주 일리 있는 대답을 했다. 원미가 샤오미로 변할 수는 있지만, 샤오미는 절대로 원미 일을 할 리가 없다는 것이었다. 그런데 한 달쯤 지나자, 샤오우는 갑자기 일을 그만두겠다고 했다. 사장이 자기를 성희롱하는 경향이 있다는 것이었다. 나는 그녀에게, 지금이 바로 샤오미가 될 절호의 기회이니 그렇게 쉽게 포기하면 안 된다고 말했다. 그러자 샤오우가 화를 내며 말했다. 넌 내가 그런 여자인 줄 알아? 내가 그럴 생각만 있었으면 벌써 집도 차도 있었을걸. 내가 말했다. 그건 너무 과장이 심하잖아. 넌 창녀가 됐대도 수입이 그렇게 많지는 않은 부류였을걸.

일을 그만둔 샤오우는 가장 인기 있는 직업을 선택했다. 자유기고가, 영어로는 소호soho족으로, 종일 집에 있으면서 자기가 하고 싶은 걸 한다는 뜻이었다. 이 직함은 아주 쉽게 얻을 수 있지만, 글을 써서 그 대가로 원고료를 받을 수 있을지 없을지는 한쪽 생각만 가지고는 안 되는 일이었다. 샤오우는 똑똑한 여자

• 문서 담당 비서
•• 정부情婦를 뜻함

158

였지만, 아직 글 한 편으로 단번에 신문을 휘어잡을 만큼은 아니라는 걸 부정할 수 없었다. 그녀는 『지음知音』이라는 신문사의 어느 편집자와 잘 아는 사이였는데, 그쪽의 청탁을 받아 긴 원고를 썼지만 계속 좋은 평을 듣지 못했다. 마지막에 가서 그 편집자가 원고를 받아줬지만 결국 최종 심사를 통과하지는 못했다. 샤오우는 화를 내며, 이딴 거 말고 장편소설을 쓰겠다고 말했다. 나는 깜짝 놀라서 자기 주제를 좀 파악하라고 말했다. 그러자 그녀가 반박했다. 네가 그랬잖아, 능력만 있으면 나도 『평범한 세계』를 쓸 수 있을 거라고. 내가 말했다. 그거야 그냥 해본 말이지. 게다가 『평범한 세계』는 1980년대니까 먹혔던 거지, 지금은 벌써 21세기가 됐는데 누가 그런 평범한 걸 좋게 보겠어. 샤오우가 말했다. 상관없어. 아무튼 네가 나보고 할 수 있다고 했으니까 난 시험해볼래. 네가 나보고 못한다고 해도, 내가 반드시 못한다는 건 아니잖아. 네 말은 기본적으로 다 헛소리니까.

샤오우는 장편소설의 첫 글자를 쓰기 시작한 후로 자기가 전업 작가인 양 굴었다. 그녀는 낮 열두 시에 일어나 책상머리에 커피 한 잔을 놓아두고 경음악을 들으며, 담배를 물고 맨발에 잠옷 바람으로 컴퓨터 앞에 앉아서는 전화선까지 뽑았다. 나는 퇴근한 후 집에서 노래를 불러서도, 큰 소리를 내서도 안 됐고, 그녀가 글을 쓸 때는 자자고 할 수도 없었다. 내가 본 몇몇 전업 작가는 기본적으로 다들 자기 자신을 아주 신성시하면서, 마치 신으로부터 인류에게 진리를 알려주라는 사명을 받은 것처럼 굴곤 했다. 샤오우는 장편소설을 쓰기 전까지는 나를 선생님처럼 대했지만, 소설을 쓰기 시작한 후로는 역시나 자기가 신이라도 된 것처럼, 나를 완전히 하인이나 아마추어 작가 취급하면서 이런저런 자질구레한 일을 시켰다. 예를 들면 소설을 쓰다가 발이 시리다며 따뜻한 물을 가져오라고 했고, 담배를 사오라고 했다. 내가 원고를 써야 할 일이 생기면 그녀가 컴퓨터를 양보해줄지 말지 눈치를 살펴야 했다. 몇 년 전이었다면 나는 벌써 한참 전에 그녀를 참을 수 없었을 테지만, 지금은 그러지 않았다. 나는 요 몇 년 사이 점점 여자라는 존재에 대해 이해하게 되었고, 적응하는 방법도 익혔다. 단단한 풋사과가 솜처럼 부드러운 붉은 사과로 익어가는 것처럼 성숙해진 것이다. 성숙이란 인내라는 기초 위에서 생겨난다. 나는 그녀의 발을 씻겨주고, 담뱃불을 붙여주고, 생리대도 사다줬다. 생리대를 살 때면 마트 계산대의 여직원은 다들 내 얼굴을 보고, 그다음에는 내 아랫도리 쪽을 살펴보았다. 내가 성전환 수술을 한 게 아닌가 알아내고 싶은 게 분명했다. 그녀가 생리를 하는 동안 나는 그녀의 속옷까지 빨아주었다. 그녀의 속옷을 빨 때는 좋은 세제를 써야 했다. 이렇게 조심스럽게 구는 목적은 단 하나, 소란스럽지 않은 평온한 나날을 단 며칠이라도 보내는 것밖에는 없었다.

　한동안 밤낮이 뒤바뀐 생활을 하다가 샤오우는 또 다른 걸 생각해냈다. 그녀는 한방 피부 마사지를 받고 싶다고 했다. 얼굴에 여드름이 잘 나는 편이었는데, 며칠 연속으로 휘궈를 먹어서인지 여드름이 더 늘어났다. 내가 여드름을 없애는 약을 사서 바르면 되지, 무슨 마사지까지 필요하냐고 묻자, 샤오우는 여드름을 없애는 게 주목적이 아니라고 말했다. 주된 목적은 미백이라면서, 마사지를 한 코스 다 받으면 피부가 아기 피부처럼 변할 거라고 했다. 게다가 이유는 아주 음흉했다. 내가 평소에 늘 그녀의 피부가 검다고 말하기 때문이라는 거였다. 내가 그런 말을 하긴 했어도 그렇다고 마사지를 받기를 원한 적은 없었지만, 그녀가 받고 싶다고 하니 그냥 받으라고 했다. 샤오우가 말했다. 마사지 한 코스에 피부 관리까지 더하면 2800위안인데, 3000위안짜리 카드를 한 장 만들면 할인도 해준대. 지금 내 수중엔 500위안이 있으니까 2500위안을 줘. 나는 깜짝 놀랐다. 그만한 돈은 부잣집 첩이나 돼야 쓸 수 있는 돈이잖아. 네가 지금 첩인 것도 아니니까, 좀 더 싼 방법을 생각해봐. 샤오우가 말했다. 너 진짜 무식하구나. 이게 제일 싼 방법이야. 비싼 건 1만 위안쯤 되는 것도 있다고. 내가 2만 위안을 달라는 것도 아니고 겨우 2000위안이잖아. 내가 말했다. 나 저축하는 습관 없는 거 알잖아. 250위안 정도라면 있지만, 갑자기 2500위안이 어디서 나겠어. 샤오우는 낯선 사람을 보듯이 나를 쳐다봤다. 2500위안도 못 주다니 넌 날 전혀 사랑하지 않는구나. 나는 정색을 하고 말했다. 너 또 억지 쓴다. 돈이 많아야만 더 깊은 사랑을 표현할 수 있는 거라면, 세상에서 널 제일 사랑하는 사람은 아마 빌 게이츠일걸. 샤오우가 말했다. 넌 또 헛소리를 하네. 밤마다 너한테 안겨서 같이 자는 사람이 누군데? 나잖아. 내가 너한테 2500위안을 달랬지, 네 목숨이라도 달라고 했어? 안 줄 거면 그냥 안 준다고 해. 네 마음속에서 내가 도대체 얼마만큼의 가치를 가지고 있는지 시험이라도 해보게. 내가 말했다. 샤오우, 자꾸 바보 같은 소리 하지 마. 넌 지금 내 여자 친구지, 내가 데리고 있는 첩이 아니잖아. 네가 나랑 같이 잔다는 건 내가 너랑 같이 잔다는 뜻이기도 하고, 내가 널 안고 있다는 건 네가 널 안고 있다는 뜻이기도 하잖아. 우린 평등한 관계야. 가치가 얼마인지와는 상관없다고! 샤오우가 말했다. 그래, 네가 날 여자 친구라고 생각한다면 네 돈이 곧 내 돈인데, 내가 좀 쓰지도 못해? 내가 말했다. 네 논리는 감정적으로는 맞아. 나도 너한테 돈을 주고 싶다고. 그럼 며칠만이라도 기다려줘. 닷새만 지나면 월급을 받을 테니까.

그래서 내가 월급을 받은 날부터 샤오우는 두 가지 일, 그러니까 장편소설을 쓰는 일과 피부 관리실에 가는 일을 하게 되었다. 그 피부 관리실은 징커룽京客隆 쇼핑몰 옆에 있었는데, 집에서 십 분도 걸리지 않는 거리였다. 쇼핑몰에 갔다가 발견한 모양이었는데, 나는 사실 그 전까지는 거기가 정육점인 줄 알았다. 샤오우와 함께 그 피부 관리실에 처음 갔던 날, 나는 웬 여자가 거기서 나오는 걸 봤는데, 얼굴은 아주 새하얀데 목은 검어서 꼭 가면을 쓴 것처럼 보였다. 샤오우에게 물었다. 저런 효과를 바라는 거야? 샤오우가 항변했다. 내 목이 어디 저렇게 까매? 난 얼굴만 까만 거잖아. 거기서 마사지를 받을 때마다 샤오우의 얼굴에는 각질이 일어났다. 한약재로 일부러 묵은 각질을 벗겨내는 거라는데, 얼굴이 팽팽하게 당겨져서 말할 때마다 아프다고 했다. 그건 꽤 괜찮은 일이었다. 그녀는 거의 말을 하지 않고, 한 마디로 끝낼 수 있는 말은 절대로 두 마디로 늘리지 않게 되었는데, 그럴 때 그녀는 아주 귀여웠다. 나는 전부터 말수가 적은 여자가 말이 많은 여자보다 귀엽다고 생각했다. 한 코스에 총 여덟 번의 관리를 받고 난 후, 샤오우의 얼굴은 뱀이 허물을 벗듯이 한 꺼풀을 벗었다. 그런데 새 피부는 뜻대로 올라오지 않아서 얼굴이 새빨간 게 정말로 갓난아이 같았다. 하지만 누가 갓난아기 피부를 좋아하겠는가. 나는 이걸로 한 코스가 일단락된 줄 알았지만, 관리실 아가씨는 샤오우에게 매주 정기적으로 와서 피부 관리를 받아야 한다고 했다. 여드름은 아직 뿌리가 뽑히지 않았고 새 피부도 아직 완전히 돋아나지 않았기 때문에 관리를 받지 않으면 지금까지의 일이 헛수고가 될지도 모른다고 했다. 내가 물었다. 관리받는 데도 돈이 들어? 샤오우가 말했다. 멍청하긴, 세상에 공짜 밥이 어디 있어? 내가 말했다. 알았다. 너 그 사람들한테 낚인 거구나. 네 주머니에 돈이 남아 있는 이상은 평생 관리실에 가야 하는 거야. 샤오우가 말했다. 이제야 알았어? 이런 건 원래 평생 받는 거야. 하루아침에 예뻐질 순 없는 거라고.

내가 말했다. 너 그런 데 그만큼 쓸 돈이 있어? 네 처지를 생각해야지. 넌 지금 가난한 집 딸이고, 노동자의 여자 친구잖아. 샤오우가 말했다. 그렇게 자기 비하하지 마. 나도 내 처지를 아니까 제일 싼 관리를 받겠다는 거잖아. 그녀가 말한 제일 싼 관리란 일주일에 한 번 팩으로 관리를 받고, 나머지 시간에는 집에서 관리를 하는 거였다. 그녀는 바나나와 분유와 토마토를 사다가 그걸 약재 가루와 섞어 하얀 반죽을 만들었다. 그걸 얼굴에 바르면 두 눈과 입까지 구멍 세 개만 남았는데, 그 귀신같은 몰골을 보면 정말이지 간이 떨어질 지경이었다. 나는 유신론자라 귀신이나 요괴를 무서워하는데, 샤오우는 하필 내가 제일 무서워하는 모습을 한 채로 한 시간씩이나 있곤 했다. 샤오우, 그만해. 자연스러운 게 제일 좋은 거야. 뭐 하러 이렇게 자신을 힘들게 해. 피부가 좀 가무잡잡해도 괜찮아. 여배우 닝징寧精을 봐. 피부색이 어둡지만 미인이잖아. 아프리카 사람들 중에도 미인은 있어. 그리고 흑모란도 희귀 품종이라고 하잖아. 그러니까 검은 건 무서운 게 아냐. 무서운 건 인공적인 처리를 한 흔적이 너무 많이 남는 거지. 마이클 잭슨 알지? 전신에 미백을 했지만 결국 사람 같지도 않은 꼴이 됐잖아. 샤오우가 내게 반격했다. 처음엔 내 피부가 검은 게 싫다더니, 이제 와선 또 검은 게 예쁜 거라고? 도대체 네 헛소리는 언제가 돼야 끝나는 거야! 나는 간절하게 말했다. 그래, 내가 처음에 했던 말은 틀렸어. 그래도, 내가 얼마나 틀렸든 간에 이런 모습으로 날 놀래키지는 말아야지. 내가 심장이 안 좋은 거 너도 알잖아. 거울을 보면 너도 놀라 자빠질걸. 샤오우가 말했다. 피부 관리실에 한번 가봐. 다들 이러고 있어도 눈 하나 깜짝 안 하니까. 너만 이렇게 놀라고 겁을 내는 거지. 그러고도 네가 남자야? 나 피부 당기니까 말 시키지 마.

　나는 이제 미용이라는 것을 극도로 증오하게 되었다. 여자들의 미용이란 건 자위와 같다. 자위는 자기 자신을 편안하게 만드는 거지만 미용은 다른 사람을 편안하게 만드는 거라는 것만 다른데, 그 점을 보면 미용은 가짜 자위라고 할 수도 있을 것이다. 나는 샤오우가 이렇게 가짜 자위를 하는 게 전적으로 그녀의 삶이 너무 공허하기 때문이라고 생각했다. 생각해보라. 젊디젊은 아가씨가 집 안에 처박혀 전업 작가를 자청하고 있다니, 그건 완전히 나태한 생활에 대한 핑계가 아닌가. 나태한 사람은 반드시 삶이 공허해지게 마련이다. 나중에야 알게 된 일이지만, 샤오우가 다니던 그 IT 회사는 도산해버렸다고 한다. 기업이 도산하게 되면 당연히 우선 감원을 했을 것이다. 그러니 상사가 샤오우를 성희롱했다느니 하는 소리는 죄다 거짓말이었던 것이다. 내가 지금껏 들어본 갖가지 거짓말 중에서 여자의 거짓말이 제일 간파하기 쉬웠고, 그다음으로 쉬웠던 건 잔꾀를 쓰는 사람들의 거짓말이었다. 여자들은 음모를 꾸미기 위해 거짓말을 하는 게 아니라, 거짓말로 그저 얕은 수를 쓸 뿐이기 때문이다. 그 거짓말들은 유치하다 못해 차마 까발릴 마음조차 들지 않게 만든다.

이게 끝이 아니었다. 샤오우는 심심풀이를 위해 더욱 천재적인 발상을 해냈다. 어느 날 집에 돌아온 나는 웬 개 한 마리가 있는 걸 발견했다. 몸집은 조그만 게 성질은 보통이 아닌지, 나를 보자마자 제가 이 집 주인이고 내가 개인 것처럼 끊임없이 짖어댔다. 나는 소리를 질렀다. 어느 집 개새끼야? 썩 꺼져! 샤오우가 방에서 달려나왔다. 왜 소리를 지르고 그래. 샤오화小花 놀래지 마. 나는 그제야 그 개를 샤오우가 데려왔다는 걸 알게 되었다. 어디서 주워 왔어? 샤오우는 샤오화를 품에 안으며 말했다. 줍긴 어디서 주워. 둥즈먼東直門 애완동물 시장에서 사온 거야. 가게 주인이 샤오화가 나를 좋아하는 걸 보더니 반값에 줬다고. 내가 말했다. 너 한가하다 못해 별짓을 다 하는구나. 자기 앞가림도 제대로 못하면서 개를 키우겠다고? 그녀가 반박했다. 개를 안 키우면 뭘 키우라고? 널 키워? 내가 보기엔 넌 개만도 못해. 샤오화는 나를 보면 뽀뽀해줄 줄 아는데, 넌 날 보기만 하면 소리나 지르잖아. 사실은 원래 고양이를 한 마리 사려고 했는데, 가서 보니 개가 더 사람과 잘 통하는 것 같더라고. 며칠 지나면 얘도 네가 아빠인 줄 알게 될 거야. 나는 퉁명스럽게 쏘아붙였다. 내가 왜 개새끼 아빠야!

샤오화라는 이름의 이 수캉아지는 내 삶에 끝없는 고민을 가져왔다. 내가 출근한 낮 동안에는 도대체 샤오우랑 뭘 하고 빈둥거리는지 모르겠는데, 밤이 되면 꼭 나와 샤오우 사이에서 자려고 했다. 샤오우는 곧잘 개와 뽀뽀한 입으로 내게 입을 맞췄는데, 나는 이걸 도저히 참을 수 없었다. 나는 그녀에게, 개한테 뽀뽀를 했으면 나한테 키스하지 말라고 몇 번이나 말했다. 그러자 샤오우는 샤오화한테 뽀뽀하는 게 낫지, 나한테 키스하진 않겠다고 웅얼거렸다. 하지만 잠자리를 갖게 되면 그녀는 이 말을 잊어버렸다. 그녀는 흥분하면 항상 내 입 속에 억지로 혀를 밀어 넣었는데, 나는 그럴 때마다 개의 혀가 내 입 속까지 들어온다는 생각이 들었다. 그리고 성에 대해 유난히 민감한 이 개는 우리가 사랑을 나누는 걸 곧잘 방해하곤 했다. 내가 샤오우와 몸을 섞고 있으면 자기 여자 친구가 나와 자고 있다는 양 억울한 눈으로 그녀를 바라보는 것이었다. 한번은 내 엉덩이를 물어서, 내가 광견병 예방 주사를 맞으러 가게 만든 적도 있었다. 더 못 견디겠는 건, 이 개는 내가 저를 귀찮아한다는 걸 전혀 모른다는 거였다. 가끔은 샤오우에게 뽀뽀를 하고 나서 내 얼굴에도 뽀뽀를 하려 들어서, 나는 개를 밀어내며 소리를 질렀다. 역겨운 짓 하지 마, 난 동성애자가 아니라고! 그러자 샤오우는 그 개를 편들며 말했다. 그렇게 사납게 화내지 마. 좋아서 그러는 거잖아. 너도 예의를 좀 갖춰야지, 진짜로 개만도 못하게 굴면 어떡해? 샤오화는 샤오우가 내게 핀잔주는 걸 보더니, 진짜로 억울한 일을 당한 양 낑낑거리며 울음을 삼키는 게 아닌가! 나는 개의 머리를 툭 치며 혼을 냈다. 넌 도대체 수컷이야, 암컷이야? 이렇게 쇼하지 말라고! 그러자 개는 더더욱 억울하다는 듯이 머리를 샤오우의 젖가슴 사이에 들이밀고, 양 앞발로는 가슴 위를 짚었다. 완전히 색골이 따로 없었다.

나는 샤오우에게 말했다. 개한테 희롱당하니 좋냐! 샤오우가 말했다. 응, 난 좋은데. 내가 말했다. 그놈이 조만간 널 강간할지도 모른다고! 샤오우가 대답했다. 난 좋아. 내가 말했다. 이건 인간의 존엄성을 짓밟는 일이라고 생각하지 않아? 샤오우가 말했다. 난 괜찮아. 그녀는 말하는 동안 내내 양손으로 샤오화의 기다란 털을 빗어 내리고 있었다. 나는 도대체 그 강아지가 뭐가 그렇게 좋다는 건지 알 수가 없었다. 샤오화의 조그만 얼굴은 여우같이 생겼는데 털은 덥수룩해서, 꼭 암컷으로 보이는 게 그야말로 변태 같은 녀석이었다. 나는 개에 대해서는 잘 몰라서 그 녀석이 도대체 어느 지방에서 나온 잡종인지 알 수 없었다. 그 개가 어디서 태어난 건지 알게 된다면 나는 그 개 같은 곳에 한번 가보고 싶었다. 분명히 역겨운 것들을 잔뜩 볼 수 있을 것이다. 내 대학 친구 중에 후베이에서 온 친구가 하나 있었는데, 그는 머리에 혈관이 하나 부족해서 항상 상식적으로는 이해하기 힘든 일을 하곤 했다. 나는 어느 해 여름방학에 그의 고향인 다볘산大別

山의 오지에 탐방을 하러 갔었는데, 거기서 수많은 백치를 발견했다. 늙은 백치, 어른 백치, 아이 백치가 다 있었는데 이제 막 걷는 법을 익힌 어린아이 백치들은 우물가에 한 무리씩 모여서 백치 같은 놀이를 하고 있었다. 낯선 사람을 보고도 경계하지 않고 바보같이 헤헤거리는데, 침이 국수 가락처럼 줄줄 흘러내렸다. 그 일대는 아주 폐쇄적인 지역이라 식량을 자급자족하고, 여자들도 그 지역 안에서만 결혼을 하다보니 근친혼이 아주 많았다. 백치들 중에는 몇 대에 걸쳐 이어져온 근친혼의 산물도 있었는데, 백치 중의 백치라 할 만했다. 마이너스 두 개가 합해지면 플러스가 된다는 말이 맞다면 벌써 천재가 되었을지도 모르는 일이다. 내 친구는 자기가 백치라는 걸 인정한 적도, 자기 부모님이 근친혼이라고 인정한 적도 없지만, 유유상종이라는 도리에 근거해보면 그에게도 백치 기미가 있었을 것이다.

얘기가 너무 옆으로 새버렸다. 조금만 더 가면 국가와 국민에 대한 걱정으로까지 갈 것 같으니, 다시 그 역겨운 샤오화 얘기로 돌아오도록 하자. 폐활량이 엄청나게 뛰어나서 그런 건지, 그놈은 밤에 잘 때 배 속에서 우렛소리처럼 우렁찬 소리를 내곤 했다. 나는 신경쇠약에 온몸이 시원찮은 사람이라 오랫동안 서브 헬스 상태라서, 침대 머리맡에 반드시 안신보뇌환安神補腦丸과 육미지황환六味地黃丸을 갖춰두고 가끔은 비아그라를 사용하기도 한다. 그런데 동물이 내 옆에서 자면서 방해하는 걸 내가 어떻게 견딜 수 있겠는가! 나는 샤오우에게 말했다. 고양이는 잘 때 시끄럽고 개는 잘 때 조용하다는데, 샤오화는 잘 때 꼭 고양이 같잖아. 무슨 병 있는 거 아냐? 샤오우는 내 말에 반박했다. 넌 정말 교양이 없구나. 이 개는 평범한 개가 아냐. 이 개의 조상이 고양이의 유전자를 가지고 있는데, 그런 유전자 조합이 바로 우량 품종을 만들어내기 쉽게 해주는 거라고. 남들도 다들 너처럼 평범한 줄 알아? 내가 말했다. 난 개에 대한 교양 같은 건 알 생각도 없어. 아무튼 앞으로는 샤오화를 침대 위에서 재우지 마. 배때기에서 무슨 스피커같이 소리가 나는데 그걸 어떻게 참으라는 거야! 샤오우가 말했다. 좀 너그럽게 굴어봐. 그러는 너는 뭐 잘 때 보기 좋은 줄 알아? 침 줄기가 지렁이같이 이리저리 흘러 있어도 샤오화는 너 싫다고 안 하잖아. 내가 말했다. 이건 내 침대지 샤오화 침대가 아니잖아. 이게 샤오화 침대였다면 내가 바닥에서 자고 만다! 샤오우가 말했다. 네 침대가 뭐 그렇게 별나다고 그래? 이 큰 침대에서 샤오화가 공간을 차지해봐야 얼마나 된다고. 그만한 자리도 내주기 싫다니 네가 그러고도 남자야? 우리는 며칠 동안이나 이런 식으로 말다툼을 했다. 샤오화는 그럴 때마다 불쌍한 얼굴로 샤오우를 바라봤는데, 그 꼴이 흡사 여자를 등쳐먹는 기생오라비 같았다! 나는 차라리 그놈이 개가 아니라 제대로 된 제삼자이기를 바랐다. 그러면 일대일로 붙어서 지는 쪽이 쫓겨나면 될 게 아닌가. 하지만 이 겁쟁이 자식은 근성이라고는 하나도 없었다. 샤오우가 자는 사이에 내가 녀석을 침대 아래로 던져버리면 녀석은 내게 덤벼들지 않고, 샤오우를 깨워서는 눈물을 글썽이며 하소연하곤 했다. 그놈이 개인 게 차라리 다행이지, 사람이었다면 분명히 타고난 남첩이었을 거다! 팽팽한 접전 끝에 나는 결국 바닥에 요를 깔고 자게 되었다. 나는 좆같은 악꼴 새끼를 당해낼 수 없다는 걸 인정할 수밖에 없었다.

샤오우는 내가 마실 우유를 사준 적이 한 번도 없었다. 자기가 마시려고 산 적도 없었다. 내가 우유를 샀기 때문에 그녀는 살 필요가 없었다. 그녀는 마트에 가면 한 바퀴 돌아보면서 개 사료와 개 전용 보디 클렌저와 개껌을 사고, 개가 사료를 먹다 질리면 먹일 소시지와 망할 놈의 개 전용으로 나온 칼슘이 들어간 영양 첨가제까지 샀다. 그러고서 집에 와서는 내게 왜 또 우유가 떨어졌냐면서, 다음에는 좀 많이 사오라고 시켰다. 나는 화가 난 나머지 샤오화를 보신탕집에 보내버리고 싶다고 생각했다. 샤오우에게 말했다. 넌 전생에 분명히 암캐였을 거야. 그것도 수캐한테 빚을 어마어마하게 진 암캐였을 거라고!

샤오화의 아랫배 왼쪽, 생식기 근처에 누런 버짐이 생겼다. 샤오우는 당장 마트로 달려가서 거기서 산 개 전용 보디 클렌저에 문제가 있다고 항의했다. 마트 직원은 그 보디 클렌저는 절대로 가짜가 아니고, 물건의 질에 전혀 문제가 없다고 누차 강조하면서 다른 경로로 버짐이 옮은 게 아닌지 한번 살펴보라고 했다. 그러자 샤오우는 내가 버짐을 옮긴 게 아닌가 의심했다. 내가 예전에 고양이 버짐이라는 피부병에 걸린 적이 있었기 때문이다. 하지만 하나에 이십몇 위안짜리 소염제 연고를 사서 발랐더니 다 나았다. 나는 남아 있던 연고를 샤오화의 생식기 옆쪽에 발라주었다. 샤오화의 병이 나한테서 옮은 거라면 이 약이 분명히 효과가 있을 것이다. 하지만 샤오화가 걸린 버짐은 확실히 개들만 걸리는 병인지, 그 연고는 버짐이 퍼지는 속도를 늦춰주는 역할밖에 하지 못했다. 어쩌면 개가 걸리는 매독 같은 건지도 몰랐다. 나는 이 버짐으로 샤오화가 죽음에 이르기를 간절히 바랐지만, 샤오우는 과감하게 샤오화를 동물병원에 데려갔다. 진료를 받는 데 동물병원에서 쓴 돈은, 접수비 5위안에 바르는 약과 씻기는 데 쓰는 약이 40위안, 그리고 주사 한 대가 10위안이었다. 게다가 이 주사는 연달아 나흘을 맞아야 했는데, 주사를 맞히러 갈 때마다 접수를 해야만 했다. 이럭저럭 나간 돈을 다 합해보니 200위안쯤 됐다. 나는 이 금액들을 훤히 잘 알고 있다. 죄다 내 주머니에서 나간 돈이기 때문이다. 나는 작년에 우리 아버지가 감기몸살에 걸렸던 때를 떠올렸다. 그때 나는 채 100위안도 쓰지 않았지만, 아버지는 그것만으로도 벌써 너무 호사스러운 대우를 받았다고 생각했다. 나는 아버지에게 영양제도 좀 사드리고 싶었지만, 아버지는 내가 돈을 더 쓰면 감기는 나을지 몰라도 마음이 너무 아파서 심장에 병이 생길 것 같다고 말했다. 그런데 망할 샤오화 새끼는 우리 아버지가 했던 그런 생각을 손톱만큼도 가지고 있지 않았다.

5

어느 날, 나는 동물이 발톱으로 현관문을 긁는 소리를 들었다. 나가서 문을 열자 검고 흰 얼룩무늬 페키니즈 한 마리가 안으로 뛰어 들어왔다. 샤오화는 그 개의 발소리를 듣더니 방 안에서 뛰어나와 버릇없이 왕왕 짖었다. 그 개가 억지로 집 안에 침입한 게 아주 불만스러운 게 분명했다. 하지만 그 페키니즈는 눈 하나 깜짝하지 않고 샤오화에게 다가가 친근하게 굴었다. 게다가 샤오화보다 몸집도 크고 힘도 좋아서 금세 샤오화를 굴복시켜버렸다. 나는 그 개가 나이가 들어서도 수컷을 밝히는 음탕한 암캐인 게 아닌가 의심했다. 샤오우가 내 이런 의심을 증명해주었다. 그녀의 말에 따르면 이 개는 3층에 사는 사람의 개로 이름은 모나리자인데, 산책을 하다가 샤오화와 친해져서 연상 연하 커플이 되었다고 했다. 연상 연하 커플이라고 하니 듣기는 좋지만, 개들의 나이를 엄격하게 따져보면 이건 나이든 아줌마가 어린 남자애한테 눈독 들인 거라고 봐야 옳았다.

짜증나는 건, 그 늙은 모나리자가 샤오화한테 눈독을 들이고 나서부터 시시때때로 우리 집에 쳐들어온다는 것이었다. 가끔은 아침에 일어나기도 전부터 우리 집 문을 두드리기도 했다. 이 개는 산책하면서 연애를 하는 걸로도 모자라서 내 방 안까지 들어와서 교미를 하려고 했다. 모나리자는 내가 자는 이불 위에서 교미하길 좋아했다. 연애의 고수인 이 늙은 개는 아마 내 이불에서 나는 강렬한 남성 호르몬 냄새를 맡은 모양이었다. 그래서 내 이불은 개털로 범벅이 되어 암캐 냄새가 풀풀 풍겼다. 나는 샤오우에게 원망스럽게 말했다. 모나리자 주인은 왜 개 단속을 안 하는 거야? 하루 종일 우리 집에 있으면서 사료도 우리 걸 먹잖아. 주인한테 얘기 좀 해야 되는 거 아냐? 샤오우가 말했다. 지금 우린 그 집이랑 개를 통해서 인연을 맺은 거라서, 그 집에서도 우리 집에 개가 와 있어도 안심하는 거란 말이야. 게다가 모나리자는 요즘 발정기라 샤오화를 자꾸 찾아오려고 해서, 주인이 단속하고 싶어도 단속하기 힘들다고. 내가 말했다. 네가 샤오화를 정말로 사랑한다면 샤오화 생각도 좀 해줘야지. 샤오화는 아직 어려서 사춘기도 안 왔는데, 늑대나 호랑이같이 왕성한 나이인 모나리자를 얘가 견딜 수 있겠어? 내가 보기에 계속 이러다간 샤오화는 자양강장제라도 먹어야 될 판이야. 샤오우는 내게 따져 물었다. 샤오화가 사춘기가 왔는지 안 왔는지 네가 어떻게 알아? 다들 너처럼 발육이 늦는 줄 알아? 나는 그녀에게 반격했다. 내가 뭐가 느린데? 난 초등학교 5학년 때부터 자위를 했다고. 그게 어디가 느린 거야? 샤오우는 내 말꼬리를 붙잡았다. 그것 봐, 너도 초등학교 5학년 때 벌써 자위를 시작했는데, 샤오화가 지금 여자 친구를 만드는 건 왜 안 되는데? 그리고 얘들이 매번 진짜로 짝 짓기를 하는 것도 아니잖아. 그냥 연애하는 것뿐이라고! 내가 말했다. 그래, 그냥 연애하는 정도인 게 좋을 거야. 아무튼 침대 머리맡에 있는 내 자양강장제를 샤오화한테 주진 말라고.

요즘 나는 항상 온몸에 개 냄새를 묻힌 채 외출하게 되었다. 사정을 모르는 사람들은 나와 얘기를 하다가도 다들 채 오 분도 안 되어 핑계를 대며 가버리곤 했다. 개 냄새는 암내보다도 더 지독해서 확실히 견디기 힘들긴 했다. 한번은 내가 작은 음식점에서 밥을 먹는데, 개 한 마리가 계속 나를 보고 짖었다. 아마도 내가 개고기를 먹고 자랐다고 생각하는 모양이었다. 나는 음식점 사장에게 말했다. 이 집 개는 왜 이렇게 예의가 없어요? 사장이 말했다. 평소에는 얌전한데, 오늘은 무슨 약이라도 잘못 먹었나 보네요. 신경 쓰지 마세요. 개가 무슨 사람 예의를 알겠어요. 나는 그 개에게 소리를 질렀다. 한 번만 더 짖으면 너를 잡아서 볶아오라고 주문해버릴 테다! 사장이 개에게 말했다. 이 손님이 아직 널 잡아먹을 생각이 없는 사이에 빨리 도망가라. 개는 아쉬워하는 기색이 가득한 채로 가버렸다. 사장이 내게 말했다. 말도 마세요. 저 개는 가끔 보면 아주 영민하다니까요. 지난번에 어떤 사람을 보고 막 짖는데, 알고 보니 그 사람이 소매치기였지 뭡니까.

막 가방을 하나 슬쩍하려는데 개가 짖어서, 바로 그 자리에서 붙잡혔다고요. 내가 말했다. 그럼 나도 무슨 문제가 있단 소립니까? 사장은 황급히 해명했다. 아니, 아니에요. 그냥 개 얘기를 한 거지, 손님이 어떻다는 게 아니에요.

나는 이 모든 어색한 상황이 전부 모나리자 때문에 생긴 거라는 생각이 들어, 쥐약을 사다가 그 개를 끝장내고 싶어졌다. 하지만 어느 날 나는 모나리자의 주인을 보게 되었다. 그 할머니는 정말로 나이가 많이 들어서, 전신의 살이 심하게 늘어져 중력의 영향을 받아 아래쪽으로 축 처져 있었다. 예를 들면 얼굴 살이 죄다 턱 밑에 집중되어 있는 식이었다. 나는 늙어서 축 처진 그녀의 젖가슴이 복부까지 늘어져서, 아예 배의 일부분이 되어 있는 것까지도 느낄 수 있었다. 그녀는 모나리자를 끌고 온몸의 체중을 지탱하느라 아주 느린 걸음으로 걸어갔다. 사실상 모나리자가 끌고 가는 거나 다름없었다. 사람이 늙으니 지구까지도 그녀를 괴롭히는 것 같았다. 나는 순간 모나리자를 끝장내려던 생각을 접어버렸다. 그 개가 음탕하게 샤오화를 유혹해서 내 생활에 지장을 준다 하더라도, 그 할머니와 같이 있을 때 모나리자는 어쨌든 한 노인의 삶에 진정한 동반자가 되어주고 있는 것이다.

그날, 웬 할머니가 우리 집 문을 두드렸다. 나는 모나리자의 주인이 온 줄 알았지만, 나중에 보니 그 사람보다 좀 마르고 좀 더 정정한 다른 할머니였다. 그녀가 물었다. 이 집에 샤오화라는 개

키우죠? 아직 등록 안 한 거 아니에요? 나는 무슨 등록을 해야 한다는 건지 몰라서 그냥 고개를 저으며 말했다. 우리 집 개는 등록할 필요 없는데요. 그 말에 할머니가 눈을 동그랗게 뜨자 동공이 더 작아지고 더 가늘어졌다. 그녀는 엄한 목소리로 말했다. 등록할 필요 없다고 누가 그래요? 이 집 개한테는 미국 영주권이라도 있나 보죠? 나는 그녀의 말을 알아들을 수 없어서 설명을 좀 해달라고 부탁했다. 그녀가 말했다. 보아하니 개를 키우면서도 개에 대한 법률 규정에 대해서는 하나도 모르나 보네. 에휴, 또 내가 설명을 해야겠네. 요새 젊은 사람들은 국가 정책에 대해서 이렇게 관심이 없다니까! 잘 들어요. '베이징 양견 엄격 제한 규정'에 따르면, 애완견을 기르는 주민은 반드시 허가증을 받아야 돼요. 개 한 마리당 첫해에는 허가증 관리비 5000위안을 반드시 내야 하고, 그다음 해부터는 매년 등록비 2000위안을 내야 돼요. 비용을 안 낸 개들은 미등록견이 되는데, 미등록견을 키우는 건 불법이라고요.

나는 엄청나게 놀랐다. 개 한 마리가 이렇게 많은 문제를 몰고 올 줄이야. 경제적인 면만 봐도, 개 한 마리 키울 돈이면 여자를 몇 명이나 만날 수 있을 것이다! 물론 여자를 만나려면 나도 머리를 써야 했다. 머리를 쓸 필요 없이 그냥 아가씨를 산다면, 급이 좀 낮은 여자라면 한 번 사는 데 200위안일 테니 개 한 마리의 일 년 치 등록비로는 스물다섯 번을 살 수 있을 것이다. 좀 고급인 아가씨라면 한 번에 500위안이니까, 그래도 열 번은 살 수 있을 것이다. 그런데 개 한 마리가 내게 여자를 열 번 사는 만큼의 즐거움을 줄 수 있겠는가? 그럴 리가 없다! 머릿속으로 재빨리 계산해본 후, 나는 할머니에게 말했다. 그런 비용은 도저히 못 내겠으니, 그냥 미등록견으로 두죠 뭐. 난 개의 신분 같은 거엔 신경 안 쓸 겁니다! 할머니는 굳은 표정으로 말했다. 총각, 외지 사람이지? 임시 거주증은 만들었어요? 안 만들었겠지? 총각 본인도 미등록자인데 개의 신분을 신경 쓸 리가 없지. 그런데 이건 베이징 시민 안전에도 관계되는 문제라고요. 미등록견이나 몰래 기르는 개한테 물리는 사람이 많단 말이야. 불법으로 개를 기르는 건 법에 저촉되는 행위니까, 지금 등록하지 않으면 나중에 벌금을 내야 할 거라고요! 할머니의 말을 여기까지 듣고 나자, 나는 샤오화가 내 몸에 콧물처럼 들러붙어 털어내려야 털어낼 수 없는 존재처럼 느껴졌다. 나는 할머니에게 애걸했다. 그런데 전 지금 진짜로 그만한 돈이 없다고요. 저한테 자꾸 그러지 마세요. 오늘 저녁에 보신탕 해 먹어버리면 되잖아요! 할머니는 대경실색해서 뒤로 한 걸음 물러섰다. 안 돼요. 개한테는 죄가 없어. 이만한 돈 때문에 무고한 생명을 죽이면 어째! 게다가 내가 지금 돈을 받으러 온 것도 아니고, 그냥 초기 통계를 내러 온 것뿐이라고요. 일요일에 파출소에서 나와서 아파트 단지 입구에서 등록비를 받을 테니까 그때 가서 그 사람한테 얘기해봐요. 할머니는 앙

상한 손가락으로 펜을 쥐고 공책에 집의 호수를 쓰려고 했다. 나는 그녀의 손을 움켜쥐고 말했다. 지금은 일단 등록하지 마세요. 이 개는 제 친구가 잠깐 맡긴 거니까, 내일 바로 돌려보낼 겁니다. 할머니는 내 손을 뿌리치려고 애쓰며 엄한 목소리로 말했다. 그런 얘기도 파출소에서 나온 사람한테 해요. 일단 지금 이 집에 개가 있는 걸 봤으니까 난 등록해야 된다고요. 총각이 가난하다는 이유로 사사롭게 등록을 피하게 해줄 순 없어요!

할머니가 등록하러 왔을 때 샤오우는 마침 집에 없었다. 집에 있었다면 분명히 말다툼을 하게 되었을 것이다. 샤오화는 아무것도 모르는 채 할머니를 향해 짖었다. 그녀가 좋은 일을 하고 다니는 게 아니라는 걸 알기라도 하는 것 같았다. 나는 샤오화를 처리해야겠다고 생각했다. 쥐도 새도 모르게 해야 한다. 안 그러면 재앙이 찾아올 것이다. 음모를 꾸미는 일은 내게 손바닥 뒤집는 것처럼 쉬운 일이었다. 나는 일단 집에 전화를 걸어, 아무도 전화를 받지 않는다는 걸 확인했다. 그런 후에 집으로 들어가 샤오화를 상자에 넣어 들고 나와서 재빨리 입구에 서 있던 택시에 올라탔다. 이렇게 해서 내 회사 동료인 텐텐이 샤오화의 새 주인이 되었다.

수캐인 샤오화는 내 품속에서는 발버둥을 치더니, 텐텐의 품에 안겨주자 순식간에 얌전해졌다. 이 짐승 새끼는 텐텐이 샤오우보다 더 예쁘다는 걸 아는 듯했다. 텐텐은 샤오화가 수컷이라는 얘기를 듣더니 여자 친구가 있느냐고 물었다. 나는 샤오화에게 모나리자라는 늙은 여자 친구가 있긴 하지만, 너무 늙어서 차버려도 상관없다고 말해주었다. 이 얘기를 하다보니 나는 다른 화제에 생각이 닿았다. 리버풀에 있는 텐텐의 남자 친구가 그녀를 그쪽으로 부르고 싶어한다고 했는데, 그 일이 결국 어떻게 됐는지 듣지 못했던 것이다. 텐텐은 자세히 대답해주지 않고, 그저 인터넷에서 사귄 친구의 얘기를 너무 진지하게 받아들이지 않는 게 낫다고 말했다. 그러더니 한숨을 쉬며 이렇게 말했다. 사실 결혼하려면 우리 나라 남자랑 하는 게 나아. 외국인과는 아무래도 소통이 안 된다니까. 나는 원래가 기회주의자이고, 여자 앞에서는 특히나 더 그랬다. 그래서 나는 외국 남자에 대한 얘기를 멈추고 우리 나라 남자들에 대해서 얘기하기 시작했다. 언제부터인지는 모르겠지만, 중국 여자들은 서양 남자들을 좋아하게 되었다. 여자들은 외국인이 중국 남자들보다 몸집도 크고, 양물도 크고, 지갑도 크고, 아무튼 뭐든지 다 크다고 생각하는 것 같았다. 어떤 여자가 아프리카의 농민에게 속아 마소보다 못한 삶을 살게 된 일이 있긴 했지만, 그렇다고 그 사례가 광범위한 경각심을 불러일으키지는 못했다. 텐텐은 외국 남자를 숭배하는 전형적인 여자였는데, 그런 그녀까지도 외국인에게 실망했다는 건 외국 남자들이 확실히 파렴치하고 역겨운 놈들이라는 뜻이고, 또한 국내 동포들에게도 텐텐 같은 미녀를 손에 넣을 수 있는 기회가 생겼다는 뜻이기도 했다.

나는 톈톈에게 결혼 상대를 찾는 조건이 뭐냐고 물어봤다. 그녀가 말했다. 말 안 하는 게 나을 것 같아. 들으면 넌 나보고 속물이라고 할걸! 내가 말했다. 에이, 그럴 리가. 일단 말해봐. 내 친구 중에 알맞은 사람이 있을지도 모르잖아. 톈톈이 말했다. 일단 집은 있어야겠지! 나도 맞장구를 쳤다. 그 정도야 뭐. 집도 없으면 남들이 보면 네가 길거리에서 호객하는 줄 알걸. 톈톈이 말을 이었다. 차도 꼭 있어야 돼. 베이징이 얼마나 넓은데, 차 없이 어떻게 살아. 내가 물었다. 차라는 건 단차單車(자전거)를 말하는 거야? 아니면 승용차를 말하는 거야? 톈톈이 말했다. 당연히 승용차지. 자전거 없는 사람이 어디 있어! 내가 말했다. 그래, 그렇지. 자전거를 말한 거였다면 네 기준이 너무 낮은 거지. 톈톈이 말했다. 그렇다고 너무 좋은 차일 필요도 없어. 벤츠면 돼. 라다*를 끌고 다니면 너무 창피하잖아. 나는 고개를 끄덕였다. 네 외모에 네 성격 정도면 벤츠가 절대로 과분한 게 아니지. 다른 건? 톈톈이 말했다. 외모도 봐줄 만은 해야 돼. 보고 기분 나빠질 얼굴이면 안 되지! 키도 나보다 커야 하고. 나이는 나보다 많은 게 좋아. 난 연하는 싫거든! 내가 말했다. 그래도 상한선이 있겠지. 쉰 살 먹은 남자는 싫을 거 아냐. 톈톈이 말했다. 서른 남짓이면 되겠지.

* 러시아의 자동차 브랜드

마흔을 넘으면 안 돼. 내가 물었다. 이혼남도 고려 대상이야? 텐텐이 대답했다. 고려 대상이긴 한데, 구체적으로 어떤 상황인지는 봐야지! 내가 말했다. 나한테 라오황이라는 친구가 있는데, 사실 그렇게 늙은 것도 아니야. 대체로 네 기준에 맞는 것 같으니까, 후보 선수로 올려둘게. 네가 아는 대표 선수들을 다 써먹고 나면 그 사람을 소개해줄게.

어떤 여자를 꾀어내지 못하면서 그 여자에게 다른 남자를 소개해주는, 그런 남자를 본 적이 있는가? 본 적 없다면, 이번 일로 견문을 넓힌 셈이 될 것이다. 내가 바로 그런 남자이기 때문이다. 당신이 우리가 대화하는 자리에 있었다면, 아마 내가 텐텐에게 알랑거리는 모습을 볼 수 있었을 것이다. 역겹다고 토할 것 없다. 그보다 더 역겨운 것도 있으니까. 그건 바로, 그녀에게 알랑거리는 한편 나는 속으로, 만약 라오황이 정말로 텐텐과 잘된다면 반드시 그에 대한 정신적인 보상으로서 라오황에게 내게도 여자를 한 명 소개해달라고 해야겠다고 생각했다는 것이다. 나는 남들의 역겨운 점은 아주 잘 알아채지만, 나 자신의 역겨운 점은 잘 느끼지 못하는 특이한 능력을 가진 사람이다. 인간쓰레기로서 나는, 내가 했던 역겨운 행동들을 곧잘 돌이켜보곤 했다. 그럴 때마다 나는 내가 막 싸놓은 똥 덩어리를 볼 때처럼, 입꼬리에 차가운 웃음을 건 채 아주 만족스러워하고, 유쾌해하며, 또 우쭐해하는 것이다.

6

이제 샤오우가 어떻게 행동했는지에 대한 얘기로 돌아오자. 이 IT 기업 '모래바람'의 실직 노동자는 개를 잃어버리자 애인이라도 잃어버린 것처럼 굴었다. 애인이라 해도 이 애인은 나와 같은 급이 아니라 훨씬 더 높았다. 마치 로미오를 잃어버린 줄리엣을 보는 듯했다. 그녀의 이런 작태는 고상하고 야단스러워서 오히려 동정하는 마음이 들지 않았다. 그녀는 개를 찾는 전단지에 샤오화의 사진을 스캔해 넣어서는 몇십 장이나 컬러로 인쇄해서, 내게도 같이 동네 곳곳에 붙이러 가자고 했다. 전단지의 내용은 너무나 비통한 나머지 식욕까지 잃어버렸으니, 이 개를 찾아주는 사람에겐 크게 사례하겠다는 것이었다. 나는 그녀에게 이런 무단 광고지를 붙이는 사람들을 도처에서 단속하고 있으니 스스로 그물에 걸려드는 짓은 하지 말라고 했다. 그녀는 내가 협력하지 않는 걸 보더니 대번에 내가 샤오화를 처리해버린 게 아닌가 의심했다. 나는 내가 그런 거라면, 똥으로 변해서 변기 속에 버려져 영원히 괴로워하게 될 거라고 화장실을 두고 맹세했다.

그녀는 그래도 나를 놓아주지 않고, 기어코 나를 데리고 전단지를 붙이러 나가려고 했다. 별수 없이 북풍이 몰아치는 밤에 어둠을 뚫고 나가, 아파트 단지 주변의 전봇대와 담벼락 곳곳에 온통 전단지를 붙였다. 전단지를 붙여보고서야 깜짝 놀라게 된 사실인데, 이런 곳들에 붙어 있는 전단지는 정말 엄청나게 많았다. 이 사회를 이해할 수 있는 일종의 창이라 해도 과언이 아니었다. 내가 기억하는 것들만 해도 몇 가지가 있었다. 일단은 성병이나 산부인과 광고들이다. 임질, 매독, 질염, 발진, 불능, 조루, 전립선 문제 등등이 여기 속한다. 그다음은 구인 광고인데, 경비나 종업원, 보모를 구하는 일반적인 광고 외에도 월수입이 2~3만 위안이나 되는 남녀 접대부 모집 광고도 있었다. 그 광고에는 괄호 열고 남자는 반드시 몸이 튼튼하고 정력이 왕성해야 하며, 여자는 몸매가 좋고 얼굴이 예쁘며 힘든 일을 잘 견딜 수 있어야 한다고 부연 설명이 되어 있었다. 세 번째는 애완동물을 찾는 광고였는데 고양이, 개, 고슴도치, 부엉이, 비둘기 등을 찾는 광고가 있었다. 제일 웃기는 건 거북이를 찾는다는 광고였다. 도대체 거북이를 어떻게 잃어버린단 말인가? 잃어버렸으면 하수도에 가서 찾아봐야지. 네 번째는 성인용품 광고였다. 그중에는 비아그라 광고도 있었는데, 괄호 열고 이 약은 남성용으로, 발기를 도와 발기 시간을 늘려주고 곧게 서도록 해주며, 복용하는 즉시 효과가 나타나고, 부작용이나 의존성이 생기지 않는다고 적혀 있었다. 여성용 비아그라도 있었다. 이 약은 여성용으로 가룃과 곤충 가루로 만든 최음제인데, 무색무취의 액체로 음료나 술에 타서 마시면 즉시 성욕을 불러일으키며, 부작용이나 의존성이 생기지 않는다고 적혀 있었다. 그 외에도 남자와 여자의 모조 생식기 광고도 있었는데, 괄호 속에는 부드러운 수입산 고무로 제작해 형태와 감촉이 모두 진짜 같으며, 말하는 기능과 진동 기능, 늘어나거나 수축하는 기능이 있어 성적인 만족을 줄 수 있는 이상적인 기구로 선물용으로도 좋다고 쓰여 있었다. 다섯 번째는 각종 불법 광고였는데, 이 광고들은 정치 문제와 관련이 있는 것들이라 너무 많이 인용하면 그런 광고의 내용을 선전하게 되는 부작용이 생길 수 있으므로 여기에는 적지 않겠다. 이 광고들을 다 보고 나자 내가 이런 무모한 행동을 했다는 게 뒤늦게 겁이 났다. 만약 그 자리에서 도시 관리 직원에게 붙잡혔는데, 내가 성인 광고나 사기 광고를 붙였다고 오해를 산다면 감옥에 갇혔을 게 아닌가. 풍기문란죄로 처리되더라도 분명히 큰 벌금을 내야 했을 것이다. 여기까지 생각하자 등 뒤에 식은땀이 흐르면서 갑자기 분노가 치밀어 올랐다.

내가 말했다. 이제부터 내 앞에서 샤오화 얘기는 꺼내지도 마! 샤오우가 대꾸했다. 왜 또 그렇게 성질을 부려. 샤오화 얘기 좀 하면 어때서. 내가 말했다. 지금 네 처지가 어떤지 똑바로 보라고. 네가 지금 하루 종일 개의 운명 때문에 상심해서 눈물을 흘려도 될 상황이야? 그건 먹고살 걱정 없는 여자들이나 하는 짓거리야. 넌 어떻게 먹고살아야 할지나 생각하라고! 샤오우는 나를 비웃으며 말했다. 그렇게 무시하지 마시지. 장편소설이 이제 곧 출판될 거야. 그때가 되면 더 이상 네 돈은 안 쓸 거라고. 하도 치사해서 네 돈은 짜증나서 못 쓰겠다. 내가 말했다. 그런 근거 없는 소리는 하지 마. 누가 네 책을 내준대? 샤오우는 계속 나를 비웃었다. 넌 당연히 모르겠지. 라오황이 내줄 거야. 그 사람은 내 책에 대해서 아주 큰 확신을 가지고 있거든. 이제 곧 계약서를 쓸 거라고. 내가 말했다. 너 언제부터 라오황이랑 내통한 거야? 조심해야 돼, 그 건달이 하는 말 중에 제대로 된 말은 별로 없다고. 샤오우가 말했다. 그런 못된 소리 하지 마. 맨날 남을 비방하지도 말고. 라오황은 꽤 괜찮은 사람이야. 진짜로. 적어도 너보단 낫지.

샤오우가 라오황을 처음 만난 건 내가 그녀를 데리고 나갔던 만찬 모임에서였다. 나와 샤오우는 라오황이 했던 그 저질스러운 질문에 대답할 기회를 계속 노리고 있었지만, 라오황은 그 얘기는 다시 꺼내지 않고, 아주 점잖게 샤오우에게 인사했다. 그걸 보고 나는 라오황이 술주정은 심하지만 술이 깨면 죄다 잊어버리는 사람이라는 걸 다시 확인하게 되었다. 그 당시는 샤오우가 피부 관리를 다 받은 지 얼마 안 되었던 때라서, 라오황은 샤오우에게 피부가 아주 희고도 발그레해서 예쁘다며, 물 위로 피어난 연꽃처럼 타고난 미인이라고 연신 칭찬했다. 라오황은 나름 몇 년 정도 문학청년으로 지냈기 때문에 쓸 줄 아는 형용사가 꽤 많았는데, 그런 형용사들이 침이 튀듯 하나하나 입 밖으로 튀어나왔다. 샤오우는 아주 쑥스러워했지만 그래도 기분이 꽤 좋았던 모양인지 라오황에 대해 좋은 인상을 가지게 되었다. 나는 그 둘이 언제 책을 출판하는 얘기까지 한 건지 알 수 없었다. 샤오우는 누구에게든 스스럼없이 들러붙는 스타일이었다. 만찬 모임에 몇 번 데려갔더니 그녀는 나와 교류가 없는 사람들과도 연락하며 지내게 되었다. 현실적인 조건이 갖춰져 있었다면 그녀는 사교계의 여왕이 되었을 것이다. 그녀는 집 안에서만 지내기에는 적합하지 못하지만, 대외 활동에서는 능력을 발휘할 수 있는 유형의 여자였다. 내가 말한 조건이란 그녀의 외모가 좀 더 우아하고 예쁘다든가, 위풍당당한 남편이 있다든가, 괜찮은 집안 출신이라든가 등이다. 그랬다면 능히 상하이 사교계에까지도 진출했을 것이다. 하지만 아쉽게도 그녀는 그저 집에 틀어박혀서 미녀 작가라는 타이틀을 얻기만을 기대할 수밖에 없는 처지였다. 이를 생각하자 나는 내 잘못이 크다고 느꼈다. 내가 그녀를 데리고 있을 게 아니라, 그녀의 장점을 발휘할 수 있도록 해줄 사람이 그녀를 데리고 있는 게 맞다는 생각이 들었다. 뭐, 그건 그렇지만, 여자가 시집을 잘못 가는 건 아주 흔한 일이 아닌가. 딱 맞게 어울리는 사람끼리 함께하는 건 지극히 드문 일이다.

샤오우는 나를 따라 만찬 모임에 가는 걸 아주 좋아했다. 그녀는 누구하고든 두세 마디만 나누면 바로 친해져서는 속마음을 털어놓곤 했다. 그녀가 진짜로 창작에 재능이 있다면 그건 바로 이 수다를 좋아하는 성격이 길러낸 재능일 것이다. 나는 그녀를 데리고 나가는 걸 별로 좋아하지 않았다. 그녀는 남들이 내가 그녀를 성적으로 학대하고, 억압하고 있는 것처럼 오해하기 쉽게 굴었기 때문이다. 그녀와 함께 간 세 번의 만찬 모임 중 두 번은 샤오화를 잃어버리기 전이었고 세 번째는 샤오화를 잃어버린 후였다. 세 번째 모임 때 그녀는 라오황 옆자리에 앉았고, 나는 텔레비전 방송에서 개그 프로그램을 진행하는 후난 출신의 여자 사회자 옆자리에 앉았다. 이 여자의 이름이 뭐였는지는 기억나지 않지만, 아무튼 아주 흔해서 잊어버리기 쉬운 이름이었다. 나는 그녀와 아주 유쾌하게 계속 웃고 떠들었다. 그녀는 매우 열려 있어 좀 쉬운 여자라는 인상까지 주는 사람이었는데, 별의별 농담을 다 할 줄 알았다. 왼쪽 뺨엔 보조개가 있었는데 오른쪽에는 없어 수술을 해서 한쪽에만 만든 모양이었다. 인공적으로 만든 거긴 했지만 그래도 아주 보기 좋았다. 나는 계속 그녀를 웃게 만들면서 그녀의 보조개를 감상했다. 이렇게 계속 웃고 떠들다 보니 얼굴 근육이 다 아플 지경이었다. 잠깐 웃음을 그칠 때면 나는 샤오우가 라오황에게 샤오화를 잃어버려서 너무 슬프다고 하소연하면서, 샤오화를 잃어버린 이유를 짚어보는 걸 들을 수 있었다. 이런 식으로 각자 삼삼오오 즐겁게 얘기를 나누며 저녁 시간을 보내는 분위기는 원래 꽤 좋은 것이었다. 그런데 샤오우는 하소연을 다 끝낸 뒤에도 내가 그 여자와 여전히 즐겁게 웃는 걸 보니 기분이 상한 모양이었다. 그녀는 내게 큰 소리로 말했다. 리유첸, 확실히 말해봐. 네가 샤오화를 어디다 버린 거 아냐?

그때 나는 막 웃긴 얘기를 하고 있던 참이었다. 한 남자가 아랫도리에 문제가 생겨서 병원에 갔다. 의사 앞에서 속옷을 벗어 보여주자 의사가 말했다. 당신은 왜 물건이 없습니까? 여기까지 얘기했을 때 샤오우가 내 말을 끊어버려서, 나와 그 여자 사회자의 웃는 얼굴은 순간적으로 굳어버렸다. 나는 약간 화를 내며 말했다. 나랑은 상관없는 일이라고 했잖아? 샤오우가 말했다. 문도 제대로 닫혀 있었잖아. 네가 한 짓이 아니라면 무슨 일이 생겼을 리가 없어. 내가 말했다. 지금은 그 얘기 하고 싶지 않아. 다들 술 마시고 있는데 방해하지 마! 샤오우는 집요하게 나를 물고 늘어졌다. 난 지금 꼭 확실히 물어봐야겠어. 넌 집에 가면 죽어도 인정하지 않을 거잖아! 여자 사회자는 우리가 말다툼하는 소리에 흥이 다 깨져버린 듯했다. 그녀는 원래 우리가 두어 마디 다투고 나면 내가 하던 얘기를 계속해줄 거라고 생각했지만, 이제는 계속 듣고 싶은 생각이 없어졌는지 다른 쪽에 앉아 있는 출판업자와 얘기를 하려 했다. 나는 끝내 화가 나서 샤오우에게 소리를 질렀다. 분위기 다 깨지 말라고, 멍청아! 샤오우도 화가 났는지 라오황의 라이터를 내게 집어던졌다. 라이터는 탁 하는 또렷한 소리와 함께 내 이마에 부딪쳤다. 라오황은 그녀의 손을 잡아 제지하면서 내게 핀잔을 줬다. 리유첸, 사랑하는 사람한테 무슨 말을 그렇게 해! 나는 가슴속에 쌓였던 울분이 한꺼번에 치밀어 올라 표독스럽게 말했다. 난 애초에 그 여자를 사랑한 적이 없다고!

샤오우는 악 하고 소리를 지르며 벌떡 일어서더니 성난 늑대처럼 별실 밖으로 나가버렸다. 라오황은 내 쪽을 한 번 쳐다보고는 그녀를 따라 나갔다. 여자 사회자를 제외한 모든 사람이 내게 쫓아가보라고 했지만, 나는 아무 대답도 하지 않고 술잔에 있던 술을 다 마시고 한 잔 더 따라 마셨다. 나는 주량이 약했다. 술을 많이 마시면 위장이 아프기 때문이기도 하고, 마시면 마실수록 발걸음은 무거워지는데 머리는 점점 더 흥분하게 돼서 잠이 잘 오지 않기 때문이기도 했다. 그래서 나는 밤에 술을 잘 마시지 않았다. 하지만 나는 이런 금기를 잊어버린 채 무의식적으로 술잔을 들어 마셨다. 마시지 않으면 뭘 어째야 할지 알 수 없었다. 내가 술을 세 잔째 비워가고 있을 때 라오황이 별실 안으로 들어왔다. 그가 혼자 들어오는 걸 보고, 다들 긴장한 채로 샤오우는 어떻게 됐느냐고 물었다. 라오황은 그녀가 자기 차에 있다며 괜찮다고 말하고는, 내게 가서 좀 위로해주라고 했다. 나는 그 말에 대답하지 않았다. 술을 석 잔이나 비웠더니 머리가 멍해져버렸다. 나는 원래 여자 사회자에게 아까 하던 얘기를 계속해주고 싶었지만, 그녀가 출판업자가 하는 얘기를 듣고 있는 걸 보자 나도 순간 흥미가 식어버렸다. 라오황이 큰 소리로 말했다. 리유첸 이 자식아, 위로해주러 안 갈 거야? 나는 라오황을 돌아보며 소리를 질렀다. 위로해주고 싶으면 당신이나 가봐요. 나랑 무슨 상관인데! 주절주절 귀찮게 굴지 말라고요! 라오황이 말했다. 인간도 아닌 놈아! 나는 목을 꼿꼿하게 세우고 대꾸했다. 내가 짐승인 걸 이제 알았어요? 난 당신처럼 위선 떨면서 사람 행세하진 않는다고! 라오황이 말했다. 그래, 난 위선자다. 네가 나보고 그렇게 말한 거니까, 후회하지 마라! 내가 말했다. 후회하긴 개뿔. 그래봐야 당신도 좆 달고 있는 건 똑같은데, 뭐 그리 잘났다고?

　우리 목소리가 너무 커서, 그 자리에 있던 사람들이 다들 얘기하던 걸 멈췄다. 여자 사회자가 내게 말했다. 취한 거 아니에요? 뭘 그렇게 화를 내요! 내가 말했다. 안 취했어요. 좀 이따가 아까 그 얘기 마저 해줄게요. 자리가 이 모양이 되자 다들 재미가 없었는지, 여기저기서 그만 가자고 말하며 다들 일어나 겉옷을 입었다. 나는 그 여자 사회자와 일찍부터 자리가 파하고 나면 인디 밴드들의 공연을 보러 뮤직바에 가자고 약속을 해뒀다. 그녀가 아직 갈 생각이 있느냐고 묻기에, 나는 가자면서 그녀를 데리고 음식점 입구로 나가 택시를 잡았다. 그때 나는 샤오우가 고개를 푹 숙인 채 라오황의 차 안에 앉아 있는 걸 보았다. 어깨가 들썩이는 걸 보니 아직도 울고 있거나, 적어도 우는 척을 하고 있는 것 같았다. 나는 그녀가 이런 식으로 호들갑을 떠는 데 이미 질렸기 때문에, 그 모습을 한 번 보고 나자 다시는 쳐다보기가 싫어졌다. 그 대신 나는 여자 사회자의 손을 힘주어 잡았다. 나는 어떤 여자가 싫어질 때면 언제나 다른 여자가 두 배로 더 좋아지곤 했다. 다른 사람들도 이런 걸 느낀 적이 있는지 모르겠다. 다들 그런 마음이 든다면, 아마 한쪽이 싫어지면 다른 쪽이 좋아지는 원리에 의해 그렇게 되는 모양이다. 진짜로 이런 원리가 있는 거라면, 다들 마음 편히 이런 감정을 가져도 되겠지. 마누라에게 싫증이 나면 정부를 들이고, 그 정부에게 질리면 다른 여자로 바꾸고, 정부를 만난다는 이런 형식이 귀찮아지면 다시 연애를 해보고, 이 지방 여자에게 질리면 외지 여자를 만나보고, 검은 머리 여자에게 질리면 금발 여자를 만나보고, 가슴이 작은 여자에게 싫증나면 가슴 큰 여자를 만나고, 처녀랑 하다가 질리면 원숙한 여자랑도 해보고, 창녀랑 하다가 질리면 배우와 해보고, 배우가 별로면 감독이랑 해보고, 가수를 만나다가 질리면 미녀 작가로 바꿔보고, 미녀 작가가 별로면 유명하고 고상한 작가와 해보고, 여자 작가와 해봤으면 남자 작가와도 해보고, 그 밖에도 시사 평론가며 문학평론가, 혹평가, 정치평론가, 경제 관찰관, 1990년대에 가장 큰 영향력을 가지고 있었던 학자형 시인, 산문가와 소설가, 세상에 마지막으로 남은 음유시인 등등, 다들 마음 편히 이런 사람들과 다 해봐도 좋다. 오늘 밤에 나는 여자 사회자와 잘해볼 생각이다. 술에 좀 취하긴 했지만 헛소리를 하는 건 아니다. 그저 마음 편히 여자랑 잘해보고 싶은 것이다.

우리가 뮤직바에 도착했을 때는 아직 공연이 시작되기 전이었다. 우리는 맥주 두 병을 주문해 사람들 속에 끼어 술을 마셨다. 노란 머리의 서양 여자 두 명이 바 쪽에서 나를 향해 윙크했다.

내게 한 건지 아니면 내 뒤에 있던 남자들에게 한 건지 정확히 알 수는 없었지만, 아무튼 이 윙크 때문에 나는 더욱 흥분했다. 첫 번째 밴드가 첫 곡인 「우리의 조국은 화원花園」을 목청껏 부를 때, 나는 손을 뻗어 여자 사회자의 실룩거리는 엉덩이를 두드렸다. 그녀의 엉덩이는 크진 않았지만 단단하게 꽉 차 있는 게, 세계 선수권 대회에서 배구공으로 쓸 수도 있을 것 같았다. 그녀의 배구공은 내가 두드릴수록 더 격렬하게 움직였다. 나는 흥분한 나머지 술병을 깨물어 삼키고, 그녀까지도 삼켜버리고 싶어졌다. 시끌벅적한 사람들 속에서 나는 그녀의 가슴에 달린 배구공도 두드려보려 했지만, 그녀는 내가 그렇게 하도록 두지 않고 몇 번이나 내 손을 붙잡아 내렸다. 공연이 다 끝날 때까지도 나는 엉덩이밖에 만져보지 못했다. 그녀는 온몸의 욕망을 전부 엉덩이에 집중시킨 것 같았다. 밖으로 나와서 나는 그녀와 같이 가고 싶었지만, 그녀는 나를 거절하고는, 내가 손가락을 튕겨서 잡은 택시를 타고 내빼버렸다.

나는 결국 그녀와 해보지 못했다. 여자 사회자와 잘해보는 건 너무 어려운 일이었다. 그녀를 침대까지 데려가진 못했지만 그래도 엉덩이는 만져봤다. 그녀의 엉덩이는 크지도 작지도 않은 동양적인 엉덩이로, 중국적인 특색이 있는 엉덩이였다. 러시아 여자의 엉덩이처럼 크지도 않고, 쿠바 여자의 엉덩이처럼 위로 치켜

올라가 있지도 않았다. 문인들의 표현 방식을 빌려 말하자면, 태산泰山처럼 웅대하지도, 화산華山처럼 우뚝하지도 않고, 태평양처럼 드넓지도, 북극해처럼 멋지지도 않은 그저 평범한 엉덩이였을 뿐이다. 그건 개혁개방을 겪으며 자라난, 수많은 사람이 만져본 배구공 같은 엉덩이였다. 나는 그저 수박 겉핥기로, 옷 위로 그 탄성을 느꼈을 뿐이다. 그건 내가 얻지 못한 엉덩이, 내가 잊을 수 없는 엉덩이였고, 그 밤 내내 상상 속에서 내가 범한 엉덩이였다. 내가 감탄한 나머지 그에 대한 시를 읊게 해, 미래의 『시경詩經』에 등장할 엉덩이였다.

내가 상상 속에서 그 엉덩이를 범했을 때쯤부터 벌써 위장이 아파오기 시작했다. 침대에 누워서 잘 수가 없었다. 비스듬히 기대앉아서 복부의 살들을 한 덩어리로 모으고 있어야만 위경련이 오는 걸 막을 수 있었다. 그러다가 가방 구석에서 마딩린嗎丁啉 알약 몇 개를 발견했다. '위장의 원동력'이라고 광고하는 이 녀석 덕분에 확실히 나는 위통을 견디기가 좀 편해졌다. 허약한 위장을 가진 사람이 새벽에라도 잠들 수 있게 해줬으니, 의학의 발전에 감사할 일이다. 나는 이제 샤오우에게 아무런 감정도 없고 심지어 귀찮아져버렸지만, 그래도 어쨌든 그녀는 내 여자 친구였고, 내게 즐거움과 고통을, 오르가슴과 성적 학대를 그리고 말로는 표현하기 힘든 삶의 경험을 가져다준 사람이었다.

그녀는 그날 밤에 돌아오지 않았다. 라오황이 그녀를 어디로 데려갔는지 누가 알겠는가. 차에서 하룻밤을 보냈을 수도 있고, 어쩌면 라오황의 집에 갔을지도 모를 일이다. 아무튼 그런 거야 그들의 자유니까, 나는 추측해볼 생각도 없다. 이건 내가 무정한 사람이기 때문인 것도 아니고, 내가 여자를 여자 취급하지 않기 때문인 것도 아니다. 가령 나는 '여자란 옷가지와도 같다'는 말을 할 용기가 없고, 절대로 그런 말을 하지도 않을 것이다. 이런 말을 하는 사람은 분명히 페미니스트에게 욕을 먹어본 적이 없을 것이다. 나는 오히려 정반대의 생각을 가지고 있다. 나는 여자가 천사라고, 그러니까 신이 싼 똥이라고 생각한다. 그러니 남자가 보기에는 당연히 아주 신성한 존재이고, 냄새가 나기는커녕 아주 향기로운 존재다. 역사 속의 많은 이도 여인의 향기를 찬양하지 않았던가. 하지만 천사와 오랫동안 같이 지내다보면, 남자들은 천사가 하늘에서 내려온 아주 향기로운 존재라 하더라도 결국은 똥일 뿐이기 때문에, 자기 자신과 큰 차이가 없다는 걸 알게 된다. 더 큰 문제는, 원래 개똥이었던 남자들은 이 부계 사회에서 점점 더 자기가 잘났다고 생각하게 되고, 곧잘 자기가 신이라고 생각하게 되기 때문에, 여자를 자기의 종속물로 여기게 된다는 것이다. 사실상 내 생각은 이렇다. 개똥과 천사는 본질적으로 같은 존재로, 둘 다 자연계에 필요 없는 존재다. 하지만 천사는 어쨌든 하늘에서 왔기 때문에 자유로운 천성이 있으므로, 그녀가 어느 개똥을 좋아할지는 그녀 마음이다. 그러니까 나는 샤오우에게 자유를 줘야 마땅하다.

이튿날 나는 출근했다가 밤이 되어서야 돌아왔다. 샤오우는 그때도 집에 없었지만, 나는 그녀가 오후에 다녀간 흔적을 발견할 수 있었다. 나는 천사는 자유로운 존재라는 원칙을 존중했기 때문에 그녀의 행방을 여기저기 물어보지 않았다. 안전을 염려해서 나는 며칠 동안 석간신문의 사회면을 자주 훑어보며, 혹시나 어떤 여자가 강에 투신했다거나 빌딩에서 뛰어내렸다거나 혹은 노동자에게 강간당했다거나 하는 등등의 기사가 없는지 살펴보았다. 이것도 사실 쓸데없는 행동이었다. 샤오우는 자기애가 강한 성격이라는 걸 나도 알고 있었기 때문이다. 사흘 후에 나는 라오황에게 전화를 걸어 혹시 샤오우의 행방을 아는지 물었다. 라오황은 모른다고 대답하면서, 내가 그날 저녁에 그녀의 자존심에 너무 큰 상처를 줬다고 나무랐다. 나는 라오황에게 그런 얘긴 하지 말자고, 누구든지 솔직하게 말할 권리가 있는 거라고 했다. 일주일 후에 라오황은 내게 전화를 걸어서는, 샤오우가 자기에게 전화를 했는데 자기 집으로 오고 싶어한다며, 내게 어떻게 하는 게 좋겠냐고 물었다. 나는 그 말을 듣고, 일단 샤오우가 안전하다는 걸 다행으로 여기며 한숨 돌렸다. 내가 말했다. 걔 마음대로 하라고 해요. 참, 샤오우 사타구니에 점이 하나 있는데, 혹시 봤어요? 라오황은 잠시 망설이다가 대답했다. 봤어. 내가 말했다. 그럼 됐어요. 앞으로 샤오우가 뭘 하고 싶어하든 나한테 물어볼 필요 없어요. 라오황이 작은 소리로 물었다. 우리 아직 친구 맞아? 나는 전혀 주저하지 않고 대답했다. 당연하죠. 우린 더 좋은 친구가 될 수 있을 거예요.

7

텐텐은 결혼 상대를 찾는 일에 대해 나와 여러 번 툭 터놓고 얘기했다. 그녀는 그동안 열 명이 넘는 남자들을 만나봤는데, 매번 일단 식사를 한 후에 같이 과일을 사러 가서, 그 남자의 씀씀이가 어느 정도인지를 살펴보았다. 텐텐은 과일 킬러였다. 그녀는 거의 변태적인 수준으로 과일을 좋아해서 하루 종일 밥 대신 과일만 계속 먹을 수도 있는 정도였는데, 하필 또 미국 포도나 오렌지 같은 걸 좋아해서 한번 사면 몇백 위안어치를 사곤 했다. 물론, 탈락한 남자들은 다들 과일을 사는 단계에서 탈락된 게 아니었다. 여자가 코끼리만큼 먹는다고 해도 남자들은 보통은 사줄 수 있을 테니까. 탈락한 남자들은 집이 없거나, 집이 있다고 해도 오래된 집이거나 혹은 차가 없거나 한 사람들이었다. 그중 어떤 남자는 회사 차를 몰고 와서 차가 있는 척했는데, 텐텐은 그 남자와 보름 동안이나 동거한 끝에야 그 진상을 알게 되었다. 그 남자는 일단 사고부터 먼저 쳐놓고 어떻게 해보려고 했던 모양인데, 텐텐은 의외로 자기 원칙을 고수하는 여자였기 때문에 결국 헤어지고 말았다.

텐텐은 내가 샤오우와 헤어졌다는 걸 알고는 내게 위로차 밥을 한 끼 사겠다고 했다. 나는 이런 식의 위로에 정말 익숙치 않았기 때문에 그녀에게 말했다. 진짜로 그럴 필요 없어. 나 하나도 안 힘들어. 남자랑 여자는 다르잖아. 텐텐이 말했다. 그래? 그렇다면 다행이네. 그래도 너 요즘 좀 마른 것 같은데. 나는 그녀에게, 내가 마른 이유는 요즘 위통이 심한 데다 허열까지 올라서 입맛이 너무 없기 때문이라고 말했다. 텐텐은 한의학에 대해 잘 몰라서 허열이 뭔지 이해하지 못했다. 내가 한참을 설명해줘도 이해를 못하는 걸 보니 허열이 올라본 적이 없는 모양이었다. 나는 좀 귀찮아져서 말했다. 내 얘긴 그만하고, 네가 선 본 얘기나 해봐. 그러자 텐텐은 최근에 만났던 남자 얘기를 했다. 그 남자는 불연성 내장재를 사고파는 일을 하는 사업가였는데, 집도 있고 차도 있으며 키도 크고 잘생긴 근육질의 남자였다고 한다. 마흔을 갓 넘긴 그는 이혼 경력이 있었는데, 이혼한 이유는 남자는 성욕이 너무 강한데 부인은 불감증이었기 때문이라고 했다. 텐텐은 그 남자가 모든 면에서 다 괜찮다 싶어 곧장 시험 결혼 단계로 들어갔다. 시험 결혼이라고는 해도 사실상 주말마다 만나서 놀다가 그의 집에서 자는 거였다. 그는 그 외의 다른 시간엔 일하느라 바쁘고, 밤에는 접대나 회식을 한다고 했다. 텐텐도 자기 일이 있었기 때문에, 전화 통화를 하는 것 외에는 달리 연락을 하지 않았다. 한 달 동안 시험 결혼 생활을 하면서 톈톈은 그 남자의 강력한 성생활을 실감할 수 있었다. 물건도 크고 시원스러운 걸 보니, 그가 이혼한 이유에 대해서도 믿음이 갔다. 하지만 바로 그의 강렬한 성욕 때문에 톈톈은 그가 안전하지 못한 남자라고 생각하게 되었다. 주된 이유는 두 가지가 있었는데, 첫째는 그런 성욕이라면 주말에만 성생활을 하지는 않을 것 같다는 것이었고, 둘째는 밤에 그에게 전화할 때면 매번 옆에서 여자 목소리가 들린다는 것이었다. 그래서 여자의 직감에 따라 톈톈은 위험을 확신하게 되었다. 그녀가 몇 번이나 캐묻자 서로 상대방에 대해 흥미가 떨어져서 자연히 더 만나지 않게 되었다는 것이었다.

그녀가 여기까지 얘기를 끝냈을 때 나는 마침 밥 한 그릇을 비우고 이를 쑤시고 있었다. 톈톈이 물었다. 지난번에 말했던 그 라오황이란 사람은 어때? 나는 그 말에 잠깐 멍해져서, 한참이 지나서야 간신히 반응을 했다. 나는 이쑤시개를 입 밖으로 빼내고 말했다. 아, 그 라오황 말이지. 나중에 내가 한참 생각을 해봤는데, 아무래도 너한테 소개해주긴 좀 그래. 물질적인 조건은 괜찮은데, 요즘 보니 품행이 별로더라고. 네가 방금 얘기해준 그 남자보다 뭐 그리 나을 것도 없어. 그런 사람을 소개해주면 넌 괜히 힘든 경험만 한 번 더 하게 될 것 같아. 내가 말을 마치기도 전부터 톈톈의 얼굴에 실망을 넘어 절망스러운 표정이 떠오르더니, 그녀는 한숨을 쉬며 욕을 했다. 망할, 세상에 좋은 남자란 건 아예 없는 거 아냐? 나는 다급히 그녀를 위로했다. 좋은 남자가 많지는 않지만 그래도 분명히 있긴 있어. 그렇게 낙담하지 마. 중국에 남자가 얼마나 많은데. 중국까지 갈 것도 없이 베이징만 봐도, 호화 주택도 그렇게나 많고, 고급 승용차들이 도로가 변비라도 걸린 것처럼 밀려 있잖아. 그러니까 네 기준에 부합하는 남자도 많을 거야. 그런데 어느 집에 숨어 있는지 네가 모르는 것뿐이지. 어쩌면 그 사람도 널 찾고 있을지도 몰라. 그러니까 인내심을 가져. 그 사람을 찾아낸다면 인연이 닿은 거고, 못 찾았다면 인연이 아직 안 온 거니까. 이 이쑤시개도 마찬가지야. 내 잇새에 낀 고기 조각을 찾아야 되는데, 잇새에 틈이 너무 많아서 금방은 못 찾을 수도 있잖아. 그래도 인내심을 가지고 모든 틈새를 다 쑤시다보면 결국은 찾아낼 수 있어. 이런 게 바로 인연이란 거야. 톈톈은 구멍투성이인 내 이빨을 보면서 얘기를 듣더니, 독한 마음을 먹은 듯 말했다. 좋아, 그럼 그 망할 놈의 인연이란 걸 한번 믿어보지 뭐!

난창 이야기

1

샤오딩小丁은 내 몇 안 되는 친구 중 하나다. 나보다 여섯 살 아래인 그는 베이징 우전郵電 대학의 학생으로, 우리 신문사에서 인턴으로 일하고 있었다. 나는 오랫동안 나보다 나이가 어린 사람들과 교류하는 버릇이 있었는데, 그중 샤오딩만 유일하게 1980년대생 친구였다. 내가 그를 막 알게 되었던 당시에 나는 그가 어린아이라고 생각했지만 지금은 그렇게 보지 않는다. 그는 여자를 꾀는 데 고수였다. 처음 보는 여자에게도 스스럼없이 친근하게 다가가는 그의 숙련된 기술을 보노라면, 나는 내게 그런 능력이 없는 걸 한탄할 수밖에 없었다. 어떤 상황에서는 그가 나보다 여섯 살 위라고 해야 옳은 게 아닌가 하는 생각도 들었다. 뭐, 그렇다고는 해도, 나이라는 건 사실은 아무것도 설명할 수 없다. 특히나 지금처럼 새로운 사고방식과 새로운 것들이 끊임없이 생겨나는 시대에는 더욱 그렇다. 나는 지금, '더 젊은 사람을 보고 배우자'라는 걸 내 좌우명으로 삼고 있다. 나는 샤오딩의 여자 친구가 도대체 몇 명이나 되는지 정확히 알지 못한다. 내가 아는 것만 해도 네 명이 있는데, 인터넷으로 연애 중인 여자 친구가 우한武漢에 한 명 있고, 인터넷 친구이자 문학을 통해 사귄 여자 친구가 상하이의 푸단復旦 대학에 하나 있다. 그리고 중학교 때부터 사귀어온, 제일 중요하다 할 수 있는 여자 친구가 난창南昌 대학에 있다. 그 밖에도 베이징 베이타이핑좡北太平莊의 성취헌醒醉軒이라는 음식점의 종업원이 하나 있는데 술자리 한 번으로 우연히 알게 된 여자 친구였다. 이 네 명만 봐도, 샤오딩은 취향이 아주 넓어서 어떤 여자든 다 소화할 수 있다는 걸 알 수 있었다. 이게 바로 내가 그에게 감탄하는 부분이었다.

샤오딩이 우리 신문사에서 인턴으로 일하던 당시는 바로 인터넷 연애가 크게 붐을 일으켰던 때였다. 그는 모니터에 채팅창을 수없이 띄워놓고 전국 각지의 미녀들과 시시덕거리며 수다를 떨었다. 나는 가끔씩, 그가 침대에서도 이렇게 일당십의 능력이 된다면 더더욱 그를 보고 배워야겠다는 생각을 했다. 물론, 인터넷에서만 교류하는 걸로는 모자랐다. 내 경험에 따르면, 인터넷으로 채팅을 하는 건 상상 속의 섹스일 뿐이고, 오랫동안 전화 통화를 하는 단계로 발전하게 되면 자위하는 것과 비슷한 맛이 생기고, 결국 실제로 만나서 침대에 오르면 마침내 인터넷 연애가 제대로 결실을 맺은 거라고 할 수 있었다. 샤오딩은 상상 속의 섹스에서 금세 자위 단계로 발전해서, 업무 시간 동안은 인터넷에 빠져 있었고, 퇴근 후에는 전화통을 붙잡고 있었다. 한 달이 지나자 그의 자리에 놓여 있던 전화의 요금은 2000위안까지 급증했는데, 거의 대부분이 상하이와 우한에 장거리 전화를 건 비용이었다. 재무부에 2000위안의 벌금을 내고 나자 샤오딩은 인터넷 연애에 적극적이던 태도에 타격을 입어, 더 이상은 예전처럼 호출을 받았다 하면 불이 붙은 것처럼 굴지 않게 되었다. 때마침 신문사가 내부 정돈에 들어가 한 달 동안 휴가를 받게 되었다. 두뇌 회전이 바람개비처럼 재빠른 샤오딩은 우울하던 와중에 갑자기 신이 나서는 내게 말했다. 남쪽에 한 번 다녀오는 건 어때? 여자들 보러 가자. 나는 대번에 그러자고 했다. 휴가를 받았으니 이제 나도 한가한 인간이 아닌가. 내가 물었다. 어디 갈 거야? 그는 난창에 갈 거라고 했다. 나는 왜 하필 난창으로 가냐고, 난창에 미녀가 있다는 얘기는 들어본 적이 없다고 말했다. 그러자 샤오딩은 진지하게 말했다. 있어. 진짜로 있다고. 많이 알려지지 않았을 뿐이지. 난창에 미녀가 별로 없으면 거기서 또 항저우로 가보지 뭐. 나는 그의 여자 친구가 난창 대학에 있다는 게 갑자기 떠올라서, 더 이상 물어볼 필요가 없다는 생각이 들었다. 이 녀석은 무슨 일을 하든 어떤 중심, 즉 여자에게서 벗어나지 못하는구나. 내가 말했다. 그럼 난창으로 가자. 그런데, 나 여자 한 명만 데려갈 수 있으면 좋겠는데.

나는 원래 여자를 데려갈 생각이 없었다. 남쪽으로 놀러가는 목적이 바로 여자를 보러 가는 게 아닌가. 하지만 난창에 도착하면 샤오딩은 자기 여자 친구와 같이 다닐 텐데, 그 사이에 끼어 방해물이 될 생각만 해도 너무 두려웠다. 어떤 여자를 데려가는 게 적당할까? 나는 난창으로 가기 전까지 계속 이 문제로 고민했다. 내가 베이징에 와서 처음으로 사귄 여자 친구인 덩리리와는 벌써 헤어졌고, 두 번째 여자 친구인 샤오우는 이젠 내 친구인 라오황의 여자 친구가 되어버렸다. 세 번째 여자 친구가 내 앞에 나타나지 않은 지금, 도대체 누굴 찾아야 할까? 나는 지금 썸을 타는 여자가 떠오르지도 않았고, 누구와 썸을 타게 될 가능성이 있을지도 생각나지 않았다. 여기까지 생각하자 설레던 마음이 식어버려서, 난창에 가고 싶던 흥미까지 같이 사그라들었다. 그날 밤에 샤오딩은 내게 전화를 걸어 같이 갈 사람을 찾았냐고 물었다. 내가 대답했다. 못 찾았어. 가고 싶은 마음도 별로 안 드네. 샤오딩이 말했다. 그럼 그냥 관두자. 교수님이 나보고 여기 남아서 논문 쓰래.

난창 여행을 취소한 그날 밤, 베이징은 순식간에 봄이 온 것처럼 갑자기 기온이 올라서, 하룻밤 사이에 복사꽃이 폭발하듯 피어났다. 날씨가 따뜻해지자 나는 안절부절못하며 뭐라도 하고 싶은 기분이 되었다. 중학교 때부터 봄이 오면 언제나 이런 식이었다. 지금쯤 남쪽은 분명히 더 따뜻하겠지. 예쁜 여자가 없다 하더라도 풍경을 구경하는 것도 나쁘진 않을 텐데. 나는 그런 생각에 다시 좀 후회가 되었다. 덥고 건조한 봄밤에 이런저런 생각이 끊임없이 떠올랐다. 내 첫사랑이 바로 복사꽃이 활짝 핀 이 계절에 시작되었던 게 생각났다. 첫 섹스를 한 것도 이 계절이었고, 처음으로 불륜 관계를 해본 것도 역시 이 시기였다. 그런데 지금, 나는 바로 이 계절에 그저 옛일들을 회상하고만 있다. 나는 집 밖으로 나가 화장花江 개고기 시장 근처를 한 바퀴 돌아봤다. 예전엔 이 개고기 시장 입구에 언제나 매춘부들이 잔뜩 모여 있었는데, 예쁘든 못생겼든 간에 한 번 하는 데 200위안이었다. 그런데바로 지난달에 단속을 한 번 한 탓인지, 지금은 시장 입구가 아주 한산해져 있었다. 여자들 몇 명이 길가를 걸어가고 있었다. 나는 그들이 매춘부인지 아닌지 정확히 알 수 없었고, 오늘 밤에여자를 하나 잡아서 할지 말지도 결정하지 못했다. 이렇게 더운밤엔 누구든 주관을 잃고 주저하며 망설이게 되는 법이다.

2

이튿날, 샤오딩은 다시 내게 전화를 해서 자기는 아무래도 가고 싶다고 말했다. 그의 여자 친구가 벌써 난창 대학 근처에 그가 묵을 곳을 구해둔 데다가 더 중요한 이유는 그가 가지 않겠다고 했더니 여자 친구가 울어버렸다는 것이다. 전화를 받았을때 나는 침대에 누워 있다가, 전화를 끊자마자 옷을 입었다. 그리고 채 정오도 되기 전에 우리는 난창으로 가는 1453호 열차에 올라탔다.

열차 안으로 들어선 우리는 서로 약속이나 한 듯이, 우리 옆자리에 여자 한두 명이 앉아서 여행길의 심심함을 달랠 수 있길 바랐다. 그런데 유감스럽게도 이 열차에 탄 사람은 거의 대부분이 노동자들이라, 나와 샤오딩이 몇 번이나 사람들을 이리저리 살펴봤지만 눈에 들어오는 여자는 하나도 없었다. 내 맞은편에는 노동자 부부가 앉아 있었는데, 남자는 몸집이 작고 말랐고, 여자는 아주 뚱뚱해서 턱살이 늘어져 있을 정도였다. 그들이 자리에 앉자마자 내가 한숨을 쉬었고, 뒤이어 샤오딩도 한숨을 쉬었다. 내가 물었다. 웬 한숨이야? 샤오딩이 말했다. 왜 그러는지 모르겠어? 우연히 미녀를 만나보려던 계획이 물거품이 돼버렸잖아. 내가 말했다. 내가 한숨을 쉬는 건 그렇다 쳐도, 너는 한숨 쉴 게 뭐 있는데. 넌 난창에 가면 여자 친구가 있을 거 아냐. 샤오딩이 말했다. 그럼 너도 한숨 쉴 필요 없어. 난창에 가면 내가 여자 하나 찾아줄게. 내가 말했다. 일단 차 안에서 어떻게 시간을 보낼지부터 먼저 생각해보자.

열차가 움직이기 시작하자 차 안에 탄 사람들은 다들 병든 닭처럼 조용해졌다. 아마도 탁한 공기 때문에 일시적으로 피곤한 상태가 된 모양이었다. 대각선 맞은편 자리에 앉은 짧은 수염을 기른 남자가 담배를 꺼내더니, 두어 모금 빨고 나서 사람들과 수다를 떨기 시작했다. 주위에 앉아 있던, 농민처럼 보이는 세 사람이 그가 하는 얘기를 열심히 들으며, 그 수염 짧은 남자의 박식함에 진심으로 호기심을 표했다. 이때 승무원이 이쪽을 지나가다가 수염 짧은 남자에게, 열차 안은 금연이니 담배를 태우려면 입구 쪽으로 나가야 한다고 말했다. 남자는 과일 껍질이 담긴 접시 위에 담배를 대고 눌렀지만 불이 완전히 꺼지지 않게 했다가, 승무원이 가버리자 다시 담배를 피우기 시작했다. 농민으로 보이는 세 사람은 그에게 감탄한 듯이 미소를 지었다. 수염 짧은 남자도 자기의 총명함을 자부하며, 아주 신이 나서는 다시 그 세 사람에게 웃긴 얘기를 하기 시작했다. 젊은 여자 하나가 우유* 한 봉지를 들고 버스에 탔는데, 버스가 붐비자 그녀가 말했다. 밀지 마세요, 내 젖奶이 다 흘러나오겠어요. 옆에 있던 사람들이 물었다. 누구 젖이요? 그녀가 말했다. 내 젖이요. 이거 봐요, 다 흘러나왔잖아요. 남자는 얘기를 채 끝까지 하기도 전에 큰 소리로 웃어젖혔다. 농민 세 사람은 머리가 잘 안 돌아가는지, 미처 알아듣고 반응하지 못하고 멍청한 얼굴로 그를 바라보았다. 뜻밖에 자기 혼자만 웃는 상황이 되자, 수염 난 남자는 그들에게 다시 설명해주는 수밖에 없었다. 그 세 사람은 그제야 웃음을 터뜨렸다. 자기들이 너무 늦게 반응해서 미안했는지, 그들은 아주 호탕하고 과장되게 껄껄대며 웃었다. 웃음이 그치고 나자, 그 네 사람은 서로 공통의 화제가 생겼다고 느꼈는지 조금 더 친해졌다. 그중 한 사람이 담뱃갑을 꺼내자 다들 한 대씩 담배를 피우기 시작해 열차 안은 금방 짙은 담배 연기로 가득 찼다. 내가 일어서서 말했다.

• 중국어로는 '牛奶', 즉 소젖

208

입구 쪽에 가서 피우세요. 열차 안은 금연이라고요. 농민 같아 보이는 세 사람은 어쩔 줄 몰라 하며 수염 짧은 남자를 바라보았다. 그 사람의 의견을 묻는 것 같은 태도였다. 수염 짧은 남자는 천장을 향해 연기를 내뿜더니 태연자약하게 말했다. 우린 한 대씩만 피우고 더는 안 필 거요. 그 능글맞은 태도에 나는 어떻게 해야 할지 알 수 없어져서, 그냥 다시 자리에 앉아 그들이 담배를 다 피우기를 기다리는 수밖에 없었다. 농민 세 사람은 이 광경을 보더니, 두려움 따위는 모른다는 듯한 평온한 표정으로 아주 편안하게 담배를 계속 피웠다. 샤오딩이 말했다. 못 참겠으면 승무원을 부르자. 나는 잠깐 망설이다가 말했다. 됐어, 한 대만 피우고 말겠지 뭘. 나는 눈을 감았다. 머릿속에 그들이 담배를 피우는 모습이 떠올랐다. 그들이 웃고 떠들며 담배 연기를 뿜어내는 이 상황에, 나는 정말 마음이 안정되지 않았다.

기차가 허난에 도착했을 때 수공예품을 파는 사람이 올라탔다. 허난 사내 한 사람이 손톱깎이와 귀이개, 작은 호리박까지 세 가지 물건을 같이 묶어서 팔았다. 이 실용적인 물건들은 우리 맞은편 자리에 앉은 뚱뚱한 여자의 주의를 끌었다. 왜소한 자기 남편의 어깨에 기대어 자고 있던 그녀는 아주 편안한 듯이 크게 하품을 한 번 하더니, 열심히 물건을 고르기 시작했다. 그녀가 허난 남자에게 말했다. 한 세트에 8마오*에 줄래요? 허난 남자는 아마도 이런 식으로 값을 흥정하는 사람을 처음 보는 모양인지 흥분

하며 말했다. 이거 한 세트 팔면 나한텐 1마오 5펀밖에 안 남아
요. 8마오에 팔면 5펀을 손해본다고요. 어떻게 이런 식으로 값을
깎아요? 뚱뚱한 여자가 말했다. 세상에 에누리 없는 장사가 어디
있어요? 난 시단이나 왕푸징에서도 값을 깎는데, 당신한텐 흥정
을 하면 안 된다고요? 허난 남자가 말했다. 어떻게 이렇게 싼 물
건까지 값을 깎으려고 그래요. 시단이랑 왕푸징에 1위안짜리 물
건도 있어요? 뚱뚱한 여자가 말했다. 없긴 왜 없어요. 봐요, 지금
내가 신고 있는 양말이 1위안짜린데, 시단에 있는 옛날 백화점
에서 산 거라고요. 허난 남자는 마음이 급해져서 말했다. 도대체
살 거예요, 말 거예요? 안 살 거면 말라고요! 여태껏 말이 없던
그녀의 남편이 주머니에서 1위안짜리를 꺼내더니 말했다. 한 세
트 주쇼. 뚱뚱한 여자는 제일 예쁜 것들로만 골라 사더니, 손톱
깎이로 자기 손톱을 깎아 한데 모아서 빵을 쌌던 종이 위에 올
려놓았다. 간혹 그녀가 깎은 손톱이 사방으로 튀어 날아가기도
했다. 손톱을 다 깎고 나자 그녀는 귀지를 파내기 시작했다. 처음
에 옅은 노란색의 큰 덩어리 두 개를 파낸 그녀는 그걸 모아놓은
손톱 속에 버렸다. 그 후에는 작은 덩어리밖에 나오지 않았지만,
그녀는 아주 참을성 있게 조금씩 조금씩 파냈다. 이번 한평생 쌓
인 귀지를 전부 깨끗하게 파내려는 것 같았다. 기차에 탄 후로

• 우리 돈 140원가량

나는 머리가 점점 더 어지러워져서 이제는 아예 몽롱해져버렸다. 이런 상태에서 그 뚱뚱한 여자가 하는 양을 보자 아주 역겨웠지만, 나는 그녀의 행동을 막을 기운도 없었다. 어쩌면 그 여자에게 너무 역겹다고, 귀지를 탁자 위에 놔두지 말라고 말할 수도 있었을 것이다. 하지만 그녀 역시, 당신이 역겨운 게 나랑 무슨 상관이냐고, 내가 당신 귀이개를 쓰는 것도 아니지 않냐고 대꾸할 수도 있었다. 이런 식으로 그녀와 한도 끝도 없이 말다툼을 해야할지도 몰랐기 때문에 나는 그녀를 저지할 용기가 나지 않았다. 그저 그녀가 귀지를 빨리 다 파내서 쓰레기통에 버리기를 바랐다. 하지만 그녀가 이 일을 즐기는 양을 보아하니 귀지 파는 걸 놀이처럼 여기는 듯했다. 그녀는 기운만 있으면 이 놀이를 계속할 것 같았고, 한없이 깊은 그녀의 귓구멍 속에선 귀지가 끝없이 나올 것만 같았다.

나는 이번 여행에 대한 흥미가 담배 연기와 귀지 때문에 사라져버릴 줄은 몰랐다. 이건 예상을 크게 벗어나는 일이었다. 원래 내 계획은 기차에서 연애 상대를 만나 즐겁게 기차 여행을 하고, 난창에 도착한 후에는 여자를 찾을 필요가 없도록 하는 거였다. 지금 나는 그저 침대칸 표를 사지 않은 걸 후회했다. 예전에 침대칸에 탔을 때는 종종 미녀를 마주치곤 했다. 미녀가 아니라 하더라도 얘기를 나눌 만한 여자를 만날 수 있었기 때문에 시간을 보내기 좋았다. 그런데 지금은 연애 상대를 만날 가능성은 이미

완전히 날아갔을 뿐만 아니라, 웬 여자가 내 앞자리에서 귀지를
파고 있는 걸 견뎌야만 했다. 그런데 그게 다가 아니었다. 더 역겨
운 일은 그다음에 일어났다. 뚱뚱한 여자의 남편, 그러니까 계속
졸고 있던 그 깡마른 남자가 갑자기 고개를 들더니, 눈을 감은
채로 온 얼굴을 찡그렸다. 이런 표정이 3초쯤 지속된 후에 그는
아주 크게 재채기를 했다. 거대한 바람이 탁자 위에 있던 종이를
날려버려서, 손톱 부스러기와 귀지가 공중으로 떠오르더니 맞은
편에 앉아 있던 내 얼굴로 날아왔다. 나는 더 이상 참을 수 없어
져서 '씨발'이라고 욕을 한 마디 내뱉고는 화장실로 갔다. 하지만
아무리 씻어도 깨끗하게 씻어낸 것 같지가 않았다. 그 여자의 귀
지가 내 입 속으로 날아 들어간 것 같아서 나는 입을 몇 번이나
헹궜지만, 그래도 그놈의 귀지가 여전히 입 속에 남아 있는 것 같
은 기분이었다. 샤오딩이 내 뒤를 따라와서 말했다. 이제 다 씻겼
겠지. 내가 말했다. 아무래도 그 여자 귀지를 삼킨 것 같아. 목구
멍이 계속 불편해. 샤오딩이 말했다. 설마 그랬겠어. 그래봐야 얼
굴까지나 날려왔겠지. 아니면 사과라도 하나 먹어봐. 그럼 입이
개운해질 거야. 내가 말했다. 먹으면 더 역겨워질 것 같아. 한 번
토하는 게 낫겠어. 나는 그 말 끝에 곧바로 목구멍에 손가락을
집어넣어 두어 번 토했다. 묽은 가래만 조금 나왔지만 그래도 마
음은 좀 편해졌다. 내가 말했다. 그 뚱뚱한 여자, 진짜 한 대 패고
싶네. 샤오딩이 말했다. 패봐야 소용없어. 그 사람은 그런 버릇이

있는 거라서, 네가 패도 또 귀지를 팔걸. 유일한 방법은 그 손을 멈추게 만드는 거야.

우리가 다시 자리로 돌아갔을 때까지도 뚱뚱한 여자는 여전히 귀이개를 놀리고 있었다. 그 여자는 이번에는 입 속에 공기를 잔뜩 불어넣고 숨을 멈춰서 공기가 귓구멍을 통해서 나오도록 해서, 어느 구석에 귀지가 아직 남았는지 알아내려 하고 있었다. 나도 예전에 그런 실험을 해본 적이 있기 때문에 나는 그녀의 표정을 보자마자 뭘 하고 있는지 바로 눈치챘다. 나는 귓속말로 샤오딩에게 말했다. 아직도 계속 파려나본데. 샤오딩은 갑자기 그들 쪽으로 몸을 쑥 내밀었다. 나는 그가 그들에게 한소리 하려는 줄 알고 나도 모르게 두 주먹을 꽉 쥐었다. 그런데 뜻밖에도 샤오딩은 이렇게 말했다. 트럼프 안 칠래요? 뚱뚱한 여자는 귀지에 온통 정신이 팔려서, 조금 지나서야 샤오딩이 자기에게 말을 걸었다는 걸 알아차렸다. 그녀가 물었다. 뭘 쳐요? 샤오딩이 말했다. 카드놀이요. '트랙터' 놀이. 뚱뚱한 여자가 말했다. 아, 할 줄 알아요. 그녀는 열차 시간표를 보고 있는 자기의 깡마른 남편을 살짝 밀며 말했다. 카드 좀 꺼내봐요. 그 남편은 동작이 좀 느렸다. 무슨 일이든 침착하게 하는 성격인 것 같았다. 그는 열차 시간표를 내려놓더니, 좌석 아래에 놓인 뱀가죽으로 된 가방 속으로 손을 뻗었다. 그 속을 한참 뒤진 끝에야 그는 낡은 카드 한 벌을 꺼냈다. 뚱뚱한 여자는 카드를 섞으며 말했다. 이 카드는 설

날 때 사서 지금까지 계속 쓴 거예요. 좀 낡긴 했지만 점점 손에 붙더라고요.

나는 뚱뚱한 여자를 상대로 카드놀이를 했다. 그 여자는 초반 몇 판은 아주 운이 좋아서 신들린 듯이 카드를 치며 싱글벙글했다. 그녀는 손이 아주 재빨랐지만 입은 그렇지 못했다. 입 주위에 살이 하도 많아서인지, 말을 할 때면 항상 침이 흥건하게 흐르는 것 같은 느낌이었다. 그녀는 나중에는 운이 좀 떨어졌지만 그래도 카드를 아주 잘 쳤다. 하지만 내 패는 계속 별로인 데다가 원래 실력도 그리 좋지 않았기 때문에 그냥 그녀에게 맞춰주면서 카드놀이를 했다. 그러다보니 그녀에 대한 내 혐오감은 점점 사라졌다. 심지어 어린아이같이 천진한 그녀의 태도가 좀 귀여운 구석이 있다는 생각까지 들었다. 그녀를 두어 번쯤 더 살펴보고 나자, 나는 그제야 그녀가 내가 원래 생각했던 것만큼 그렇게 못생기지는 않았다는 걸 알게 되었다. 깡마른 남자는 그녀와는 반대로, 좋은 패가 들어오든 나쁜 패가 들어오든 포커페이스를 유지했다. 그는 게임이 잘 풀리지 않아도 인내심을 갖는 성격인지, 끈질기게 남들을 쫓았다. 카드놀이를 하자 분위기가 좀 누그러졌다. 이때 우리 대각선 맞은편에 앉아 있던 좀 나이든 농민 한 사람이 자기 옆의 세 사람에게 담배를 한 대씩 나눠주었다. 네 줄기 연기가 다시 피어올라 그들의 머리 위를 한 바퀴 돌더니 내 쪽으로 날아왔다. 내가 노려봤지만 그들은 못 본 체했다. 승무원이 이쪽으로 걸어오자 네 사람은 약속이라도 한 듯이 담배를 탁자 아래로 숨겼다. 놀랍게도 승무원은 그걸 눈치채지 못하고 종종걸음으로 그들 옆을 스쳐 지나갔다. 나는 일어서서 짧은 수염 남자에게 말했다. 담배 좀 꺼주세요. 머리 아프다고요. 남자는 나를 한 번 쳐다보더니 마지못해 열차와 열차가 연결되는 쪽으로 갔다. 옆에 앉아 있던 두 사람도 그를 따라갔다. 나이든 농민 한 사람만 자리에 남아서 잠깐 망설이더니 담배를 철판 위에 눌러 끄고는 남은 반 개비를 담뱃갑 안에 넣었다. 당혹감으로 가득한 그 얼굴은 내가 내 담배를 피우는데 당신과 무슨 상관이냐고 말하는 것 같았다.

카드놀이는 날이 저물 때까지 계속됐다. 도시락 배달 카트가 마지막으로 지나갈 때쯤 우리는 게임 두 판을 끝냈다. 뚱뚱한 여자와 남편은 패스트푸드 두 세트를 사서 허겁지겁 먹었다. 게임이 끝나자 나는 정신이 맑아져서, 열차에서 나오는 방송을 듣기 시작했다. 나잉那英*의 노래가 한 곡 나오더니, 뒤이어 아나운서가 말했다. 신청곡을 받습니다. 친지나 친구 분들에게 보낼 노래를 신청하실 분은 5호차의 방송실로 와주세요. 8호차의 장궈칭張國慶 님이 8호차 승무원인 왕옌王艶 씨에게 보내는 「언젠가 다른 곳에서 다시 만나리」를 들려드립니다. 왕옌 씨가 늘 즐겁고 행복

• 중국의 가수이자 배우

한 나날을 보내길 바란다고 장궈칭 님이 메시지를 남겨주셨습니다. 샤오딩이 말했다. 봐, 누가 승무원을 꾀기 시작했네. 내가 그랬지, 난창에 예쁜 여자 있다고. 샤오딩이 이런 말을 한 건, 우리 열차 담당인 난창 출신의 승무원이 아주 못생긴 걸 보고 내가 난창에 미녀가 없다고 단정했기 때문이다. 내가 말했다. 노래 한 곡 신청한 걸 가지고 어떻게 알아. 그 장궈칭이란 사람이 무임승차를 해서 승무원한테 노래라도 보내서 비위를 맞춰보려는 걸지도 모르잖아. 「언젠가 다른 곳에서 다시 만나리」가 끝나자, 또 장궈칭이란 사람이 신청한 「안개 속의 꽃」과 「네가 너무 그리워」라는 노래가 나왔다. 장궈칭은 이번에는 왕옌 아가씨가 더욱 아름다워지기를 바란다는 메시지를 남겼다. 장궈칭이 이렇게 미친 듯이 계속 노래를 신청하는 걸 본 샤오딩은 왕옌이란 아가씨가 분명히 미녀일 거라고 생각했다. 하지만 나는 장궈칭 같은 사람의 심미안을 전혀 믿을 수 없었다. 노래를 신청해서 여자의 비위를 맞추려 하다니, 그런 건 무식한 인간의 방식이 아닌가. 우리는 잠시 옥신각신한 끝에 왕옌 아가씨를 보러 8호차에 가보기로 결정했다. 나는 사실은 장궈칭이란 사람이 더 궁금했다. 내가 보기에 그는 후안무치한 졸부일 것 같았다. 나는 가서 내 예상을 확인해보고 싶었다. 그런데 우리가 막 6호차까지 갔을 때 승무원이 우리를 막았다. 침대칸 손님들의 휴식을 방해하지 말라는 거였다. 그 승무원은 납작코에 얼굴 골격이 두드러진 게 아주 희한

하게 생긴 여자였다. 그 못생긴 얼굴을 보자 왕옌 아가씨를 보겠다는 내 결심은 더욱 굳어졌다. 내가 말했다. 8호차 승무원인 왕옌 씨를 좀 보려고 하는데요. 그녀가 말했다. 무슨 일이신데요? 저한테 말씀하시면 돼요. 내가 말했다. 개인적인 일이라, 꼭 만나야 돼요. 그녀는 나를 비웃었다. 수작 부릴 생각 말아요. 침대차에 기어들어가서 잘 곳을 찾으려는 거잖아요. 당신 같은 사람들을 한두 명 본 줄 알아요? 그녀는 우리가 미처 주의하지 못한 틈을 타 재빨리 복도의 유리문을 닫아버렸다. 나는 유리문 건너편에서 말했다. 서비스 태도가 아주 나쁘네요. 그녀가 말했다. 그래요, 나빠요. 그렇다고 나한테 뭘 어쩌려고요? 샤오딩이 내게 말했다. 됐어, 그만해. 그냥 돌아가자. 난창에 도착하면 미녀가 있는지 없는지 알게 될 거 아냐. 나는 두어 걸음 가다가, 아무래도 기분이 별로라서 다시 유리문 앞으로 다가가 건너편에 있는 그녀에게 물었다. 왕옌 씨가 예쁜지 안 예쁜지 좀 말해줘요. 그녀는 쌈닭처럼 나를 쏘아보더니, 낮은 목소리로 내게 소리를 질렀다. 그래요, 말해줄게요. 아주 발랑 까졌어요!

3

나는 자리로 돌아와서 또 카드 게임을 한 판 했다. 새벽 두 시에 나는 왕옌과 장궈칭을 보지 못한 걸 유감스러워하며 잠이 들었다. 기차는 일곱 시 십오 분 전에 난창에 도착했다. 마침 비가 오고 있었는데, 따뜻한 옷을 넉넉히 챙겨 오지 않은 탓에 날이 쌀쌀하게 느껴졌다. 추운 날씨 때문에 봄나들이 가서 꽃구경을 하려던 마음이 꺾여 나는 기차에서 내리자마자 어째야 할지 알 수 없는 기분이 되었다. 계획대로라면 우리는 기차에서 내려 난창 대학으로 가야 했다. 샤오딩의 여자 친구인 장페이페이蔣飛飛가 기숙사에서 기다리고 있다가 우리를 위해 빌려둔 숙소로 데려다주겠다고 했기 때문이다. 가는 길에 나는 페이페이의 기숙사 전화로 몇 번이나 전화를 걸었지만 아무도 받지 않았다. 우리는 전화선을 뽑아둬서 그런 거라고 확신했다. 여자 기숙사에서 전화선을 자주 뽑아둔다는 건 남자들이 자꾸 귀찮게 굴기 때문이란 얘기였다. 그러므로 그 기숙사에 사는 여학생들은 상당히 매력 있다고 단언할 수 있었다. 내가 이런 추리를 샤오딩에게 얘기하자, 그는 냉정한 얼굴로 말없이 고개를 저었다. 그는 페이페이가 사는 기숙사의 여학생들을 이미 만나본 적이 있었다. 나는 분개하지 않을 수 없었다. 예쁘지도 않은데 전화선을 뽑아놓다니, 인기 있는 척하는 거잖아! 샤오딩이 말했다. 아냐. 그 기숙사에 사는 학생들은 다들 아주 성실해서, 이 시간이면 분명히 강의를 듣고 있을 거야. 전화선을 뽑아놓은 게 아닐지도 몰라. 우리는 여학생 기숙사 입구에 도착했다. 입구 관리실 안에 있던, 아주 깨끗해 보이는 중년 여자가 손짓으로 우리가 들어가려는 걸 막았다. 우리를 기생집에나 들락거리는 놈들로 여겨서 말로 할 가치도 없다고 생각하는 게 분명했다. 샤오딩이 말했다. 321호에 사는 장페이페이를 찾아왔는데요. 호출 좀 해주실 수 있어요? 중년 여자는 공책을 펴서 장페이페이의 이름을 찾아보더니, 우리에게 손가락 세 개를 펴 보였다. 샤오딩이 말했다. 맞아요, 3층이요. 여자는 고개를 저었다. 샤오딩이 물었다. 3위안을 내라고요? 여자는 다시 고개를 젓더니 낮은 소리로 말했다. 3마오요. 그녀는 샤오딩에게서 3마오를 받고 3층으로 올라가더니 다시 내려와서 말했다. 321호 학생들은 다들 강의 들으러 갔어요. 문이 잠겨 있네요. 우리는 페이페이를 찾으러 교실로 가보는 수밖에 없었다. 아직 여덟 시도 채 안 된 때라 수업이 시작되기 전이었다. 대여섯 개의 교실을 가봤지만 그녀를 찾을 수 없었다. 내가 말했다. 일단 아침부터 먹자.

페이페이가 갑자기 실종됐기 때문에 우리는 한동안 갈 곳이 없어졌다. 내 여행에서 별로 중요하지 않았던 인물이 갑자기 중요해진 것이다. 우리는 대학 맞은편에 있는 노점에 앉아 페이페이가 어디로 갔을지 추측하기 시작했다. 여주인이 우리에게 뭘 시키겠느냐고 묻자 샤오딩이 말했다. 죽 두 그릇이랑 찐만두 여덟 개요. 주인은 손가락을 펴 보이며 다시 물었다. 여덟 개 맞아요? 샤오딩이 대답했다. 맞아요. 그만큼 안 먹으면 배가 부르겠어요?

하지만 그녀가 만두 여덟 개를 내왔을 때 우리는 둘 다 깜짝 놀랐다. 만두 하나가 사발만큼 컸던 것이다. 내가 말했다. 죄송한데 네 개만 주세요. 난창 만두는 이렇게 큰 줄 몰랐어요. 여주인은 의기양양하게 만두 네 개를 다시 가져갔다. 그녀는 고작 만두 몇 개를 가지고 외지인 두 사람을 깜짝 놀라게 만들었다. 사실상 우리는 만두를 겨우 두 개밖에 먹지 못했다. 꺼림칙한 기분으로 남은 만두 두 개를 그녀에게 돌려주면서, 다음에 또 먹으러 오겠다고 했다. 그녀는 우리가 어떻게 행동할지 전부 예측하고 있었다는 듯이 시종일관 미소를 띠고 있었다. 그녀의 너그러운 태도 덕분에 나는 춥고 음침한 이 아침에 조금이나마 따스함을 느낄 수 있었다. 나는 그녀와 얘기를 몇 마디 나누고 싶었지만, 만두 얘기 말고는 도대체 무슨 화제로 얘기를 해야 할지 알 수 없었다. 밥을 먹으면서 샤오딩은 호출기의 수신 지역을 난창으로 바꿔두었다. 호출기 교환국에 문의하자 몇 분 전에 난창에서 온 호출이 있었다는 걸 알게 되었다. 하지만 샤오딩이 그 번호로 다시 전화를 하자 아무도 받지 않았다. 아마도 IC 카드를 사용하는 공중전화로 걸었던 모양이었다. 전화번호를 보니 페이페이가 기차역에서 호출을 한 것 같았다. 나는 왜 그녀에게 우리를 마중 나오라고 했냐며 샤오딩을 원망했다. 샤오딩이 말했다. 나오지 말라고 했어. 그런데도 나올 줄 누가 알았겠어. 그러더니 샤오딩은 우쭐거리며 한 마디 덧붙였다. 걔가 날 너무 사랑해서 말야. 내가 말했다. 네가 입으로 개똥을 토하는 걸 보고 말지, '사랑'이란 말을 뱉는 건 진짜 못 들어주겠다. 듣기만 해도 잇몸이 쑤신다고. 샤오딩이 항변했다. 사랑이 뭐 어때서. 걔는 날 조금이라도 더 일찍 만나고 싶어서 그런 거라고.

아침에 언짢은 일들을 계속 겪다보니 나는 마음이 답답해져서 샤오딩을 공격하는 걸로 기분을 풀 수밖에 없었다. 내가 말했다. 거시기 털도 제대로 다 안 난 주제에, 뭘 안다고 사랑 타령이야. 너랑 네 여자 친구 관계는 그냥 성적 충동일 뿐이잖아! 샤오딩이 말했다. 당연히 성적 충동이 다인 건 아니지. 그게 다라면 걔가 기차역까지 날 마중 나왔겠어? 그냥 침대에서 기다렸겠지. 내가 말했다. 기차역까지 나간 건 걔가 워낙 헤픈 애라 그렇겠지. 샤오딩은 약간 민망하다는 듯한 얼굴로 말했다. 젠장, 그런 식으로 말하지 마! 내가 말했다. 내가 뭐 못할 말 했어? 헤픈 게 헤픈 거지. 걔가 오면 빨리 자러 가면 되겠네. 답답한 기분을 풀어버리고 나자 우리는 좀 따분해져서, 말없이 비를 뚫고 다시 여학생 기숙사로 돌아가서 그녀를 기다렸다. 그렇게 두 시간을 넘게 기다리는 동안 나는 『주간 체육 신문』을 한 부 사와서 시간을 죽였다. 그러면서 우리는 그녀가 기차역으로 우리를 마중 나갔을 가능성을 부정하기도 했다. 우리를 만나지 못했더라도 이 시간쯤에는 돌아왔어야 하기 때문이다. 계속 기다린 끝에 샤오딩도 그녀에게 원망을 품었다. 아무리 자기를 사랑하더라도 이런 식으로 신출귀몰한 방식을 쓰면 안 되지 않느냐는 거였다. 지루한 시간을 때우기 위해서 샤오딩은 자꾸 내게 오가는 여학생들을 보면서 외모 평가를 해보라고 했다. 하지만 아무리 예쁜 여학생도 내 관심을 끌지는 못했다. 운동화 안에 빗물이 고여 축축해진 발가락이 거의 마비됐기 때문이다. 지금은 그저 어디든 가서 운동화를 벗고, 퉁퉁 불어버린 발을 보면서 좀 쉬고 싶은 마음뿐이었다.

열 시 반이 되어서야 샤오딩의 여자 친구인 장페이페이가 나타났다. 그녀는 날개를 조금 다친 새처럼 인력으로 끄는 삼륜차에서 살짝 뛰어내리더니, 곧장 샤오딩의 품속으로 뛰어 들어왔다. 삼륜차 기사가 소리쳤다. 차비 아직 안 줬잖아요. 샤오딩은 곧바로 차비를 내고는, 주장九江 사투리로 페이페이와 얘기를 나누기 시작했다.(두 사람 다 주장 출신이다.) 둘의 표정을 보아하니 왜 우리를 이렇게 오랫동안 기다리게 했는지 설명하는 것 같았다. 이제 곧 쉴 수 있는 곳으로 가게 됐다고 생각하니, 몇 시간 동안이나 심하게 우울했던 기분도 잠시나마 나아졌다. 페이페이의 설명을 듣고 나자, 샤오딩은 원망을 섞어 그녀에게 한소리 했다. 앳된 티를 아직 벗지 못한 이 여자애는 조금 언짢은 표정으로 말했다. 왜 만나자마자 화를 내. 내가 말했다. 싸우지 말고, 빨리 우리 숙소로 좀 데려다줘요. 페이페이는 샤오딩의 품속에서 빠져나오더니 기숙사에 올라가서 열쇠를 가지고 왔다. 알고 보니 페이페이는 원래 기숙사에서 기다리기로 약속했지만 아침에 일어나보니 비가 오고 있어서, 샤오딩의 호출기에 기차역 출구로 마중을 나가겠다고 메시지를 남겼다고 한다. 그녀는 우산 두 개를 가지고 갔지만 우리를 만날 수 없었다. 제일 중요한 건, 그녀는 달랑 1위안만 가지고 차를 탔기 때문에, 돌아올 때는 차 탈 돈이 없었다는 것이다. 샤오딩의 호출기에 호출을 해봐도 답이 없어서 그녀는 기차역에서 걸어서 돌아올 수밖에 없었다. 한 시간을 넘게 걸어서 학교 입구에 도착했는데, 그때부터는 도저히 못 걷겠어서 그제야 인력거를 타고 들어왔다는 것이었다.

우리가 빌린 집은 방 두 개에 맨 안쪽에는 작은 화장실까지 딸려 있는데도 한 달에 200위안밖에 하지 않았다. 샤오딩은 이렇게 집을 빌리는 게 여관에 묵는 것보다 싸기도 하고 더 안전하다고 생각했다. 집 안에 들어가서 짐가방을 내려놓자마자 샤오딩은 당장 페이페이와 사랑을 나누려 했다. 그가 바깥쪽 방을 차지하고 내가 안쪽 방을 썼기 때문에, 내가 화장실에 가더라도 그에게 방해가 되지 않았다. 페이페이는 예전에 한 번 베이징에 와서 일주일 동안 샤오딩과 함께 지낸 적이 있었지만, 그건 벌써 몇 달 전의 일이었다. 요 몇 달 동안 샤오딩은 인터넷 채팅과 긴 전화 통화로만 성욕을 발산할 수밖에 없다보니, 금방이라도 나쁜 마음을 먹을 지경이 되어 있었다. 그의 성생활은 폭음이나 폭식과 비슷해서, 할 때는 산해진미처럼 풍부하다가 안 할 때는 굶으면서 노숙을 하는 거나 마찬가지였다. 그래서 나는 잠시도 기다리지 못하는 그 심정을 이해했다. 나는 양말을 벗었다. 발가락은 빗물에 퉁퉁 불어 하얗게 돼서 꼭 스티로폼으로 만든 것처럼 보였다. 나는 수건으로 발을 감싸서 이불 속에 넣고 온기를 되찾으려 했다. 남쪽은 비가 왔다 하면 공기가 차고 습해져서 발을 쑤셔 넣은 이불 속이 얼음장 같았다. 잠들기 전에 나는 샤오딩과 페이페이가 격렬하게 교성을 지르는 걸 들었다. 하지만 페이페이의 목소리는 금방 들리지 않게 되었다. 그녀는 아침에 밥도 못 먹고 기차역에 마중을 나갔다가 학교에 돌아온 후에도 먼 길을 걸었으니, 이젠 힘이 다 빠졌을 게 분명했다. 샤오딩이 그녀를 너무 괴롭히지 않아야 할 텐데. 잠에서 깨어보니 벌써 오후가 되어 있었다. 몸은 아주 개운해졌지만 배 속이 텅 비어서, 구운 새끼 돼지라도 당장 한 마리 집어넣고 싶은 기분이었다. 나는 샤오딩에게 일어나서 밥을 먹자고 재촉했다. 샤오딩은 침대 위에서 꾸물거리며, 말로는 바로 일어나겠다고 했지만 한참이 지나도 일어나려는 기색을 보이지 않았다. 내가 말했다. 도대체 언제까지 할 거야? 밤에 또 하면 되잖아!

가랑비는 우리가 밥을 다 먹은 후까지도, 꼭 수다스러운 사람이 끝도 없이 종알대며 남을 귀찮게 구는 것처럼 끈질기게 내리고 있었다. 그 초라하고 싸늘한 방으로 다시 돌아가 샤오딩과 페이페이가 정답게 얘기하는 소리를 듣고 있으면 미쳐버릴 것 같아서 나는 어디든 좀 나가보자고 했다. 페이페이는 이 근처에 호수가 있으니 구경하러 가자고 했다. 하지만 호수의 물은 더러웠고, 호숫가엔 쓰레기가 잔뜩 쌓여 있었다. 호숫가를 걷고 있는데 웬 차가 울퉁불퉁한 길을 부주의하게 쌩 지나가며 내 바지에 흙탕 물을 튀겼다. 나는 정말 이상하다는 생각이 들었다. 두 사람은 나보다 대여섯 살이 어리니 나와 사고방식이 다르긴 하겠지만, 그렇다고 이런 시궁창을 보고 풍경이라고 할 만큼 생각이 앞서갈 리도 없지 않은가. 페이페이는 좀 더 가보면 나아질 거라고 말했다. 하지만 쓰레기가 쌓여 있는 길은 끝이 없었기 때문에 나는 더욱 실망했다. 하지만 이렇게 실망한 이유는 풍경이 전혀 볼만하지 않았기 때문이라기보다는 그들에게 방해물이 되고 있는 기분 때문이었다는 걸 꼭 말하고 넘어가야겠다. 두 사람은 서로 꼭 끌어 안고는 주장 사투리로 끝없이 수다를 떨었다. 뒤에서 따라가는 나는 지루해 죽을 지경이었다. 쓰레기가 말을 할 줄 알았다면 나는 아마 쓰레기와 대화를 하려 했을 것이다. 나는 아주 감정적인 사람이라 한순간에 기분이 완전히 엉망이 될 수도 있었다. 이때는 정말 기분이 저조하다 못해 바닥까지 떨어졌기 때문에 나는 그저 돌아가고 싶은 생각밖에 들지 않았다. 사실 누군가의 방해물이 되는 경험은 지금까지 꽤 자주 있어왔다. 제일 길었던 경험은 대학 동창 커플과 함께 베이징에서 푸저우까지 가는 기차를 42시간 동안 탔던 때의 일이었다.(그때는 아직 고속 열차가 생기기 전이었다.) 당시 가장 견디기 힘들었던 건 그 커플이 나와 대화를 하는 사이사이에 시시때때로 입을 맞추는 것이었다. 그들이 입을 맞출 때마다 내 얼굴에는 아주 괴상한 미소가 떠올랐다. 나는 내 웃음을 볼 수는 없었지만 괴상하다는 건 알 수 있었다. 그 상황에서 나는 관객이어야 했고, 그 공연을 보고 싶지 않았지만 공연이 이미 시작했기 때문에 미소를 짓는 것으로 반드시 내가 관객이라는 걸 표현해야 했다. 내가 웃지 않고 화난 표정을 짓고 있었다면, 그건 내가 그들을 질투하고 있다는 것이거나 혹은 나까지도 그 공연에서 어떤 역할을 맡게 되었다는 의미였을 것이다. 내가 방해물 역할을 하면서 얻은 깨달음은 반드시 관객으로서 미소를 짓고 있어야 한다는 것이다. 하지만 지금 샤오딩과 페이페이가 하는 공연에서 나는 관객이라는 위치마저 박탈당해버렸다. 둘은 저들끼리 입을 맞추기도 하고 껴안기도 하고 시시덕거리기도 하면서 내 존재를 완전히 무시하고 있었다. 그들은 나를 공기처럼 여기고 있는 것이다. 하지만 나는 나 자신이 여행객, 그것도 그들과 함께 다니는 여행객이라고 생각했기 때문에 꼭 누군가와 즐겁게 대화를 나누고 싶었다. 내 기분은 심하게 오락가락했다. 난창에 오기 전에 샤오딩의 친구 하나가 내게 말했다. 그거 알아? 샤오딩은 여자만 보면 그 순간 모든 걸 잊어버린다고. 그때는 그 말에 신경 쓰지 않았지만, 이제야 깊이 깨닫게 되었다. 물론 이런 말을 한다고 내가 샤오딩에게 원망을 품은 건 아니다. 그에게 짜증이 나면 나는 그가 아직 경험이 적어 미숙한 소년이라고 생각했다. 그래야 그와 앞으로도 오랫동안 교류하기 편하기 때문이다. 그저 샤오딩의 행동이 내 기분을 저조하게 만들어버렸다는 얘기일 뿐이다. 이후 여행 내내 이런 기분이었기 때문에 이 점은 여기서 꼭 얘기하고 넘어가야겠다.

그래서 나는 화를 내며 그들에게 소리를 질렀다. 난창엔 이런 거지 같은 데밖에 없는 거야? 페이페이는 잠깐 생각해보더니 등왕각滕王閣에 가보자고 했다. 나는 솔직히 흙탕물이 사방으로 튀는 이 호수와 도대체 누구를 따라가야 할지 알 수 없는 이 분위기를 벗어날 수만 있다면 어디로 가든 상관없었다. 나는 야생마처럼 포효하며 달려오는 택시 한 대를 잡았다. 우리가 택시를 잡고 있다는 걸 택시기사가 알아채게 하면서도 바지에 흙탕물이 튀지 않게 하자니 상당한 기술이 필요했다. 등왕각으로 가는 길에 나는 택시기사에게 난창에 그 밖에 가볼 만한 곳이 어디어디 있느냐고 물어보았다. 기사가 말했다. 아무 데도 없어요. 여행을 할 건데 왜 난창엘 왔어요? 혁명에 참가하러 오는 거면 모를까! 팔일대교八一大橋*에 고양이 두 마리가 있는데 그건 볼만해요. 하나는 흰 고양이고 하나는 검은 고양이인데, 혁명의 상징이거든요. 그 택시기사는 서른 남짓한 나이에 마른 사람인데, 말투가 아주 냉소적인 게 사회에 불만을 가진 청년처럼 보였다. 그는 F1 경기

* 원래 이름은 중정대교中正大橋였으나 1927년 8월 1일에 중국 공산당이 난창에서 의거해 국민당 군대와 전투를 벌인 일을 기념해 이름을 바꿨다

를 하는 것처럼 택시를 몰면서 내게 그 고양이 두 마리에 대한 애기를 계속해줬다. 당시에 팔일대교를 건설할 때 장시성 성장_{省長}이 덩샤오핑 동지에게 전화로 이 일을 알렸다고 한다. 샤오핑이 물었다. 다리에 표지가 있습니까? 성장이 대답했다. "마오."* 마오는 난창 사투리로 없다는 뜻이다. 샤오핑이 말했다. 고양이요? 좋군요. 흰 고양이든 검은 고양이든 쥐만 잘 잡으면 좋은 고양이지요. 이렇게 해서 팔일대교 양쪽에는 고양이 두 마리가 더해졌다고 한다. 나는 이 얘기를 듣고 일부러 팔일대교에 가보았다. 화강암으로 만든 커다란 고양이 두 마리는 사납고 늠름한 모습으로 다리 양쪽에 서 있었는데, 그 모습을 보니 마음이 아주 불편했다. 생각 없이 무작정 만들었다는 말이 딱 맞는 석상들이었다. 택시에서 내릴 때 기사에게 난창 여자들은 어떠냐고 물어보았다. 택시기사는 내 지능을 의심하는 것처럼 빤히 쳐다보더니 표독스럽게 말했다. 도대체 난창에 뭘 하러 온 거예요? 전국에 갈 만한 데 천지인데, 하필 난창으로 오다니!

나는 등왕각이 산 좋고 물 좋은 교외에 있는 줄 알았는데 뜻밖에도 시내에 있었고, 몇십 위안짜리 입장권을 사야만 들어갈 수 있었다. 그래서 들어가지 않기로 했다. 나는 역사적으로 명성이 자자한 곳들을 싫어했다. 그런 관광지들은 유명무실한 경

---

* 원문은 '冇'로, 고양이 '猫'와 발음이 같다

우가 많아서, 기대를 품고 보러 갔다가 실망해서 돌아오게 되는 일이 잦았기 때문이다. 그리고 누군가가 '문화를 보며 고생하는 여행' 붐을 일으킨 후로 나는 문화가 축적된 곳에 대해 거부감을 갖게 되었다. 나는 이곳 등왕각이 당나라 때의 시인인 왕발王勃이 「등왕각서滕王閣序」라는 글을 써서 유명해진 곳이라는 걸 알고 있었다. 그 글은 과장이 아주 심하고, 문인들이 글을 쓸 때 곧잘 사용하는 갖가지 나쁜 습관으로 가득했다. 적어도 그 글이 내가 글 쓰는 데 미친 영향은 매우 좋지 못했다. 등왕각 문 밖에서 「등왕각서」의 과장을 늘어놓는 문장들을 떠올리자 점점 더 여기가 너무 과대평가된 곳이라는 생각이 들었다. 그런 돼먹지 못한 글 한 편으로 명성을 거저 얻어놓고 입장료까지 받는 걸 보고 나는 좀 화가 났다. 우리는 입구 옆에 있는 기념품 가게로 들어갔다. 마흔가량 되었지만 여전히 우아한 여자 하나가 카운터 안쪽에서 맞으러 나오더니, 꼭 무슨 포주가 기생집에 온 손님을 대하듯이 반갑게 인사를 했다. 그녀는 쌓여 있는 경태람 팔찌들을 가리키며 나와 샤오딩에게 말했다. 여자 친구한테 선물을 하려면 이걸 사면 좋아요. 하나에 60위안이에요. 그냥 아는 여자한테 선물하기엔 이게 좋고요. 이건 20위안짜리예요. 그런데 여자 친구한테 20위안짜리를 사주면 너무 쩨쩨하잖아요. 그건 여자 친구를 그만큼 사랑하지 않는다는 얘기죠. 그렇다고 여자 친구한테도 60위안짜리를 사주고, 다른 여자한테도 60위안짜리를 사주면 안 돼요. 그건 바람기가 있는 남자란 소리니까. 그러려면 여자 친구한테는 120위안짜리를 사줘야죠. 그런데 120위안짜리는 다 팔려서 이틀은 지나야 다시 들어올 거예요. 내가 보기에 총각은 씀씀이가 그렇게 크진 않은 것 같으니까, 60위안짜리를 사면 돼요. 이 팔찌는 예뻐서 여자들은 다 좋아할 거예요. 적은 돈으로 큰일을 한다는 게 바로 이런 거죠. 나는 그녀가 말을 잠깐 멈춘 틈을 타서 끼어들었다. 아주머니, 전 여자 친구가 없는데요. 그녀는 놀란 표정을 지어 보이며 말했다. 에이, 거짓말. 이렇게 잘생겼는데 왜 여자 친구가 없어요? 나는 진지하게 말했다. 아주머니, 잘생겼다고 해주셔서 감사하지만, 전 정말로 여자 친구가 없어요. 그녀는 나 대신 화라도 내는 듯이 말했다. 눈뜬장님인 아가씨가 너무 많네. 그런데, 총각이 관심이 없는 거 아니에요? 나귀도 채찍질을 해줘야 일을 하듯이, 여자를 만나려면 적극적으로 쫓아다녀야 돼요. 아마 몇 개 사두면 나중에 유용하게 쓰일 거예요. 내가 말했다. 전 지금은 여자를 쫓아다니고 싶지 않은데요. 그녀는 대번에 낯빛이 바뀌더니, 내가 무슨 하늘이 정한 계율이라도 어긴 것처럼 말했다. 이렇게 젊은 사람이 무슨 소리예요. 내가 총각만큼 젊어진다면 연애를 몇 번 해보고 싶은데. 바른대로 말하자면, 내 아들은 열여덟 살밖에 안 됐는데 벌써 연애를 세 번이나 해봤어요. 나는 정말 걔가 안 그러면 좋겠는데, 세상에 걔가 뭐라는지 알아요? 지금은 연애의 계절이라서, 외로운 사람은 부끄러워해야 마땅하다는 거예요. 도대체 이게 무슨 새로운 사상이래요? 총각은 대학생이니까 무슨 소린지 알겠죠? 내가 말했다. 저도 아주머니 아들이랑 똑같이 연애를 세 번 해봤는데 이젠 연애하기가 싫어졌어요. 그녀는 깨달음을 얻은 듯이 말했다. 아, 너무 많이 해봐서 그런 거였구나. 다시 연애할 수 있을 거예요. 남자 옆에 여자가 없으면 안 되는 법이니까.

지금껏 누구와도 얘기를 나누지 못했기 때문에 나는 그녀를 상대로 말이 많아졌다. 아주머니, 아주머니가 십몇 년만 늦게 태어났더라면 전 다음번엔 아주머니를 쫓아다녔을 거예요. 근육이 약간 늘어진 그녀의 얼굴에 순간 수줍은 미소가 스쳐 지나갔다. 나는 그 순간 그녀의 아리땁던 소싯적 모습을 엿볼 수 있었다. 그녀가 말했다. 할머니가 다 된 사람을 그렇게 놀리는 거 아니야. 나는 다시 한 번 진지하게 말했다. 아주머니, 놀리는 거 아니에요. 제가 난창에 와서 본 사람들 중에 아주머니가 제일 예쁘세요. 젊었을 때 아주 예쁘셨죠? 얘기해주시면 안 돼요? 그녀가 말했다. 예뻤다고 할 수야 없지만, 날 쫓아다니는 사람이 열 명은 넘었지. 그렇게 말하면서 깔깔 웃는 모습이 아주 편안하고 활달해 보였다. 내가 물었다. 아주머니, 혹시 딸 있으세요? 그녀가 물었다. 그건 왜요? 내가 대답했다. 아주머니한테 딸이 있으면 한 번 보고 싶어서요. 그녀는 미안한 듯이 말했다. 이런, 난 아들 하나밖에 없어요. 원래는 딸도 낳고 싶었는데, 나라에서 못 낳게 해서. 내가 말했다. 괜찮아요. 저 때문에 국가 정책을 위반할 수는 없죠. 여기서 일하려면 심심하지 않으세요? 그녀가 말했다. 맞아요, 지금은 여행 비수기라서 구경하러 오는 사람이 없더라고. 하루 종일 여기 앉아 있으면서 얘기할 만한 사람도 없어요. 그녀 덕분에 마음이 편해져서, 나와 샤오딩은 크고 작은 기념품을 여러 개 샀다. 나는 난창의 중년 여자가 이렇게 멋질 줄은 몰랐다. 내가 그녀와 아주 오랫동안 수다를 떤 건 전적으로 그녀가 우아하고 예뻤기 때문이다. 그녀만 있으면 등왕각은 헐어버려도 될 정도였다.

4

바로 그날 밤에 우리는 루산廬山으로 가기로 결정했다. 이튿날 아침에 바로 출발하기로 했다. 난창에는 더 이상 있고 싶지 않았다. 출발하기 전에 샤오딩과 페이페이는 나와 같이 여행할 여자를 하나 물색해주려 했다. 처음에 그들은 페이페이의 대학 친구를 한 명 불러왔다. 그녀는 아주 어려 보이는 얼굴에 발육도 아직 다 끝나지 않은 것 같았는데, 알고 보니 굉장히 똑똑해서 계속 월반을 했고 중학교에나 입학할 나이에 대학에 들어왔다고 했다. 그녀는 침대 가장자리에 앉아 나와 얘기를 나눴는데, 그녀

의 얼굴이 어려 보이다 못해 아기 같았기 때문에 나는 그녀가 꼭
요람 속에 앉아 있는 것 같다는 생각이 계속 들었다. 하지만 까
다롭게 굴지 않았다. 나의 기준은 아주 낮았다. 어떤 사람이든,
아니, 사람이 아니라 원숭이라도, 여행길이 좀 즐거워질 수만 있
다면, 내가 방해물이라는 걸 잊게 해줄 수만 있다면 상관없었다.
이 어린 천재 아가씨는 우리와 밥을 먹을 때까지는 같이 가는 쪽
으로 생각해보겠다고 하더니, 저녁이 되자 갈 수 없다고 했다. 내
일은 강의가 없지만 대청소하는 날인데, 대청소에 벌써 두 번이
나 결석했기 때문에 이번에도 빠지면 올해 공산당에 입당하려던
계획이 물거품이 될 거라는 것이었다. 내가 말했다. 당을 정말 사
랑하나보구나. 그녀가 말했다. 그런 게 아니에요. 솔직히 말하면
그냥 출세 수단일 뿐이죠. 나중에 직장 찾는 데 아주 중요한 일
이니까요. 나는 그녀를 칭찬했다. 너 진짜 천재다.

　결국 우리와 같이 가게 된 사람은 난창에서 일하고 있는 페이
페이의 중학교 동창이었다. 그녀는 루산에 꼭 놀러가고 싶어했지
만, 그러면서도 무단결근을 하는 건 겁을 냈다. 출발 전날 밤에
그녀는 자기 동료들이 자기가 예쁘고 똑똑한 걸 얼마나 질투하
는지, 그리고 상사가 자기를 얼마나 못살게 구는지에 대해 한바
탕 욕을 하더니, 큰맘 먹고 한 번만 상사를 속이고 가기로 했다.
이튿날 아침에 난창 기차역에서 루산으로 가는 기차를 기다리
는 도중에, 그녀는 대합실 공중전화로 상사에게 전화를 걸어 병

가를 냈다. 그녀가 막 병이 나서 지금 병원에 있다고 말하고 있는데, 하필 그때 대합실 안에 아주 큰 신호음이 울리더니 방송이 나왔다. 샤먼을 출발해 시안으로 가는 열차가 우리 역에 도착했습니다. 주장, 루산으로 가시는 승객께서는 질서를 지켜 승강장으로 나와주세요. 그녀는 깜짝 놀라 허둥지둥 전화를 끊어버렸다. 그녀는 기차를 탄 후에도 한참 동안 상사에게 거짓말을 들킨 게 아닌가 하고 불안해했다. 나는 그녀가 겁이 난 나머지 여행에 대한 기대도 흩어질까 두려워 기차 안에서 그녀를 계속 달래주었다. 그러다보니 그녀의 기분도 조금씩 풀렸다.

이때쯤 되니 날씨도 맑게 갰다. 차창 밖으로 샛노란 유채꽃 밭이 넓게 펼쳐졌다. 노란 꽃잎과 함께 봄이 오고 있었다. 기차 안에서 오줌을 싸러 두 번 다녀오고 나자 벌써 루산 역에 도착했다. 땅바닥엔 아직 비가 온 흔적이 남아 있었지만 하늘이 개어 해가 떠 있었다. 맑은 공기가 폐 속을 깨끗이 씻어줘서 상쾌하기 이루 말할 수 없었다! 역 밖으로 나가니 웬 사람들이 우르르 몰려와 우리를 둘러쌌다. 다들 소형 택시의 기사들이었는데, 그들은 앞다퉈 루산까지 데려다주겠면서 가격을 불러댔다. 샤오딩은 우리를 이끌고 기사들 무리를 뚫고 지나가며, 버스 정류장으로 가서 버스를 타겠다고 단호하게 말했다. 우리 등 뒤에서 기사들이 소리쳤다. 버스는 한참 전에 지나갔어요. 정류장으로 가서 물어보니, 기사들 말마따나 루산으로 가는 차는 하루에 딱 두 번

밖에 없는데, 오전 차편은 아홉 시에 벌써 떠났고, 오후 차편은 네 시나 되어야 온다고 했다.

우리 주위에서 한참을 몰래 지켜보던 젊은이가 다가오더니, 자기 차를 타고 가라고 했다. 버스비는 10위안인데 자기는 5위안만 더 받겠다는 거였다. 우리는 그 말에 동의할 수밖에 없었다. 길가에서 몇 분쯤 기다리자 그는 도대체 어느 구석에서 끌고 왔는지 알 수 없는, 꼭 제2차 세계대전에라도 참전했던 것으로 보이는 낡아빠진 지프차를 몰고 왔다. 다행히 차 안은 생각보다 낡지 않았지만, 그 차에 루산을 오를 만큼의 힘이 남아 있을지가 걱정이었다.

우리와 동행한 여자에 대한 얘기를 좀 해야겠다. 그녀의 이름은 청펀팡程芬芳이고, 키는 158에서 160센티미터쯤 되었다. 얼굴은 꽤 예쁘장했는데 약간 촌스러운 구석이 있었다. 몸매는 별로 좋지 않았다. 상반신이 길고 다리가 짧은 편이라, 안 좋게 말하면 몽고산 조랑말 같았다. 하지만 청펀팡은 그 정도로 전형적인 체형은 아니었다. 그렇게까지 말하면 그녀가 너무 억울할 터였다. 신체 비율을 엄격하게 따져보지만 않는다면 그녀는 꽤 괜찮았다. 빨간색 니트를 입은 그녀는 아주 활발하고 말수가 많았다. 나는 내가 전혀 얘기할 생각이 없는 화제에 대해서도 나와 대화를 해준 것에 대해 그녀에게 감사하고 싶다. 그녀는 관심 없는 화제로도 대화를 나눌 수 있다는 사실을 내게 가르쳐주었다. 우리가 처음 만났던 때부터 내가 난창을 떠날 때까지, 우리는 족히 백 가지쯤 되는 화제에 대해 수다를 떨었다. 이건 그녀가 견문이 넓다는 얘기도, 그렇다고 내가 견문이 넓다는 뜻도 아니다. 그녀가 아주 호기심이 많아서 뭐든 알고 싶어하고, 어떤 것에 대해서든 고민할 수도, 거기서 즐거움을 찾을 수도 있었기 때문이다. 하지만 그녀는 진정한 즐거움에 대해서는 알고 싶어하지 않았다. 예를 들면, 우리는 성적인 화제에 대해서는 한 번도 얘기하지 않았다. 아, 말하는 걸 잊었는데, 그녀는 갓 스무 살이 된 처녀였다. 이 다음에 나는 밤을 보낸 일에 대해서도 얘기할 텐데, 그녀가 처녀라는 걸 어떻게 알게 됐는지도 말하겠다. 그녀는 무엇이든 내게 물어봤고, 나도 뭐든지 다 대답했다. 대답할 수 없으면 억지로 끌어다 붙이기라도 했다. 그래서 우리의 화제는 일상생활에 대한 모든 걸 포함했다. 나는 지루함 속에서 한 줄기 돌파구를 찾게 해준 그녀의 호기심에 감사한다. 그리고 성 의식이 없는 처녀였던 점에도 감사한다. 덕분에 나는 루산에서 범죄를 저지르지 않을 수 있었다.

산을 오를 때는 나와 청펀팡이 앞에서 걸어갔다. 손은 잡지 않았고, 신체적인 접촉도 없었으며, 간혹 가파른 산비탈을 오를 때만 그녀의 손을 잡고 끌어주었다. 샤오딩과 페이페이는 뒤에서 따라왔는데, 시종일관 서로 꼭 껴안고는 중간중간 입을 맞추거나 어루만지거나 붙잡는 등등 샤오딩이 생각해낼 수 있는 모든 행동을 했다. 기네스북에 서로 껴안고 오래 버티기 항목이 있다면 도전해봐도 될 정도였다. 하지만 어떻든 간에, 청펀팡이 있었기 때문에 우리 네 사람의 분위기는 꽤 화기애애한 편이었다. 루산 꼭대기에 있는 매표소에 도착하자 우리는 차에서 내렸다. 옆쪽에 있는 화장실에 들른 후에 샤오딩은 앞장서서 우리를 화장실 옆 샛길로 이끌었다. 매표소를 피해 돌아서 들어가려는 것이었다. 이번 여행은 자금이 그리 많지 않았다. 샤오딩은 몇백 위안을 빌려 왔고, 내가 가진 돈도 2000위안이 채 되지 않았다. 네 사람어치 푯값을 안 낸다면 200위안을 아낄 수 있었다. 삼십 분도 지나지 않아 우리는 목적을 달성하고, 산바오수三寶樹라는 곳을 향해 용감히 전진했다. 산바오수를 지난 우리는 더 높은 구뉴링牯牛嶺이라는 봉우리로 향했다. 그곳은 산속에 있는 아주 떠들썩한 장터로, 중심가라고 불리는 번화가가 있다고 들었기 때문이다. 산을 오르는 길에, 양복저고리와 양복바지를 입었지만 바지 지퍼를 제대로 채우지 않은 중년 남자가 우리에게 밤에 자기네 여관에서 묵으라고 끈질기게 권했다. 나는 그에게 흰색 내의가 다 보인다고 알려줬다. 하지만 그는 아무렇지도 않다는 태도로, 상의의 단추를 채워 바지 지퍼 부분을 가릴 뿐이었다. 아마 지퍼가 한참 전에 고장 난 모양이었다. 나는 밤에 여기서 자고 갈지 말지 아직 결정하지 못했기 때문에 그에게 대꾸하지 않았다. 그러자 그는 우리를 계속 따라오며, 자기네 여관에서 묵는다면 한 사람당 8위안이면 된다고 했다. 우리는 이 가격을 듣고 깜짝 놀랐지만, 나는 그래도 그의 제안을 받아들이지 않았다. 바지 지퍼에 대해 그가 취한 태도를 보고 실망했기 때문이다. 그의 여관이 그의 바지 지퍼처럼 제대로 된 곳이 아니라면, 8위안을 내준다 해도 나는 묵을 생각이 없었다.

결국 우리는 그날 밤에 류 씨 성을 가진 자매가 운영하는 여관에 묵었다. 언니 쪽은 동생보다 좀 덜 예뻤는데, 이름이 뭔지는 모르겠다. 동생의 이름은 류링劉玲이고 서른이 채 되지 않았으며 마른 체형이라 얼굴도 몸도 좀 가녀린 느낌이 있었다. 예쁘다고 할 정도는 아니었지만 내가 이번 여행에서 만난 여자들 중 제일 분위기 있는 여자였다. 우리가 바지 지퍼가 고장 난 남자를 따라 구뉴링 중심가에 도착했을 때, 이 자매는 마침 봉고차를 몰고 다니며 호객을 하고 있었다. 류링은 운전석에 타고 있었고, 언니는 조수석에 앉아 뜨개질을 하고 있었다. 그들은 아주 친절하게, 우리에게 자기네 차에 타고 경치 좋은 곳을 한 바퀴 돌아보자고 했다. 나는 그들의 목소리에 홀려서 차에 올라타고, 지퍼가 고장 난 남자를 떼어버렸다. 경치 좋은 곳이란 건 주로 선인동仙人洞을 말하는 거였다. '하늘이 내린 선인동'이라는 말이 세간에서 야한 뜻으로 쓰이고 있기 때문에 나는 이 동굴에 대해 꽤나 호기심이 생겼다. 하지만 동굴을 보고 아주 실망해버렸다. 너무 얕은 나머지 동굴 같지도 않고, 비를 피하는 처마 수준이었기 때문이다. 선인동에 가본 다른 사람들도 나처럼 부족하다는 느낌을 받았을 거라고 확신한다.

우리는 곧 류링의 차를 타고 중심가로 돌아왔다. 오는 길에 류링의 언니가 말하길, 그 남자의 여관은 산 위에 있어서 올라가기 아주 불편하지만, 자기네 여관은 중심가 주변에 있어서 밤에 거리 구경을 하러 나올 수도 있다고 했다. 약간 비싸긴 하지만 주변 환경이 좋고, 따뜻한 물도 나온다는 것이었다. 그래서 우리는 한바탕 가격 흥정을 한 끝에, 한 사람당 15위안을 주고 봉황 여관에 묵기로 했다. 지금은 여행 비수기라 손님이 아주 적어서, 종업원들은 여관 옆에 있는 미용실에 가서 미용사를 겸업하고 있었다. 그래서 류링은 우리를 위해 직접 창고에서 텔레비전을 꺼내와주었다. 방은 그냥 여관방 같아서 창가로 다가가면 가까운 곳부터 순서대로 쓰레기 더미와 산속에 서 있는 건물, 그리고 먼 산이 바라다보였다. 이불은 뻣뻣한 솜이불로, 커버에는 멋을 부린 글자로 '1982년 XXXX 증'이라고 적혀 있었는데, 거의 골동품 같았다. 하지만 서비스는 아주 좋았다. 류링의 언니는 카운터로 돌아갈 때 이렇게 말했다. 자고 싶은 대로 자면 돼요. 검사하러 올 사람은 아무도 없으니까. 언니에 비하면 류링은 말수가 적은 편이었지만, 나는 그녀에게서 깊은 인상을 받았다. 정확하게 말하자면, 처음에 나는 류링을 약간 짝사랑하는 마음까지 생겼다. 아주 품위 있고, 목소리도 맑고 매력적이었기 때문이다. 말수가 적

은 편이라 이런 분위기가 더 살아났다. 당연한 말이지만, 내 짝사
랑은 단조로운 환경 때문에 생겨난 것이었다. 이 환경이란 객지
에 와 있고, 외롭고, 주위에 여자가 없으며(페이페이와 펀팡은 여자
애일 뿐, 아직 여성스러운 맛이 없었다), 감정의 매개체도 없다는 것
등등을 포함하고 있었다. 말하자면, 일상생활 속에서라면 류링은
사람들의 눈길을 끌 만한 점이 없을지도 모르지만, 여행지에서라
면 그녀는 내가 감정을 방출하는 동굴이 되기 쉽다는 얘기다. 차
에서 내릴 때 류링이 내게 말했다. 내일 일정에 대해서 다들 의논
해보고, 차가 필요한지 아닌지 말해줘요. 밤에 방으로 갈게요. 이
말을 듣고 나는 류링과 좀 가까워져봐야겠다고 결심했다.

우리는 2인실 두 개를 빌렸다. 펀팡은 페이페이와 같은 방을
쓰겠다고 했지만 샤오딩은 이 말에 동의하지 않았다. 샤오딩은
펀팡이 미처 주의하지 못한 사이에 문을 쾅 닫아 안에서 잠가버
리고, 곧바로 페이페이를 안고 침대로 뛰어들었다. 펀팡은 애처롭
게 내 방으로 오는 수밖에는 없었다. 이때는 아직 저녁때쯤이라,
나는 세수하고 나서 펀팡과 잠깐 얘기를 하다가, 샤오딩의 방문
을 두드리며 저녁을 먹으러 가자고 했다. 하지만 샤오딩은 잠에
푹 빠져 또 그 버릇이 나와서, 입으로는 일어나겠다고 하면서도
몸은 움직이지 않았다. 며칠 동안 같이 있으면서 나는 그의 이런
버릇에 질리다 못해 짜증이 났다. 여자가 이러는 걸 기다리는 거
라면 또 모를까, 남자를 기다리자니 아주 기분이 더러웠다. 펀팡

이 말했다. 샤오딩은 도대체 왜 저래요! 내가 말했다. 몰랐지? 쟤는 성적 충동이 강해서 그래. 거리를 구경하고 와서 다시 방문을 두드리자 샤오딩과 페이페이는 그제야 일어났다. 나는 욕을 퍼부었다. 밤새 시간이 충분히 있는데 꼭 이렇게 밥 먹을 시간에 해야겠어! 페이페이는 자기는 깨어 있었지만, 샤오딩이 자기를 껴안고 일어나지 못하게 했던 거라고 변명했다. 이런 해프닝이 있었기 때문에 우리는 저녁을 먹을 때 기분이 별로 좋지 않았다. 하지만 바로 이 저녁 식사 시간에, 펀팡은 샤오딩에게 자기는 페이페이와 같이 방을 쓰지 않겠다고 했다. 그녀가 말했다. 됐어, 너희가 그렇게 좋아서 죽고 못 사는데 어쩌겠어! 유쾌하지 못한 분위기를 풀기 위해 우리는 저녁을 먹은 뒤 거리 구경을 하러 나갔다. 거리는 길지 않았지만, 거리 양쪽에 있는 가게에는 신기한 물건이 아주 많았다. 구경을 다 하고 나니 벌써 열 시가 되어 있었다. 나는 류링 생각이 나서, 빨리 돌아가자고 사람들을 재촉했다. 펀팡은 갖가지 수공예품들에 정신이 팔려 있다가 말했다. 뭐가 그렇게 급해요. 내일 출근할 것도 아닌데. 내가 말했다. 내일도 놀러 가야 되니까, 일찍 돌아가서 쉬자고.

　나는 마음이 급한 나머지 길까지 잘못 들어서, 방으로 돌아왔을 때는 꽤 피곤해졌다. 우리가 빌린 두 방 다 온수기가 그다지 쓸 만하지 못했다. 샤오딩은 직원을 불러 온수기를 좀 틀어달라고 했다. 그는 요 이틀 동안 계속 페이페이와 잤기 때문에 하반신이 지저분해져서, 빨리 좀 씻고 싶어했다. 샤오딩은 내게 온수기를 켤 거냐고 물었다. 나는 필요 없다고 했고 펀팡도 필요 없다고 말했다. 내가 필요 없다고 한 건 류링을 기다릴 생각이었기 때문이고, 펀팡이 그렇게 말한 건 나와 한 방에 있으면서 샤워를 하는 건 적절치 못하다고 생각했기 때문이다. 나는 삼십 분을 기다렸다. 열 시 반이 넘었지만 류링은 아직도 오지 않았다. 이 삼십 분 동안 나는 우울한 얼굴을 하고, 마음속에 뭔가 꿍꿍이속을 숨기고 있는 불량배처럼 굴었다. 펀팡은 그런 나를 보고 좀 불안해했는데, 사실 나는 이 점을 나중에야 깨달았다. 나는 아래층에 있는 미용실에 가보았다. 미용실 아가씨는 막 문을 닫으려고 하다가 손님이 온 걸 보더니 다시 기운을 차리고 인사를 했다. 나는 그녀에게 류링이 여기 온 적이 있느냐고 물었다. 그녀는 류링이 와서 여기서 우리를 기다리다가, 못 만나고 일단 돌아갔다고 말했다. 그러면서 내일 차를 쓰려면 그녀에게 전화하면 된다고 했다.

나는 방으로 돌아왔다. 걱정거리는 사라졌지만 그 대신 지루해진 나는 침대에 누워 텔레비전을 봤다. 펀팡도 옷을 그대로 입은 채로 침대에 눕더니, 먼저 침묵을 깨려는 듯이 내게 여자 친구가 예쁘냐고 물었다. 나는 그녀의 목적을 곧바로 눈치챘다. 그녀는 내 여자 친구 얘기를 해서 내가 가진 음흉한 생각을 줄여보려는 것이었다. 똑똑한 여자애였다. 하지만 그녀는 내가 자기에게 그런 마음을 전혀 가지고 있지 않다는 걸 알아챌 만큼 똑똑하지는 못했다. 왜 그런 마음이 없느냐고? 예를 들어 설명하면 간단해진다. 가령, 내가 예위칭을 만났다면 하고 싶어졌을 것이다. 장만위를 만났다면, 역시나 하고 싶었을 것이다. 하지만 궁리鞏俐를 만났다면 할 생각이 들지 않을 것이다. 자오웨이趙薇를 만났다면 더더욱 그렇다. 심지어 아예 아무런 생각도 들지 않았을 것이다. 좀 더 현실적인 예를 들어보자. 류링을 보면 하고 싶지만, 펀팡을 보면 할 생각이 안 든다는 얘기다. 딱히 특별한 이유는 없다. 그저 그 여자가 섹시한지 아닌지, 여성스러운 느낌이 있는지 없는지, 느낌이 편안한지 아닌지의 문제일 뿐이다. 사실 나는 저녁을 먹으면서 그들이 누가 누구와 방을 같이 쓸지에 대해 말다툼을 할 때 전혀 끼어들지 않았다. 나는 아무래도 상관없었지만, 그래도 펀팡과 같은 방을 쓰면 좀 더 재미있을 거라고 생각하긴 했다. 샤오딩은 성적 충동이 너무 강해서, 그와 같이 있으면 항상 마음 편히 잠을 자기가 힘들었다.

하지만 펀팡이 내가 음흉한 생각을 하고 있다고 생각한다면, 나는 그녀의 두려움을 해소해줘야 할 의무가 있다. 알게 된 지 하루 만에 같은 방에서 밤을 보내게 되었으니, 그녀가 무서워하는 것도 무리가 아니지 않은가. 나는 그녀에게 지금은 여자 친구가 없지만 예전 여자 친구 얘기는 해줄 수 있다고 말했다. 그래서 나는 텔레비전 프로그램의 사회자처럼 점잖고도 감성적인 목소리로, 류창劉暢과 덩리리와 우추화에 대한 얘기를 해줬다. 이 얘기를 들으면 그녀는 내가 누구를 만나든 마음이 한결같다는 걸 알 수 있을 것이다. 돌아온 후에 나는 이날 밤에 했던 얘기에 '루산야화'라는 이름을 붙였다. 내 얘기에 이어 펑팡도 자기 남자 친구 얘기를 시작했다. 그녀가 말하길 자기 남자 친구는 외모도 별로고 약간 촌스럽기까지 하지만 아주 유능한 사람이라고 했다. 건축 설계사인데, 중등전문학교만 나왔는데도 지금 다니는 회사에서 아주 중요한 인재라고 했다. 남자 친구가 자기를 쫓아다닐 때 그녀는 별 느낌이 없었지만, 그가 하도 열심히 구애하다보니 그녀도 점점 감정이 생겨 그를 사랑하게 되었다는 것이다. 하지만 사랑의 강물에 빠진 후로 남자 친구는 그녀에게 신경을 점점 덜 쓰게 되어서, 열흘이 지나고 보름이 지나도 전화 한 통 하지 않게 되었다. 최근에 마지막으로 만난 건 밸런타인데이 때였는데, 남자 친구는 장미가 아니라 카네이션을 주면서 우리 관계는 아직 장미를 줄 만큼 발전하지 않았다고 말했다고 한다. 사실 그녀는 그와 같이 있을 때 한 번도 손을 잡은 적이 없다고 했다. 그 말은 그녀가 남자 손을 한 번도 잡아본 적이 없다는 얘기다. 이번이 첫 연애이기 때문이다. 나는 바로 이 대목에서 그녀가 처녀라고 추측했다. 그것도 그냥 처녀이기만 한 게 아니라 손을 잡아본 적도 없고 첫 키스도 한 적이 없는 순진한 어린애였던 것이다. 나는 내 직감을 믿는 것과 마찬가지로, 직감에 따라 그녀의 말이 사실이라고 믿었다. 그녀는 제일 길게는 한 달 동안 남자 친구와 통화를 안 한 적이 있는데, 사실은 남자 친구를 좀 시험해보려는 생각으로 그랬던 거지만 결국은 그녀가 먼저 전화를 걸었다고 했다. 여기까지 얘기하던 그녀는 갑자기 걱정을 하기 시작했다.(내가 말했듯이 그녀는 기분이 금방 휙휙 바뀌는 여자애였다.) 그녀는 자기 남자 친구가 보기에는 아주 성실해 보이지만 지금은 또 어떨지 모른다고, 남자들은 나쁘게 변해버리기 쉽지 않느냐고 말했다. 그는 접대를 해야 할 일이 많으니, 지금 다른 여자가 있을지도 모르는 일이 아니냐는 거였다. 이렇게 얘기하는 와중에 나에 대한 그녀의 두려움은 점점 자기 남자 친구 쪽으로 옮겨갔다. 나는 성심껏 그녀를 위해 방법을 생각해볼 수밖에 없었다. 내가 말했다. 그럼 남자 친구를 불러서 널 사랑하는지 안 사랑하는지 물어봐야지. 사랑하면 자주 만나서 밥도 좀 먹자고 하고, 아니면 그냥 헤어지자고 해. 그녀가 말했다. 그렇게 말해봤어요. 그런데 자기는 투잡을 하느라 너무 바쁘다는데, 제가 뭐 어쩌겠어요. 나는 화가 치밀어서 말했다. 바쁘다는 게 제일 말도 안 되는 핑계야. 룸에서 여자를 끌어안고 있으면서 바쁘다고 할 수도 있는 거잖아. 일이 아무리 바빠봐야 하루에 여덟 시간인데, 그렇다고 그 사람이 24시간 내내 일하는 것도 아닐 거 아냐. 그 사람의 삶에 네가 필요하지 않게 된 거라면 그냥 네가 차버려. 이렇게 말한 후로 나는 그녀에게 남자 친구를 차버리라고 적극 권했다. 그녀의 얘기를 들어보니 그 남자 친구가 음험한 놈이라는 느낌이 들었다. 편팡은 헤어지기 아쉬워했다. 연애라는 똥통에 빠진 게 처음이었기 때문에 제대로 냄새를 풍기지 않고서는 나가고 싶어하지 않았다. 그녀는 좀 겁먹은 듯이 말했다. 만약에 여자 친구가 있다면, 한 달 동안 연락 안 할 수 있어요? 나는 딱 잘라 말했다. 절대 안 되지. 한 달 동안 연락을 안 한다는 건 분명히 끝났다는 거야. 그녀가 물었다. 엄청나게 바쁘다면요? 내가 말했다. 바빠도 연락하겠지. 난 여자 친구랑 자고 싶은데, 한 달을 같이 안 자고 어떻게 배겨? 그녀는 수줍어하며 말했다. 우린 아직 자는 단계까진 안 갔는데요. 내가 말했다. 연애란 건 언제나 자는 단계로 발전하게 마련이야. 그렇게 발전시킬 시간도 못 내는 걸 보니, 그 남자는 애초에 널 원하지 않는 것 같은데. 그녀는 마지막까지 결단을 내리지 못한 채 말했다. 한 번만 더 기회를 줘볼래요. 이번에 난창으로 돌아갔을 때 마중을 나오는지 안 나오는지 보려고요.

내가 말했다. 졸리다. 자자. 그러면서 나는 방 안의 전등을 껐다. 그녀가 불쑥 말했다. 우리 텔레비전 켜놓고 자면 안 돼요? 내가 말했다. 안 돼. 켜져 있으면 난 잠 못 자. 내일 아예 못 나가게 될 거야. 그녀가 말했다. 소리를 꺼두면 되잖아요. 내가 말했다. 소리 꺼놔도 안 돼. 침대가 텔레비전이랑 너무 가깝잖아. 번쩍거리는데 어떻게 자라고. 하지만 나는 그녀가 동의하기 전에 텔레비전을 꺼버릴 수는 없었다. 텔레비전까지 끄면 방 안은 아예 캄

캄해져버릴 것이다. 우리는 이렇게 대치하는 채로, 더 나은 생각을 해내지 못했다. 내가 물었다. 너, 내가 겁나는 거 아냐? 그녀가 다급히 해명했다. 아니, 아니에요. 어두운 게 무서워서 그래요. 내가 말했다. 어두운 게 뭐가 무서워. 어차피 눈 감으면 어두워질 텐데! 그녀가 말했다. 난 불을 다 끄고는 못 잔단 말이에요. 내가 말했다. 변명할 필요 없어. 날 겁내는 거 맞잖아. 난 너한테 아무것도 안 할 거야. 이리저리 생각해본 끝에 나는 마침내 한 가지 방법을 생각해냈다. 화장실 불을 켜고 문을 조금만 열어둬서, 방 안에 희미한 불빛이 비치도록 하는 거였다. 나는 침대에 누워서 마음속으로 우습다고 생각했다. 여자애와 한 방에서 내외하며 밤을 보내는 것도 참 신기한 일이란 생각이 들었다. 하지만 우리 둘 다 곧바로 잠들지 못하고 뒤척거렸다. 특히 그녀는 아주 심하게 뒤척거렸는데, 꼭 침대에 불이라도 난 것 같았다. 잠시 후에 그녀가 말했다. 외출복 바지를 입고 자려니 너무 불편하네요. 알고 보니 그녀는 나를 경계하느라 외출복 바지를 입은 채로 자려던 것이었다. 그녀가 애초부터 나를 색골로 여기고 있었다는 걸 알게 되자 나는 화가 났다. 내가 색골이 맞긴 하지만, 그런 짓을 할 생각이 전혀 없는데도 날 색골 취급하는 건 참을 수 없었다. 내가 말했다. 벗어. 볼 생각도 안 드니까. 나는 그녀에게 등을 돌린 채로 그녀가 부스럭거리며 바지를 벗는 소리를 들었다. 아마 이불 속에서 벗고 있는 모양이었다. 난 이런 자의식 과잉이 제일 싫었다. 아무리 처녀라도 이 정도로 자의식 과잉일 이유는 없지 않은가. 나는 잔뜩 화가 난 채로 잠이 들었다.

이튿날, 내가 눈을 뜨기도 전에 누군가 방문을 두드렸다. 문을 두드린 사람은 류링이었는데, 차를 문 밖에 세워두고 우리를 기다리고 있다고 말했다. 그녀는 몸에 꼭 맞는 커피색 셔츠를 입고 있었다. 그녀의 가슴은 작지만 아주 생생해서, 말 잘 듣는 두 마리 동물처럼 셔츠 안에 조용히 숨어 있었다. 실크 질감의 검은색 바지를 입고 있어 다리가 더 날씬하고 길어 보였다. 그녀는 가냘픈 몸매를 섹시해 보이게 만들 줄 아는 여자였다. 그녀가 몸을 돌려 걸어갈 때 어깨뼈가 드러나 보였다. 나는 바로 그 순간 여자의 뼈를 사랑하게 되었다. 여자가 정말로 뼈가 변해 태어난 거라면, 여자의 뼈는 뼈 중의 뼈요, 여자의 가장 아름다운 핵심이라 할 만했다. 나는 내가 앞으로 가슴이 작고 가녀린 여자를 쫓아다니게 될 걸 직감했다. 나는 그녀의 작고 단단한 엉덩이와 날씬한 두 다리가 모이는 부분을 빤히 쳐다보았다. 숨어 있던 성욕이 상처 입은 멧돼지처럼 뚫고 나왔다. 나는 큰 소리로 그녀를 불렀다. 류링! 류링은 카운터 쪽에서 몸을 돌렸다. 그녀의 옆모습이 보일 때 작은 젖가슴의 윤곽이 드러났다. 나는 그 모습에 한눈에 홀려, 꽉 쥐어 부숴버리고 싶은 생각이 들었다. 그녀는 아주 예의 바르게 물었다. 무슨 일이세요? 내가 말했다. 어디 가요? 그녀가 대답했다. 차에 가서 기다리려고요. 나는 방으로 돌아가 재빨리 얼굴을 한번 닦고, 거울을 보고 눈꼬리에 붙은 눈곱 덩어리를 떼버리고는 짐가방을 들고 달려나갔다. 펀팡이 말했다. 뭐가 그렇게 급해요? 나 아직 다 못 씻었다고요! 나는 뛰어나가면서 말했다. 천천히 해. 기다릴 테니까.

골격이 섹시한 류링은 운전석에 한 마리 잠자리처럼 앉아 있었다. 여유로운 미소를 띠고 있는 모습이 꼭 풀잎 끄트머리에 앉은 잠자리 같았다. 조수석에 올라타 앉을 때쯤에는 나는 이미 그녀의 미소에 홀려 제정신이 아니었다. 그녀가 웃을 때면 그녀의 큰 입술은 내가 소년기에 성적인 환상을 느꼈던 영화배우 중추홍鍾楚紅과 아주 비슷했다. 나는 재빨리 자리에 앉았다. 그러지 않으면 아랫도리 때문에 바지가 툭 튀어나올 것 같았기 때문이다. 지금껏 이런 맑고 상쾌한 아침부터 한 여자 때문에 이렇게나 성욕이 왕성해진 적이 없었다. 그런 걸 보면 루산은 정말 신기한 곳이다. 안 그랬으면 1960년대에 마오쩌둥이 루산에 3000평이나 되는 루린 1호 별장을 지었을 리가 없다. 별장은 분명히 별장만의 의미가 있을 것이다. 그건 별장에 묵어보지 않은 사람은 짐작할 수 없다.

류링이 말했다. 어젯밤에 방에 갔었는데 거리 구경하러 나갔더라고요. 나는 허둥대며 두서없이 내가 왜 방에 없었는지 설명했다. 그녀가 말했다. 설명할 필요 없어요. 사실 그냥 차가 필요한지 물어보러 갔던 거니까. 대화를 하는 사이에 나는 나도 모르게 손을 그녀의 허벅지에, 너무 섹시한 나머지 아무것도 뵈는 게 없도록 만드는 허벅지에 올려놓았다. 하지만 아주 살짝, 실크 감촉의 바지 위를 글라이더처럼 스쳐 지나갔을 뿐이었다. 그녀는 허벅지를 움츠렸지만, 공간이 너무 좁아서 피하지는 못했다. 그녀는 깜짝 놀란 얼굴로 나를 바라봤다. 내가 말했다. 작은 거미가 한 마리 있었는데, 바닥에 떨어졌어요. 나는 그렇게 말하며 몸을 숙였다. 내 얼굴이 그녀의 바지를 스쳤다. 나는 좋은 향기와 여자 냄새가 뒤섞인, 그녀의 체온이 묻어 있는 냄새를 맡을 수 있었다. 그건 여자의 제일 섹시한 냄새였다. 그녀는 움직이지 않고 내가 찾는 양을 보고 있었다. 나는 그 순간 문득 이렇게 얕은 수를 쓰는 게 너무 시시하다는 생각이 들어, 제대로 공략해보는 게 낫겠다고 판단했다. 나는 고개를 들고 그녀에게 말했다. 진짜 예쁘세요! 내 말이 너무 갑작스러웠기 때문에 그녀는 잠깐 동안은 아무 말도 하지 못하다가, 반응할 때쯤에는 이미 얼굴이 붉어져 있었다. 그녀는 수줍게 말했다. 내가 예쁘긴 뭐가 예뻐요. 괜한 소리 하지 마세요. 나는 아주 진지하게 말했다. 얼핏 보면 안 예뻐 보여도 사실은 아주 예뻐요. 처음 봤을 땐 별로 안 예쁜 것 같지만 자꾸 보고 싶어지고, 보면 볼수록 예뻐요. 그러니까, 전 어제 류링 씨를 처음 봤을 땐 그때까지는 예쁜 줄 몰랐는데, 오늘 보니까 예뻐 보이고, 아마 내일 보면 더 예뻐 보일 거예요. 그녀는 내심 기분 좋아하면서도 여전히 이렇게 말했다. 무슨 말을 하는지 점점 더 모르겠네요. 내가 말했다. 모를 게 뭐 있어요. 자꾸 보고 싶은 얼굴이란 얘기라니까요. 류링 씨를 신발에 비유해서 말한다면, 아무리 신어도 낡지 않는 신발일 거라는 말이에요. 이제 이해가 가세요? 혹시 홍콩 영화배우 중추훙 아세요? 그 배우를 진짜 많이 닮았어요. 특히 입술이 제일 닮았고, 얼굴 윤곽도 꽤 닮았어요. 그러니까 류링 씨도 영화배우가 됐어야 해요! 그녀는 큰 소리로 웃어젖혔다. 그녀가 크게 웃는 걸 본 건 이때가 처음이었는데, 마치 꽃가지들이 어지럽게 흔들리는 것 같았다. 그 웃음을 보자 내 속옷 안쪽이 한 차례 술렁거렸다. 그녀가 말했다. 내가 어떻게 영화배우가 되겠어요. 내가 그런 운명을 타고났을 리가 없잖아요. 내가 말했다. 그런 운명이 있는지 없는지, 제가 손금 좀 봐드릴게요. 손금을 보는 건 여자를 꾀는 고전적인 수법이었다. 너무 낡아빠진 수법이라 솔직히 민망할 정도였다. 하지만 가끔은 이런 낡디낡은 수법이 바로 가장 쓸모 있는 방법일 수도 있다. 여자는 죽자 사자 매달려 치근대는 걸 제일 못 뿌리치는 법이니까. 그래서 나는 이 순간에 꼭 이 수법을 쓰기로 결심했다. 그런데 바로 이때 조수석 문이 열리더니, 펀팡이 자기가 조수석에 앉겠다고 떠들어댔다. 류링의 손은 순식간에 용수철처럼 움츠러들었다. 그녀가 말했다. 저 아가씨한테 여기 앉으라고 해요. 펀팡이 말했다. 맞아요, 레이디 퍼스트잖아요. 내가 말했다. 좀 기다리면 안 돼? 펀팡이 되물었다. 뭘 기다려요? 그녀는 내 아랫도리가 발기된 상태라 가라앉혀야만 차에서 내릴 수 있다는 걸 모르고 있었다. 나는 눈을 감고, 단전까지 깊이 숨을 들이마셔 억지로 가라앉히고 나서야 몸을 웅크리고 차에서 뛰어내렸다. 편팡이 말했다. 이제야 좀 신사답게 구네요. 나는 언짢은 투로 내뱉었다. 개뿔, 신사는 무슨!

차를 타고 가는 길에 편팡과 샤오딩, 페이페이는 아주 신이 나서는 꼭 벌집을 공격당한 벌처럼 쉴 새 없이 왱왱거렸다. 나는 이런 분위기 속에서 혼자만 점점 더 우울해졌다. 불과 십오 분 전만 해도 왕성했던 정욕이 지금은 이미 완전히 사라지고, 아랫도리도 다 느슨해져버려서 아무 느낌이 없었다. 나는 아주 오래전, 여자 친구와 함께 몰래 금단의 과실을 맛보고 있던 순간에 문을 두드리는 소리가 들려와 그 분위기가 한순간에 깨졌던 일이 생각났다. 수업 자료를 챙겨 가는 걸 잊었던 국어 선생님이 불쑥 안으로 들어왔다. 얼굴에 온통 퍼런 수염이 난 그 선생님은 나를 호되게 혼냈다. 나는 그 자리에서 허겁지겁 도망쳤고, 내 여자 친구는 기숙사로 끌려가 교육을 받았다. 여자 친구는 도대체 무슨 교육을 받았는지 내게 알려주지 않았다. 그때 그렇게 낙담하고 풀이 죽었던 바로 그 심정이 지금과 비슷했고, 나를 낙담하게 만든 사람은 편팡으로 변해 있었다. 지금 편팡의 포동포동한 얼굴을 보고 있으려니 마음속에서 역겨움이 치밀어 올랐다. 어째서 누군가에 대해 이렇게 짧은 순간에 사랑이나 혹은 증오를 느끼게 되는 건지 나는 나 자신을 이해할 수 없었다.

우리는 차를 타고 일단 한포커우含鄱口로 가서 저 아래쪽에 보이는 희미한 운해를 내려다본 다음, 다시 차를 타고 가서 우라오평五老峰 입구에 내렸다. 여기서 시작해 산에 올라 남근처럼 우뚝 서 있는 다섯 개의 봉우리를 돌아보고 싼데취안三迭泉 계곡까지 보고 오려면 대충 여섯 시간쯤 걸린다고 했다. 류링은 여섯 시간 후에 싼데취안 주차장에 차를 세워두고 우리를 기다리겠다고 했다. 그녀는 주의사항 몇 가지를 알려주고는 바로 차를 몰고 돌아갔다. 나는 좀 실망한 나머지 그 가파른 산을 올라갈 마음도 사라졌다. 정말로 여행에 대한 흥미가 없어져서, 그녀와 함께 돌아가버리고 싶었다. 하지만 없었다. 돌아갈 이유가 없었다. 나는 여행객이지 오입쟁이가 아니기 때문이다. 이 '없다'는 것 때문에 나는 후회가 되었다.

5

사실 다음에 일어난 일들은 적을 만한 것도 별로 없다. 구체적으로 적으면 여행기가 되어버릴 것이다. 문학을 사랑하는 동지들이라면 다들 여행기의 폐해를 경험해봤을 테니, '여행기'라는 역겨운 표현은 쓰지 말도록 하자. 그냥 간단하게 얘기해보겠다. 간단히 얘기하자면, 나와 펀팡은 앞에서 걸어갔고, 샤오딩과 페이페이는 우리 뒤를 따라왔다. 멀리서 보면 두 커플이 같이 여행 온 걸로 보일 터였다. 앞에 가는 커플은 소개를 통해 처음 만난 커플이고, 뒤에 가는 커플은 벌써 낙태를 세 번쯤 한 커플처럼 보일 것 같았다. 앞에 가는 커플 중 남자 쪽은 여자가 그다지 만족스럽지 않아서, 그녀를 결혼 상대로 고려해볼지 말지 아직 결정하지 못해 태도가 별로 적극적이지 않지만, 여자는 남자가 아주 마음에 들어서 끊임없이 말을 걸고 있다. 뒤에 가는 커플은 네 번째로 수정란을 착상시킬 장소를 찾고 있는 것처럼, 길에서라도 관계를 갖고 싶어하고 있다. 산을 오르는 길에 나는 샤오딩이 노래를 부르는 소리에도 짜증이 났다. 그는 흥이 오른 나머지 참지 못하고 큰 소리로 노래를 불렀는데, 노랫소리가 꼭 돼지 멱따는 소리 같았다. 하지만 돼지 소리처럼 그렇게 날카롭게 뻗어 나가지는 못하고 답답하게 웅얼거리는 게, 날 때부터 노래를 부르라고 생겨먹은 목청이 아닌 것 같았다. 양이 똥을 싸는 것처럼 띄엄띄엄 이어지는 그의 노랫소리를 피하기 위해, 나와 펀팡은 그들과의 사이에 노랫소리가 쫓아오지 못할 만큼 한참 거리를 두고 앞장서서 걸어갔다. 우리는 이뎨취안—迭泉으로 가는 입구에 있는 작은 가게 안으로 들어가 멈춰서 그들을 기다렸다. 이때는 이미 두 사람의 모습은 보이지 않고, 노랫소리도 들리지 않았다. 삼십 분이나 기다렸지만 오지 않았다. 우리는 아무래도 그들이

저 뒤쪽에 있는 갈림길에서 다른 길로 들어선 것 같다고 추측했다. 나는 휴대전화로 샤오딩의 호출기에 호출하려 했지만 신호가 너무 약해서 내게는 교환국 여직원의 목소리가 들렸지만 그녀는 내 목소리를 듣지 못했다. 우리는 갈림길로 돌아가서 그들을 찾아보기로 했다. 갈림길의 다른 쪽으로 꺾어 채 오 미터도 못 갔을 때, 길이 굽어진 곳에서 토착민으로 보이는 여자 하나가 허리띠를 여미면서 걸어 나왔다. 나는 그녀에게 이 길이 어디로 통하느냐고 물었다. 그러자 그녀는 이쪽에는 길이 없고, 화장실만 있다고 대답했다. 가보니 정말로 간이 화장실이 있었다. 펀팡이 말했다. 혹시 변소에 빠지지나 않았는지 들어가봐요. 나는 남자화장실에, 그녀는 여자화장실에 들어갔다. 변기가 아주 작아서 빠질 가능성은 전혀 없어 보였다.

나는 바위 위에 올라가서 사방을 눈 닿는 데까지 살펴보았다. 샤오딩과 페이페이, 그리고 양이 똥을 싸는 듯한 그 노랫소리까지 전부 감쪽같이 사라져버렸다. 샤오딩과 페이페이를 찾으면서 나는, 음악이란 것과는 전혀 인연이 없는 그 노랫소리를 정말 절실하게 듣고 싶어졌다. 우리는 강줄기를 따라가며 그들을 찾았다. 지금은 건기라서 강 속의 커다란 바윗돌과 강물의 낙차로 인해 생긴 암벽이 곳곳에 드러나 있었다. 가장 큰 가능성은 그들이 어느 바위 위에 올라가 먼 곳의 풍경을 구경하다가 둘이 같이 암벽 아래로 떨어져버린 거였다. 여기까지 생각하자 나와 펀팡은 좀 무서워져서, 둘이 똘똘 뭉쳐서 길을 거슬러 가면서 큰 소리로 그들을 불렀다. 만약 둘 다 떨어져서 죽어 있다면 나는 시체를 수습해야 할 것이다. 그것도 주차장까지 시체를 옮겨야 할 텐데, 그러자면 분명히 한 시간도 넘게 걸릴 것이다. 나는 도저히 그런 육체노동을 견딜 수 없었다. 죽지는 않았지만 심하게 다쳤다면, 그건 더더욱 비참한 일이다. 여기선 구급차를 부르려야 부를 수도 없을 테니, 시체를 옮기는 것보다도 더 성가셔질 것이다. 이 여행에서 샤오딩이 나를 귀찮게 만들었던 온갖 일들을 떠올리자, 나는 그가 떨어져 죽으면 차라리 수고를 덜겠다는 생각이 들었다. 하지만 그렇다고 나와 같이 있을 때 죽는 건 곤란했다. 그러면 내가 책임을 져야 할 게 아닌가. 어쨌든 내가 샤오딩보다 나이가 많으니, 그의 부모님이 내게 왜 그를 제대로 보살피지 않았느냐고 묻는다면, 벼룩같이 사방으로 뛰어다니는 녀석을 어떻게 보살피겠냐고 말할 수는 없는 노릇 아닌가! 그래서 나는 그 둘이 부디 아직 살아 있기만을 바랄 수밖에 없었다. 우리는 어느 시인이 산골짜기를 향해 저우언라이 총리를 불렀다던 것처럼, 골짜기에 대고 소리를 질렀다. 샤오딩, 페이페이, 망할 것들아! 빨리 튀어나오라고! 당연히도 골짜기는 그들이 방금 떠났다는 대답 따위는 해주지 않았고, 빨리 튀어나오라고- 나오라고- 하는 메아리만 돌아왔다.

마침내 나는 커다란 바위 틈새에서 고깃덩이 두 개를 발견했다. 죽지 않고, 움직이고 있었다. 그냥 움직이는 게 아니라 규칙적으로 움직이고 있었다. 나는 차마 말로 표현할 수 없는 복잡한 심정으로, 이 개 같은 것들이 섹스하는 걸 쳐다보았다. 그들은 천재가 아니면 생각해내지도 못할 것 같은 체위로, 엄청나게 집중해서 섹스를 하고 있었다. 내가 바위 위에 서서 삼십 초가 넘게 쳐다봤는데도 눈치채지 못했다. 나는 펀팡에게 다가가서 말했다. 그만 찾아도 돼. 저쪽에 있어. 펀팡은 울상을 하며 물었다. 진짜 죽었어요? 내가 말했다. 가서 직접 봐. 펀팡은 불안에 떨며 바위 위로 올라갔다. 그녀가 기겁해서 소리를 지르는 게 들렸다. 야, 너희 뭐하는 거야? 그러더니 펀팡은 이쪽으로 뛰어왔다. 그들이 뭘 하고 있느냐고 묻자, 그녀는 얼굴이 빨개진 채 모른다고 대답했다. 그때 바위틈에서 샤오딩이 헤헤 하고 바보처럼 웃는 소리가 들려왔다. 내가 말했다. 개새끼들아, 우린 돌아갈 테니까 계속하든가.

쌘데취안은 너무 멀고 입장료도 비쌌기 때문에 우리는 애초에 가지 않기로 결정하고, 강을 따라서 다시 내려가기로 했다. 나와 펀팡은 운무차雲霧茶*를 파는 곳을 지나게 되었다. 루산 남자 한 사람이 우리에게, 차를 안 사도 상관없으니 한 잔 마셔보라고 했다. 우리는 그가 주는 차 한 잔을 마시고, 그가 차에 대해 광

* 루산에서 나는 유명한 녹차

고하는 얘기를 몇 분쯤 들은 후에 그와 또 한동안 수다를 떨었다. 그때쯤 샤오딩과 페이페이가 거들먹거리며 걸어왔다. 내가 말했다. 왜 계속 안 하고? 샤오딩이 말했다. 너희가 방해해서 끊겼잖아. 나는 정말 뭐라 대꾸할 말이 없었다. 샤오딩이 여자와 같이 있을 때면, 나는 도무지 그의 생각을 따라갈 수가 없었다. 우리는 그 루산 남자와 헤어져서, 큰 바위가 있는 강가에서 한동안 놀면서 피곤해진 발을 씻고, 냄새 나는 양말을 햇볕에 말렸다. 그나마 다행이었던 건 이날 햇볕이 아주 좋았다는 것이다. 종일 아무런 수확도 없었다고 한다면, 마지막으로 얻은 수확이 바로 루산의 햇볕을 하루 종일 쬐었다는 것이다. 샤오딩과 페이페이는 아직도 만족하지 못했는지, 바위 위에서 한 덩이로 들러붙더니 애무를 하기 시작했다. 드문드문 지나가던 사람들이 다들 걸음을 멈추고 그들을 구경했다.

류링의 차는 벌써부터 주차장에서 우리를 기다리고 있었다. 그런데 차에 탈 때, 펀펑은 또 자기가 조수석에 앉겠다며 나와 다퉜다. 나는 지난밤에 그녀와 자버리지 않은 게 정말이지 후회됐다. 류링은 차를 곧장 주장 기차역으로 몰았다. 우리는 거기서 루산 특별 열차를 타고 난창으로 돌아갈 예정이었다. 이때 나는, 루산에 하루 이틀 정도 더 묵으면서 류링과 어떻게 좀 해보고 싶은 생각이 들었지만 결단을 내리지 못하고 망설이고 있었다. 하지만 이 생각은 침 한 모금처럼, 혀끝까지 올라왔다가 다시 삼켜

저버렸다.

삶의 관성에 따라서만 살아간다면, 수많은 신기한 경험을 할 기회를 잃게 된다. 우라오펑 입구에 도착했을 때 나는 류링과 함께 돌아갔어야 했지만, 그러지 않았다. 여기서도 나는 샤오딩 일행을 먼저 보내고 나 혼자 루산에 하루 이틀쯤 더 묵었어야 했지만, 역시나 그러지 않았다. 내가 그렇게 하지 않은 이유는 삶의 관성에 따라, 삶이란 이런 식이어야 하고, 이와 다르면 안 된다고 생각했기 때문이다. 이 상황에서의 정답은, 루산엔 류링 말고는 볼만한 게 전혀 없다는 걸 알게 된 순간부터 여행객이 아니라 오입쟁이처럼 구는 것이었을 것이다. 오입쟁이까지는 아니더라도 직업적인 소질을 갖춘 호색한 정도는 되었어야 했다. 차 안에서 나는 류링의 옆얼굴을 다시 한번 바라보았다. 그녀의 옆모습은 우아하고 고왔다. 나는 침을 꿀꺽 삼키며, 그녀와 한번 해보고 싶은 욕망을 같이 삼켜버렸다.

나는 원래 샤오딩이 난창에 남아 자기 여자 친구한테 잡아먹히든 말든 내버려두고, 이튿날 나 혼자 베이징으로 올라갈 생각이었다. 그런데 샤오딩이 꼭 나와 같이 가겠다고 우겼기 때문에 나도 그의 뜻에 따라 하루 더 묵는 수밖에 없었다. 요 이틀 동안 난창엔 비가 왔는데, 나는 대부분의 시간을 PC방에서 보냈고, 샤오딩과 페이페이는 숙소에서 저들 마음대로 뒹굴었다. 이 여행에서 마지막으로 내가 마주쳤던 두 사람에 대해서는 얘기할 만한 거리가 있다. 여자는 아니지만 괜찮은 사람들이었기 때문에, 그들에 대해 적어보려고 한다.

첫 번째는 청펑팡의 남자 친구다. 그는 아주 이상한 이름을 가지고 있었는데, 그 이름이 뭐였는지는 기억나지 않는다. 그가 내 마음을 편안하게 해줬으니 그를 '편안'이라고 부르기로 하자. 편안은 우리가 난창으로 돌아온 다음 날 오후에 내 휴대전화로 전화를 걸어와서는, 자기는 펑팡의 남자 친구인데 우리에게 저녁을 대접하고 싶다고 했다. 그가 내게 전화를 할 거라고는 생각지도 못했기 때문에 나는 아주 깜짝 놀랐다. 그 순간 맨 처음으로 든 생각은, 펑팡이 '루산야화' 얘기를 그에게 했을지도 모른다는 거였다. 그렇다면 내가 그녀에게 남자 친구를 차버리라고 했던 얘기도 들었을 테니, 그가 나를 한번 손봐줄 기회를 잡으려고 그러는 건지도 모른다는 생각이 들었다. 그런데 샤오딩은 저녁 식사라는 말을 듣더니 내 안위 따위는 신경도 쓰지 않았다. 그가 말했다. 편안은 사실 꽤 괜찮은 애야. 걔가 그런 말을 했을 리가 없어. 우리 꼭 가자. 안 가면 그 사람한테 미안한 일이잖아. 저녁 여섯 시가 조금 지나서 펑팡이 먼저 우리를 데리러 왔다. 나는 옷 속에 과도를 한 자루 감춘 채로 그녀를 따라갔다. 편안은 아주 친절한 태도로, 우리에게 제대로 된 장시 음식을 대접했다. 그는 어제 기차역으로 펑팡을 마중 나왔을 때 우리를 봤는데 그때는 우리가 난창 사람인 줄 알았기 때문에 별로 신경을 쓰지 않았다고 했다. 그런데 우리가 다들 외지에서 온 손님이라는 걸 나중에야 알게 되어서, 꼭 식사 대접을 하면서 루산에서 편팡을 잘 돌봐준 데 대해 내게 고맙다는 인사를 하고 싶었다고 했다. 그가 마지막 한 마디를 할 때, 나는 그의 어조에 반어법이나 은유법, 혹은 자문자답 등등 말 속에 뼈가 있는 수사법이 쓰이지 않았다는 걸 확인했다. 나는 그제야 과도 자루를 쥐고 있던 손을 빼내어 젓가락을 들고 살이 통통하게 오른 생선조림 쪽으로 손을 뻗었다. 편팡은 이틀 연속으로 남자 친구와 식사를 하게 된 게 기쁜 나머지 얼굴이 발그레해져 있었다. 저녁을 먹은 후에 편안은 우리에게 푸저우 거리와 팔일광장 같은 곳들을 구경시켜줬다. 나와 편안과 편팡이 앞에서 걸어가고, 샤오딩과 페이페이는 평소와 다를 것 없이 서로 껴안고서 뒤에서 걸어왔다. 편안은 편팡의 손을 잡고 걸으면서 내게 난창에 대해 소개해주었다. 그는 아주 예의바른 사람이라서, 나는 그 둘 사이에서 방해물이 된 느낌을 전혀 받지 못했다. 편팡은 내게, 편안과 이렇게 다정하게 손을 잡은 건 이번이 처음이라고 몰래 말해줬다. 나는 내가 이곳에 온 걸로 인해 그들의 사랑이 한 걸음 더 나아간 것 같아 아주 기뻤다. 비록 그 두 사람의 모습을 보노라면, 별로 예쁘지 않은 꽃이 제법 괜찮아 보이는 쇠똥에 꽂혀 있는 것 같다는 생각이 들긴 했지만.

두 번째 사람은 난창에 사는 시인인 마처馬策였다. 그는 인터넷을 통해 내가 난창에 있다는 걸 알고는 내게 전화해서 밥을 사겠다고 했다. 그의 외모는 몸집이 좀 작아진 구룽古龍*처럼 생겼다.(사실 나는 구룽의 키와 체격이 얼마나 큰지 모른다. 어쩌면 마처의 체격은 구룽과 비슷할지도 모른다.) 그는 몸집이 작고 앞이마가 좀 벗어졌지만, 뒷머리와 수염은 아주 무성했다. 그는 말하는 게 재빠르고 시원스러워서, 나는 그에게서 당시 난창에서 맨 처음으로 쏘아 올렸다가 잊힌 대머리 미사일 같다는 인상을 받았다. 나는 미사일처럼 튼튼하고 깨끗하게 생긴 사람을 좋아했고, 반면에 키 크고 잘생기고 호탕한 사람은 싫어했다. 더욱 기분이 좋았던 건, 그가 내가 제일 좋아하는 후난 요리를 대접해줬다는 거였다. 그가 시킨 요리 중에는 닭똥집 볶음도 있었는데, 그건 내가 만찬 때마다 주문하는 요리였다. 닭고기를 좋아하는 사람이라면 다들 닭똥집도 좋아하고, 닭고기를 좋아하는 사람이 닭고기를 못먹는 상황이 되면 닭똥집을 더 찾게 되는 법이다. 식사 자리에서 우리는 아주 천박하게 문학에 대해, 특히 시에 대해서 얘기를 나눴다. 나는 마처가 시론에 대해 일장 연설을 하는 게 마음에 안들었기 때문에, 우리는 아주 천박하게 한동안 논쟁을 했다. 끝까지 서로 의견의 합치점을 찾지 못했기 때문에 우리는 나중에 서면으로 맞붙기로 했다. 저녁을 먹고 나서, 주식 시장에서 벌써 십몇 만 위안이나 손해를 본 이 미사일은 또다시 자기 자신을 주식

• 중국의 유명한 무협 소설 작가

시장으로 발사시켜 돌아갔다.

기차가 출발하기 한 시간 전에야 나는 샤오딩을 이불 속에서 끌어내 일으켰다. 그는 이미 청나라 말기 때의 아편쟁이처럼 초췌해져 있었다. 기차에 타자마자 샤오딩은 길게 한숨을 쉬더니 말했다. 피곤해 죽겠네! 내가 물었다. 이 자식, 너 일주일 동안 도대체 몇 번을 한 거냐? 샤오딩은 머릿속으로 헤아려보려는 듯이 잠시 멍하니 있더니, 결국 고개를 저으며 말했다. 확실히 모르겠어. 그렇게 말하면서 그는 말라비틀어져 수분이 전혀 남지 않은 수세미 열매처럼, 눈을 감고 기차 좌석에 기댔다. 나는 또다시 류링을 떠올렸다. 그녀가 내 생각을 할까? 나와 그녀는 한 번 만난 인연밖에 없는데, 내 생각을 할 이유가 있을까? 내가 그렇게 출중하게 잘생긴 것도 아닌데. 내 키는 덩샤오핑과 비슷하지만, 덩샤오핑만큼 지도자다운 자질이 있는 것도 아니다. 나폴레옹과도 크게 차이 나진 않지만, 이런 평화로운 시대에 내가 위대한 공적을 세울 기회가 있을 리 없지 않은가! 내 얼굴이 못생긴 건 아니지만, 그렇다고 여자가 한눈에 보고 반할 만한 특징 같은 건 전혀 없었다. 침대 위에서의 기술은 괜찮은 편이라 제일 길게 했을 때는 세 시간까지도 해봤지만, 류링과 한 침대에 누워본 적도 없는데 그녀가 내 능력을 어떻게 알겠는가! 나한테 또 뭐가 있을까? 아, 나는 소설을 쓸 수 있다. 하지만 소설을 쓴다는 건 아랫도리만큼도 실질적이지 못한데, 그게 여자 앞에서 무슨 소용이 있겠는가. 이렇게 생각하다보니, 나는 중국 남자들 사이에서도 정말이지 별 볼 일 없는 정도라, 국제 시장에선 더더욱 아무것도 아닐 거라는 생각이 들었다. 류링이 나를 떠올릴 이유도 없고, 나와 관계를 맺고 싶어할 이유는 더더욱 없었다. 내가 루산에 하루 이틀쯤 더 묵는다고 그녀의 자그마한 가슴을 만져볼 수 있는 거였다면, 매년 루산을 찾는 여행객이 얼마나 많을 것이며, 또 그중에 여행객 겸 오입쟁이만 해도 얼마나 많을 것이며, 그렇다면 류링의 작은 가슴은 닳다 못해 움푹 파여버렸을 게 아니겠는가. 내 이런 추측은 과학적인 근거가 있는 것이다. 생각해보라. 자금성 대문의 구리 못도 사람들이 하도 만져서 닳아 없어졌는데, 류링의 몸이라고 남아나겠는가? 내가 하루만 더 묵으면 류링과 동침할 수 있는 거였다면, 해마다 루산에 놀러가는 여행객 중 나보다 더 잘생긴 여행객 겸 오입쟁이는 얼마나 많을 것이며, 그럼 류링은 일 년에 도대체 몇 사람과 하는 거란 말인가. 류링이 그렇게할 마음이 있다면 그냥 매춘을 하는 게 낫지 않겠는가. 다리만 벌리면 돈을 벌 수 있는데, 뭐 하러 운전도 하고 가이드도 해주면서 그렇게 힘들게 일한단 말인가! 생각 끝에 이렇게 납득한 후에야 나는, 류링은 나와 아무 관계도 없는 여자이며, 그녀에게 있어서 나는 더더욱 아무 상관도 없는 남자라고 생각하게 되었다. 그리고 내 머릿속에서 생겨난 이 관계는 그저 내가 오랫동안 문인 노릇을 했던 후유증일 뿐이다. 병리상으로는 광견병과 맥락이 비슷할 테니 이걸 광상증이라고 부를 수도 있으리라. 이 문제에 대해 납득하고 나니 피곤해져버려서, 나는 시들시들한 가지처럼 내 머리를 말라비틀어진 수세미 열매 위에 얹었다.

이발 이야기

1

거리에 있는 이발소는 널찍했다. 약간 어두컴컴하긴 했지만 이발사의 기술에 방해가 될 정도는 아니었다. 이발사는 절름발이였는데, 까무잡잡한 얼굴에는 전통적이고도 세속적인 미소가 걸려 있었다. 그는 가위를 나는 듯이 사각사각 움직이면서도 입으로는 주위에 둘러앉은 사람들과 이야기꽃을 피웠다. 크고 작은 소식이 이곳에서 가공되고 다듬어져 훌륭한 이야깃거리로 변했기 때문에 이발소는 가장 인기 있는 공공장소였다. 이발소와 견줄 만한 곳이라고는 거리에서 이십 미터쯤 떨어진 변소밖에는 없었는데, 그곳은 아침 일찍 일어나 볼일을 보는 농민들이 신나게 떠들어대는 또 다른 장소였다.

이발소는 소식의 중심지였을 뿐만 아니라 오락의 중심지이기도, 휴식의 중심지이기도 했다. 닳고 닳아 반들반들 윤이 나고 모서리까지 둥글어진 그 두 개의 장의자를 보면, 사람 엉덩이가 가진 마찰력도 오랜 세월이 지나면서 쌓이면 무시할 수 없다는 걸 알게 된다.

저녁이 되면 이발사의 아내는 바닥에 떨어진 머리카락을 청소해 마대자루에 담았다. 다른 농민들의 아내는 다들 얼굴이 검고 거칠게 생겼는데, 왜 이발사의 아내만 젊고 피부도 뽀얀 걸까? 이발사가 아내의 머리를 단발로 가지런히 잘라줘서 그녀의 하얀 목덜미가 드러나 보였다. 그 집 둘째 아들이 나와 동갑인데 빈티가 뚝뚝 떨어지는 게, 생긴 건 분명히 나보다 못했다. 그런데 그 애의 엄마는 우리 엄마보다 몇 배나 예뻤다. 그래서 나는 우리 엄마에 대해 좀 아쉬워졌고, 조금 무시하는 마음까지 생기기도 했다. 나는 마음속으로 몇 가지 가설을 세워보았다. 절름발이가 되어야만 예쁜 아내를 얻을 수 있는 걸까? 아니면 얼굴 생김새가 세속적이어야 하는 걸까? 아니면 이발사가 되어야 가능한 걸까? 따져본 끝에, 나는 마지막 이유가 그럭저럭 믿을 만하다는 생각이 들었다. 하지만 나는 커서 이발사가 되고 싶은 생각은 전혀 없었다. 커서 뭘 하고 싶은지 생각해본 적은 없었지만, 날마다 머리카락을 만지면서 남을 시중드는 일을 좋아하게 되지는 않을 거라는 건 확실했다. 그러니 내가 예쁜 아내를 맞게 될 가능성은 꽤 낮을 것이다.

나는 좀 답답해져서 엄마에게 물어보았다. 엄마는 내가 아직 어려서 너무 복잡한 일을 이해하지 못할 거라고 생각했는지, 지평李鳳(이발사 아내의 이름)은 밭에 나가 일할 필요가 없기 때문에 당연히 다른 사람들보다 예쁘다는 말로 대충 얼버무렸다. 이 대답은 잠깐 동안은 맞는 말 같았지만, 계속 파고드니 아무래도 본질적인 이유는 아닌 것 같았다. 마을엔 못생긴 여자들 천지인데, 그 여자들은 밭에 나가서 일을 하지 않아도 똑같이 못생겼을 게 분명했다. 나는 곰곰이 생각해보았다. 만약 절름발이인 게 그 원

인이라면, 나는 이번 생에는 예쁜 아내를 얻지 못한다 해도 절름
발이는 되고 싶지 않았다. 속되고 친절하게 생긴 얼굴이 원인이
라면, 그건 그래도 고려해볼 만했다. 겸손하면서도 누구에게나
똑같이 친절한 태도를 길러서 예쁜 아내를 얻을 수 있다면 나는
그렇게 하고 싶었다.

　한두 해가 지나, 내가 말귀를 알아들을 나이가 되었다 싶었던
지 엄마는 그제야 절름발이가 예쁜 아내를 얻은 얘기를 내게 해
주었다.

　절름발이는 고아였다. 왜 고아가 되었는지는 기억나지 않는다.
아마도 그의 부모는 굶어 죽었다는 것 같았다. 그는 여러 가족이
모여 사는 큰집에서 사람들의 도움에 기대어 살았다. 들에 나가
일을 할 수 없는 절름발이가 무슨 일을 해서 먹고살아야 할까?
누군가가 그에게 머리를 깎는 기술을 배우라고 충고했고, 그래서
그는 이발사가 되었다. 농촌에서 이발사란 볼품없는 직업이긴 하
지만 그래도 실질적인 이점이 있었다. 날마다 현금으로 수입이 들
어오니, 하루하루 빠듯하게 보내는 농민에 비하면 경제적으로 여
유가 있는 편이었다. 지평은 절름발이와 같은 집에 사는 여자아이
였는데, 혼자 사는 절름발이가 불쌍해서 그에게 종종 물을 끓여
다주기도 하고, 먹을 것을 데워주기도 했다. 절름발이는 절름발이
대로, 용돈이 생기면 지평에게 종종 나눠주고, 과일이나 사탕 같
은 걸 사주기도 했다. 남들은 밥도 배불리 못 먹는데, 지평은 늘

해바라기씨 같은 간식들을 오물거리며 부르주아처럼 살게 되었다. 이런 날들이 길어지자 그녀는 여기에 중독되고 말았다.

말 그대로 세월이 덧없이 흘러, 간식을 풍족하게 먹으며 자라난 지평은 어느덧 시집갈 나이가 다 된 처자가 되었다. 중매가 연달아 들어왔지만 그녀는 어느 곳으로도 시집가려 하지 않았다. 그녀에게 늘 간식을 제공해줄 수 있는 집을 도무지 찾을 수 없었기 때문이다. 그녀의 간식 중독은 절름발이 이발사 옆에 붙어 있어야만 해결할 수 있었다. 어디 간식뿐이랴. 가끔은 생선이나 고기도 얻어먹을 수 있었다. 특히나 돼지고기 하면 남들보다 생활 수준이 훨씬 높다는 걸 상징하는 게 아닌가! 이렇게 계속 시간을 끌다보니 시집을 안 가면 안 될 나이가 되었다. 그렇다고 절름발이에게 시집을 갈 수도 없었다. 지평 본인이 싫어서 그러는 게 아니라, 지평의 부모가 속이 편치 않았던 것이다. 지평 본인은 오히려 장애인이라고 차별하지 않았다. 그녀는 요새 아가씨들처럼 남자가 키가 좀 작다고 장애 몇 급이라느니 하는 식으로 판단하지 않았다. 식탐이 강한 여자들은 보통 외모를 크게 따지지 않기 때문에, 지평도 절름발이에게 시집가는 것에 대해 별다른 불만이 없었다. 절름발이는 성격이 좋아서 누구에게든 잘 대해줬지만, 그녀에게는 특히나 더 잘해주었다. 게다가 지금까지의 그의 수입을 보아하니, 간식을 사먹는 건 평생 문제가 되지 않을 듯했다. 절름발이는 지평의 마음을 알게 되자 지금 당면한 문제는 그녀 부모의 마음을 돌리는 거라는 걸 깨달았다. 그는 지평에게 용돈을 좀 더 쥐어주면서 생선이나 고기를 집에 자주 사가게 했다. 그렇게 해서 그녀의 부모도 식탐이 생기게 만든 것이다. 그녀의 부모는 장애인에게는 편견을 가지고 있었지만 장애인의 돈으로 사온 생선과 고기에는 편견이 없었다. 몇 번 그러다보니 그녀의 부모는 곧 절름발이의 꾐에 빠졌다. 그들은 생선과 고기를 며칠쯤 못 먹다보니 자연히 생각이 났고, 그러다가 생선과 고기를 산 돈이 생각이 났고, 결국은 그 돈을 내어준 사람에게까지 생각이 미쳤다. 이렇게 자꾸 생각이 나는 데는 장사가 없다. 자꾸 생각이 닿다보면 좋지 않았던 인상도 좋게 바뀌게 마련이다. 절름발이가 그녀의 부모와도 사이가 좋아지고 나자 지평은 아주 당연하게도 절름발이에게 시집을 갔다. 지금 와서 보면 절름발이의 음모 같기도 하고, 흔히들 말하는 쇠똥에 꽂힌 꽃 얘기 같기도 했다. 하지만 당시 마을의 이웃 사람들은 이 일을 그리 이상하게 여기지 않았다. 그들은 꽃을 과하게 치켜세우지도 않고, 쇠똥을 심하게 비난하지도 않고, 오히려 이 둘이 제법 잘 맞는다고 생각했다. 그 후로 그들은 다른 누구보다도 훨씬 편안하고 착실하게 살아갔기 때문이다.

이 결혼이 아주 아름답고 원만한 일이었다는 건 두 가지 사실이 증명하고 있다. 첫째, 두 사람 사이에 태어난 두 아들은, 만화 주인공을 좀 닮아서 내게 무시당한다는 것 외에는 아주 건강했다. 둘째, 절름발이의 이발소 사업이 나날이 발전해서 그들의 생활수준은 남들보다 한 수 위였고, 부부 사이도 대단히 화목했다. 이런 결말을 맞았는데 더 이상 바랄 게 뭐가 있겠는가!

나는 이 얘기를 듣고 멍해져버렸다. 과정이 너무나 복잡했기 때문에 나는 절름발이가 예쁜 아내를 얻은 결정적인 이유를 찾아낼 수 없었다. 이 문제를 계속 파고들기엔 좀 피곤하니까 일단 내버려뒀다가, 장가를 가야 할 때가 오면 다시 생각해보자.

2

절름발이의 이발소가 그렇게 잘되는 건 첫째로는 마을 밖에까지 퍼져 있는 그의 명성과 관련이 있었다. 내가 볼 수 있는 범위 내에는 다른 이발사가 아예 없었기 때문에, 이발사들은 다들 절름발이라고 생각하게 되었을 정도였다. 둘째로, 이 쩡반 마을增坂村 거리는 인파가 가장 많이 모여드는 곳이었다. 거리가 쭉 이어진 끝에는 샤반 마을下坂村과 어단 마을鵝蛋村이 있었는데, 외지 것이 무조건 좋다고 믿는 사람들이 명성을 좇아 절름발이의 이발소에 이발을 하러 오곤 했다. 그들은 명성이 없는 자기 마을의 이발사들을 무시하면서, 절름발이의 이발소에서 이발을 한 후에는 곧잘 신이 나서 행인들에게 선전을 하기도 했다. 방금 절름발이네 가서 이발을 했는데, 비싸지도 않아, 1마오밖에 안 해! 그렇게 으스대며 뽐내는 모습은 주위 여자들이 한국이나 파리에 가서 머리를 하고 왔을 때나 마찬가지였다. 그리고 이 거리는 산 위에 사는 여족畬族 사람들과 바닷가에 사는 어부들이 모이는 곳이기도 했다. 여족들은 거리에 와서 장작이나 죽순 등을 팔아서 소금이나 말린 생선으로 바꾸어 갔는데, 가끔은 장작 위에 광빙光餅 한 묶음을 얹어서 가져오기도 했다. 광빙이라는 건 척계광*이 왜구와 전쟁할 때 병사들이 먹던 빵인데, 딱딱한 빵 중간에 작은 구멍이 나 있어서 가느다란 끈에 꿰어 묶을 수가 있었다. 이걸 목에 걸어두면 고개만 좀 기울이면 먹을 수 있기 때문에 전쟁하는데 방해가 되지 않았다. 얘기가 너무 옆으로 샜는데, 아무튼 이 여족들은 물건을 다 사고팔고 나면 이발을 하고 돌아가곤 했다. 어부들의 경우에는 마을에 생선을 팔러 오는 게 아니었다. 그들은 잡은 생선을 파는 법이 없었다. 뭘 하러 오는 것이든 간에, 그들도 마찬가지로 온 김에 이발을 하곤 했다. 이렇게 경쟁자가 전혀 없는 상황에서 절름발이의 장사는 독과점이라고까지 할 수는 없었지만, 그래도 우두머리의 위치를 점하고 있었다.

당시에 나는 이런 상황을 분석할 수는 없었지만 느낄 수는 있었다. 절름발이는 너무 바빠서 밥도 제때 먹지 못하는 일이 잦았

* 중국 명나라 말기의 장수

다. 그의 예쁜 아내가 밥을 날라 오면 절름발이는 잠깐 쉬는 사이에 먹곤 했다. 음식을 덮은 보자기를 젖히면, 세상에, 생선에 고기에 채소에 국까지 빠짐없이 갖춘 게, 그야말로 부르주아의 생활이 아닌가! 나는 절름발이를 부러워했을 뿐 질투하지는 않았다. 그는 어쨌든 잘 팔리는 직업에 종사하고 있지 않은가. 하지만 나는 그의 아들에 대해서는 불만이 있었다. 나와 동갑인 그의 둘째 아들은 나보다 못생긴 데다가 숫기도 없어서 낯선 사람을 보면 감히 자리에 엉덩이를 붙이고 앉지도 못하는데, 어째서 나보다 더 좋은 음식을 먹는단 말인가? 나는 한때 그 애와 자리를 바꿔서 그 애가 우리 아버지 아들이 되게 하고, 내가 절름발이의 아들이 되는 상상을 한 적도 있었다. 하지만 결국은 내 심미적 감각이 이겼다. 고기를 못 먹는 한이 있더라도 절름발이 아버지를 두기는 싫었다.

고기에 대한 내 갈망에 대해 얘기하자면 그 당시 쩡반 마을의 생활환경에 대한 얘기를 하지 않을 수 없다. 마을 앞쪽에는 바다가 있고 뒤쪽에는 산이 있어서, 산에 사는 사람들은 산에서 나는 걸 먹고 살았고, 바닷가에 사는 사람들은 바다에서 나는 걸 먹고 살았다. 산에서는 고구마가 났기 때문에 그걸 채 썰어 말려서 주식으로 삼았다. 바다를 우리는 강이라고 불렀는데, 그 바다가 우리에게 주로 제공해주는 양식은 바로 바닷게였다. 우리 엄마는 거의 매일같이 바다에 나갔는데, 저녁에 엄마가 지고 온 광주리를 열어보면 그 안에서 기어 나오는 것들은 죄다 게밖에는 없었다. 물론 그 속에 큰 게나 망둥이나 조개 같은 것들도 섞여 있긴 했다. 게를 먹다가 남으면 갈아서 절여 게장을 만들어 먹었다. 물론 가끔은 문어를 잡을 때도 있었다. 문어는 내가 유일하게 좋아하는 해산물이었지만 아주 가끔씩밖에 먹을 수 없었다. 내가 기억하는 한 나는 매일같이 말린 고구마와 게장, 그 외에도 바다에서 나는 온갖 것들을 먹고 살았다. 그런 끝에 완전히 질려서 나는 내 침에서 바닷물 맛이 난다는 생각까지 들었다. 나는 엄마에게 물었다. 우리 언제 돼지고기 먹어? 엄마가 말했다. 네 아버지한테 물어봐라! 아버지는 내게 그다지 살갑지 않았다. 아버지는 하루 종일 과묵하고 엄숙한 태도로 멋있는 척을 했다. 농민이 멋있는 척을 해봐야 무슨 소용이 있겠는가. 배우라면 냉혹한 척을 하면 조폭 두목 역할이라도 할 수 있겠지만 그런 것도 아니고. 그래서 그 멋진 척의 쓰임새라고는 정색을 해서 나를 압박하는 것밖에는 없었다. 나는 엄마한테는 가끔 성질을 부렸는데, 엄마는 어쩔 도리가 없으면 아버지를 불러왔다. 그 차가운 얼굴을 보면, 아버지가 입을 열기도 전에 나는 벌써 얌전해지고 말았다. 아버지는 내가 이미 얌전해진 걸 보고는 혀끝까지 올라왔던 말을 다시 삼키고는 아무 말도 없이 가버리곤 했다. 나는 그런 아버지가 더 무서워졌다. 그래서 나는 그 후로도 아무 말도 없이 멋진 척을 하는 사람을 대하면 몸이 굳어버리게 되었다. 그들이 실제로는 반드시 그렇게 차가운 사람이 아닐 수도 있다는 걸 머리로는 알면서도 어쩔 수 없었다. 우리 아버지가 정말로 멋있는 사람이었다면 내가 고기를 자주 먹을 수 있게 해줬을 게 아닌가. 절름발이보다도 못한 사람이 멋있기는 무슨. 아버지는 나이가 든 후에는 오히려 내게 살가워져서, 내게 먹을 것과 마실 것을 갖다달라고 하기도 하고, 무슨 일이든 내게 물어보게 되었다. 마치 내가 아버지가 되고 아버지가 내 아들이 된 것 같았다. 아마 덜 멋진 사람은 아들이 될 수밖에 없고, 멋진 척을 하려야 할 수 없게 되면 손자밖에 될 수 없는 건지도 모른다. 아버지가 아직 멋있는 척을 하던 때로 다시 돌아가서, 나는 용기를 내어 물었다. 엄마가 나보고 언제 고기를 먹을 수 있는지 아버지한테 물어보래요. 아버지는 귀찮다는 듯이 대답했다. 설 쇨 때 돼서 보자.

나는 노상 절름발이의 이발소를 들락날락거리며 사람들이 나누는 소문을 듣기도 하고, 담뱃갑을 줍기도 했다. 절름발이가 밥을 먹을 때면 나는 반찬에 고기가 몇 점 들었는지 세어보았다. 나는 그에게 말했다. 오늘은 어제보다 고기가 한 점 더 많아요. 진짜게요, 가짜게요? 절름발이는 밥과 반찬을 입 안에 가득 물고 씹으면서 한편으로 웃으며 말했다. 고기가 한 점이 더 많다고? 너, 먹고 싶어서 그러는 거지? 나는 맹세하듯이 말했다. 진짜 그런 거 아니에요. 진짜로 한 점 더 많다고요. 아줌마한테 물어보면 되잖아요. 절름발이는 제법 의리 있는 태도로, 고기 한 점을 집어 내 입에 넣어줬다. 안 물어볼 거야. 한 점 더 많으면 그냥 너 주마! 나는 손으로 입을 눌러 막으며 말했다. 진짜 먹고 싶어서 그런 거 아니에요. 전 숫자 세는 걸 좋아한단 말이에요! 절름발이는 성가시다는 투로 말했다. 네가 여기 와서 그렇게 이리 세고 저리 세고 있는데, 그 고기 한 점 너한테 안 주면 남들이 나보고 치사하다고 그러겠다! 장의자에 앉아 한가하게 쉬고 있던 사람이 한 마디 거들었다. 그러게, 그 녀석 진짜 먹을 건 밝히면서 체면까지 차리려고 든다니까. 나는 얼굴이 빨개져서는 사람들에게 진지하게 말했다. 전 남의 밥은 안 먹는다고요. 진짜로요. 사실은 '절름발이가 그렇게 천하게 생긴 입으로 먹는 걸 내가 먹고 싶어하겠어요?'라는 말도 하고 싶었지만 하지 않았다. 하지만 나는 결국 호기심을 억누르지 못하고 절름발이에게 물었다. 아저씨 아들도 아저씨만큼 고기를 많이 먹어요? 그가 대답했다. 나야 모르지. 걔네 밥 챙겨주고 남은 걸 내가 먹는 거니까. 그러더니 이렇게 말했다. 네가 안 먹겠다고 한 거니까, 나한테 치사하다고 하지 마라! 너희 집에는 고기 없지? 내가 말했다. 우리 집엔 돼지가 있어요.

　우리 집에는 모든 이의 사랑을 독차지하는 돼지 한 마리가 있었다. 돼지는 뭘 먹든 상관없이 날마다 무럭무럭 자랐다. 눈 깜짝할 사이에 돼지우리가 너무 비좁아져버려서 마당에 풀어놓고 기를 수밖에 없게 되었다. 돼지는 이미 씨름선수만큼 몸집이 커져서는, 먹이를 먹을 때 조금 움직이는 것 외에 나머지 시간에는 온몸의 비계를 땅바닥 위에 늘어뜨린 채로 코를 골며 자곤 했다. 돼지에게 있어 세상사는 뜬구름처럼 덧없는 것 같기도 했고, 어쩌면 아무것도 없이 공허한 것 같기도 했다. 그 순수한 생명에게는 할 일이 단 한 가지밖에 없었는데, 그건 바로 살을 찌우는 거였다. 우리 집에 와서 돼지를 본 사람들은 다들, 다른 돼지들이라면 두 평생은 걸려야 찌울 수 있는 만큼의 살을 우리 돼지는 한 평생에 다 찌웠다며 감탄했다. 그 당시에 집에 이렇게 신기한 돼지 한 마리를 키운다는 건 요즘으로 치면 BMW 자동차를 한 대 가지고 있는 거나 마찬가지였다. 나는 어린 마음에 돼지에게 쏟아지는 그런 칭찬들에 얼마간 취해 있었다. 그 돼지는 우리 집에서 유일하게 사람들의 칭찬을 받는 것이자 우리 집을 대표하는 이름이었다. 하지만 돼지는 칭찬에 취하지 않았다. 녀석은 칭찬을 받든 욕을 먹든 신경 쓰지 않았다. 돼지는 땅 위에 자라난 버섯 따위처럼 끝없이 자라나기만 했다.

통통하고 피부가 흰 점쟁이 한 사람이 돼지 코 고는 소리를 따라 우리 집 마당으로 들어왔다. 그는 장님이라 선글라스를 끼고 지팡이를 짚고 있었다. 어쩌면 눈이 아주 먼 건 아니라서, 몇몇 사물을 희미하게 볼 수 있는지도 몰랐다. 그는 돼지 옆으로 다가가서 잠깐 서 있더니 물었다. 이건 누구네 집 돼지입니까? 마당에서 더위를 피하고 있던 사람이 대답했다. 리마쯔李麻子(우리 아버지 이름)가 키우는 거요. 얼마나 먹성이 좋다고!

점쟁이는 우리 아버지보다 백배는 더 싸늘한 말투로 말했다. 이 돼지는 그 사람 게 아니오!

돼지가 자라는 속도가 너무 빨라서, 연말이 될 때까지 기다리지 못하고 당장 잡게 되었다. 나는 아주 흥분했다. 물론 나도 돼지를 아끼는 마음이 좀 있기도 했고, 그 돼지가 우리 집에 영예를 안겨주기도 했다. 하지만 첫째로, 나는 애초에 그 돼지를 애완동물이라고 생각했던 적이 없고, 둘째로, 영예가 개뿔 다 뭐란 말인가. 영예는 내게 정신적인 만족감을 조금 느끼게 해주긴 했지만 돼지고기에 비하면 한참 모자랐다. 그건 돼지고기처럼 맛있지도, 실질적이지도 않았고, 내게 족히 한 해 동안은 잊지 못할 씹는 맛을 남겨줄 수도 없었다. 돼지는 새벽녘에 일찌감치 먹이 따였다. 내가 시끄러운 소리에 놀라 잠이 깨지 않았던 걸 보면, 아마 녀석은 죽을 때조차 아무 소리도 내지 않았던 모양이다. 내가 일어났을 때는 우리 집 씨름선수는 이미 몇 조각으로 나뉘어 길거리로 팔려 나갔고, 마당에는 핏자국만 흥건히 남아 있었다. 나는 엄마에게 물었다. 이제 돼지고기 먹을 수 있어? 엄마가 말했다. 선지부터 먼저 먹자. 고기는 일단 거리에 나가서 팔고, 저녁까지 팔고 남으면 우리가 먹을 거야. 그래서 나는 선지를 몇 덩어리나 먹었다. 선지도 맛있긴 했지만 돼지고기와 비교하면 하늘과 땅 차이였다. 내가 선지를 다 먹었을 때 애들이 산에 새를 잡으러 가자고 나를 불렀던 걸 기억한다. 나는 새총을 챙겨서 산에 올라가서 한나절을 놀다가 오후에 집으로 돌아왔다. 돼지고기가 아직 돌아오지 않아서, 나는 계속 선지를 먹었다.

선지를 다 먹은 나는 돼지고기를 보러 길거리로 나갔다. 아버지는 돼지를 잡아준 백정과 함께 길가에서 손님을 끌고 있었는데, 고기를 전부 다 팔아버릴 기세였다. 나는 정말이지 그 모습을 더 보기가 싫었다. 그래서 거리를 한 바퀴 돌아보다가, 저녁 다섯 시에 노천 영화를 상영한다는 벽보를 발견했다. 나는 아주 신이 나서, 누구한테든 지금 몇 시인지 좀 물어보려 했지만 길거리에 손목시계를 차고 있는 사람이 아무도 없었다. 나는 재빨리 절름발이의 이발소로 달려갔다. 거기엔 형편없이 낡았지만 시간은 아주 정확한 괘종시계가 있었다. 사실 그 시계를 보고 나는 시간 보는 법을 배웠던 것이다.

절름발이가 물었다. 너희 집 돼지 잡았다며? 내가 말했다. 잡았어요. 엄청 커요! 그가 물었다. 이젠 돼지고기 먹을 수 있겠네? 나는 득의양양하게 대답했다. 당연하죠! 그가 또 물었다. 네 아버지가 너한테 얼마나 남겨준다던? 내가 말했다. 아주 많이요. 팔고 남은 건 다 먹을 거예요. 나는 그에게 경고했다. 우리 집 돼지고기 사러 가지 마세요. 아저씨가 사면 내가 먹을 게 없어진단 말이에요. 알았죠? 절름발이가 웃으며 말했다. 요 철없는 녀석아. 내가 이 얘길 너희 아버지한테 하면 넌 아마 얻어맞을 거다. 나는 그에게 애원했다. 진짜로요, 사지 마세요. 아저씨네 집에서는 맨날 고기를 먹는데, 우린 이번에 딱 한 번 먹는 거잖아요. 전 많이 먹고 싶단 말이에요! 그는 마침내 내 요구를 승낙하더니 나를 놀리듯이 말했다. 쪼끄만 녀석이 당차기도 하지. 배도 그렇게 조그만 놈이 뭘 얼마나 먹겠다고! 나는 그에게 진지하게 말했다. 안 산다고 했으니까 그 말에 책임을 지셔야 돼요. 안 그러면 전 아저씨 아들이랑 싸울 거라고요. 아, 여기서 이러고 있을 시간 없어요. 전 영화 보러 갔다가 집에 가서 고기 먹을 거예요.

나는 운동장에 가서 좋은 자리를 골라잡았다. 다른 애들은 다들 작은 걸상 같은 걸 가져와서 자리를 맡았지만 나는 그런 게 전혀 필요 없었다. 나는 걸상을 가져다 자리를 맡는 사람들을 무시했다. 귀찮게 뭐 하러. 나는 신발을 벗어 엉덩이 밑에 깔고 앉기만 하면 끝이었다. 영화는 아직 시작하지 않았지만, 많은 사람들이 벌써부터 새하얀 화면을 바라보면서 분분히 얘기를 나누고 있었다. 나는 이리저리 두리번거렸다. 여자애를 찾는 건 아니었다. 아직 그럴 나이는 아니었으니까. 나는 그냥 사람들을 관찰하는 걸 좋아하는 것뿐이었다.

그때, 몇 사람이 들것을 들고 시내 쪽으로 급히 달려가는 게 보였다. 그중 한 사람은 꼭 우리 아버지 같았다. 나는 좀 놀라긴 했지만, 영화 보는 데 방해가 될 정도는 아니었다. 영화를 끝까지 보고 집에 갔는데, 아버지도 어머니도 안 계셨고, 돼지고기는 더더욱 흔적도 없었다. 큰어머니가 말했다. 네 아빠 엄마는 네 누나를 병원에 입원시키러 갔다!

아버지 얘기에 따르면 이렇다. 돼지가 하도 살이 쪄서 고기가 많이 나왔기 때문에, 고기를 팔고 돈을 받는 손에 쥐가 날 지경이 되었다. 아버지는 돈주머니가 이미 제법 두둑해진 걸 보고는 좌판을 접고 집에 가서 돈이나 셀 준비를 했다. 그런데 바로 그때 누가 와서 우리 누나가 배를 잡고 구를 정도로 배가 아프다 한다고 알려줬다. 아버지는 돼지를 잡아준 백정과 남은 돼지고기를 그대로 내버려두고 돈주머니만 들고 집으로 달려갔다. 나는 아직까지도 누나가 그때 무슨 병에 걸렸던 건지 알 수가 없다. 아무튼 누나는 시내 병원에 가서 수술을 하고 열흘 남짓 입원을 했다. 아버지는 애초부터 누나가 무슨 병에 걸렸던 건지 기억할 생각도 없었다. 그저 돈주머니를 들고 병원에 갔던 첫날부터, 돈이 계속 밖으로 빠져나가기 시작해서 주머니가 바닥을 보일 때가 되어서야 누나가 다 나았다는 것만 기억할 뿐이었다. 아버지는 인정머리가 없긴 했지만 운명에 순응할 줄은 아는 사람이었다. 나는 아버지가 그 돈주머니에 가득했던 돈을 다 잃은 일 때문에 울며불며 원통해하는 걸 한 번도 본 적이 없었다. 아버지는 그저 담담하게 말했을 뿐이다. 전에 누가 이 돼지는 내 것이 아니라고 하더니, 진짜로 아니었구만. 신기하기도 하지!

그 통통한 점쟁이는 우리 집 돼지에 대해서 한 마디 평한 일로 인해 명성이 자자해졌다. 나는 나중에 그가 우리 마을에 온 걸 몇 번쯤 본 적이 있었는데, 사람들이 열렬히 환영하고 떠받드는 양이 꼭 「무간도」 영화에 나온 배우들이 홍콩에서 끄는 인기나, 「꽃보다 남자」에 나온 F4가 베이징에서 받는 환영과 마찬가지였다. 별수 있나, 그는 실력뿐만 아니라 우상으로서 갖춰야 할 특징까지 갖췄는데. 그가 그렇게 정확하게 예측을 한 덕분에, 나는 모든 이의 사랑을 받던 그 돼지의 고기를 한 점도, 단 한 점도 먹어보지 못했다! 절름발이가 나를 약 올리며 말했다. 고기 얼마나 먹었어? 내가 대답했다. 선지만 먹고, 고기는 하나도 못 먹었어요! 그가 웃으며 말했다. 그러게, 그 점쟁이가 일찍부터 그랬잖아. 그 돼지는 너희 집 게 아니라고. 내가 말했다. 분명히 우리 집 거예요. 우리 집 돼지가 우리 누나 목숨을 구한 거라고요!

돼지고기에 대한 이 미칠 듯한 갈증 때문에 나는 성인이 된 후로 하루라도 고기 없이 살 수 없게 되어버렸다. 반면에 해산물 과다증은 내가 해산물 식당에 대해 크나큰 반감을 가지게 만들었다. 물론 해산물을 어쩌다가 한 번씩 조금 먹는 건 상관없었다. 그렇다고 해산물이 내게 전혀 신선한 느낌을 주지는 못했지만. 반대로, 나는 고기 혹은 고기와 관련된 것들을 기본적으로 전부 아주 좋아했다. 예를 들면 고기라든가, 홍사오러우*, 고기만두, 육체, 육감, 육욕, 살색, 『고기』라는 잡지 등등 고기는 어디에나 있

---

* 고기나 생선 등에 기름과 설탕을 넣어 살짝 볶고 간장을 넣어 익혀 검붉은 색이 되게 만든 중국요리

었다. 물론 닭살 돋는 거라든가, 군살이라든가, 고기 같은 성격*
등 몇 가지 것은 예외다.

3

　나는 머리 깎는 걸 무서워했다. 나는 간지럼을 엄청나게 탔기
때문이다. 그래서 머리를 깎을 때마다 매번 억지로 질질 끌려가
곤 했다. 절름발이는 오래되고 유명한 이발소의 주인장으로서 나
같은 어린애 머리를 깎는 건 하찮게 여겼기 때문에, 늘 자기의 수
습 제자에게 깎도록 시켰다. 그는 찻물이 족히 오백 년은 배어든
것 같은 찻잔을 들고 한쪽에 앉아서는, 빙글거리고 웃으며 내가
괴로워하는 양을 구경했다. 이 짜증나는 인간은 나를 보고 웃을
때면 언제나 저 위에서 거들먹거리며 내려다보는 듯한 태도로 아
주 편안하게 웃었다. 하지만 성인인 손님을 대할 때는 늘 가게 종
업원처럼 비굴하게 아첨하는 듯한 웃음을 띠곤 했다. 나는 그의
그런 태도를 보고 어린 나이에 벌써 '아첨'이라는 말이 무슨 뜻
인지 알게 되었다. 그는 그 당시부터 벌써 손님은 왕이라는 도리
를 깨우치고 있었던 걸까? 그럼 왜 나는 왕처럼 대우해주지 않았

* 성격이 우유부단하고 느릿느릿해서 답답하다는 뜻

던 걸까? 내가 반액 할인을 받았기 때문일까? 아무튼 그는 언제나 웃으며 나를 놀렸다. 요 녀석, 이렇게 어려서부터 간지럼을 타는 걸 보니 다 크면 분명히 마누라를 무서워하겠구만! 그러면 주위 사람들도 같이 떠들썩하게 웃으며, 이렇게 간지럼을 심하게 타는 걸 보니 신통찮은 놈이라며 나를 놀렸다. 나는 부끄러워져서 의자에서 내려서려 했지만 절름발이의 제자가 나를 꾹 눌러 앉혔다. 좀 부끄럽긴 했지만, 나는 절름발이의 아내만큼 예쁜 아내를 얻을 수 있다면야 누가 어느 쪽을 더 무서워하는지는 정말로 아무 상관이 없을 거라고 생각했다. 그 당시에 나는 확실히 그런 식으로 생각하고 있었다.

그는 연달아 몇 명의 제자를 받았는데, 마지막으로 온 제자가 제일 실력이 좋아서 절름발이도 그를 아주 아꼈다. 그 제자는 유일한 우리 마을 사람으로, 흰 피부에 키가 크고 마른 게, 언제나 영양 불량 상태인 것처럼 보였다. 그의 이름은 아부阿不였는데, 말을 할 때면 작은 소리로 속삭이듯이 말했다. 절름발이는 여러 사람 앞에서 언제나 그를 칭찬했다. 내가 받은 제자들 중에서 아부가 제일 부지런해요. 일 배우는 것도 아주 꼼꼼하고요. 말은 없지만 묵묵히 잘 배운다니까요. 다른 제자들을 보면, 어떤 녀석은 이제 다 배웠으니 내일이면 공부를 끝내도 되겠다고 그러는데, 사실은 수박 겉핥기 수준이거든. 그런 녀석들은 밖에 나가면 내 이름에 먹칠이나 하는 거지. 그러니까, 제자를 받으려면 이렇게 말없이 열심히 배우는 제자를 받아야 돼요. 가게에서 쉬던 사람들도 다들 절름발이의 이런 말에 완전히 설득당해 일제히 한 마디씩 거들었다. 그러면 아부는 더욱더 묵묵히, 더 자세히 일을 배웠다. 그는 절름발이가 가장 자랑스럽게 여기는 문하생이 되었다. 소용녀*와 고묘파의 인연이나 마찬가지였다.

이게 내가 학교 교육을 받기 전에 처음으로 배우게 된 인생 수업이었다. 옆에서 얻어들은 것이지만 내게 미친 영향은 아주 컸다. 이 인생 수업은 내게 뭔가를 배울 때는 말없이 묵묵히 배워야 한다고, 마음을 써서 배워야지 입을 써서는 안 된다고 가르쳤다. 이 가르침 탓에 나는 학교에서 수업을 들을 때 질문하기 위해 손을 들지도 않았고, 영어를 배울 때는 회화를 한 마디도 하지 않았으며, 공공장소에서 결코 내 의견을 얘기하지 않았다. 뿐만 아니라 아주 오랫동안 나는 내가 마음속으로 알고 있는 일에 대해 말로 옮기는 걸 귀찮아하게 되었다. 그건 내가 표준어를 잘하지 못해서 아차 하는 사이 의사소통이 힘들 정도로 사투리가 튀어나오기 때문이기도 했다. 그래서 나는 사랑을 나눌 때와 같은 아주 사적인 상황에서나 짧고 분명한 말 몇 마디만 하게 되었다.

아부가 수습 기간을 끝낸 후에 절름발이는 렌컹連坑이라는 마을로 이사를 갔다. 그 마을은 그의 친족이 사는 곳인데, 아마 고

---

* 진융의 무협 소설 『신조협려』에 나오는 주인공

향으로 돌아가려는 생각에 이사한 모양이었다. 그가 가끔 다시 쩡반 마을에 올 때면 거리 양쪽에서 많은 사람이 그를 열렬히 환영하며 안부 인사를 하곤 했다. 공을 세워 이름을 날린다는 말이 딱 어울리는 장면이었다. 어느 날 나는 학교 가는 길에 아부네 집 외벽이 무너져 커다란 구멍이 생긴 걸 발견했는데, 학교 마치고 집에 돌아오는 길에 보니 그 구멍은 이미 문으로 변해 있었다. 아부가 새로 연 이발소가 바로 여기 있었는데, 위치가 딱 절름발이네 이발소가 있던 곳의 대각선 맞은편으로 삼십 미터쯤 떨어진 곳이라서, 그 가게가 원래 가지고 있던 인기를 고스란히 물려받게 되었다. 그리고 나중에 아부가 얻은 색시도 바로 이웃에 사는 여자였는데, 그녀가 종종 머리를 하러 올 때마다 아부는 그녀에게 공짜로 머리를 해주었고, 그녀에게 용돈을 쥐어주기도 하다가 둘이 눈이 맞게 되었다. 그가 쓴 방법은 절름발이가 색시를 얻었을 때와 똑같았다. 그것까지 배웠다니 정말 정수까지 습득한 셈이다.

절름발이의 이발소는 지붕으로 덮인 길가에 있었는데, 아부의 가게는 거리를 벗어난 위치였기 때문에 문밖은 바로 노천이었고, 장소도 널찍하게 트여 있었다. 겨울이면 많은 사람이 그 담 모퉁이에서 햇볕을 쬐었는데, 그중에는 우리 할아버지도 있었다. 깡마른 체격의 할아버지는 햇볕이 몸을 비춰주기도 전부터 화로가 담긴 대바구니를 안고 거기 가서 해가 뜨기를 기다렸다. 그곳은 내가 학교 가는 길에 반드시 지나게 되는 장소였는데, 할아버지는 나를 볼 때마다 늘 다가와서 품속에서 사탕수수 한 토막을 꺼내 내게 주시곤 했다. 엄마가 평소에 할아버지가 아무데나 가래를 뱉어서 더럽다는 둥 하면서 이러쿵저러쿵 뒷소리를 했기 때문에 나도 할아버지를 그리 공손하게 대하지 않게 되었다. 그래서 나는 내가 우리 할아버지의 할아버지라도 되는 양, 할아버지가 내게 먹을 것을 줘도 그를 신경 쓰지 않았다. 나중에 내가 좀 커서 노인을 존경하고 어린이를 사랑해야 한다는 도리를 알게 되었을 때에는 할아버지는 이미 돌아가신 후였다. 할아버지는 내가 그분을 상대하지 않는다는 인상만 받은 채로 민둥閩同식으로 정교하게 만들어진 무덤 속에 들어가셨으니, 내가 할아버지에게 좀 죄송한 마음이 있다는 걸 그분의 영혼이 느낄 수 있을지 없을지는 하늘이나 알 일이다.

오늘은 우리 할아버지 얘기를 하려는 게 아니다. 그건 햇빛이 찬란한 어느 겨울날의 일이었다. 나는 담 모퉁이에서 햇볕을 쬐며 얘기를 듣는 걸 좋아했다. 교실 안에는 볕이 비치지 않아 싸늘했기 때문에 나는 학교에 가는 걸 좋아하지 않았다. 이날은 아부도 이발용 의자를 밖에 내다놓고, 손님을 햇볕 아래 앉힌 채이발을 해주었다. 이발용 의자에 기대 누워 있는 손님의 이름은 아원阿文이었는데, 우리 마을에서 유명한 글자 점을 치는 점쟁이였다. 그는 서른 남짓한 나이에 이마가 넓고 입이 컸으며 아주 멋쟁이라서 곧잘 짙은 남색 모직 코트를 입고 다녔다. 그는 말재주까지 볼 것도 없이 옷차림만 봐도 수많은 농민 가운데서 눈에 띄었다. 그가 전해주는 흥미로운 얘기들도 다른 농민들과는 달랐는데, 전부 다 처음 듣는 이야기였고, 유행에 맞는 아주 세련된 것들이었다. 농민들이 하는 얘기가 시골 영화 같다면, 그가 하는 얘기는 할리우드 블록버스터 급이었다. 어쩌면, 그 자신의 이야기 역시 한 편의 블록버스터 영화 같았다.

바로 그날, 아부가 그 점쟁이 아원의 머리를 반쯤 깎고 있던 그때, 거리 쪽에서 웬 남자 하나가 달려 들어왔다. 다른 사람들이 미처 반응도 하기 전에, 아원은 눈 깜짝할 사이에 의자에서 튀어오르더니 흰 이발용 가운을 걸친 채로 어느 골목 안으로 뛰어들었다. 그 현란한 움직임은 마치 흰 망토를 두른 쾌걸 조로 같았다. 그 남자도 아원을 뒤쫓아 달려가서, 순식간에 두 사람 모두 사라져버렸다.

이 돌발 사건이 일어난 후에야 나는 글자 점쟁이 아원에 대해 알게 되었다. 아원은 아내와 딸이 있으면서도 남의 아내를 꾀어내길 좋아했다. 그를 쫓아간 남자는 아들은 둘이 있지만 아내가 없었는데, 나는 아원이 그의 아내를 꾀어냈다는 걸 나중에야 알게 되었다. 아원은 남의 아내를 꾀어내 자기 정부로 삼았을 뿐, 그 여자와 결혼할 생각은 전혀 없었지만, 그 결과 그 여자들도 자기 남편을 사랑하지 않게 되어서 다들 어딘가로 도망가버렸다.

시골에는 여관이 없어서 방을 빌릴 수도 없었고, 그렇다고 자기 집으로 데려갈 수도 없었기 때문에 아원은 방법을 생각해냈다. 종종 남의 아내를 데리고 근처에 있는 절에 가서, 절을 참배하러 온 신도인 척하며 그 절에 묵는 것이었다. 그런 짓을 여러 번 하다보니 얘기가 퍼져나가서 그 절의 스님도 아원이 무슨 짓을 해왔는지 알게 되었지만, 그렇다고 폭로할 수도 없었다. 일단 아원이 스님들과 자주 만나며 잘 아는 사이가 된 데다가, 말재간이 워낙 좋아 불도를 논하든 도리 얘기를 하든 그 태도가 단정하고 진지해서, 차마 그런 부적절한 일을 하고 있다고 폭로하기가 힘들었던 것이다. 우리 마을에서는 두 집이나 아원의 농간에 넘어가 가족이 뿔뿔이 흩어졌다. 그중 한 집의 부인을 나는 본 적이 있었는데, 정말이지 아원의 안목에 감탄하지 않을 수 없었다. 그 젊은 부인은 정말 요염한 것이 절름발이의 아내보다 훨씬 예뻤다. 절름발이의 아내는 어쨌거나 나이도 좀 더 많고, 생긴 것도 양갓집 규수같이 생기지 않았던가. 그래서 아원은 마을 안에서도 곧잘 그 두 집 남자들에게 쫓기게 되었다. 그중 한 남자는 아원의 집에까지 쳐들어간 적이 있었는데, 아원이 뒷문으로 도망가자 그 집의 부엌세간을 산산조각으로 부숴놨다. 다행히 아원은 도처에 친구를 만나러 다니느라 행적이 일정치 않았고, 두 남자는 들에 나가 일을 해야 했기 때문에 서로 시간이 맞아떨어지지 않아, 아원은 그나마 좀 안정된 망명 생활을 할 수 있었다.

나를 놀라게 한 건, 아원이 이튿날 반만 깎은 머리를 하고 다시 이발소에 와서, 전날의 그 난감한 일이 아예 없었던 양 평소처럼 태연하게 앉아 햇볕을 쬐었다는 거였다. 나 같은 구경꾼조차 그런 장면을 보고 놀란 가슴이 아직 진정되지 않았는데 말이다. 당시에는 제대로 보지 못하고 나중에야 안 일이지만, 그 남자는 칼을 들고 있었다고 한다. 나는 아원의 용기에 감복해서, 인생의 스승이라도 만난 듯이 그가 청산유수로 풀어놓는 얘기를 들었다. 전날 있었던 일 얘기를 꺼내자 아원은 하찮다는 듯이 말했다. 그 인간은 교양 없는 놈이야. 법에 대해서는 하나도 모른다니까. 내가 신고만 하면 그놈은 감옥에 들어가게 될걸. 알겠어? 분명히 감옥에 갇힐 거라니까. 내가 마을 파출소랑 현에 있는 공안국에도 다 아는 사람이 있는데, 한 마디만 하면 끝날 일이라고. 그럼 왜 신고를 안 하냐고? 사람은 살면서 덕을 쌓아야 하는 법이야. 남한테 마음대로 칼을 휘두르면 안 돼. 그런 못 배워먹은 짓을 하면 우리 시골 사람들 얼굴에 먹칠을 하게 되잖아. 내가 높은 사람들과 교류하면서 왜 좋은 옷을 입고, 말과 행동을 점잖게 하고, 모든 일에 다 이치를 따지는지 알아? 그게 다 우리 시골 사람들 체면을 지키려고 그러는 거라고. 우리도 교양 있는 사람들이니까, 남들한테 막돼먹었다고 욕을 먹으면 안 되잖아. 혹시 누구라도 그 인간을 만나면 이런 얘기를 좀 전해달라고. 자고로 군자라면 좋게 말로 하지, 손을 쓰진 않는다고 말이야. 그 사람 마누라 일은, 그게 어디 내 탓인가? 마누라가 같이 살기 싫다고 멀리 떠나버리기로 했다면 그거야 그 여자 마음이지. 내가 그러라고 시킨 것도 아닌데 나한테 무슨 책임이 있냔 말이야. 나하고 있었던 그런 소소한 일이야 뭐, 쌍방 합의하에 자연스럽게 일어난 거고, 하늘의 이치에 부합하는 일이지. 하늘의 이치에 맞는 일은 사람 손으로는 끊어낼 수가 없는 거야. 하늘이 그렇게 정해 놓은 걸 끊어낼 수가 있겠어? 천지 만물은 모두 그만큼의 인연만 있으면 그런 관계가 생길 수 있는 거라고. 이건 태어날 때부터 정해져 있는 거야. 저 나무에 모여 앉은 참새들 좀 봐. 두 참새가 서로 입을 맞췄다고 다른 참새가 와서 때리는 거 봤어? 안 그러잖아. 참새가 사람보다 더 이치를 잘 안다니까. 우리가 어떻게 참새보다도 못할 수가 있냔 말이지. 남들이 나보고 호색한이라고 하던데, 뭐 그건 인정하겠어. 식욕과 색욕은 인간의 본성이라고 공자님도 인정하셨잖아. 그렇다고 내가 여자를 강간하기라도 했나? 아니야. 다들 본인이 원해서 했던 거고, 전부 하늘의 도리에 부합하는 일이라니까. 이런 도리를 이해하고 있으면 아주 대범하고 당당하게 살 수 있어. 내가 온 천하를 돌아다니면서 각지에서 친구를 사귈 수 있는 게 다 하늘의 도리에 순응하기 때문이라니까!

얘기를 듣던 사람들은 이런 듣도 보도 못한 이치의 기세에 눌려, 얘기를 듣고 나자 다들 자기 마누라도 남의 꾐에 빠져버릴 수 있다는 생각에 풀이 죽었다. 이 이론에 따르면 남의 마누라를 꾀어내는 사람은 도리에 따르는 것이고, 그 꾐에 빠져 마누라를 잃는 사람은 그런 손해를 보고도 아무 말도 할 수 없다는 게 아닌가. 나는 당시에는 이런 오묘한 이론을 잘 이해하지는 못했지만, 어쨌든 아원을 더욱 절대적으로 우러러보게 되었다. 나는 지금까지도 그를 그렇게 우러러보고 있다. 그가 필터 달린 담배만 피우는 것도, 반듯하게 다려진 코트를 입고 다니는 것도, 어떤 여자와든 관계를 맺으려 하는 것도 전부 우러러보게 되었다. 최고로 우러러볼 만한 건, 그가 호색한 짓을 계속하면서도 원수의 추격에 침착하게 임한다는 것이었다. 내게 그런 원수가 두어 명 있었다면 어디 일상생활을 제대로 할 수나 있었을까?

두 사람이 쫓아다닌다고 해서 그가 여자를 두 명만 건드렸다는 얘기는 결코 아니었다. 이 두 집만 아원 때문에 가정이 풍비박산 났다는 얘기일 뿐, 그 외에도 이 정도로 큰일이 나지 않은 집은 훨씬 많았다. 아원이 여자를 꾀어내는 데는 절차가 있었다. 그는 농부들이 들에 일하러 나갈 때까지 한가하게 기다렸다가, 집에 여자와 애들만 남게 되면 곧장 집 안으로 들어갔다. 그는 여자와 별의별 화제로 잡담을 하다가, 도저히 할 얘기가 없다 싶으면 시간을 끌었다. 사람은 감정적인 동물이기도 하지만 욕망의 동물이기도 해서, 이런 식으로 시간을 끄는 걸 당해낼 수가 없는 법이다. 도덕관념과 가정 관념이 강하지 못한 여자들은 그의 꾐에 넘어가기 일쑤였다. 내 자질구레한 기억의 조각들을 뒤져서 간신히 생각난 사건이 하나 있다. 바로 아윈이 내 사촌누나 중 한 명에게 눈독을 들였던 일이다. 사촌누나는 그 당시에 대략 열 여섯 살쯤 되었는데, 그야말로 이팔청춘에 키도 크고 예뻤다. 우리 마을 여자애들은 대부분 저우쉰周迅*처럼 생겨서 장난기가 많았는데, 눈이 크다는 것 말고는 외모상으로는 볼 게 없었다. 그런데 사촌누나는 린칭샤처럼 생겼는데 그보다는 조금 더 부드러운 인상이라 린칭샤와 장만위의 중간 정도라고나 할까, 심미안을 조금이라도 가진 사람이라면 한번 보기만 해도 깜짝 놀랄 정도였다. 과장하는 게 아니라는 걸 증명하기 위해 예를 하나 들겠다. 예전에 어느 극단이 마을에 와서 경극 공연을 한 적이 있었는데, 극이 끝난 후에는 배우들이 각자 마을의 여러 집으로 가서 식사를 대접받았다. 그때 극중에서 무사 역을 맡았던 청년이 사촌누나 집에 가서 밥을 먹더니 떠나려고 하지 않았다. 그는 극단이 다 가버린 후에도 눌러앉아서는 데릴사위가 되겠다며 억지를 부렸다. 내가 지금까지 본 호색한 중에 이 인간이 제일가는 무뢰한이었다. 우리 사촌누나는 큰어머니의 보배인데, 일개 광대한테 그렇게 쉽게 넘겨줄 리가 있겠는가? 며칠 동안이나 대치한 끝에 결국 그 청년과 의남매를 맺기로 하고 나서야 그는 단념하고 돌아갔다. 그가 떠나기 전에야 들통난 것이지만, 그는 벌써 결혼을 해

* 중국의 유명한 남자 배우

서 아들까지 있는 인간이었다. 그 후로는 설 쇨 때나 명절을 지낼 때마다 그는 아내와 자식까지 데리고 의남매를 맺은 자기 여동생을 보러 왔다. 미친 것처럼 색에 대한 집착을 보이는 게, 정말이지 대가라 할 만했다.

아원도 일찍부터 사촌누나에게 눈독을 들이고 있었다. 그는 우리 큰어머니 몰래 누나에게 간식과 작은 장신구 같은 걸 선물하면서 손을 댈 기회를 노렸다. 하지만 그가 호색한이라는 악명이 널리 퍼져 있었기 때문에 다른 이들의 경각심을 불러일으켜, 곧 그 속셈을 큰어머니에게 들켜버렸다. 큰어머니는 곧바로 누나에게 악행으로 얼룩진 아원의 행적을 일러주면서, 그 음흉한 늑대를 막기 위한 수칙을 머릿속에 주입시켰다. 누나는 말을 아주 잘 들었기 때문에 아원은 시작도 하기 전에 물러나는 수밖에 없었다. 사촌누나는 청춘 시절부터 시집가기 전까지 색마들의 공격을 연달아 받았지만, 다행히도 어른들 말에 유난히 잘 따랐기 때문에 큰어머니에게 자기의 일거수일투족을 전부 보고했다. 누나는 결국 처녀인 채로 장사를 하는 잘생긴 청년과 결혼해 아주 행복하고 원만하게 잘 살았다. 내가 여자의 운명이라는 것에 대해 조금이나마 알게 되었던 소년 시기에 나는 누나가 미인박명이라는 운명을 벗어나지 못하면 어떻게 하나 걱정하기도 했지만, 이제 와서 보니 괜한 걱정이었던 듯하다. 아마도 아원의 마수를 벗어났기 때문에 이제는 더 이상 불운하지 않게 된 모양이라고 나는 생각했다.

아원이 마을의 모든 부인네를 전부 꾀어내지 못했던 이유는 두 가지가 있다. 첫째는 우리 마을이 너무 커서 인구가 3000명이 넘었기 때문에 전부 손을 댈 시간이 없었기 때문이다. 그래서 그는 자기 집과 가깝고 사람들도 낯이 익은 마을 동쪽 일대의 집들을 골라서 공략했다. 서쪽 지역은 거의 가지 않았고, 거리에 인접한 중심부는 임의로 한 집씩 골라서 찾아보았다. 이를테면 거리 구경을 할 때 예쁜 부인이 있는 집이 있으면 거기를 목표로 삼는 식이었는데, 그래서 가정이 파탄 나버린 집이 바로 거리 근처에 있었다. 두 번째 이유는 마을 여자들이 보수적이고 인색한 편이라, 남자와 관계를 갖는 게 자기에게는 손해고 남자만 이득을 보는 일이라고 생각했기 때문이다. 마을 여자들은 도덕이나 윤리에 대해 너무 생각이 많아서 북방 여자들처럼 시원스럽지가 못했다. 이 덕분에 아원이 한 떼의 남자들에게 쫓겨 다니는 일은 일어나지 않았다.

아원은 죽기 전 이삼 년 동안에 글자 점을 보는 기술이 최고조에 이르러 명성이 널리 퍼져서, 말 그대로 인근 백 리 안에 사는 사람들은 다들 그 명성을 듣고 찾아오게 되었다. 그는 자기 집 현관에 팔각형 탁자를 놓아두고는 줄을 서서 기다리는 손님들을 받았는데, 돈이 층층이 쌓이는 게 흡사 도박장 같았다. 손님이 붉은 종이 위에 아무렇게나 글자를 한 자 쓰면 그는 잠깐 사이에 점을 치고는, 단전에서 우러나오는 낭랑한 목소리로 '색色은 어지러이 움직이지 않으며, 괘는 함부로 짐작하는 것이 아니다'라는 구절로 시작해서 '천하의 대세는 분열된 지 오래되면 반드시 통일되고, 통일된 지 오래되면 반드시 분열된다' 하는 식으로 주역에 나오는 이치를 몇 마디 덧붙였다. 그런 다음에 그 글자를 부분 부분 나누어 해석하고 그 의미를 알려주는데, 손님들은 그가 하는 얘기를 듣고서야 '말하는 것 하나하나가 모두 이치에 맞다'는 말이 무슨 뜻인지, 그리고 글자 속에 음양과 하늘의 도리가 있다는 게 무슨 소린지를 알게 되었다. 그 후 내가 국어 강의 시간에 만난 교수님들 중 어느 누구도 아원만큼 수준이 높지 못했다. 그만큼 한자를 잘 이해했던 사람이 없었던 것이다. 아원의 그 설득력 풍부한 입담과 이치를 관통하는 사유력, 그리고 합리적인 표현력은 지금 와서 생각해보면 '천재'라는 두 글자로밖에 형용할 수 없는 것이었다. 더 중요한 건 그의 점이 아주 잘 맞았다는 것이다. 그로 인해 그의 명성은 아주 멀리까지 퍼져나가 우리 쩽반 마을을 대표하는 상표가 되었다. 그가 죽고 나서도 삼 년에서 오 년 동안은 외지 사람들이 소문을 듣고 왔다가 실망하고 돌아갔을 정도였다. 나는 우리 누나와 그 친구들 무리를 따라 글자 점을 보러 간 적이 있었는데, 내 차례가 되었을 때 나는 내가 어리긴 해도 지식인이라는 걸 증명해 보이고 싶어서 획수가 아주 많은 한자를 썼다. 아원이 점을 봐준 내용은 기억나지 않지만 딱 한 마디만 기억에 남았는데, 종합해서 말하자면 내가 마누라를 한 상 가득 얻게 될 거라는 거였다. 나는 어려서부터 돈이나 장래에 대해서는 별 관심이 없었지만, 여성에 대해서는 꽤 민감했기 때문에 이 말만 어렴풋이 기억하고 있었다. 하지만 그의 이 말은 문제가 있었다. 한 상 가득한 마누라라니, 그의 집에 있던 그 팔각 탁자의 일반적인 수용 인원으로 보면 마누라가 여덟 명이라는 얘긴데, 그럼 중혼죄를 짓게 되지 않겠는가? 여기가 무슨 아프리카 어느 나라도 아니고. 아원은 법률적인 상식이 있는 사람이라, 마누라는 한 명밖에 얻을 수 없고 다른 여자와는 잠깐 사이좋게 어울릴 수밖에 없다는 걸 잘 알고 있었으니, 이 해석은 말이 되지 않는다. 그럼 아원의 습성에 미루어 추측해보자면 아마도 내가 여덟 명의 여자와 관계를 맺게 된다는 뜻일 것이다. 하지만 그렇다면 이 점괘도 별로 정확하지는 않다. 나는 벌써 그보다 한참 많은 여자와 관계를 맺었기 때문이다. 유일하게 뜻이 통할 만한 해석은, 그가 말한 상이라는 게 몇십 명 심지어 백 명 가까이 앉을 수 있는 아주 커다란 탁자라는 것이다. 이런, 그 정도라면 대충 맞는 것 같다.

정리하자면, 아원은 내가 초등학교에 다니던 시기에는 호색한으로 이름을 날렸고, 고등학교를 다니던 때쯤에는 글자 점으로 명성을 얻었다. 아원은 내가 고등학교를 졸업하기도 전에 한창나이에 죽었다. 그는 성병으로 죽었는데, 어떻게 옮은 건지 아무도 알지 못했다. 어쩌면 그는 당시에 돈이 생겨서, 여자들을 꾀어내는 걸로는 그의 수요를 도저히 만족시킬 수 없어서 기생집에 다니기 시작했던 건지도 모른다. 그는 어느 해 여름에 죽었는데, 마침 여름방학이 되어 집에 있던 나는 마을 의사가 매일 그의 집을 출입하며 소염제를 처방해줬던 걸 기억한다. 의사가 흘린 얘기로는 목숨이 얼마 안 남았다고 했다. 하반신이 짓물러서 방 안에 악취가 진동한다는 것이었다. 그가 통곡하는 소리를 들었다는 사람도 있었다. 누군가 그의 아내에게 왜 병원으로 보내지 않느냐고 묻자, 그의 아내가 울며 대답했다. 돈이 어디 있어서 병원에 보내요. 그렇게 번 돈은 죄다 자기 혼자 물 쓰듯 쓰고 집에는 한 푼도 안 줬다고요. 여름방학이 끝나기도 전에 그가 죽자 주위에 살던 사람들은 다들 한숨 돌렸다. 그의 집에 오랫동안 고여 있던 악취가 자기 집까지 풍겨올까 다들 걱정했던 것이다.

호색을 소임으로 여겼던 사람이 화류병으로 죽었다. 남의 마누라를 꾀어내는 걸 일삼던 사람이 죽고 나자 그의 아내는 집과 자식까지 데리고 홀아비에게 개가했다. 정말이지 가치 있는 죽음이 아닌가. 누군가는 그가 점을 하도 용하게 봐서 천기를 누설했기 때문에 죽은 거라고 했는데, 그것도 역시 가치 있는 죽음이라 할 만하다!

4

나는 2004년 겨울의 어느 저녁나절에 이런 옛일들을 떠올렸다. 그 당시 나는 머리가 띵하고 어질어질한 채로 회사 밖으로 나선 참이었다. 요 몇 년 동안 쓰레기 같은 오락 프로그램을 만들며 보낸 내 인생을 돌아보자 정말이지 슬퍼졌다. 남아 있던 청춘이 이렇게 다 가버리게 생겼는데, 그래도 여전히 그 쓰레기 오락 프로그램 속에서 살아가야 하다니. 나는 날개를 펼치고 도약하며 날아오를 준비를 하면서 자신에게 외쳤다. 하늘 위로 날아가서 좀 놀아보자! 하지만 나는 비행기처럼 궤도를 벗어나 선회하며 날아오를 수 없었다. 아니, 지면을 벗어날 가능성조차 없었다. 삶이라는 이름을 가진 끈적끈적한 뭔가가 내 발에 달라붙어 꽉 붙잡고 있기 때문이다! 아, 사람이 기계만도 못하구나. 심지어 닭만도 못하다. 닭은 이미 퇴화했지만, 그래도 절망적인 순간에는 새처럼 날아오를 수 있지 않은가.

바로 그 순간, 하늘에서 예쁜 아가씨가 내려와 내 머리 위에 떨어졌다. 아니, 아가씨가 아니라, 묵직한 새똥이 머리 위로 떨어졌다. 제법 탄성이 있는 내 머리카락이 요요히 두어 차례 흔들렸다. 처음에는 새똥이라고 확신할 수 없었기 때문에, 나는 나뭇잎을 한 장 주워 닦아내서 코앞에 대고 냄새를 맡아 보았다. 새똥이 확실했다. 마음속에서 기쁨이 솟아올랐다. 세상에, 이제 운이

트이겠구나!

웬 아가씨가 이발관 안에서 고개를 내밀더니, 희색이 만면한 나를 향해 손짓을 했다. 나는 마음이 통한 것처럼 안으로 들어 갔다. 의자에 앉자 아가씨는 내 어깨를 어루만지며 말했다. 머리 감고, 이발하고, 안마를 받고, 오일 마사지를 받는 패키지가 있어 요. 내가 말했다. 일단 머리부터 감을게요. 그녀는 내 머리에 드라 이 샴푸를 바르고 문질러주며 말했다. 안마를 받고 싶으시면 저 안쪽 방에 들어가서 받으세요. 저 아가씨가 해줄 텐데, 정말 시 원해요. 아주 쿨한 표정을 한 다른 아가씨 한 명이 나를 향해 한 번 웃어 보이더니, 웃음기를 거두고 다시 쿨한 표정을 지었다. 내 가 자기에게 안마 한 번을 빚지고 있다는 듯한 태도였다. 그녀의 표정을 보자 나는 절름발이 이발사의 아첨하는 듯한 웃는 얼굴 이 생각났다. 그 얼마나 친근하고, 자기 일에 최선을 다하는 미소 인가. 나는 지금은 그 웃는 얼굴에 대해 조금의 혐오감도 느끼지 않았다. 나는 안마를 받을지 말지 아직 결정하지 못했기 때문에 대답했다. 일단 머리부터 다 감고 나서 얘기합시다! 아가씨는 머 리를 다 감겨주더니 말했다. 그럼 일단 제가 안마를 좀 해드릴게 요. 괜찮은 것 같으면 안쪽 방으로 들어가시고요. 가격에 대해서 는 안심하세요. 시세대로 받을 거고, 할인도 되니까요! 새똥이 내 미래의 삶에 어떤 의미를 가져다줄 것인가 하는 생각에 빠져 있 던 나는 그 말에 대답하지 않았다. 그녀는 내 등과 겨드랑이 아래쪽을 주무르기 시작했다.

바로 이때, 제복을 입은 사람 두 명이 이발관 쪽으로 걸어오는 게 보였다. 나는 가슴이 뜨끔했다. 내 경험에 따르면 제복 입은 사람들과는 무슨 말을 해봐야 통하지 않았다. 게다가 이런 상황이라면 저들이 무슨 말을 하든 반박할 수 없을 게 아닌가! 나는 사방을 둘러봤지만, 이 이발관에는 뒷문 같은 게 아예 없었다. 머리가 얼마간 마비되어버린 그 잠깐 사이에, 내 눈앞에 아원이 흰 가운을 뒤집어쓰고 용맹하게 도망치던 모습이 떠올랐다. 나는 그 반만한 용기조차 없었다. 그는 남의 마누라를 꾀어내면서도 당당하고 떳떳한 사람이었다. 내가 하는 일은 그와는 전혀 달랐다. 나는 가끔씩 이 사회를 잠시 유혹할 뿐이었다. 요 몇 년 사이 이 사회는 점점 더 음란해지고 방탕해져서 무슨 일이든지 다 일어나게 되었다. 나는 그렇게 된 것이 내가 사회를 유혹해낸 성과인지 혹은 내가 유혹한 것과 얼마나 상관이 있는 건지 알 수 없었다. 물론 이런 일은 일방적인 건 아니었다. 사회는 방법을 바꿔가며 나를 계속 유혹해서, 내가 나 자신도 모르게 조금씩 타락하고, 방탕해지고, 사치스러운 생활에 빠지고, 저질적인 취향을 갖게 만들었다. 내 주위에는 나와 함께 사회를 유혹하는 사람들이 너무나 많았다. 내 친구들은 나보다도 유혹하는 방법을 더 잘 알고, 더욱더 몸소 체험하고 실천하며 밤낮없이 부지런하고, 나보다 더 저질적인 취향을 가지고 있었다. 나는 아주 작은 일부분일 뿐이라 군이 말할 가치도 없기 때문에, 사회의 이런 큰 흐름 속에서 부끄러운 바가 없었다. 설마 제복 입은 저 두 사람은 이런 일들을 끄집어내 나를 탓하려는 걸까?

그들은 유리문을 열어젖히더니, 안으로 들어오지 않고 고개만 안쪽으로 들이밀고 물었다. 안마받는 겁니까? 나는 좀 당황한 나머지 부인하지도 못하고 오히려 고개를 끄덕이며 말했다. 맞아요. 안마받는 겁니다. 나는 말을 하자마자 후회가 되어, 순간적으로 머리를 굴려 한 마디를 덧붙였다. 어깨 위쪽만 안마받는 거예요! 얼마 전에 신문에서 봤는데, 어깨 위쪽만 안마를 받았다면 윤락업과는 무관하다고 단정할 수 있다고 했다. 제복을 입은 다른 한 사람이 아가씨에게 말했다. 꽤 바쁜가보네. 끝나면 나도 좀 해줄 수 있지? 아가씨는 성가시다는 듯이 말했다. 얼른 나가요. 손님 없을 때 다시 오세요! 두 사람은 느릿느릿 문을 닫더니 히죽거리며 가버렸다.

나는 그제야 한숨 돌렸다. 아가씨가 나를 재촉했다. 선생님, 안쪽으로 들어가세요. 안마해드릴게요. 내가 말했다. 안 돼요. 여긴 너무 위험해요. 언제든 경찰이 올 수 있잖아요. 그녀가 말했다. 아니에요, 저 사람들은 경찰이 아니라 아파트 경비라고요! 나는 내 자신이 식견이 얕아 제대로 알아보지 못한 게 부끄러워졌지만, 그래도 단호하게 거절했다. 아니, 안 합니다. 난 법을 어기는 일은 할 수 없어요. 그럼 이렇게 합시다. 이발이나 해줘요! 옆에 앉아 있던 쿨한 표정의 안마사 아가씨가 내 말을 듣더니 실망해서는 바닥을 내려다보며 낮은 소리로, 하지만 거칠게 한 마디를 내뱉었다. 이발은 얼어 죽을!

병원

1

어느 쌀쌀한 겨울날, 나는 화장실에서 속옷을 입다가 미끄러져 넘어져 두피가 찢어지는 바람에 인민병원 108호에 입원하게 되었다. 펑彭이라는 의사는 내 몸을 전체적으로 검사한 후에 파상풍 주사를 한 대 놓아주더니, 공연히 또 광견병 주사를 놓았다. 내가 말했다. 뭘 잘못 안 것 아닙니까? 난 개한테 물린 게 아닌데요. 펑 선생이 되물었다. 지금 개한테 안 물렸다고 해서, 예전에도 물린 적이 없다고 보장할 수 있습니까? 예전에 물린 적이 없다고 해도, 앞으로도 안 물릴 거라는 보장은 있고요? 게다가, 당신이 개인 것도 아닌데 개가 언제 당신을 물려고 할지 어떻게 압니까?

하, 차라리 창밖으로 뛰어내리는 게 낫겠네! 나는 마음속으로 그렇게 대꾸했다.

이튿날 나는 의사에게 물었다. 이제 퇴원해도 되겠죠?

펑 선생이 말했다. 다른 사람들은 입원하고 싶어도 자리가 없어서 못 하는데, 당신은 꼭 우리 병원이 당신을 괴롭히기라도 하는 듯이 구는군요. 당신이 그렇게 급하게 퇴원하면 우리 병원의 명성이 손상을 입지 않겠습니까.

나는 그에게 사과했다. 아닙니다. 병원은 아주 좋아요. 끙끙 앓던 사람들이 병원에 와서 전부 싹 나았잖아요. 저는 그냥, 이제 크게 아픈 데도 없고, 회사에 일도 쌓여 있으니까요. 마음이 급해서 그러는 거죠.

참 나, 누군들 할 일이 없겠습니까? 채소 파는 사람도 일은 쌓여 있어요. 할 일을 다 끝낼 수 있는 사람이 어디 있겠어요? 돈을 끝까지 벌 수 있는 사람은 또 있겠어요? 그런데 몸이란 건 금방 끝장날 수도 있는 거란 말입니다. 이렇게 모처럼 입원을 했으니 잘 쉬면서 정비를 해야 하지 않겠습니까? 크게 아픈 데가 없다느니 점잔 빼는 소리나 하고. 아직 안 나온 검사 결과가 한참 많은데 어떻게 퇴원을 시킵니까? 그랬다간 난 의료 윤리도 없는 의사가 될 거라고요. 게다가, 당신 어젯밤엔 창밖으로 뛰어내릴 생각까지 했잖아요. 그런데 어떻게 내보내겠어요?

허 참, 마음속에 잠깐 스쳐 지나간 생각까지 다 알고 있다니.

마침 그때 어우양歐陽이라는 간호사가 와서 내 체온을 쟀다. 매혹적인 향기가 풍기는 그녀의 가슴이 내 얼굴 앞에서 한참 동안 머무른 데다가, 그녀는 내 팔뚝을 일부러 꼬집기까지 했다. 뭐라 해야 하나, 사람은 다들 치명적인 약점이 하나씩은 있지 않은가. 내 약점은 바로 유혹에 버티지 못한다는 것이다. 이 순간 하늘이 무너진다 해도 신경도 안 쓰일 것 같았다.

나는 휴대전화를 집어 들어 왕 비서에게 전화를 걸었다. 내가 정식으로 입원하게 되었으니 회사 일은 톈 부사장에게 전권을 주어 처리하라고 했다.

유혹이 있는 곳이라면 어디든 내 낙원이 될 수 있었다. 그게 관 속이라 해도 상관없었다.

어우양 간호사가 내 눈앞에서 왔다 갔다 하기에, 나는 손을 뻗어 그녀의 엉덩이를 만져보았다. 탄성과 질감이 모두 상급에 속했다. 그녀는 대번에 얼굴을 굳히고 호통을 쳤다. 이게 무슨 짓이에요? 난 그렇게 쉬운 사람이 아니라고요!

내가 말했다. 정말 멋진 엉덩이네요. 진짜로요.

어우양 간호사가 경고했다. 정말로, 날 그렇게 쉬운 사람이라고 생각하면 안 된다고요!

나는 진심을 담아 말했다. 그런 속된 소리는 하지 마요. 다시 말하지만, 당신 엉덩이 정말 멋지다니까.

그녀는 경계하는 눈빛으로 다른 환자를 쳐다보더니, 작은 소리로 말했다. 저질!

나는 고개를 끄덕였다. 그래요.

어린 아가씨들을 꽤나 갖고 놀았나봐요?

비교 대상이 누구냐가 문제죠. 어떤 사람들에 비하면 새 발의 피 정도고, 또 다른 사람들이랑 비교하면 훨씬 많을 거고요. 아가씨, 호색가들은 참 팔자가 사나워요. 여자들을 계속 쫓아다녀야 되는데, 그러면 남들한테 저질이라는 소리를 듣고, 불량배라고 욕을 먹고, 쓰레기 취급을 받고, 도덕적으로 무시를 당하고, 높은 자리에 올라가려는 사람한테 그럴 구실을 마련해주고 발판이 돼주는 역할이나 하게 된다니까요. 에이, 차라리 미식가가 되는 게 낫지. 종일 맛집이나 찾아다니면서 음식을 먹으면 만족할 수 있잖아요! 아, 인생이여!

저질인 데다가 말까지 그럴듯하게 하시네!

칭찬은 그만하고, 휴대전화 번호 좀 알려줘요.

안 돼요. 이렇게 빨리 당신이 목적을 달성하게 할 순 없죠!

아가씨, 인생은 쏜살같아서 기회는 한 번 지나가면 다시 오지 않는다고요. 빠르고 느린 게 다 뭐겠어요? 언제나 고통은 길고 즐거움은 짧은 법인데!

그렇게 거창한 이치를 주워섬겨봐야 소용없어요. 어쨌든 안 알려줄 거니까.

자꾸 그러면 벽에다 머리를 박고 죽어버릴 겁니다. 난 성질이 급하다고요!

그렇게 자꾸 손을 함부로 놀릴 거면, 아예 1인실로 옮겨드려요?

날 어떻게 애를 태우든 상관없지만, 아무튼 좀 빨리 해줘요. 마음속에 불이 난 것 같으니까.

여자 간호사들에 대해서는 달리, 나는 남자 의사들에게는 전혀 관심이 없었다. 그들은 내게 겨울에 집 밖에 내놓은 쇳덩이처럼 보일 뿐이었다. 그래도 중년 남자인 이 펑 선생이라는 쇳덩이는 꽤 괜찮았다. 그는 나를 대할 때는 다른 환자들보다 훨씬 정성스럽게 대했다. 내 몸에 무슨 자석이라도 있나?

그는 내 혈액검사 결과서를 가져오더니 말했다. 긴장할 것 없어요. 일단 지금 시점에 에이즈는 없다고 확신할 수 있겠네요. 그런데 혈당이 높고, 혈액 농도가 너무 짙어서 뇌혈전이 일찍 올 수도 있겠어요. 어쩌면 내일모레 끝장날지도 모르지요!

겁주지 마세요. 난 아직 못 해본 나쁜 짓이 많단 말입니다. 죽을 순 없어요!

요샌 다들 돌연사하길 좋아하는 거 몰라요? 엊그제까지만 해도 팔팔하게 살아 있다가도 눈 깜짝할 사이에 죽어버린다니까요. 왜 그런지 압니까? 나처럼 주의를 주는 의사가 없어서 그런 거예요. 잘 새겨둬요. 세상에서 제일 약한 게 바로 사람 목숨이라고요.

제발 그만해요, 펑 선생님. 무서워 죽을 지경이라고요.

어쩔 수 없죠. 사람은 죽을 때가 돼서야 깨닫는 법이니까. 날 따라오세요.

펑 선생은 나를 데리고 1인 병실을 나가서 묵묵히 걸어가더니 영안실로 들어갔다. 거기엔 시체가 아주 많았다. 환자보다도 더 많은 것 같았다. 펑 선생은 줄지어 누워 있는, 얼굴이 뒤틀린 채 눈을 부릅뜨고 있는 시체들을 가리키며 말했다. 이 사람들은 다들 의사의 충고를 안 듣고 헛되이 목숨을 잃은 수전노들이에요. 못 믿겠으면 저 사람들 말을 직접 들어보세요. 그러더니 그는 시체에게 말했다. 다들 일어나서 이분한테 여러분이 죽으면서 얻은 교훈에 대해서 말해보세요. 시체들은 다들 혼이 다시 돌아오기라도 한 것처럼 일어나더니 제각기 떠들어댔다. 의사 선생님 말을 꼭 잘 들어야 돼요. 안 그러면 우리 무리에 끼게 된다고요. 여긴 안 그래도 사람이 많아서 비좁으니까 끼어들 생각 마시오!

나는 다리가 풀려버렸다. 뜨뜻미지근한 오줌이 차가운 두 다리 안쪽으로 흘러내렸다. 나는 양손으로 펑 선생을, 그 어느 여자를 끌어안을 때보다 더 세게 꼭 끌어안고는 울먹이며 말했다. 아버지, 아니지, 할아버지, 말 잘 들을게요. 평생 선생님 말만 들을게요. 우리 친할아버지처럼, 은인처럼 모실게요. 으아…….

펑 선생은 침착하게 손수건을 꺼내더니 내가 그의 어깨에 잔뜩 묻힌 눈물 콧물을 닦고, 내 코밑에 주렁주렁 걸려 있는 콧물도 닦았다. 그러더니 시체들에게 말했다. 이제 됐어요. 다들 누워요. 죽은 사람들이 뭐 그렇게 까탈스러워요. 여기가 비좁은 게 싫으면 어디 며칠 후에 유골함에 한번 들어가보시오. 비좁은 건 그런 걸 비좁다고 하는 거지.

시체들이 풀이 죽어서 드러눕고 나니 영안실은 다시 조용해졌다. 내 심장이 한동안 거세게 뛰더니 갑자기 불쑥 튀어나왔다. 피가 뚝뚝 흐르고 있긴 했지만 잘 움직이지 않는 것 같았다. 나는 심장을 덥석 붙들고는 물었다. 이 심장 아직 쓸 수 있는 겁니까?

펑 선생은 심장을 손에 들고 살펴보더니 말했다. 좀 심하게 놀라긴 했지만 아직 죽지는 않았군요. 일단 이틀쯤 더 써봅시다. 이틀 후에 현상금 120만 위안짜리 살인범의 심장으로 바꿔주지요. 그러면 아마 겁나서 못하는 일은 하나도 없게 될걸요.

그는 내 심장을 가슴 속에 쑤셔 넣더니 내 인중을 꼬집고, 내 뺨을 두어 대 때려서 내 얼굴에 혈색이 좀 돌아오게 했다. 나는 그에게 사정했다. 할아버지, 아니지, 펑 선생님. 우리 이제 나가면 안 될까요?

펑 선생이 말했다. 이치를 알았으면 이제 갑시다.

펑 선생은 나를 부축한 채 한 걸음씩 영안실 밖으로 나갔다. 문 앞에 다다랐을 때, 늙은 시체 하나가 다시 일어나 내게 사나운 목소리로 소리를 질렀다. 어떻게든 살아가야 돼. 여기서 죽은 사람으로 있는 것도 힘든 일이라고.

펑 선생이 호통을 쳤다. 저 영감, 무슨 쓸데없는 소리를!

그 후로 내 치료는 대체로 이런 순서에 따라 진행되었다. 첫째는 피를 씻어내는 것이고, 둘째는 심장을 바꾸는 것이었다. 하지만 심장은 좀 기다려야 했다. 살인범 하나가 총살을 당할 때가 되어야만 심장을 살 수 있었다. 그 전까지 나는 내 그 말도 안 되게 약해빠진 심장을 쓸 수밖에 없었다. 그리고 신장도 갈아 끼워야 했다. 펑 선생이 말하길, 신장을 바꾸지 않으면 호색하는 내 본성을 절대로 버텨낼 수 없다고 했다. 그리고 쓸개도 갈아 끼워야 했는데, 개의 쓸개로 바꾸는 게 제일 좋다고 했다. 속담에 개의 담은 하늘을 덮을 정도로 크다고 하니, 생물계에서 제일 좋은 쓸개일 게 분명했다. 펑 선생은 내 경제 사정이 허락한다면 내게 백만 위안이 넘는 티베트 사자개의 쓸개를 사다줄 수 있다고 했다. 사자개의 쓸개와 내 쓸개를 맞바꿔 사자개를 겁쟁이로 만들겠다는 거였다.

이건 내장 부분이고, 외부도 치료가 필요했다. 첫째로는 얼굴에 있는 반점을 가슴으로 옮기는 거였다. 관상학적 관점에서, 이렇게 해야만 확실히 내 재주를 겉으로 드러내지 않고 숨기면서도 일이 점점 더 잘되게 할 수 있었다. 둘째로, 펑 선생은 내게 이왕 이렇게 입원한 바에 성형수술도 하자고 했다. 남자라면 좀 잘생겨야 할 게 아닌가. 잘생긴 것에 한계란 없는 법이다. 잘생기고 좀 세련되기도 해야 여자를 볼 낯도 있고 자기 자신에게도 체면이 설 것이다. 이 모든 과정을 다 헤아려보니, 앞으로 일 년은 병원에서 보내야 할 듯싶었다.

나는 마음속으로 나 자신이 곧 폐기처분을 해야 할 인간이라고 생각했다. 병원에 오기 전에는 스스로를 너무 몰랐던 셈이다. 아, 사람이란. 몸집은 개보다도 크면서 명줄이 거미줄보다 더 가늘어서야 무슨 인생의 감흥 같은 걸 느끼겠는가! 나는 반평생을 이렇게 바쁘게 살아오면서 산다는 게 뭔지도 아직 모르는 채로, 이제 곧 더는 살아갈 수 없게 되어버릴 것이다. 우연히 투기를 했다가 벼락부자가 되지 않았더라면 지금 이렇게 심장과 쓸개를 바꿀 기회조차 없이, 인생의 여정이 바로 멈춰버렸을 것이다.

아, 인생이여.

나는 기분이 점점 더 우울해졌다. 밥을 거의 먹지 못해 얼굴이 움푹 꺼져 들어가며 광대뼈가 툭 튀어나왔고, 낯빛은 누래져서 점점 더 영안실의 시체들을 닮아갔다. 가끔은 꿈속에서 그 시체들과 같이 누워 있기도 했다. 나는 매일 펑 선생을 볼 때마다 첫마디에 이렇게 물었다. 할아버지, 총살당한 기세등등한 살인범 좀 없어요?

펑 선생은 내게 재촉당하다 못해 말했다. 살인범이 그렇게 매일 있는 게 아니에요. 살인범이란 건 다른 한 사람 목숨과 맞바꿔야 나오는 건데, 그게 그렇게 쉽겠어요? 누가 당신을 위해서 기꺼이 살인범한테 죽어준답니까! 게다가 당신 심장은 아직 완전히 폐물은 아니라서 그렇게 금방 죽진 않을 테니 안심하세요. 당신 목숨은 내 손안에 쥐고 있다고요!

그는 내게 이렇게 경고하기도 했다. 앞으로 나를 할아버지라고 부르지 마세요. 내가 그렇게 늙었다는 소립니까? 부르려면 큰아버지라고 부르든가요.

그러더니 그는 돌아서서 어우양 간호사에게 말했다. 심리적으로 좀 불안정한 것 같으니 기분을 전환시킬 방법을 찾아봐요.

어우양 간호사가 말했다. 참 겁도 많네요. 요 며칠 혼까지 다 날아가버린 것 같다니까요.

펑 선생이 말했다. 큰 문제는 아닙니다. 이건 다 자연스러운 과정이니까. 환자가 흥미 있어 하는 걸 가지고 같이 놀아주고, 마음을 좀 편하게 해줘요.

막 입원했을 때는 저한테 손을 대면서 제 엉덩이가 아주 멋지다느니 하더니, 지금은 눈앞에 엉덩이를 갖다 대도 신경도 안 쓰는걸요.

그럼 엉덩이부터 시작해서 환자가 관심을 가지는 걸 찾아봅시다. 그러면 하루 종일 나한테 살인범을 내놓으라고 하진 않겠지. 이런 겁쟁이한테는 끈기 있게, 인내하고 또 인내해야 하는 거예요.

2

어우양 간호사는 내 눈앞에 손가락 하나를 세우고서 말했다. 여기 보세요. 정신을 집중하고 여길 보세요.

나는 애써서 눈을 사팔로 모으고는, 희미한 뭔가를 쳐다보았다.

어우양 간호사는 유아원의 어린애들을 대하는 것처럼 내게 물었다. 대답해보세요. 이게 뭘까요?

튀긴 꽈배기요?

틀렸어요. 집중을 덜 했네요. 정신을 잘 집중하고 보세요.

나는 그녀의 지시에 따라 몸 바깥으로 떨어져 나갔던 혼백을 죄다 그러모아, 마침내 그게 뭔지 똑바로 보았다.

아, 손가락이요!

축하합니다, 정답이에요! 어우양 간호사는 중앙 방송국 프로그램의 사회자처럼 진지하면서도 약간 과장된 어투로 말했다. 자, 이렇게 주의를 집중해서, 눈으로 제 손가락을 쭉 따라오세요!

그녀는 허리를 비틀더니, 손가락을 엉덩이 위에 갖다놓고 엉덩이를 가리키며 나를 격려했다. 다시 말해보세요. 이건 뭘까요?

엉덩이!

축하합니다, 또 정답이에요. 어떤 엉덩이죠?

아주 낯익은 엉덩이요.

틀렸어요. 형용사를 써서 말해보세요. 병원에 막 입원했을 때 썼던 그 형용사요.

아주 멋진 엉덩이!

오, 마이 갓! 드디어 시력과 기억력을 회복했군요.

어우양 간호사의 정성스러운 보살핌 아래, 혼비백산했던 나는 조금씩 나아졌다. 묽은 유동식을 조금씩 먹을 수 있게 되어서 얼굴에 혈색도 약간 돌아왔다. 어느 날 나는 어우양 간호사에게 말했다. 어제는 드디어 시체들과 같이 있는 꿈을 안 꿨어요.

어우양 간호사가 자애롭게 말했다. 그래요. 환자분은 그 시체들이랑은 달라요. 살아가기 위해서 용기를 내야 해요. 하지만 하루 종일 병실 안에서 무표정하게 가만히 있는 것도 좋은 방법은 아니에요. 펑 선생님, 그러니까 환자분 큰아버지가 그러셨어요. 회복하려면 관심 있는 일을 찾는 것부터 시작하라고요. 관심 있는 게 뭐예요?

엉덩이요.

에이, 취향이 너무 저질이네. 남자들은 왜 그렇게 엉덩이 얘기만 하는지 모르겠어요. 요 며칠 동안 『형제』라는 소설을 읽었는데, 거기도 엉덩이 얘기밖에 없더라고요. 그 긴 소설을 다 읽어봐도, 저질 취향 속에서 고상한 거라고는 찾을 수가 없어서 밥맛이 다 떨어지더라니까요. 도대체 교양 있는 사람들이 왜 그렇게 교양 없는 일을 하는 거래요?

나는 순간 말문이 막혀, 부끄러운 나머지 낯빛까지 창백해졌다.

그럼, 엉덩이 말고는요?

나는 고개를 저으며 말했다. 관심 있는 거 없어요. 있어봐야 저질스러운 취향이고요. 고상한 건 전부 꿈과 열정과 순진한 세월과 함께 날아가버렸어요.

어머, 그 말만 들어도 얼마나 서정적이에요. 한눈에 봐도 고등교육을 받은 티가 나네요. 물론, 취미라는 건 고상하든 저질이든 상관없어요. 환자분의 흥미를 회복시키기만 하면, 그리고 또 엉덩이 얘기를 해서 저를 역겹게 하지만 않으면 돼요.

내 어질어질한 머릿속에 갑자기 와르르 하는 소리가 울려 퍼지며, 어떤 영감이 깊은 곳으로부터 번개처럼 가르고 나왔다. 내가 말했다. 있어요!

어우양 간호사가 반가워하며 말했다. 빨리 말해봐요, 뭔데요?

마작이요!

마작은 대학에 다닐 당시에 내게 지극히 황홀한 쾌감을 선사해주었다. 마작은 오락거리였을 뿐만 아니라, 내가 밥벌이를 하는 기술이기도 했다. 식권이 떨어졌다 하면 나는 일본 유학생들을 데려와서 마작을 했다. 중국 고유의 전통문화가 어찌 외국인이 승리하는 걸 두고 보겠는가. 그래서 나는 마작판에 항일이라는 미명을 갖다 붙였다. 기숙사 소등 시간이 지나면 급수실에 가서 마작을 했다. 나는 마작이 주는 쾌감 속에서 추위도, 배고픔도, 인생의 수치스러움도, 나라의 영예와 치욕도 전부 잊었다. 와르르, 와르르. 그 경쾌한 소리가 급수실의 수도꼭지에서 물방울이 떨어지는 소리와 뒤섞여, 조용한 밤중에 퍼져나가며 마음을 뒤흔들었다. 귀를 기울여 다시 들어보면, 급수실 한 군데에서뿐만 아니라 기숙사 건물 전체를 넘어, 와르르 하는 소리는 마치 봄누에가 뽕잎을 갉아먹는 소리처럼, 들판에 불이 붙어 타들어가는 소리처럼 들려왔다. 일찍이 시인도 이런 정경을 두고 '봄비는 바람 따라 밤에 몰래 찾아들어, 소리 없이 촉촉이 만물을 적시네'라고 노래하지 않았던가! 경제학자도 단언한 바 있다. 대학생이 열정을 가지고 경제를 건설한다면 나라가 부강해지지 않을 리 없다고!

세월은 쏜살같아, 어느덧 몇 년이 흐르는 사이에 나는 마작이 주는 즐거움을 잊었다. 마작 몇 판도 못 해보고 이대로 세상을 하직한다면 그야말로 유감스러운 인생이 아닌가. 정말이지 소 잃고 외양간 고치는 격이다.

어우양 간호사의 권유에 따라, 나는 병문안을 왔던 장 사장과 황 사장, 그리고 궈 사장을 불러 모아 인원을 채워서는 병실 안에서 대전을 벌였다. 어우양 간호사는 우리에게 차와 간식을 준비해주고, 등허리가 저리거나 결린다는 사람이 있으면 안마도 해주었다. 그래서 다들 병원이 참 좋다고, 나이트클럽보다도 훨씬 서비스가 좋다고들 말했다.

하지만 이 세 명의 사장들은 항상 너무 바빠서 인원을 다 채우기가 힘들었다. 제일 못마땅한 건, 마작을 하다가 분위기가 최고로 무르익은 그 순간에 누군가에게 급한 전화가 걸려와서 한 명이 비게 되는 일이었다. 이럴 때는 어우양 간호사에게 의지하는 수밖에 없었다. 다행히 그녀도 실력이 꽤 좋아서 남자들에게 전혀 뒤지지 않았다. 자리를 떠나는 사람이 그녀에게 자기 대신 계속해줄 걸 부탁하며, 이기면 그녀가 그대로 몫을 가지고 지면 자기가 내겠다고 말하기는 했지만, 그녀는 지는 경우가 거의 없었다.

그런데 인원이 두 명이나 모자라는 상황이 되면 채우기가 힘들었다. 내가 말했다. 그럼 펑 선생님도 부를까요? 어우양 간호사가 핀잔을 주었다. 펑 선생님이 시간이 있겠어요? 환자분을 위해서 매일같이 사형장에 가서 살인범이 없나 살펴보고, 개 시장에 가서 좋은 개가 없는지 둘러보셔야 하는데요. 거기다가 마작까지 같이 하자고 하면 어디 바빠서 살겠어요?

나는 그 말을 듣고, 백의의 천사에게 너무 무리한 요구를 했다는 생각에 부끄러워졌다. 마작을 통한 치료법이 내 병세를 완화하기 위한 것이기는 하지만, 무슨 작은 일만 생겼다 하면 곧장 의사에게 의지할 수는 없지 않은가! 어우양 간호사는 수치스러워하는 내 얼굴을 보더니 황급히 나를 위로했다. 너무 그렇게 마음 불편해하지 마세요. 저한테 방법이 있어요. 이 세 친구 분들을 전부 입원하게 하면 인원이 다 모일 것 아니에요!

내가 말했다. 좋은 방법이긴 한데, 다들 기운이 팔팔한 게 무슨 병이 있어 보이지는 않던데요!

어우양 간호사가 탄식했다. 문외한이라 뭘 모르시네요! 몸에 병 없는 사람이 어디 있겠어요. 길거리에서 아무나 데려다가 정밀 검사를 해보면 다들 병에 걸려 있다고요. 요즘 사람들은 다들 '서브 헬스' 상태예요. 서브 헬스가 뭐냐면, 병원에 오기 전에는 모르다가 병원에 와보면 깜짝 놀라게 되는 상태거든요! 그 세 친구 분들만 해도, 다들 배는 그렇게 나오고, 얼굴은 그렇게 벌겋고, 마작을 두어 판만 하고 나면 허리가 뻐근하고 등이 결린다는 걸 보면 분명히 비만에 고혈압에, 온몸에 병투성이일 거라고요! 생각해보세요. 환자분도 병원에 오기 전에는 머리가 찢어진 것만 아니면 본인이 아주 건강하다고 생각하셨잖아요? 그런데 지금은 온몸에 제대로 된 부분이라고는 얼마 없다는 걸 알게 되셨잖아요! 친구로서 그분들을 병원에 데려와서 죽을 위기에서 구해줘야죠.

그녀의 말도 일리가 있었다. 그 세 형씨들을 위험한 낭떠러지에서 되돌아오도록 설득해서 병원으로 끌고 온다면, 밤낮을 가리지 않고 마작을 할 수 있을 것이다. 그런데 그들은 대단히 완고해서 자기들이 지극히 건강하다고 굳게 믿고 있었다. 그들이 병원에 오는 건 금방이라도 숨이 넘어가게 생긴 나를 동정해서일 뿐이라는 것이었다! 나는 어쩔 수 없이 나 자신을 예로 들며 그들을 설득했다. 처음엔 나도 자네들처럼, 내가 치아도 튼튼하고 식성도 좋아서 뭐든 다 맛있게 먹는다고 생각했어. 어우양 간호사한테 치근대기까지 했지. 그런데 지금은 어떤지 봐. 다 죽어가는 꼴이잖아. 자네들도 얼른 내 말 듣고, 소 잃고 외양간 고치지 말고 빨리 검사를 해보라고. 앞으로 마작을 할 세월을 이십 년은 더 벌어야지!

노파심에서 비롯된 내 충고는 헛수고나 마찬가지였다. 하지만 어우양 간호사는 내게 조급해할 것 없다고 했다. 일단 병원에 왔으니 늦든 빠르든 자기 몸에 문제가 있다는 걸 알게 될 거라고 했다. 과연 그 말대로, 맨 먼저 황 사장이 마작 테이블에 피를 토했고, 그다음에는 장 사장이 게거품을 물더니, 마지막으로 궈 사장이 항문이 아프다고 했다. 차례대로 검사를 해보니 다들 입원을 해야 할 상태였다. 그래서 다들 내 병실 근처에 있는 1인실에 자리를 잡고, 낮에는 수술을 하고 약을 먹고 밤이 되면 모여 앉아 마작을 하게 되었다. 아, 청춘의 학창 시절로 다시 돌아왔구나!

와르르르. 귀에 익은 이 소리가 고요한 밤중에 다시 울려 퍼졌다. 하지만 병원에서 마작을 두자니 진짜 마작 회관에서 두는 것만큼 통쾌하지가 않았다. 어느 날, 밤중에 마작을 두다가 최고로 흥이 올랐을 때, 갑자기 웬 강시 하나가 유리창 밖에서 눈을 부릅뜨고 우리에게 욕을 퍼붓는 걸 발견했다. 유리창이 가로막고 있어 목소리가 들리지는 않았지만 그가 아주 화를 내고 있다는 건 느낄 수 있었다. 내 연약한 심장은 이런 무서운 광경을 견디지 못하고, 쿵 하는 소리와 함께 두 쪽으로 갈라져버렸다. 나는 너무 놀란 나머지 넋이 나갈 뻔했다.

내 친구들은 나만큼 심하게 놀라고 무서워하지 않았다. 그들은 그게 강시가 아니라 그냥 늙은이일 뿐이라고 했다. 병실 문을 열자 그 늙은이는 안으로 들어왔다. 그는 아무 말도 없이 테이블로 똑바로 걸어오더니, 물 한 잔을 꿀꺽꿀꺽 전부 마시고 나서야 입을 열어 위엄 있게 말했다. 따라와!

우리는 우리가 분명히 잘못을 저질렀다는 걸 알고 있었기 때문에, 그 늙은이가 우리를 데리고 어떤 신성한 곳으로 가기라도 하는 것처럼 그 뒤를 묵묵히 따라갔다. 중환자실을 지나고, 마치 인생과도 같이 길고 공허한 복도를 지나서, 우리는 다른 병동에 도착했다. 그곳은 흡사 채소 시장처럼, 복도 가득 병상이 늘어서 있었다. 환자들의 모습은 각양각색이었다. 조용한 이들은 벌써 죽은 것이고, 조용하지 않은 이들은 죽어가는 중이었다. 그 외에도 지옥의 문턱을 꽉 붙들고 놓지 않으려는 이들도 있었다. 맙소사, 그들은 정말로 한 순간이라도 더 길게 이승에 남아 있고 싶어 했다.

노인이 그들을 가리키며 말했다. 저 사람들 좀 봐라. 그래도 마작을 할 수가 있겠냐?

황 사장은 그 노인의 말을 이해하지 못해 되물었다. 마작이 저 사람들과 무슨 상관이오?

그나마 머리가 돌아가는 내가 쭈뼛거리며 노인에게 말했다. 그럼 저분들을 우리 병실에 입원하게 하죠. 저희가 여기 와서 마작을 할게요.

노인은 순간 말문이 막히며 현기증이 일어 쓰러질 뻔했다가, 다행히 곧바로 손으로 벽을 짚고 서서 숨을 돌렸다. 그는 뜻밖에도 눈물을 줄줄 흘리면서, 손을 들어 우리에게 삿대질을 하며 울음 섞인 목소리로 말했다. 이런 돼지 같은 놈들이 왜 이렇게 팔자가 좋은 거야!

우리가 무슨 잘못을 했는지 몰라 어리둥절하는 사이, 어우양 간호사가 달려와 우리를 다시 데려가며 말했다. 저 노인네가 또 소란을 피우네. 다음엔 절대로 따라가지 마세요.

우리는 앞다투어 그 노인의 과거를 물어보았다. 알고 보니 그 노인은 원래 이 병원의 원장이었다고 한다. 그런데 그가 퇴직하던 그해에 이 병원에서 전국을 뒤흔든 의료사고가 일어났다. 한 의사가, 고의로 그랬는지 무심코 그런 건지는 모르겠지만, 어떤 여자를 수술하다가 그녀의 배 속에 가위 하나를 떨어뜨리고 꿰맨 것이다. 여자는 농민이었는데, 오 년 동안이나 참을 수 없이 배가 아파서 몇 번이나 자살을 시도했다. 차라리 자살에 성공했다면 별일이 없었을 것이다. 중국의 농민들은 연기 같아서 어떻게 죽든지 이상할 것이 없을 정도라, 표연히 떠나버리면 죽은 후에 이름조차 남기지 않으니까. 그런데 이 여자는 오 년 동안 자살을 시도했지만 전부 미수에 그쳐, 끝내 진상을 알게 되자 매스컴에서 이 일을 떠들어댔다. 사실 중국의 의사들이 환자의 몸속에 넣어두고 잊어버리는 가위며 소독용 솜이며 붕대 같은 물건들은 하도 많아서 딱히 신기할 일도 아니지만, 이 정도로 크게 폭로된 건 그때가 처음이었다. 이 사건은 크나큰 공분을 불러일으켜, 원장은 엄청난 스트레스를 받았다. 양심의 가책과 직업상의 책임감이라는 이중의 스트레스 때문에 정신적으로 무너진 끝에 그는 결국 정신병이 생겼다. 그래서 퇴직한 후에 시간만 나면 병원에 와서 시찰을 하다가, 눈에 거슬리는 광경을 보면 꼭 끼어든다는 것이었다. 한 차례, 또 한 차례 의사와 간호사들이 바뀐 끝에, 사람들은 그를 존경하다가, 간신히 참아주다가, 결국은 싫어하게 되었다. 하지만 그는 자기가 여전히 원장이라고 생각하면서, 매일 병원에 와서 바쁘게 돌아다니며 자기 능력이 미치지도 않는 일을 하려 든다고 했다.

이튿날 밤, 우리가 마작을 하고 있는데 늙은 원장이 또 와서 우리를 방해했다. 이번에는 우리를 어딘가로 데려가지는 않고, 그저 자기 귀를 가리켰다. 우리가 마작을 하는 소리가 너무 시끄러워서 다른 환자들이 휴식하는 데 방해가 된다는 뜻이었다. 다행히 어우양 간호사가 또 때맞춰 달려와 그와 교섭을 해서 우리를 위기에서 벗어나게 해주었다. 그다음 날, 병원에서 내 병실에 소음기를 달아주었다. 하하, 병원이 우리의 오락 활동을 전력으로 지지해주는구나!

그래도 그 늙은 원장은 그만두지 않고 또 병실 유리창에 붙어서서 바라보았다. 분명히 마작 소리는 들리지 않게 되었지만, 그럼에도 아무 이유 없이 우리가 마음 편히 노는 걸 방해했다. 그는 멍하니 우리를 바라보며 눈물을 줄줄 흘렸다. 안으로 들어와서 같이 마작을 하고 싶어서 우는 것 같기도 했고, 세상의 모든 비애를 우리 눈앞에 펼쳐 보여주려는 것 같기도 했다. 아무튼, 우리 마음을 아주 불편하게 만들었다. 우리는 어우양 간호사에게, 그가 이런 식으로 소란을 피우는 건 우리의 치료 효과에 큰 영향을 끼친다고 말했다. 어우양 간호사는 상부에 보고해서 당장 병실 근처에 경비를 한 명 세워주었다. 아, 드디어 한눈팔지 않고 전심전력으로 전투에 임할 수 있게 되었다!

3

불꽃이 활활 타오르듯 기세등등하게 한 달 동안 마작을 하고 나자, 나는 체력을 과하게 소모해 기진맥진한 상태가 되었고, 정신적으로는 극도의 흥분 상태였던 것이 절망으로 가라앉아버렸다. 아, 이 한 달 동안 나는 즐거움의 절정과 통쾌함의 최고조에 올랐다. 와르르 하는 소리에 완전히 정신이 팔려, 어린 시절의 즐거움과 첫사랑의 달콤함, 처음으로 여자를 훔쳐봤던 그때의 은밀한 기쁨, 첫 섹스를 했을 때의 아찔함, 처음으로 돈을 주웠을 때의 요행, 그리고 돈과 권세를 얻었을 때의 미칠 듯한 기쁨까지, 그 모든 즐거움을 다시 한 번씩 느꼈다. 마작은 이렇게나 신기한 물건이다. 사람을 살게 할 수도, 죽게 할 수도 있는 것이다.

나는 링거 주사를 맞으며 어우양 간호사에게 말했다. 나 죽고 싫어요.

농담이죠?

농담 아니에요.

병원에 온 사람들은 다들 살고 싶어하던데, 환자분은 왜 죽고 싶다는 거예요?

난 이미 충분히 살았고, 경험할 건 다 경험해봤어요. 그동안 마작을 통해서 인생을 다시 한번 살면서 지극히 흥분해보기도 했고요. 이젠 사는 게 구차하고, 재미도 없고, 내가 잉여인간인 것 같아요. 그냥 내가 조용히 죽을 수 있게 해줘요.

어우양 간호사는 열이 날 조짐이라고는 전혀 없이 싸늘한 내 머리를 만져보더니 말했다. 분명히 마작을 하다가 머리에 쥐가 나버린 거예요. 펑 선생님을 모셔 올게요.

펑 선생이 급히 달려왔다. 그는 내 뺨을 두어 대 때리더니 물었다. 아직도 죽고 싶습니까?

정말 죽고 싶어요.

펑 선생이 말했다. 당장 뇌전도 검사를 해봅시다. 이런 현상은 지금까지 한 번도 본 적이 없어요. 의학 영역의 새로운 발견이 될 가능성이 큽니다.

유감스럽게도, 내 이 평범한 머리는 의학계에 털끝만큼의 새로운 공헌도 할 수 없었다. 나는 지극히 평범한 인간이었다. 공부도 수박 겉핥기로 했기 때문에 학식도 평범한 수준이었다. 스물

네 살이 되기 전까지 나는 머릿속이 온통 국가와 국민에 대한 걱정으로 가득 차서는, 지략이 뛰어난 인재인 양 청산유수처럼 떠들어대곤 했다. 하지만 스물네 살이 넘은 다음부터는 머리통 속에 여자와 돈으로만 가득 차서, 흥분과 절망을 번갈아 느끼며 더듬거리다가 가끔 이성을 꾀려 할 때에나 기지가 번뜩여 달변가가 되었다. 아, 펑 선생에게 미안할 따름이다. 내 머릿속의 세포 하나하나가 죄다 속되기 짝이 없어서, 내 머리통을 조각조각 깨뜨려봐야 새로운 거라곤 하나도 찾을 수 없을 것이다.

예상대로, 병원에서 내 머리를 과학 기기로 이리저리 검사해봤지만, 그로 인해 현대 의학이 눈곱만큼이라도 발전하는 일은 없었다.

도대체 왜 죽고 싶다는 겁니까? 난 정말이지 이런 병례는 한 번도 본 적이 없어요! 펑 선생은 내게 양손을 들어 보였다.

살아봐야 뭐합니까, 하루 온종일 구차한 일뿐인데. 남이 칼자루를 쥐었을 땐 내가 도마 위에 오른 생선 꼴이고, 남이 그 생선이 되면 또 내가 칼자루를 쥐게 되는 거죠. 결국 이런 일의 반복 아닙니까. 사는 게 죽는 것만 못해요. 죽으면 만사 다 끝나잖아요. 그럼 이 세상이 얼마나 좋아지겠어요!

나는 정신이 멍한 상태가 되어, 단숨에 이런 말들을 줄줄 쏟아내서 펑 선생을 깜짝 놀라게 만들었다.

이런 젠장, 내 인생관까지 뜯어고치려 드는구만! 무서워 죽겠네. 펑 선생은 슬그머니 내빼버렸다.

환자분께 세 가지 선택지를 드릴게요. A, 퇴원할 때까지 계속 마작을 한다. B, 이 창문으로 뛰어내린다. 잘 보세요, 이 높이에서 뛰어내리면 즉사할 거라고 보장할 수 있어요. C, 병원 치료 외의 치료법을 선택한다. 예를 들면 해외여행을 가는 거죠. 여행을 하면서 환자분의 병을 고치는 거예요.

어우양 간호사는 '마작' '투신' '여행'이라는 간단한 문구가 적혀 있는 보드를 들어올렸다. 그 아래쪽에는 작은 글씨로 '답안을 선택해서 XXXX번으로 문자를 보내주세요'라고 적혀 있었다.

나는 그녀에게 애원했다. 그냥 직접 대답하면 안 됩니까?

촌스럽긴. 어우양 간호사는 나를 놀리듯이 말했다. 지금 시대에 질문에 대답하려면 반드시 문자로 해야 돼요. 직접 대답하는 건 법률상 안 된다고요.

나는 선택지 중 하나를 골라 문자를 보냈다.

어우양 간호사는 미소를 띤 채 나를 보며 말했다. 아주 정확한 답이네요. 이걸 보니 환자분 병은 벌써 반은 나은 거나 마찬가지예요. 이 원외 치료를 하게 되면 분명히 완쾌될 거예요.

이튿날, 나는 어우양 간호사와 펑 선생과 함께 몰디브로 가는 여정에 올랐다. 펑 선생은 원래 아내와 아이까지 데려가려고 했지만, 어우양 간호사가 극구 말렸다. 이 여행은 환자가 자비를 부담해서 가는 여행 치료인데, 이렇게 대놓고 가족들을 데려가면 좋지 않을 거라는 거였다. 펑 선생은 그 말에 반박하며 말했다. 이 환자 좀 봐요. 백치나 다름없는데 계산이 얼마가 나오든 알기나 하겠어요? 게다가, 의사한테는 조수가 필요하다고요. 아내와 아이가 내 조수가 될 수도 있잖아요!

어우양 간호사는 정론을 들어 반박했다. 우리는 백의의 천사지, 강도도 아니고 살인 방화범도 아니잖아요. 양심이 있어야죠. 이 환자가 백치긴 하지만 그래도 사람대접을 해줘야 해요. 제가 보기에 가족들까지 데려가는 건 이분을 사람으로 대접하지 않는 일이에요.

말다툼 끝에 펑 선생이 말했다. 아, 알겠다. 내가 부인을 데려간다니까 질투 나서 그러는 거구나? 그런 거라면 관두지 뭐.

어우양 간호사가 말했다. 응, 당신 정말 짜증나!

몰디브는 정말로 누구나 꿈에 그리는 휴양지라는 명성에 걸맞은 곳이었다. 그 햇빛과 바다, 백사장을 보니, 그 어떤 마음의 병이라도 여기서라면 전부 깨끗이 나을 것 같았다.

우리 세 사람은 바닷물에 몸을 담갔다. 이렇게 깨끗한 물속에 들어온 건 정말 오랜만이었다. 펑 선생은 기분이 좋은지 1980년대의 노랫가락을 콧노래로 흥얼거리며 온몸을 안팎 구석구석 깨끗이 씻더니, 자기 심장까지 꺼내서 씻기 시작했다. 그의 주위로 검은 물결이 둥그렇게 퍼져나갔다. 무슨 일인지 모르는 사람이 보면 그가 오징어를 괴롭히고 있다고 오해할 정도였다. 어쩌면 그건 오랫동안 묵은 흑심이라, 아무리 씻어도 그 검은 물을 다 빼낼 수 없을지도 몰랐다. 하지만 펑 선생은 인내심을 가지고, 오랫동안 이만큼 재미있는 일을 해본 적이 없다는 듯이 심장을 씻어냈다. 바닷물은 점점 더 새까매졌지만 그는 전혀 알아채지 못했다.

멀지 않은 곳에 숨어 있던 악어 한 마리가(어쩌면 언제고 우리를 습격할 준비를 하고 있었던 건지도 모른다. 그렇게 생각하니 아직도 겁이 난다) 결국 견디지 못하고, 물속에서 고개를 번쩍 쳐들었다. 그 악어는 화를 내며 아주 또렷한 목소리로, 약간 광둥 억양이 섞인 표준어로 소리쳤다. 바닷물을 이렇게 오염시키다니, 나보고 살라는 거야 말라는 거야? 난 매일 여기로 출근해야 한다고!

나와 어우양 간호사는 소스라치게 놀라 해변을 향해 내달렸다. 하지만 펑 선생은 도망칠 생각이라고는 전혀 없이, 아주 차분한 태도로 비웃으며 말했다. 이제 좀 겁이 나나 보지? 그동안 여기서 혼자 왕 노릇 하면서 너를 괴롭히려는 사람은 하나도 없었는데, 이제야 쓴맛을 좀 봤겠지.

성이 난 악어는 눈 깜짝할 사이에 회오리와 물보라를 일으키며 펑 선생에게 가까이 다가오더니, 입을 쩍 벌려 펑 선생의 팔을 덥석 물었다. 펑 선생은 당황하지 않고 반격했다. 아직 채 깨끗이 씻기지 않은 자기 심장을 악어의 입 속에 밀어 넣은 것이다. 악어는 온몸에 경련을 일으키며 입에서 삼각팬티와 선글라스, 수영

모자 등등 별의별 물건들을 토해내더니, 탈진한 채로 힘없이 한 마디를 내뱉었다. 그래, 너 잘났다! 그러고는 내빼버렸다.

나는 이 광경을 보고 놀란 나머지 얼이 빠질 뻔했다. 무송武松[*]이 호랑이를 때려잡는 건 본 적이 있지만, 적수공권으로 악어와 맞붙어서 이기기까지 하는 건 난생처음 봤다. 펑 선생은 정말 대단한 사람이었다.

순찰을 돌던 경비 한 명이 이렇게 싸우는 소리에 놀랐는지 우리 쪽으로 걸어왔다. 바닷물이 검게 변한 부분은 아직 다 씻겨나가지 않은 채였다. 푸른색과 검은색이 뒤섞여 있는 게 꼭 인터밀란 축구팀의 유니폼 같았다. 경비는 고개를 내저으며 말했다. 선생, 당신 중국인 맞죠? 주의 좀 부탁드립니다. 여기는 수영하는 곳이지, 심장을 씻고 개과천선하는 곳이 아닙니다. 씻고 싶다면, 호텔 회관 안에 일본인과 중국인 전용으로 심장을 씻는 사우나가 있습니다.

나는 호기심에 질문했다. 왜 일본인과 중국인 전용입니까?

경비가 말했다. 저희 쪽 통계에 따르면, 중국인과 일본인만 해수욕을 할 때 바닷물을 오염시킨다는 결과가 나왔습니다. 관광객들은 이렇게 맑고 깨끗한 바닷물을 보면 저도 모르게 심장을 꺼내서 씻게 되는데, 수치에 따르면 일본인과 중국인의 심장이

• 『수호전』에 등장하는 인물

제일 새까매서 표준 오염 지수를 초과합니다. 그리고 과학자들이 다방면으로 검증한 결과, 심장이 검게 변한 데는 역사적, 사회적 원인이 있다는 결론을 얻었죠. 우선 일본인을 보자면, 일본인은 다른 나라를 침략했을 때 마음이 아주 독하고 악랄한 데다가 대학살을 몇 번이나 저질러 역사상 가장 심각한 죄악을 행했어요. 반면에 중국인은 내분이 일어났을 때 제일 악독합니다. 파벌 싸움이니 계급투쟁 같은 것들은 중국의 역사적 전통이죠. 게다가 요즘에는 윤리가 무너져 흑심이 보편화돼서, 가짜 약이니 저질 솜이불이니 부실공사 등등, 남을 곤란하게 만드는 데 있어서는 최고로 창의적인 방법들을 만들어냈어요. 그래서 난 당신들이 바닷물을 오염시킨 정도를 보자마자 어느 나라 사람인지 안 겁니다.

세상에, 대단하기도 하지. 향기로 여자를 알아본다더니, 이 사람은 냄새로 흑심을 알아보다니. 펑 선생이 감탄하며 말했다. 좋아요, 그럼 날 그 사우나로 좀 데려다주세요. 심장을 씻고 나니 세상에, 얼마나 편안한지 말도 마시오.

확실히 외국 사우나가 훨씬 신식이었다. 우리 나라의 사우나는 증기탕 말고는 있는 거라곤 윤락 서비스 정도라서, 사우나를 해도 개운해지는 거라곤 몸뚱이뿐이었다. 그런데 이 사우나의 심장 세척 설비는 국내 것보다 만 배쯤은 앞서 있어서, 검은 심장이든 누런 심장이든 퍼런 심장이든 전부 새빨갛게 씻어주었다. 불 같이 뜨거운 심장이란 게 바로 이런 걸 두고 하는 말 같았다.

우리 세 사람의 심장이 원래 무슨 색이었든 간에, 다 씻겨 나온 심장은 전부 새빨간 색이었다. 펑 선생은 좀 미심쩍어하며 물었다. 이게 내 심장입니까?

네, 맞습니다. 진정한 의사의 심장이죠.

나는 진정한 장사꾼의 심장을 얻었다.

어우양 간호사는, 아, 이제는 그녀의 심장은 그녀의 인품만큼이나 순결하고 아름다워졌다.

우리 세 사람은 오랫동안 헤어져 있다가 다시 만난 친구들처럼, 신이 나서 몰디브의 초원 위를 걸었다. 내가 한 발을 내디디려는 순간, 펑 선생은 의사로서의 직업적인 예민함을 발휘해 나를 붙잡았다. 그는 손을 뻗어, 아주 조심스럽게 내 발치에서 상처를 입은 개미 한 마리를 끌어냈다.

펑 선생은 손가락으로 물방울을 하나 받아서 확대경 삼아 개미를 관찰하더니, 개미가 전신에 심각한 골절상을 입었다고 진단을 내렸다. 개미 다리가 너무나도 작기 때문에 사람은 수술을 해줄 수가 없어서, 그 개미를 개미굴에 데려다줘서 다른 개미들이 그를 병상에 옮겨주도록 한 다음에 스스로 회복하게 할 수밖에 없다고 했다.

에이, 너무하네. 무슨 개미의 골절상까지 신경 쓰려고요! 나는 펑 선생이 위선적으로 구는 게 아닌가 의심했다.

나무아미타불. 펑 선생이 진지하게 말했다. 의사가 된 몸이라면 의술을 갖춰야 할 뿐만 아니라, 의료 도덕이 그보다 더욱 중요한 법입니다. 이 둘은 아주 밀접한 관계라서 하나라도 모자라면 안 되는 거예요. 의술만 있고 의료 도덕은 없는 사람은 곧잘 의료 행위를 돈 버는 수단으로만 삼게 되어서, 결국은 세상과 사람을 구한다는 근본에서 벗어나게 되죠. 의료 도덕만 있고 의술이 정교하지 못한 사람은, 마음은 있지만 힘이 없어서 재주를 부리려다 일을 망치게 되고요. 덕 있는 사람은 모든 중생을 평등하게 봅니다. 사람이 아니라 개미 한 마리가 병이 났다 할지라도, 그를 위해 온 힘을 다해야만 덕으로써 사람을 따르게 할 수 있는 거지요!

허 참, 당신이 그런 이론을 가지고 있었다니. 그런데 병원에서는 왜 그런 걸 전혀 안 드러낸 겁니까? 그 개미를 대하는 것처럼 나를 대했다면 난 한참 전에 퇴원할 수 있었을 텐데요!

나무아미타불, 당신은 이미 거의 다 나았으니, 돌아가면 바로 퇴원 수속을 해드리죠. 펑 선생은 사방을 멀리까지 둘러보았다. 초목 속에 살고 있는 수많은 곤충과 날짐승이 모두 상처를 입고 있는 걸 보더니 그는 탄식을 금치 못했다. 이 많은 생명이 다들 이렇게 힘겹게 살아가는구나! 의사 된 자로서 이들의 삶에 어려움이 많은 것이 슬프구나!

나와 어우양 간호사는 모두 펑 선생의 탄식에 감동을 받았다.

눈물 두 방울이 내 눈가에서 흘러내렸다. 병원에서 와르르르 시끄럽게 마작을 했던 세월을 떠올리니, 나는 그저 부끄럽고 또 부끄러운 마음을 견딜 수 없었다.

펑 선생이 말했다. 병원에는 내가 한시도 지체하지 않고 처리해야 할 증상도 많고, 일찌감치 퇴원했어야 하는데 아직 퇴원하지 않은 환자도 많고, 한참 전부터 입원했어야 하는데 입원하지 못하고 있는 환자도 아주 많아요. 얼른 비행기를 예약합시다. 난 당장 돌아가야겠어요!

몰디브에서의 원외 치료는 내 심신의 건강을 되찾아줬을 뿐만 아니라, 펑 선생과 어우양 간호사까지 탈바꿈시켰다. 이건 정말 예상치 못한 수확이었다. 나는 병실에서 펑 선생이 내게 퇴원하라고 말해주길 기다렸다. 첫날, 나는 그가 분명히 아주 바쁠 거라고 생각했다. 그 갖가지 복잡한 일에 비하면, 두피가 좀 찢어져서 몇 달 동안 치료를 받은 나 같은 환자가 뭐 대수겠는가. 둘째 날, 그는 아마도 여전히 아주 바쁠 것이다. 셋째 날에도 분명히 계속 바쁘겠지.

넷째 날, 나는 직접 그를 찾아가기로 했지만, 찾을 수가 없었다. 아마도 너무 바쁜 나머지 병이 나 쓰러져서 집에서 쉬고 있을지도 모른다. 다섯째 날, 여섯째 날, 일곱째 날이 되면서 나는 습관적으로 그를 기다리게 되었다.

어느 날 나는 마침내 그를 붙잡았다. 내가 말했다. 펑 선생님, 제발 부탁이니 날 좀 퇴원시켜주세요.

펑 선생이 말했다. 내가 지금 아주 바쁘니, 당신 일은 다른 날 처리해주겠소.

그런데 벌써 며칠이나 지났잖아요. 몰디브에서 나한테 했던 말을 잊어버린 겁니까?

그때는 그때고, 지금은 지금이죠. 그때 했던 말이 지금 와서 무슨 소용입니까? 꿈속에서 했던 말까지 지키라고 할 사람이네!

내가 물었다. 펑 선생님, 어떻게 사람이 이렇게 확 바뀔 수가 있어요!

펑 선생은 내 질문에 어쩔 도리가 없었는지, 나를 한쪽으로 끌고 가더니 입고 있던 의사 가운을 펼쳐 보이며 말했다. 내가 바뀌고 싶어서 바뀐 게 아니라, 심장 때문입니다. 여긴 환경오염이 너무 심각해서, 이것 봐요. 몰디브에서 그렇게 깨끗하게 씻어 온 심장이 또 검어져버렸잖아요. 내가 무슨 방법이 있겠어요!

그는 그렇게 말하면서 자기 심장을 다시 꺼내 내게 보여주었다. 원래 새빨간 색이었던 심장이 또다시 거무튀튀해져 있었다. 저녁 시장에 나왔지만 아무도 관심을 보이지 않는 돼지 심장 같았다.

나는 난간 위를 갈지자로 기어가고 있는 개미 한 마리를 잡아 올리며 물었다. 펑 선생님, 이 개미도 한 생명입니까?

평 선생이 말했다. 중생은 평등하지요. 당신이 곧 개미고, 개미가 곧 당신이니, 당신도 개미도 전부 흙먼지일 뿐입니다.

허, 참 대단하시네!

밤에 내가 병실에서 담배를 피우고 있는데, 웬 노인이 병실 유리창을 두드렸다. 누군지 보니 참견하기 좋아하는 나이든 정신병자 원장이었다. 그가 말했다. 이봐, 젊은이, 불 좀 빌려주게.

내가 말했다. 왜요, 어르신. 연세도 많은데 담배를 피우면 몸에 안 좋아요!

늙은 원장은 비밀스럽게 말했다. 담배를 피우려는 게 아니야. 난 벌써 몇백 년 전에 담배를 끊었는걸. 불을 빌려서 이 병원을 태우려는 거야. 그러면 자네도 퇴원할 수 있을 게 아닌가. 이 병원은 너무 썩어빠져서, 벌써 한참 전에 태워버렸어야 했어. 새롭게 재정비를 해야지.

나는 곰곰이 생각에 잠겼다. 꽤 좋은 생각이네요. 그런데 어르신, 환자들이 타 죽으면 어떻게 하려고요?

늙은 원장이 말했다. 걱정 말게. 난 이 병원을 아주 잘 알거든. 영안실부터 시작해서 불을 놓을 테니, 타 죽는 사람은 절대로 없을 거야. 자네가 라이터를 빌려줬으니 내 자네에게 특권을 주지. 우선 짐을 챙겨서 아래층에 가서 날 기다리게. 불이 붙으면 바로 가겠네.

나는 불을 지른 사람이 나라고 오해받고 싶지 않아서 짐을 챙기지 않았다. 그래서 나는 옷을 입고 담배를 한 대 문 채로, 시멘트를 바른 아래층에 가서 불구경을 하기로 했다. 과연, 잠시 후에 영안실 쪽에서 불길이 일었다. 환자들은 일제히 깜짝 놀라서는, 움직일 수 없는 환자들까지도 바닥을 구르고 기어서 병실 밖으로 나왔다. 나는 늙은 원장의 그림자가 동에 번쩍 서에 번쩍 하며 움직이는 걸 보았다. 어찌나 민첩하게 움직이는지, 조금 지나고 나니 다른 층에서도 잇달아 불길이 솟아올랐다.

그때, 한 무리의 강시들이 영안실 문을 부수고 나와 뿔뿔이 흩어져 도망가려 했다. 그들을 본 환자들은 사방으로 도망쳤다. 그 강시들과 만난 적이 있는 나만 그들을 전혀 겁내지 않았다. 그 잔소리쟁이 늙은 강시가 내게 물었다. 이봐, 형씨, 어디로 도망가야 살 수 있어?

내가 말했다. 허, 노인장도 대단하시네. 죽은 사람이 무슨 살길을 찾아요?

늙은 강시가 대꾸했다. 살길 좀 알려주는 게 뭐 어때서 그래? 죽은 사람도 사람인데, 존중받을 권리가 있는 거 아냐?

1980년대는 중국 문학의 '황금기'로 불린다. 문화대혁명을 경험한 1950~1960년대 출생 작가들은 자신들의 경험을 작품 속에 녹여내 큰 반향을 일으켰으며, 이 시기에 중국의 가장 중요한 문학 유파들이 형성되었다.

이 작가들의 영향력이 지나가고 문학이 시장의 영향을 본격적으로 받기 시작해 인터넷 문학과 장르문학이 성행하게 된 후로는 '바링허우80後 작가'(즉 1980년대 출생 작가)들이 주목을 받으며 인기를 끌기 시작했다. 그런데 이들 두 작가군 사이에 끼어 있는 '치링허우70後 작가'들에 대해서는 상대적으로 언급이 아주 적은 편이다. 그들은 문화대혁명을 직접적으로 경험하지 않았기에 문학의 황금기에 편승할 수 없었으며, 변화한 정치·경제 체제를 당연시하며 받아들이고 성장한 바링허우 작가들과도 다른 세대에 위치해 있다. 중간에 애매하게 끼어 있는 그들은 심지어 "1970년대생 작가는 가장 쓸모없는 세대"라는 혹평까지도 듣고 있다.

어찌 보면 '소외된 세대'라고도 할 수 있는 치링허우 작가들이지만, 이 중에서 리스장은 단연 두각을 나타내며 주목받는 작가 가운데 하나다. 1974년에 푸젠성에서 태어난 그는 베이징 사범대학 중문과를 졸업하고 활발하게 작품 활동을 하고 있다. 그는 장편소설 『소요유』로 2005년에 제4회 화어문학전매대상을 수상했다. 심사위원들은 그를 "오랫동안 가려져온 비밀스러운 천재"라고 표현하며 "리스장의 출현은 중국 당대소설의 낡고 경직된 질서를 힘차게 뒤엎을 것"이라고 극찬했다. 리스장은 화어문학전매대상 중 '가장 잠재력이 큰 신인' 부문을 수상했는데, 그는 수상 소감에서 자신의 소설이 상을 받을 만한 작품이 아니라고 말하면서도 "하지만 나는 이 상의 명칭 속에 '잠재력'이라는 단어가 있는 것이 기쁘다. 이 칭호에는 도전과 기대가 담겨 있기 때문이다. 그리고 도전과 기대는 바로 내 창작의 중요한 원동력이다"라고 말하며 자신의 창작 철학과 포부를 드러냈다.

실제로 리스장의 소설은 도전적이고 도발적인 문체를 시종일관 유지하며 삶 속의 진솔한 감정을 표현하고 있다. "억압된 격정을 서사의 원동력으로 전환시키고, 천박한 경험을 직면하는 용기를 자신에 대한 풍자로 해석해내는 데 능하다"는 화어문학전매대상의 심사평처럼, 그는 모든 이가 보편적으로 지니고 있지만 드러내지 못하는 생각과 감정을 솔직하고 용기 있게 직면하고 그것을 당당하게 드러내 보이는 독특하고 독보적인 작풍을 보여준다. 사소하고 어찌 보면 천박하게까지 느껴지는 감정과 생각들에서 눈을 돌리고 묻어두는 것은 쉬운 일이다. 그러나 리스장은 그런 모든 감정을 적나라하게 폭로하고, 우리가 말하려 하지 않을 뿐 분명히 인생의 일부를 차지하고 있는 그 감정들이 목소리를 낼 수 있는 기회를 소설 속에서 부여한다. 그렇기에 그의 소설을 읽는 것은 독자들에게 묘한 쾌감을 선사하기도 한다.

리스장 소설의 또 다른 특징은 본인과 같은 이름을 가진 주인공이 등장하는 작품이 유독 많다는 것이다. 특히 '청년 시리즈'라 불리는 그의 『중문과』 1, 2부는 마치 실제로 베이징 사범대학 중문과를 졸업한 그의 대학 생활 경험을 그대로 서술한 듯한 느낌을 준다. 이번 소설집에 실린 작품 중 한 편에도 작가와 같은 이름을 가진 인물이 등장해 중학교 시절의 경험을 서술하는데, 독자의 입장에서 이 작품을 읽으면 마치 작가 자신이 이야기해 주는 소년 시절 경험을 듣는 것처럼 친근감과 생동감이 느껴진다. 그 외의 작품들에 등장하는 주인공도, 비록 작가와 같은 이름은 아니지만 작가의 중요한 인생 경험을 공유하고 있는 경우가 많다. 리스장은 자신을 연상시키는 이러한 인물들의 삶을 담담히 보여준다. 이들은 대학을 졸업하고 사회생활을 시작한 지 얼마

안 된 청년인 경우가 많은데, 리스장은 "대학을 졸업한 후 삼 년 동안이 관건이다. 이 시기는 사회에서 실습을 하는 기간이자 청년들이 가장 큰 '부적응기'를 경험해야 하는 기간이다"라며 이 시기에 그들이 느낄 만한 감정들을 세밀하게 표현한다. 대학 시절에 기대했던 것과 다른 현실에 부딪친 청년들은 청춘을 잃은 상실감 속에서 방황하고 흔들리면서 고군분투한다. 이런 작품들이 모여 리스장의 '청년 시리즈'를 형성했다.

중국의 많은 청년에게 공감을 불러일으키고 위안을 주었을 그의 작품이 같은 시대를 살아가는 한국의 독자들에게도 위안을 주고 공감을 얻기를, 그리고 이 책을 읽는 독자들이 리스장의 독특한 스타일과 대담하고 도발적인 언어에서 소설을 읽는 즐거움을 한껏 누리기를 기대한다.

마지막으로 좋은 책의 번역을 맡겨주신 글항아리 출판사 강성민 대표님과 김택규 위원님께 감사드린다.

박희선

결혼 상대 찾기

초판 인쇄	2019년 6월 10일
초판 발행	2019년 6월 17일

지은이	리스쟝
옮긴이	박희선
펴낸이	강성민
편집장	이은혜
편집	곽우정
마케팅	정민호 정현민 김도윤
홍보	김희숙 김상만 이천희 오혜림

펴낸곳	(주)글항아리 | 출판등록 2009년 1월 19일 제406-2009-000002호
주소	10881 경기도 파주시 회동길 210
전자우편	bookpot@hanmail.net
전화번호	031-955-8891(마케팅) 031-955-1936(편집부)
팩스	031-955-2557

ISBN	978-89-6735-642-2 03820

글항아리는 (주)문학동네의 계열사입니다.

이 도서의 국립중앙도서관 출판시도서목록(CIP)은 서지정보유통지원시스템 홈페이지(http://seoji.nl.go.kr)와 국가자료공동목록시스템(http://www.nl.go.kr/kolisnet)에서 이용하실 수 있습니다. (CIP제어번호 : CIP2019022289)